DER RICHTIGE EARL

BUCH ZWEI DER ASTLEY-CHRONIKEN

COURTNEY MCCASKILL

HAZEL GROVE BOOKS

BÜCHER VON
COURTNEY MCCASKILL

Die Astley-Chroniken

Weitere Informationen finden Sie unter https://courtneymccaskill.com/die-astley-chroniken/

DIE ASTLEYS VON HARRINGTON HALL

Edward Astley IV, Earl von Cheltenham
Georgiana Astley, Gräfin von Cheltenham

Edward Astley V., Vicomte Fauconbridge, 26 Jahre
Harrington Astley, 25 Jahre
Anne Northcote (geb. Astley), Gräfin von Wynters, 23 Jahre
Lady Caroline Astley, 19 Jahre
Lady Lucy Astley, 18 Jahre
Lady Isabella Astley, 18 Jahre
John Astley, verstorben im Alter von 2 Jahren
Frederick Astley, 13 Jahre

Der richtige Earl (Die Astley-Chroniken- Buch 2)

Autor: Courtney McCaskill

Übersetzung: Corinna Vexborg

Umschlaggestaltung: Anna Volkin

Satz: Courtney McCaskill

Verlag: Hazel Grove Books

Die Originalausgabe erschien 2021 unter dem Titel *What's an Earl Gotta Do?*

© 2023 Courtney McCaskill / Corinna Vexborg

Autor: Courtney McCaskill

6804 NE 79th Court #626423

Portland, OR 97218

USA

courtney@courtneymccaskill.com

Druck: Hazel Grove Books

What's an Earl Gotta Do? © Courtney McCaskill, 2021.

Paperback ISBN: 978-1-63915-016-8

Kindle ISBN: 978-1-63915-015-1

❀ Erstellt mit Vellum

PROLOG

London
März 1798

Michael Cranfield sprang aus der Kutsche, bevor sie vor dem weißen Steinhaus am Cavendish Square zum Stehen kam. Seine von der nächtlichen Fahrt verkrampften Beine waren auf diese plötzliche Anstrengung nicht vorbereitet, und er wäre fast mit dem Gesicht voran auf den Bürgersteig gestürzt. Er schaffte es, sich auf den Beinen zu halten, und sprintete die Stufen der Londoner Residenz der Familie Astley hinauf, ohne die Verwirrung des Dieners zu beachten.

»Ist Anne hier?«, fragte er keuchend, als er die Schwelle überschritt. »Ich muss sofort mit ihr sprechen.«

Ein älterer Mann, der mit seiner kerzengeraden Haltung und seiner stummen Missbilligung wie ein Butler aussah, hob eine einzelne Augenbraue. Sein Gesichtsausdruck war der eines Mannes, der etwas außerordentlich Unangenehmes gerochen hatte, und er schien zu überlegen, was das schwerwiegendere Vergehen war: die Tatsache, dass Michael genauso zerknittert und staubig aussah, wie man es nach achtzehn Stunden Fahrt erwarten würde, oder dass er die Dreistigkeit besaß, die Tochter des Earl of Cheltenham mit ihrem Vornamen anzusprechen. Er hob sein Kinn so weit an, dass Michael ihm direkt in die Nase sehen konnte. »Könnte es sein, dass Sie sich auf *Lady* Anne beziehen?«

»Ja, Lady Anne, natürlich. Es ist nur so, dass ich sie schon mein ganzes Leben lang kenne, also ...« Michael schluckte. Er hatte keine Zeit für Erklärungen. »Ist sie hier? Ich muss mit ihr sprechen. Dringend.«

»Das ist sie nicht. Vielleicht könnten Sie Ihre Karte hinterlassen, Mr. ...«

»Dafür ist keine Zeit.« *Oh Gott!* Das wichtigste Gespräch seines Lebens, und er würde sie verfehlen. »Wo ist sie hin?«

Der Butler blähte seine Brust auf. »Das ist höchst ungewöhnlich, Sir. Sie können Ihre Karte hinterlassen. *Wenn* Lady Anne Sie zu empfangen wünscht ...«

»In zwei Stunden fährt ein Schiff nach Kanada ab, und ich muss auf diesem Schiff sein«, sagte Michael.

Der Butler musterte ihn von oben bis unten. »Eine ziemlich dringende Angelegenheit für einen Mann in Ihrem Alter. Sagen Sie, was es sein könnte.«

»Es steht mir nicht frei, das preiszugeben. Aber es genügt zu sagen, dass die Angelegenheit so dringend ist, dass mein Vater mich gerade aus Oxford zurückgeholt hat.« Michael erkannte in der steinernen Miene des Butlers einen winzigen Anflug von Interesse. »Bitte, Sir«, flehte er. »Ich muss auf dem Schiff sein und vorher mit Anne sprechen. Ich könnte ein ganzes Jahr lang weg sein, und ich habe ihr nie gesagt, dass ich ...« Er schluckte, unfähig zu glauben, dass er dies einem völlig Fremden gegenüber zugab. »Ich meine, ich bin mir ziemlich sicher, dass sie es bereits weiß, aber ...« Gott, war das peinlich. Der Mund des Butlers stand auf eine sehr unbutlerische Art und Weise offen. Aber Michael machte weiter, denn er musste den Mann irgendwie überzeugen. »Aber ich habe sie noch nicht wirklich gefragt, ob sie ... Ob sie meine ...«

Die Augen des Butlers schärften sich. »Sie sind der Junge von nebenan. *Lord Morsley*.«

»Ja. Ja, das bin ich.« Michael spürte, wie sich sein Gesicht rötete, bis hin zu seinen großen, immer ein wenig abstehenden Ohren. Das sollte ihn nicht überraschen. Zu Hause in Gloucestershire schien jeder zu wissen, dass er hoffnungslos in seine beste Freundin verliebt war, und das schon seit Jahren.

Aber es war niederschmetternd zu erfahren, dass seine Gefühle so offen diskutiert wurden, dass jemand sie diesem Mann, den er nie getroffen hatte und der hundert Meilen entfernt lebte, gegenüber erwähnt hatte.

Zumindest hatte sein Geständnis die gewünschte Wirkung. »Tausendmal Verzeihung, Mylord. Carter!«, schnauzte der Butler den Mann an der Tür an. »Versammelt die Lakaien sowie die Zofen von Lady Anne und Lady Cheltenham.«

»Ja, Sir!«, sagte Carter und sprintete bereits in Richtung der Rückseite des Hauses.

Es stellte sich schnell heraus, dass Anne und ihre Mutter ausgegangen waren, um einen Besuch zu machen. Niemand kannte die genauen Abläufe des geplanten Nachmittags, aber Yarwood (das war der Name des Butlers) und die Dienstmädchen konnten eine Liste mit mehreren Dutzend Möglichkeiten zusammenstellen.

Lakaien wurden im Eiltempo losgeschickt, um bei den Häusern auf der Liste nachzufragen. Michael schritt an einem Salon vorbei, als ein Herr mit kurzem, braunem Haar, das mit grauen Strähnen durchzogen war, in der Tür erschien. Michael erschrak, und der Mann lachte.

»Es tut mir leid. Ich hätte mich wahrscheinlich früher melden sollen. Ich habe auf Lord Cheltenham gewartet.« Er streckte eine Hand aus. »Ich bin der Earl of Wynters.«

»Lord Wynters.« Michael schüttelte dem Mann die Hand. »Ich bin der Earl of Morsley.«

»Kommen Sie, setzen Sie sich.« Lord Wynters wies mit einer Geste auf einen Stuhl vor dem Feuer. Er schlenderte zu einer Karaffe in der Ecke und füllte zwei Gläser. »Ich wage zu behaupten, dass Sie einen Schluck hiervon gebrauchen könnten«, sagte er und reichte Michael eines.

Michael hob das Glas an die Lippen, als ein lautes Klirren ihn fast dazu brachte, sein Getränk zu verschütten. Es handelte sich um den Spazierstock von Lord Wynters, den er umgestoßen hatte, als er sich wieder auf das Sofa setzte. Als der Graf den Stock wieder an die Couch lehnte, bemerkte Michael, dass der glänzend schwarz lackierte Stock einen silbernen Griff in Form eines Eiszapfens hatte.

»Ich konnte nicht umhin, Ihr Dilemma mitzuhören«, sagte Lord Wynters.

Michael zuckte zusammen. »Ich ... äh ...«

Der Earl lachte. »Kommen Sie, Sie brauchen sich nicht zu schämen. Auch ich war einmal ...« Er hielt inne und musterte Michael abschätzend. »... siebzehn?«

»Neunzehn«, sagte Michael, unfähig, einen Hauch von Defensivität aus seiner Stimme zu halten.

»Neunzehn. Ich bitte um Entschuldigung.« Lord Wynters nippte an seinem Getränk. »Lord Morsley - dann dürften Sie also der Erbe von Redditch sein.«

»Ja, Sir.«

»Dann brauchen Sie sich doch keine Sorgen zu machen. Ihr Vater ist groß, ebenso wie Ihre Mutter, Gott hab sie selig.

Ich wette, dass Sie innerhalb des nächsten Jahres in diese Hände und Füße hineinwachsen werden.«

»Danke«, murmelte Michael, obwohl er sich alles andere als dankbar fühlte. Er war sich nur allzu bewusst, dass er im Gegensatz zu seinen Freunden, die in den letzten Jahren stark zugelegt hatten, immer noch unter dem Durchschnitt lag. Und nicht nur das: Er war dürr und *furchtbar* unbeholfen, mit Händen und Füßen, die so groß waren, dass sie unmöglich zum Rest seines Körpers passen konnten.

Dazu kamen noch seine riesigen Ohren, und er war nicht gerade ein Märchenprinz.

Aber Anne war nicht oberflächlich. Derartige Dinge waren ihr egal.

Zumindest hoffte er bei Gott, dass sie es waren.

Der Graf schüttelte den Kopf und sah wehmütig aus. »Sie erinnern mich sehr an mich selbst, als ich nicht viel älter war, als ich meiner ersten Frau den Hof gemacht habe. Sie haben eine gute Wahl getroffen, wenn ich das so sagen darf. Lady Anne hat tatsächlich eine verblüffende Ähnlichkeit mit meiner Clara.« Er starrte gedankenverloren durch den Raum. »In der Tat eine verblüffende Ähnlichkeit.«

»Ich verstehe«, sagte Michael. Er war so aufgeregt, dass es ihm schwer fiel, den Worten des Mannes zu folgen, aber er versuchte, nicht unhöflich zu sein.

Als der erste Lakai zurückkehrte, hörte man im Foyer eilige Schritte. »Entschuldigen Sie mich«, sagte Michael, der schon halb durch den Raum gegangen war.

»Sie waren vorhin im Haus von Lady Grenwood«, sagte der Lakai, die Hände auf den Knien, und sein Atem kam röchelnd. »Aber sie sind vor einer halben Stunde losgefahren, und Ihre Ladyschaft wusste nicht, wo sie sonst hinwollten.«

Yarwood ließ dem Mann keine Ruhe und reichte ihm

einen weiteren Zettel. »Wir haben an drei weitere Häuser gedacht.«

»Ja, Sir!«, sagte der Lakai und holte noch einmal tief Luft, bevor er aus der Tür eilte.

Die Zeit verging sowohl quälend langsam als auch viel zu schnell. Irgendwie waren jedes Mal, wenn Michael auf seine Taschenuhr schaute, weitere fünf Minuten verschwunden. Bald waren alle Lakaien bis auf zwei zurückgekehrt, und noch immer gab es keine Neuigkeiten.

Michael seufzte und wandte sich an Yarwood. »Wenn ich mein Schiff erreichen will, muss ich in zehn Minuten losfahren. So sehr ich es auch hasse, eine solche Nachricht in einem Brief zu übermitteln, scheint es doch so weit gekommen zu sein.«

»Ich glaube, Sie haben recht, Mylord«, sagte Yarwood und führte Michael zurück in den Salon, wo der Earl immer noch vor dem Kamin wartete. Yarwood öffnete einen Schreibtisch und gab Michael ein Zeichen, sich zu setzen.

Im Laufe der Jahre hatte sich Michael vorgestellt, Anne auf Hunderte von verschiedenen Arten einen Heiratsantrag zu machen. Auf dem Balkon bei einem Ball. In dem griechischen Pavillon hinter ihrem Haus. Auf dem Teich, auf dem sie vor Jahren so manche Stunde mit Piratenspielen verbracht hatten (Michael hatte das schnell verworfen. Sie waren anfällig genug dafür gewesen, mit dem Boot umzukippen, ohne dass jemand versucht hätte, auf die Knie zu gehen).

Doch schließlich hatte er sich entschlossen, den Antrag auf der Wiese neben Cranfield Castle zu machen, der prächtigen alten Ruine, die seit fast fünfhundert Jahren im Besitz seiner Familie war. Das war zufällig der Ort, an dem sie in dem Sommer, als sie beide fünfzehn gewesen waren, gepicknickt hatten, als Michael sie fast geküsst hatte.

Ein Antrag in einem Brief schmeckte daher wie die

Bitterkeit einer Niederlage, und was Michael in zehn Minuten verfassen konnte, ließ einiges zu wünschen übrig. Aber wenigstens konnte er das Wesentliche sagen: dass er Anne liebte, dass er sie seit Jahren liebte, dass er niemanden außer ihr zur Frau haben wollte, dass er sich nie von ihr trennen wollte und dass er, wenn sie nur auf ihn wartete, zu ihr zurückkehren würde, sobald er die Aufgabe, die sein Vater ihm gestellt hatte, erfüllt hätte.

»Das wäre es«, sagte er, faltete den Umschlag zu Ende und stand auf. Er schaute auf seine Taschenuhr und stellte mit Entsetzen fest, dass er schon vor fünf Minuten hätte gehen sollen. »Ich muss mich beeilen.«

»Ich werde dafür sorgen, dass Lady Anne den Umschlag erhält«, versprach Yarwood.

»Danke, Yarwood«, sagte Michael mit Gefühl. »Für alles.«

Der Earl hatte den Raum durchquert, um Michaels Hand zu schütteln. »Viel Glück, junger Mann.«

Michael ergriff seine Hand. Er war so aufgeregt, dass er den Namen des Mannes völlig vergessen hatte. »Ich danke Ihnen, Mylord.«

Und so eilte Michael die Treppe so schnell hinunter, wie er sie heraufgeeilt war, gespannt auf Annes Antwort und wissend, dass er noch Monate warten müsste, um zu erfahren, wie diese Antwort lautete.

LORD WYNTERS SCHAUTE sich im Salon um. Das Haus war noch immer in Aufruhr, nachdem die unerwartete Ankunft des jungen Lord Morsley für Aufregung gesorgt hatte. Die Lakaien plauderten im Foyer miteinander.

Yarwood, der einzige, der sich daran zu erinnern schien, dass sie noch einen Gast hatten, hatte sich vor der Tür postiert.

»Yarwood«, rief Lord Wynters, »ich denke, ich werde nicht länger warten. Aber ich frage mich, ob ich Sie um einen Gefallen bitten darf, bevor ich gehe.«

»Gewiss, Mylord.«

Er hob sein leeres Glas. »Ich weiß zufällig, dass Cheltenham eine Flasche Martell in der Bibliothek aufbewahrt. Würden Sie mir bitte ein Glas holen?«

»Sofort, Mylord.«

Sobald der Butler aus dem Weg war, ging Wynters zum Schreibtisch und nahm den Brief von Lord Morsley an sich. Er machte sich nicht die Mühe, ihn zu öffnen; er wusste genau, was darin stand.

Er warf das Schreiben direkt ins Feuer.

Dann kritzelte er eine kurze Notiz, die er genau im gleichen Winkel wie Lord Morsleys Schreiben auf den Tisch legte.

Als Yarwood mit seinem Getränk zurückkam, saß Wynters wieder auf seinem Platz, den Arm über die Rückenlehne des Sofas gelegt, und sah aus, als hätte er sich nie bewegt.

KAPITEL 1

London
Juli 1802
Vier Jahre später

$\mathcal{A}$nne Northcote, die Gräfin von Wynters, schlich in das Foyer des Herrenhauses in Falmouth, nackt bis auf ein Laken aus schwarzem Spitzentuch.

Zumindest, so dachte sie grimmig, sah sie so aus.

In Wirklichkeit war das schwarze Netz vollständig mit beigem Musselin gefüttert. Aber der Musselin war Annes Hautton farblich so ähnlich, dass auf den ersten Blick der Eindruck entstand, dass ... dass ...

Dass sie unter dem Netz *nichts* anhatte.

Oh, dieses Kleid war eine schreckliche Idee. Die schreckliche Idee ihrer kleinen Schwester Caroline, um genau zu sein. Annes Ehemann, Lord Wynters, war vor genau einem Jahr im Schlaf gestorben, und heute Abend sollte ihr Wiedereintritt in die höfliche Gesellschaft stattfinden. Anne hatte nie die Zeit, sich mit der neuesten Mode zu beschäftigen, und nach einem Jahr in Trauer war ihre Garderobe stark aus der Mode gekommen. Ihre elegante kleine Schwester zu bitten, ein paar Kleider für sie in Auftrag zu geben, war ihr wie die perfekte Lösung vorgekommen.

Dieses skandalöse Kleid war offenbar Caros Vorstellung von Halbtrauer. Anne spürte, wie ihre Wangen unter dem Rouge, das ihre Zofe aufgetragen hatte, erröteten.

Rouge! Sie trug nie Rouge, aber heute Abend trug sie es, und auch *Lippenpomade.* Dazu eine karmesinrote Gewächshausrose hinter dem Ohr und eine schwarze Spitzenmaske, die zu ihrem Kleid passte.

Auf halbem Weg durch das Foyer beschloss Anne, dass sie das nicht durchziehen konnte.

Und wer könnte ihr das angesichts des Tages, den sie hinter sich hatte, verdenken?

Sie ließ die Schultern sinken, als sie an den Boten dachte, der sie vorhin aufgesucht hatte, um ihr die Nachricht von ihrer bevorstehenden Demütigung zu überbringen. Nein, ein falsches Lächeln aufzusetzen und so zu tun, als würde sie sich amüsieren, wohl wissend, dass sie morgen früh von allen ausgelacht werden würde, würde alles nur noch schlimmer machen. Sie würde sich bei Lady Falmouth entschuldigen und ...

»Was glaubst du denn, wo du hingehst?«

Anne straffte sich, bevor sie sich umdrehte. »Mir geht es nicht gut, Mama.«

»Ist das so?« Georgiana Astley, die Gräfin von Cheltenham, umkreiste Anne wie ein Hai und beäugte sie hinter ihrer Lorgnette-Maske mit den Pfauenfedern.

Anne rang die Hände. »Es ist nichts, nur Kopfschmerzen ...«

Lady Cheltenham klappte ihre Maske herunter. »Hör auf mit dem Unsinn. Wir wissen beide, dass dein Unbehagen nichts mit deinem Kopf und alles mit diesem Kleid zu tun hat.«

»Es ist nicht das Kleid.«

Ihre Mutter zog skeptisch eine Augenbraue hoch.

Anne seufzte. Es war mal wieder typisch für ihre Mutter, sie zu durchschauen. »Zumindest nicht ganz. Ich komme mir ein bisschen lächerlich vor. Aber ich habe eine schlechte Nachricht erhalten.«

»Was ist passiert, Schatz?«

Anne schloss ihre Augen. »Ich soll Gegenstand einer Karikatur sein.«

Die Gräfin runzelte die Stirn. »Eine Karikatur? Was meinst du damit, eine Karikatur?«

»Heute Morgen habe ich mich für einen Schornsteinfegerlehrling eingesetzt, der in einem Schornstein in Holborn feststeckte. Der Junge hat überlebt«, sagte Anne und sah die Bestürzung in den Augen ihrer Mutter. »Ich konnte den Eigentümer des Gebäudes davon überzeugen, die Wand zu öffnen, um ihn herauszuschneiden.«

»Natürlich hast du das.« Ihre Mutter blähte stolz ihre Brust auf. »Das ist mein Mädchen.«

»Aber der Eigentümer war sehr abgeneigt, sein Gebäude wegen eines unbedeutenden Fegers zu beschädigen, und um ihn umzustimmen, musste ich ein bisschen ...« Anne wedelte mit der Hand und suchte nach dem richtigen Wort. »... deutlich werden.«

Die Gräfin zog eine Augenbraue hoch. »Deutlich?«

»Man könnte sogar sagen, vehement.«

»Was hast du gesagt, Liebling?«

Anne verknotete ihre Hände. »Ich habe ihn möglicherweise angeschrien, dass er sich schämen solle, dass er kein Recht habe, sich als Christ zu bezeichnen, und wenn er uns nicht erlaube, diese Mauer zu öffnen, würde ich dafür sorgen, dass sein Name morgen auf der Titelseite jeder Zeitung in London stünde. Vor zweihundert Leuten«, fügte sie eilig hinzu.

Die Gräfin klappte ihren Fächer auf. »Wenn man bedenkt, dass das Leben eines Kindes auf dem Spiel stand, denke ich, dass du das Recht dazu hattest.«

»Ja, und ehrlich gesagt würde ich genau dasselbe wieder machen, sollte es nötig sein, um den Jungen zu retten. Aber morgen soll eine Karikatur gedruckt werden, in der ich mit einem römischen Helm bekleidet bin und über einem kauernden Mann stehe. Ich werde gezeigt, wie ich ihn mit einem Speer aufspieße und eine Version meiner Rede vortrage. Die Bildunterschrift lautet: *Lady W, Londons ureigene Virago.*«

»Woher weißt du das?«, wollte ihre Mutter wissen.

»Ein Bote kam heute im Büro der Ladies' Society vorbei.«

»Liebling, vielleicht ist es nicht so schlimm wie du ...«

»Doch, ist es. Ich habe es gesehen.« Anne sah weg und spürte, wie ihr die Tränen in die Augen stiegen.

Ihre Mutter trat vor und nahm ihre Hände. »Oh, Liebling, ich weiß, es ist unangenehm. Aber diese Karikatur wird in einer Woche vergessen sein. Du wirst schon sehen. Außerdem solltest du es sogar als eine Art Ehrenabzeichen tragen. Wenn *niemand* etwas Böses über dich sagt, bedeutet das nur, dass du es nicht wert bist, dass man über dich spricht.«

Anne seufzte. Ihre Mutter hätte es als Ehre empfunden, so wie ihre Mutter dieses Kleid hocherhobenen Hauptes hätte tragen können. Anne hatte sich immer über das unerschütterliche Selbstbewusstsein ihrer Mutter (und ihrer Schwester) gewundert.

Aber sie war einfach nicht so.

»Die Sache ist die«, sagte Anne, »ich bin nicht in der Stimmung für einen Ball.«

»Hast du schon einmal darüber nachgedacht«, sagte Lady Cheltenham vorsichtig, »dass eine kleine Abwechslung vielleicht genau das ist, was du dieser Tage brauchst?«

»Ich bezweifle, dass ich heute Nacht eine kleine Abwechslung finden werde. Ich werde wahrscheinlich die meiste Zeit des Abends in der Ecke stehen, wie immer.«

Ihre Mutter schnaubte. »Du *stehst* nicht in der Ecke, sondern *versteckst* dich in der Ecke. Wenn du damit aufhören würdest, wäre deine Tanzkarte jeden Abend voll.«

»Mama«, protestierte Anne, »meine Tanzkarte war noch nie voll. Nicht ein einziges Mal.«

»Das liegt schlicht daran, dass du ganze drei Wochen auf dem Heiratsmarkt warst, bevor du den ersten Antrag angenommen hast, der dir gemacht wurde. Und du hast dich die meiste Zeit dieser drei Wochen in der Damentoilette versteckt.«

Es war gar nicht so einfach, darüber zu streiten, da die Fakten der Mutter im Wesentlichen korrekt waren. Nicht, dass sie die richtige Schlussfolgerung gezogen hätte. »Willst du sagen, ich hätte den Heiratsantrag von Lord Wynters nicht akzeptieren sollen?«

»Nicht, wenn der Antrag das war, was du wirklich gewollt hast. Nur, dass es keinen Grund gab, so überstürzt zu handeln.«

Anne bemühte sich, einen anklagenden Ton in ihrer Stimme zu vermeiden. »Es ist nur so, dass ... *du* diejenige warst, die immer gesagt hat, dass ich eines Tages eine Gräfin sein werde. Oder manchmal hast du auch das Wort *Marchioness* verwendet.« Sie biss sich auf die Lippe. »Ich habe meine Pflicht verstanden. Als Lord Wynters mir einen Heiratsantrag machte, wusste ich, dass dies meine einzige Chance war, jemanden von dem Rang und Ansehen zu heiraten, den du und Papa erwarteten ...«

»Oh, mein liebes Kind.« Die Augen ihrer Mutter waren

voller Kummer, als sie Annes Hände nahm und sie drückte. »Ich wünschte, ich hätte nie ein Wort gesagt. Hätte ich gewusst, wie sehr du mich missverstanden hast ...« Die Gräfin brach ab und sah zu Boden. »Der Punkt ist, dass du, wenn du dir etwas mehr Zeit gelassen hättest, ein Dutzend Heiratsanträge bekommen hättest, aus denen du hättest wählen können.«

»Nein, das wäre nicht so gekommen. Ich bin nicht wie du, Mama. Ich bin ... langweilig und unscheinbar.«

Ihre Mutter war mit ihrem honigblonden Haar und den strahlend blauen Augen als die schönste Frau ihrer Generation gefeiert worden. Man nannte sie die *Astley*-Augen, denn fünf von Annes sechs Geschwistern hatten sie auch.

Anne hingegen hatte schlichtes braunes Haar und schlichte braune Augen. Sie war die einzige Tochter, die nicht die schönen Augen ihrer Mutter geerbt hatte.

Und sie wusste, dass Eitelkeit eine Sünde war, aber manchmal fühlte sie sich wie ein Ackergaul in einer Familie von Einhörnern.

»Du bist weder das eine noch das andere«, betonte ihre Mutter.

Aber mit der Aussicht, wieder in den Heiratsmarkt eintreten zu müssen, die wie ein Damoklesschwert über ihr schwebte, hatte Anne das letzte Jahr damit verbracht, über die vielen Dinge nachzudenken, die sie unverheiratbar machten, und jetzt kamen sie heraus. »Ich bin langweilig. Ich bin schlicht. Ich verbringe zu viel Zeit mit meiner Wohltätigkeitsarbeit. Ich habe in drei Jahren Ehe kein einziges Kind gezeugt.«

»Das wird dir ganz sicher niemand vorwerfen. Jeder weiß, dass Lord Wynters in keiner seiner drei Ehen ein einziges Kind gezeugt hat.«

»... ich bin eine *Virago* ...«

Die Gräfin schnaubte. »Ich für meinen Teil würde das als Kompliment betrachten.«

»... und ich bin zu groß«, schloss Anne.

Ihre Mutter schaute finster drein. »Das bist du ganz sicher nicht.«

»Natürlich bin ich das.« Anne lachte. Ihr fehlten nur zwei Zoll an sechs Fuß. Wie konnte ihre Mutter auch nur andeuten ...

Die Gräfin fächelte sich abweisend. »Deine Figur ist elegant.«

»Ich bin größer als die meisten Männer in diesem Ballsaal!«, zischte Anne.

»Vielen Männern ist das egal, Anne.«

Anne schüttelte den Kopf. Lebenslange Erfahrung hatte sie etwas anderes gelehrt. »Kein Mann will eine Frau, die ihm das Gefühl gibt, unmännlich zu sein.«

»Nun«, sagte ihre Mutter und klappte ihren Fächer zu, »du musst nicht jeden unsicheren Trottel in diesem Raum heiraten. Man braucht nur einen Mann, der klug genug ist, ein Vollblut zu erkennen, wenn er eines sieht.«

»Ein *Vollblut*? Ich bin kein Vollblut ...«

»Das ist genau das, was du bist.« Ihre Mutter schaute sie an. »Wirklich, Anne, ich verstehe nicht, was mit dir passiert ist. Du warst immer so selbstbewusst, als du aufgewachsen bist.«

Anne seufzte. Das stimmte wohl. Sie war in den Cotswolds aufgewachsen und mit dem Jungen von nebenan, Michael Cranfield, befreundet gewesen. Den größten Teil ihrer Kindheit hatte sie damit verbracht, über die angrenzenden Ländereien ihrer Väter zu reiten, auf Bäume zu klettern und Abenteuer zu erleben. Anne war ein reueloser Wildfang gewesen, und es war ihr nie in den Sinn gekommen, an sich selbst zu zweifeln.

Manchmal fragte sie sich, wo dieses selbstbewusste

Mädchen geblieben war. Vielleicht hatte Michael sie mitgenommen, als er nach Kanada ging. Er war nie zurückgekehrt, und Anne hatte vier Jahre lang kein einziges Wort von ihm gehört.

Natürlich hatte sie gleich nach ihrer Ankunft in London festgestellt, dass hier ganz andere Regeln galten. Die Qualitäten, die sie an sich selbst schätzte, die gleichen, die Michael an ihr als Freundin geschätzt hatte - ihr Mut, ihre Entschlossenheit und ihr Sinn für Abenteuer - waren die schlimmsten Verbindlichkeiten auf dem Heiratsmarkt.

Sie hatte also eine neue Identität angenommen, nämlich die der angesehensten Frau in ganz England. Es war notwendig gewesen, um ihre Wohltätigkeitsorganisation ins Leben zu rufen, da niemand an eine Organisation spenden würde, die von einem Wildfang geleitet wurde. Das machte ihren seltenen Ausrutscher an diesem Morgen besonders ärgerlich - für sie stand mehr auf dem Spiel als nur eine persönliche Blamage. Wenn die Leute nicht mehr für die Ladies' Society spenden würden, weil sie die Beherrschung verloren hatte ...

Ihre Mutter unterbrach ihren Gedankengang. »Du, meine Liebe, wirst eine angenehme Überraschung erleben. Außerdem willst du doch einen neuen Ehemann finden, oder nicht?«

»Das tue ich.« Und das war der Haken an der Sache. Anne brauchte einen Ehemann, wenn sie Kinder haben wollte. Und Anne wollte Kinder. Sie wollte sie genauso sehr wie die Luft, die ihre Lungen füllte.

Und Lord Wynters hatte ihr keine gegeben.

»Du bist so angezogen, dass du heute Abend einen finden wirst«, sagte ihre Mutter, packte sie an den Schultern und führte sie durch das Foyer. »Such dir aber dieses Mal jemanden, der anregender ist, meine Liebe.«

Anne schnaubte. »Wie ich schon sagte, *du* warst diejenige, die mir gesagt hat, ich müsse einen Earl heiraten ...«

»Ich weiß, dass ich das gesagt habe. Aber du hast den falschen Grafen geheiratet, Darling.«

»Die Worte *falsch* und *Graf* passen doch aber nicht zusammen. Sie schließen einander vollkommen aus.«

»Hmmm. Nun, ich bin überzeugt, dass du es dieses Mal besser machen wirst. Jetzt hör auf, so herumzulümmeln, und lächle um Himmels willen«, sagte ihre Mutter und schubste sie fast in den Ballsaal.

Nun, es gab keine andere Möglichkeit. Anne warf die Schultern zurück und reckte ihr Kinn in die Höhe. Zwei glänzende Marmortreppen bogen sich bis zum Parkett hinunter. Der Ballsaal der Familie Falmouth, der normalerweise in geschmackvollen Creme- und Goldtönen gehalten war, hatte sich für den Maskenball in eine üppige Fantasie verwandelt. Lila Samtvolants drapierten die Balkone mit Blick auf den darunter liegenden Ballsaal. Weinrote Rosen quollen aus den Vasen auf den Sockeln. Die Kandelaber waren mit goldenen Netzen drapiert worden. Sogar die Tribüne, auf der die Musiker eben ihre Instrumente aufbauten, war in eine prächtige Grotte verwandelt worden. Die Hälfte der Gäste war in voller Montur gekommen - Anne sah Helena von Troja, Oberon und die übliche Auswahl an Nonnen und Mönchen -, die andere Hälfte hatte einfach eine Maske zu ihrer üblichen Abendgarderobe hinzugefügt.

Als sie den Fuß der Treppe erreichte, ging ein Herr in einem grünen Highland-Kilt mit zwei Gläsern Limonade vor ihr vorbei.

Sie sah, wie ihm die Kinnlade herunterfiel. Er drehte den Kopf, um sie weiter anstarren zu können, während er den Raum durchquerte ...

... bis er mit voller Geschwindigkeit gegen eine Säule prallte und auf dem Rücken liegen blieb.

Oh, lieber Gott. Sie schaute sich um und sah, wie die Leute sie unverhohlen anglotzten. Ihr Kleid schien noch schlimmer zu sein, als sie befürchtet hatte. Jeder Instinkt verlangte von ihr, zu fliehen, aber ... warum sah niemand nach dem gefallenen Herrn? Was wäre, wenn er wirklich verletzt wäre? Sie konnte ihn nicht einfach auf dem Boden liegen lassen.

Sie unterdrückte ihre Verärgerung und eilte an seine Seite, wobei sie erleichtert feststellte, dass sich sein Kilt bescheiden über seine Knie glättete. »Geht es Ihnen gut, Sir?«

Er starrte zu ihr auf und sah ziemlich benommen aus. »Das hängt von Ihrer Antwort ab.«

»Meine Antwort? Das ... das verstehe ich nicht.«

Sie streckte ihre Hand aus, um ihm auf die Füße zu helfen, und erkannte erschrocken, dass er fest ihre Finger packte. Der Mann küsste den Handrücken ihrer behandschuhten Hand (er küsste sie tatsächlich - Anne war noch nie in ihrem Leben so schockiert gewesen!). »Sagen Sie mir sofort, ob ich eine Chance habe?«

»Ich ... Ich weiß nicht, was Sie meinen, Sir ...«

»Ich meine«, sagte er, »dass ich heute Abend eine Schönheit gesehen habe, von deren Existenz ich nicht zu träumen gewagt hätte. Sag, dass du dich meiner erbarmst, schöne Göttin, und mir die Gunst eines Tanzes gewährst.«

Oh je, dachte Anne. Er muss sich den Kopf gestoßen haben. »Ich bitte um Entschuldigung, Sir«, sagte sie und versuchte, ihre Hand zu befreien, »aber ich ... ich kenne Sie nicht einmal und ...«

»Alexander Fitzroy, zu Ihren Diensten, Madame. Darf ich den Namen meiner Zauberin erfahren?«

Ein hochgewachsener Mann, der sein blondes Haar in einer lässigen Frisur trug, für deren Erstellung ein verzweifelnder Kammerdiener wahrscheinlich eine Stunde gebraucht hatte, sprach. »Sie ist Lady Wynters. Und ich hätte auch gern einen Tanz.«

Anne starrte den maskierten Mann einen Moment lang an, dann erkannte sie, dass es sich um den Viscount Scudamore handelte.

Seltsam. Lord Scudamore war der Schatzmeister des Royal Military Asylum. Sie waren beide in der Welt der Wohltätigkeit aktiv, so dass Anne ihn recht gut kannte. Er hatte im letzten Jahr immer mehr Interesse an der Ladies' Society gezeigt, und Anne hatte seinen Namen auf ihre Liste der Kandidaten für einen freien Posten im Vorstand als Vizepräsident gesetzt.

Aber er hatte sie noch nie um einen Tanz gebeten. Er war genau der Typ Mann, der *sie* nie zum Tanzen auffordern würde. Er war reich; obwohl das Anwesen, das er geerbt hatte, verschuldet gewesen war, hatte Lord Scudamore ein Wunder vollbracht und es in drei kurzen Jahren saniert. Er war auch jung. Adlig. Sogar gut aussehend.

Anne wurde bleich, als sie merkte, dass Lord Scudamore ihre Antwort erwartete. »Ähm, natürlich, Mylord. Und Sie auch, Mr. Fitzroy«, fügte sie hastig hinzu, als sie seinen traurigen Blick sah.

Sie trug ihre Namen in ihre Tanzkarte ein. »Sie sehen überrascht aus, Mylady«, sagte Lord Scudamore.

»Ein bisschen«, gab Anne zu. »Sie haben mich noch nie um einen Tanz gebeten.«

»Sie waren noch nie verfügbar«, entgegnete Lord Scudamore.

Sie blinzelte ihn überrascht an, als ein als Sir Walter Raleigh verkleideter Mann sagte: »Wir haben alle darauf gewartet, dass *Sie* aus der Trauer herauskommen.« Annes Mund blieb offen stehen, und aus der Gruppe der Männer um sie herum brach ein Kichern hervor.

Diese Gruppe nahm stetig weiter an Volumen zu.

»Lady Wynters, würden Sie mir die Ehre erweisen ...«

»Wenn ich um das Vergnügen bitten dürfte ...«

»Ich möchte besonders um den Abendtanz bitten ...«

Anne gab eilig ihre Tanzkarte her. Sie erkannte die meisten der Herren trotz ihrer Masken, aber nicht alle, und es schien einfacher zu sein, sie ihre eigenen Namen schreiben zu lassen.

Nachdem er seinen Namen eingetragen hatte, lächelte Nathaniel Bartindale. »Nur noch ein Tanz übrig«, sagte er und hielt die Tanzkarte in die Höhe.

Ein halbes Dutzend Arme schossen auf einmal hervor, und drei Männern gelang es, die Karte zu ergreifen.

Augustus Mapplethorpe zerrte heftig daran. »Kommt schon, ihr zwei, gebt das her.«

»Nein, Sie geben es her«, erwiderte William Davison.

»Lasst los, ihr beiden«, grunzte Baron Gladstone, der als Julius Cäsar verkleidet war.

Gute Güte, das war die seltsamste Nacht ihres Lebens! Keiner dieser Männer hatte ihr jemals zuvor auch nur das geringste Interesse entgegengebracht. Aber jetzt stürzten sie sich auf ihre Tanzkarte wie ein Rudel ausgehungerter Hunde. Anne trat hastig einen Schritt zurück, als Mr. Davisons Ellbogen nur wenige Zentimeter ihre Rippen verfehlte.

Und dann, am oberen Ende der Treppe, sah sie ihn.

Er war kaum zu übersehen, überragte er doch alle anderen Personen im Raum. Sein schwarzes Haar hatte den beliebten windzerzausten Look, eine Welle fiel kunstvoll über seine Stirn. Sie konnte nur wenig von seinem Gesicht sehen, denn er trug eine der schlichten schwarzen Masken, die ihre Gastgeber an diejenigen verteilt hatten, die eine brauchten. Aber sie spürte eine seltsame Gewissheit, dass er unter dieser Maske gut aussehen würde; nur ein außergewöhnlich gut aussehender Mann konnte sich so selbstbewusst geben. Sie wusste, wenn ihre Schwester Caro ihn gesehen hätte, wäre sie empört gewesen, denn er trug *Stiefel und Wildlederhosen*, die zwar zum Reiten gut waren, aber auf einem Ball völlig unpassend. Und ebenso erschreckend war, dass selbst Anne feststellen konnte, dass sein Mantel schon einige Jahre aus der Mode war. Aber großer Gott! Der Mantel stand ihm ausgezeichnet.

Gute Güte, Anne hatte noch nie solche Gedanken über Männer gehegt. Sie schätzte den Charakter mehr als das Äußere. Die wichtigsten Eigenschaften, die sie von ihrem zukünftigen Ehemann verlangte, waren, dass er liebenswürdig war, respektiert wurde und ihre Wohltätigkeitsarbeit unterstützte.

Aber es war einfach so schwer, das Aussehen eines Mannes nicht zu bemerken, wenn seine Schultern so breit waren und so ... fest. Sein Bauch hatte nichts von der Wampe, die die meisten Herren hatten, er war flach wie ein Brett. Und diese Hosen ...

Diese Hosen passten ihm perfekt.

Gute Güte, er war genau in diese Richtung unterwegs! Hatte er bemerkt, wie sie ihn anstarrte? Wie sie seine *Hosen* anstarrte? Oh, wie demütigend, was sollte sie nur tun?

Anne war so sehr von dem gut aussehenden Fremden abgelenkt, dass sie kaum auf ihre nähere Umgebung geachtet hatte, und sie sah jetzt, dass der Kampf um ihre Tanzkarte weiterging. Lord Gladstone riss seinen Arm plötzlich nach rechts, und Mr. Davison verlor seinen Halt. Er stieß einen überraschten Schrei aus und kippte nach hinten um.

Leider stand Anne genau an der falschen Stelle. Mr. Davison würde unweigerlich mit ihr zusammenstoßen. Sie schloss die Augen und machte sich auf den Aufprall gefasst ...

... nur um zu spüren, wie sie *von ihren Füßen gerissen* und hoch in die Luft gefegt wurde.

Ein fester Arm lag hinter ihren Schultern und ein weiterer unter ihren Knien, und sie spürte, wie ihre rechte Seite gegen eine steinharte Brust gedrückt wurde. Plötzlich umhüllte sie der Duft von rauchigem Zedernholz und Leder und ... etwas seltsam Vertrautes, das sie nicht genau zuordnen konnte. Genauso schnell, wie er sie hochgehoben hatte, schwang ihr Retter sie herum und setzte sie ab. Aus dem Gleichgewicht geraten, ergriff sie seine Arme. Sie fühlten sich an wie ein Paar Baumstämme, so dick und fest waren sie. Sie zuckte mit den Händen weg, als hätte sie sich verbrannt, und schwankte prompt nach hinten. Er fasste sie um die Rippen, um sie auszubalancieren, und seine Hände waren nicht nur herrlich warm, sondern auch so groß, dass sie fast ihre Taille umschlossen.

Anne riss die Augen auf und starrte direkt in eine Krawatte.

Es war nur ein einziger Gentleman anwesend, der so groß war, dass Anne auf Augenhöhe mit seiner Krawatte war. Sie blickte nach unten, und die Wildlederhosen bestätigten es. *Oh, Gott.* Es musste der schöne, dunkelhaarige Mann sein, den sie eben noch angestarrt hatte.

Hitze stieg ihr in die Wangen. Seine Hände waren immer noch um ihre Taille geschlungen. Aus der Nähe sah sie, dass er noch lächerlich schöner aussah, als sie es sich vom anderen Ende des Ballsaals aus vorgestellt hatte. Zumindest vom Hals abwärts war er es - sie konnte nicht viel von seinem Gesicht erkennen, ganz zu schweigen von der Tatsache, dass er eine Maske trug. Aber wenn es in der ganzen Christenheit einen Mann mit besseren Proportionen gab, hatte sie ihn noch nicht gesehen. Plötzlich erinnerte sie sich an eine Zeichnung, die sie von einer Herkules-Statue gesehen hatte. Es war eigentlich nur ein kopfloser Torso gewesen, der auf einem Podest lag, mit einer tonnenschweren Brust und einem welligen Bauch, der von dicken, wulstigen Muskeln bedeckt war, und über dessen Hüften nur ein Fetzen Leinen hing.

Herkules, das wäre das perfekte Kostüm für diesen Mann. Anne würde ihn gerne in diesem Lendenschurz sehen.

Oh, gütiger Himmel - woher kam *dieser* Gedanke?

Ein satter Bariton dröhnte über ihrem Kopf. »Passen Sie doch auf, Davison. Sie hätten ihr beinahe geschadet.«

Es war ihm hoch anzurechnen, wie entsetzt Mr. Davison dreinblickte. »Ich bitte vielmals um Entschuldigung, Lady Wynters. Ich hoffe, Sie nehmen mir das kleine Malheur nicht übel, denn ich hatte sehr gehofft, mit Ihnen den ...«

»Sie wird nicht mit Ihnen tanzen«, knurrte die tiefe Stimme.

»Aber ich ...«

Ihr geheimnisvoller Mann sagte kein Wort, sondern drehte sich um und starrte Mr. Davison an, der unter dem Zorn des Mannes zurückwich, als wäre es ein körperlicher Schlag.

»Ich ... Ich ... natürlich nicht. Bitte nehmen Sie meine aufrichtigste Entschuldigung an, Lady Wynters.«

»Natürlich«, flüsterte sie.

Das Orchester begann sich einzustimmen. Tristan Bassingthwaighte, der als Shakespeare verkleidet war, trat mit einem süffisanten Lächeln vor. »Ich glaube, der erste Tanz gehört mir.«

»Sie irren sich, Bassingthwaighte«, knurrte ihr Retter. »Sie tanzt mit mir.«

»Jetzt hören Sie mal«, protestierte Mr. Bassingthwaighte, entriss Lord Gladstone ihre zerknitterte Tanzkarte und hielt sie in die Höhe. »Lady Wynters hat mir diesen Tanz versprochen. Es ist mein Tanz, und wenn Sie ihn mir streitig machen, dann werde ich ...«

»Dann werden Sie *was*?« Ihr Retter beugte sich vor und überragte Mr. Bassingthwaighte um fast einen halben Meter.

»Wollen Sie mich herausfordern? Denn wenn Sie es darauf ankommen lassen wollen, akzeptiere ich.«

Mr. Bassingthwaighte hatte einen merkwürdigen grünen Farbton angenommen. Er warf einen traurigen Blick auf Anne und dann wieder auf den großen Mann. »Ich bitte um Entschuldigung, Sir. Genießen Sie den Tanz.«

»Glauben Sie mir, das werde ich. Kommen Sie, Anne.«

Anne? Hatte er sie gerade *Anne* genannt? Es gab keinen einzigen Mann in London, außer ihren eigenen Brüdern, dem sie erlaubt hatte, sie mit ihrem Vornamen anzusprechen. Sie war in ihrem ganzen Leben noch nie so verwirrt gewesen!

Ihr Partner nahm ihre Hand und zog sie in die Mitte des Ballsaals. Jeder, wirklich jeder, starrte sie an. Und das war ja auch kein Wunder - sie trug das skandalöseste Kleid, das man sich vorstellen konnte, sie hatte beinahe ein *Duell* angezettelt, und nun wurde sie von einem völlig Fremden durch den Ballsaal geschleift, als wäre sie eine Kriegsbeute. Sie, die angesehenste Frau in ganz London! Nun, natürlich inzwischen nicht mehr, aber trotzdem.

Sie erblickte ihre beiden älteren Brüder, die in der Nähe des Erfrischungstisches standen, und warf ihnen einen flehenden Blick zu. *Hilfe*, flüsterte sie. Wie erwartet, lachte Harrington über sie. Ehrlich gesagt, hatte sie nichts anderes erwartet, Harrington hielt alles für einen Scherz. Doch zu ihrer Überraschung ignorierte auch ihr ältester Bruder, Edward, ihre Bitte. Er lächelte breit, seine Grübchen blitzten, und er hob sein Glas zum Gruß.

Das war seltsam, denn Edward war der ehrenhafteste Mann, den sie kannte. Es war völlig untypisch für ihn, nicht einzugreifen, wenn eine Frau in eine Notlage geriet.

Aber da war ja noch ihre Mama. Sicherlich würde sie sie retten. Sie warf ihrer Mutter einen verzweifelten Blick zu, aber die Gräfin lächelte genauso zufrieden wie Harrington und fächelte sich selbstgefällig weiter Luft zu.

Nun, es ging nicht anders, sie musste mit dem Mann tanzen. Sie nahm ihren Platz zwischen den Tanzenden ein und zwang sich zu einem Lächeln.

Die Musik begann. Die erste Runde war unauffällig, aber bei der zweiten beugte sich der Mann zu ihr hinunter und flüsterte ihr ins Ohr: »Sie sehen heute Abend wunderschön aus, Anne.«

Sie erschauerte, ja, sie zitterte, als seine tiefe Stimme ihr den Rücken hinauf- und hinunterdröhnte. Gute Güte, er hatte sie Anne genannt - schon wieder! Und sie hatte immer noch keine Ahnung, wer er überhaupt war. Sie war sich sicher, dass sie einander noch nie begegnet waren.

An diesen Mann hätte sie sich erinnert.

Und doch kannte er sie offensichtlich. Verblüfft blickte sie zu ihm auf. Die Maske passte ihm so schlecht, dass sie seine Augen nicht erkennen konnte. Aber was sie von seinem Gesicht sehen konnte, war genauso gut aussehend, wie sie es von der anderen Seite des Ballsaals aus vermutet hatte. Er hatte einen kräftigen Kiefer, der frisch rasiert war, aber bereits einen dunklen Schatten aufwies. Seine Ohren standen ein wenig ab, aber irgendwie passte das zu ihm und glich die Breite seiner Schultern aus.

Außerdem hatte er die am perfektesten geformten Lippen, die sie je gesehen hatte.

Warum dachte sie ständig an diese Dinge, an ... Lippen und Lendenschurze? Was war *los* mit ihr?

Als sie einander ein drittes Mal umkreisten, drang die tiefe Stimme wieder an ihr Ohr. »Lassen Sie uns irgendwo hingehen, wo wir reden können.«

»Reden?«, stotterte sie.

Er führte sie bereits zu den offenen Balkontüren. Wenn es vorher irgendwelche Zweifel daran gegeben hatte, dass sie von allen angestarrt wurde, so flatterten diese direkt vor ihrer Nase nach draußen! Worüber in aller Welt wollten sie denn reden? Sie kannte den Mann nicht einmal. Oh, das war eine Katastrophe epischen Ausmaßes.

Er führte sie hinaus auf den verlassenen Balkon. Anne schaffte es, ihre Hand zu befreien, und nahm einen Platz an der Balustrade mit Blick auf den Garten ein.

Sie suchte nach einem Thema. »Es ist kühl heute Abend, nicht wahr?«

»Komisch«, antwortete die tiefe Stimme, »ich fühle mich wohlig warm.«

Was in aller Welt bedeutete *das*? Sie wollte sich gerade eine Antwort überlegen, als der Mann sie an den Schultern packte und sie zu sich drehte. »Anne«, sagte er lachend, »du erkennst mich nicht.«

Das stimmte wohl, aber sie konnte es kaum zugeben. »Natürlich kann ich ... ähm ... das heißt, ich könnte ...«

»Ich weiß, dass es vier Jahre her ist, aber ich hätte nicht gedacht, dass du mich ganz vergessen hast«, sagte er und griff nach oben, um seine Maske abzunehmen.

Anne erstarrte, ihr Herz schlug plötzlich wie wild. Vier Jahre? Da war jemand, den sie seit vier Jahren nicht mehr gesehen hatte. Jemand, den sie jeden Tag vermisst hatte, so sehr, dass es *schmerzte*. Aber das konnte nicht sein ...

Die Maske fiel ab, und sein Blick nahm den ihren gefangen. Selbst im schwachen Fackellicht des Balkons konnte sie erkennen, dass seine Augen tief smaragdgrün waren.

Es gab nur einen Mann auf der Welt, der so grüne Augen hatte.

»Michael!«, keuchte sie, und ohne nachzudenken, warf sie ihre Arme um seinen Hals.

KAPITEL 2

*A*nne hatte sich manchmal gefragt, wie sie sich wohl fühlen würde, wenn dieser Moment endlich kommen würde, der Moment, in dem sie Michael wiedersah. Sie war sich, ehrlich gesagt, nie sicher gewesen. Es hatte Zeiten gegeben, in denen sie ihn so sehr vermisst hatte, dass sie alles dafür gegeben hätte, ihn bei sich zu haben, selbst wenn es nur für eine Stunde gewesen wäre.

Aber es hatte auch Zeiten gegeben, in denen sie sich in den Schlaf geweint hatte, weil sie sich fragte, warum ihr ehemals bester Freund, der Junge, der ihr immer zweimal pro Woche aus der Schule geschrieben hatte, keinen ihrer Briefe beantwortete.

Es gab Momente, in denen sie an Michael voller Wärme als an ihren besten Freund dachte. Aber wenn sie ehrlich war, gab es auch Momente, in denen sie sich verletzt fühlte. Verwirrt.

Sogar wütend.

Daher war sie sich nie sicher gewesen, wie sie reagieren würde. Aber jetzt, wo er hier war ...

Sie war froh, ihn zu sehen. *So* froh.

Es war eine große Erleichterung, festzustellen, dass sie so empfand.

Michael umarmte sie herzlich. Als Anne sich zurückzog, lächelten sie beide, auch wenn sie Tränen in den Augen hatte. Er griff nach oben und nahm ihr vorsichtig die Maske ab.

Anne stand nur wenige Zentimeter von ihm entfernt, als er das kleine Bändchen löste, und fühlte sich schüchtern. Ihr erster Instinkt war richtig gewesen: Ohne die Maske war Michael alles, was groß, dunkel und gut aussehend war.

Irgendwann in den letzten vier Jahren hatte sich der kleine Junge, mit dem sie aufgewachsen war, in dieses prächtige Exemplar der männlichen Spezies verwandelt. Es würde ein wenig dauern, sich wieder an ihn zu ... gewöhnen, das war alles.

Als er mit ihrer Maske fertig war, machte sie einen hastigen Schritt zurück. »Es ist so schön, dich zu sehen.«

»Es ist auch schön, dich zu sehen.« Er warf ihr einen Blick zu. »Und ich bin erleichtert, dass du noch weißt, wer ich bin.«

Anne lachte. »Ich kann nicht glauben, dass ich dich nicht erkannt habe! Zu meiner Verteidigung muss ich aber hinzufügen, dass du eine Maske getragen hast. Und du musst wissen, Michael, wie sehr du dich in den letzten vier Jahren verändert hast. Du musst ja einen halben Meter größer sein als beim letzten Mal, als ich dich gesehen habe.«

»Nicht ganz. Nur fünfundzwanzig Zentimeter. Ich bin jetzt sechs Fuß und fünf Zoll groß.«

»Du siehst großartig aus.« Bei dem letzten Wort brach Annes Stimme, und in ihren Augen bildeten sich erneut Tränen. »Es tut mir so leid, ich ...« Sie sah weg, unfähig, fortzufahren.

Plötzlich lag sie wieder in seinen Armen. Sie fühlte sich an eine warme, feste Brust gedrückt. Diese baumstammdicken Arme umhüllten sie vollständig, und es fühlte sich *wunderbar* an. Sie spürte seinen Atem in ihrem Haar und das leichte Kratzen seines Kiefers, als er ihre Stirn berührte.

Ihr Atem war zittrig, und ihr Herz raste wie die Flügel eines Kolibris. Das war lächerlich! Das war ... das war nichts. Es war nicht so, dass Michael *irgendetwas damit aussagen wollte.* Das war ja wie all die Male, als sie ihn umarmt hatte, kurz bevor er zur Schule aufgebrochen war, genau die gleiche Umarmung, die sie ihren Brüdern gegeben hatte.

Das fühlte sich ganz anders an, als wenn sie ihren Bruder umarmte.

»Es ist in Ordnung«, murmelte er in ihr Haar.

»Ich hab nur ...« Sie schluckte und kniff die Augen zusammen. »Ich habe dich so sehr vermisst, Michael.«

Seine Stimme war rau, als er antwortete: »Ich weiß, Anne. Glaub mir, ich weiß es.«

Sie verharrten einen Moment so, bevor Anne klar wurde, dass jemand auf den Balkon kommen und sie in einer scheinbar kompromittierenden Position entdecken könnte. Das war es natürlich nicht! Michael war nicht auf diese Weise an ihr interessiert.

Ihr Gesicht verfinsterte sich ein wenig, als sie sich an den Tag erinnerte, an dem sie das mit absoluter Gewissheit erfahren hatte.

Anne wich zurück. »Sieh mich an, ich weine, wenn ich glücklich bin.« Sie tupfte ihre Tränen mit der Rückseite ihres Handschuhs ab. »Erzähl mir alles über Kanada.«

»Kanada ist ...« Seine Mundwinkel zogen sich nach oben, und seine grünen Augen funkelten. »Weißt du noch, als wir jünger waren, konnten wir uns immer die besten Abenteuer ausdenken?«

»Natürlich, ich erinnere mich. Piraten und Seeungeheuer. Ritter und Drachen und Burgfräulein in Not.«

»Ich kann mich nicht erinnern, dass du jemals in Not gewesen wärest.«

Sie bemühte sich, ihre Stimme leicht klingen zu lassen. »Ich bezog mich natürlich auf Caro. Und gelegentlich Harrington.«

Er lachte, ein aus voller Kehle ertönender Laut, der ihr Herz zum Rasen brachte. Sie hatte ihn so lange nicht mehr gehört. »In der Tat! Und so ist es auch in Kanada. Ich habe dort Abenteuer erlebt. Echte Abenteuer.« Er hielt inne, und als er sie wieder ansah, waren seine Augen sehr ... intensiv. »Als ich dort war«, sagte er vorsichtig, »hatte ich das Gefühl, dass ich *fast* alles hatte, was ich jemals wollte.«

Ihre Wangen wurden heiß. Das ist Michael, du Tölpel, erinnerte sie sich. Er hat das nicht so gemeint, wie es sich anhört.

Und doch, der Blick in seinen Augen, als er es sagte ... Anne und Michael hatten einander in ihrer Kindheit so nahe gestanden, dass sie immer darüber gescherzt hatten, sie könnten im Gesicht des anderen dessen Gedanken lesen. Ihre Geschwister hatten sogar die Regel aufgestellt, dass sie nicht zusammen Whist spielen durften, weil er mit jedem Blick auf ihr Gesicht einen Trumpf ausspielen konnte, weil er intuitiv wusste, wann sie den Stich nicht auffangen konnte. Manchmal hatte Anne das Gefühl gehabt, dass sie aus dem Zucken von Michaels Augenbraue mehr herauslesen konnte als aus einem einstündigen Gespräch mit jemand anderem.

Und die Art, wie er sie jetzt ansah, in diesem Moment ... Wenn Anne es nicht besser wüsste, würde sie sagen, sein Blick war ... leidenschaftlich.

Sie schüttelte sich. Das war der springende Punkt, sie *wusste* es besser. »Ich freue mich darauf, von jedem dieser Abenteuer zu hören.« Sie zwang sich zu einem strahlenden Lächeln.

Aber sie merkte, dass sie es nicht festhalten konnte.

»Michael«, sagte sie und ließ die Maske der falschen Fröhlichkeit fallen, »was ist passiert?«

Es kam Michael unwirklich vor, nach vier Jahren, in denen er darum gekämpft hatte, zu akzeptieren, dass Anne niemals ihm gehören würde, auf dem Balkon dieses schicken Londoner Stadthauses zu stehen, das sich in jeder Hinsicht von der quadratischen Blockhütte unterschied, die er draußen an der kanadischen Grenze bewohnt hatte, und Anne zum Greifen nah vor sich zu haben.

Er war so froh, dass ihre Maske weg war und er sie endlich sehen konnte. Sie sah so aus, wie er sie in Erinnerung hatte - vielleicht einen Hauch blasser als vor vier Jahren und ohne die Sommersprossen, die jeden Sommer auf ihrer Nase aufgetaucht waren, so dass er sich fragte, ob sie zu viel Zeit in geschlossenen Räumen verbrachte. Ihre Figur war etwas reifer geworden, seit er sie das letzte Mal gesehen hatte, und obwohl sie immer noch sehr schlank war, hatte sie das leichte Fohlenhafte verloren, das sie einst an sich gehabt hatte. Michael machte das nichts aus - er hatte sie schon vorher für perfekt gehalten, und sie sah auch jetzt noch genauso perfekt aus.

Das waren die einzigen Veränderungen, die er feststellen konnte. Sie trug ihr warmes, braunes Haar auf dieselbe Weise, aufgetürmt auf ihrem Kopf, was ihren langen, eleganten Hals betonte. Was ihre Augen betraf ... Michael wusste, dass Anne sich immer dieselben blauen Augen gewünscht hatte, die ihre Schwestern auszeichneten, aber er hatte es nie verstanden. Er könnte tagelang in Annes große, tiefe, wunderschöne braune Augen blicken.

Er holte tief Luft, und da war er: ein Hauch von

Erdbeeren. Sie hatte schon immer nach Erdbeeren gerochen; er wusste zufällig, dass das von der Handcreme kam, die sie benutzte. Er hatte den Duft in dem Moment wahrgenommen, als er sie in seine Arme schloss, und seine Knie waren ein bisschen weich geworden, so sehr erinnerte ihn dieser süße, vertraute Duft an sie.

Er fühlte sich so, wie man sich nach einer schlimmen Erkältung fühlt, bei der man, egal wie verzweifelt man keucht und kämpft, nie einen befriedigenden Atemzug bekommt.

Anne wiederzusehen ... es war, als hätte er zum ersten Mal seit vier Jahren wieder richtig durchgeatmet.

Sein Blick wanderte zu ihren Lippen. Annes Lippen waren von Natur aus rosafarben, und sie waren voll und breit genug, dass das Lächeln, wenn sie lächelte, ihr ganzes Gesicht einnehmen konnte. Niemand konnte einen anderen Menschen so anlächeln wie Anne Astley. Wann immer sie das getan hatte, hatte es ihn fast umgehauen.

Allerdings lächelte sie ihn im Moment nicht an. Und er konnte es ihr nicht verübeln.

Er räusperte sich und erinnerte sich, dass sie ihm eine Frage gestellt hatte. »Ich bin so froh, dass ich es dir endlich sagen kann. Ich wollte schon so lange alles erklären. Obwohl ...« Er brach ab und neigte den Kopf in Richtung des überfüllten Ballsaals. »... vielleicht nicht gerade hier.«

Anne nickte. »Ich verstehe.« Dein Vater hat mir ... na ja, nichts Genaues erzählt. Aber er hat angedeutet, dass du in irgendeiner Mission für die Krone unterwegs bist.«

»Das war ich. Aber obwohl die Details nicht nach außen dringen sollten, gibt es keinen Grund, warum ich mich dir nicht anvertrauen sollte. Und das werde ich, Anne. Ich schwöre, ich werde dir alles erzählen, sobald wir irgendwo sind, wo wir nicht belauscht werden können.«

»Das ist es nicht so sehr. Ich meine ...« Ein

schuldbewusster Blick ging über ihr Gesicht. »Natürlich möchte ich davon erfahren. Aber es ist mehr ...« Sie sah zu Boden, und er erkannte, wie sehr sie sich zusammenriss. »Hast du meine Briefe erhalten?«

Auch er hatte gewusst, dass dies kommen würde. Wie könnte es anders sein? Sie hatten in all den Jahren, in denen er die Schule besucht hatte, zunächst in Eton und dann in Oxford, regelmäßig miteinander korrespondiert. Es musste ein Schock gewesen sein, als er ganz aufhörte zu schreiben.

Das Problem war, dass es unmöglich war, eine kohärente Antwort zu verfassen, wenn man das ursprüngliche Schreiben des Empfängers nicht gelesen hatte. Nachdem Michael die Aufgabe, die ihn nach Kanada gebracht hatte, erledigt hatte, hatte er sich auf den Weg zur Farm seines Vaters in der Nähe des Simcoe-Sees gemacht. Dort fand er einen kleinen Berg von Briefen vor, die auf ihn warteten. Er erinnerte sich daran, wie er in dem Stapel nach Annes Handschrift suchte und mit zitternden Fingern ihren Brief zu öffnen versuchte, während ihm das Herz in der Kehle schlug, weil er ihre Antwort auf seinen Antrag hatte lesen wollen.

Aber der Brief enthielt keine Antwort, kein Wort über seinen Heiratsantrag. Es war, als hätte sie seinen Brief nie erhalten. Außerdem enthielt er eine so unerwartete und schreckliche Nachricht, dass er auf die Knie fiel, als er sie las: Sie hatte einen anderen geheiratet.

Danach hatte er keinen einzigen ihrer Briefe mehr geöffnet. Er hatte es nicht ertragen können. Hätten sie auch nur ein Wort über ihr Glück mit einem anderen Mann enthalten, hätte es ihn umgehauen.

Anne wartete auf eine Antwort von ihm. Er beschloss, ihr die Wahrheit zu sagen.

Zumindest einen Teil davon.

»Ich habe sie erhalten«, sagte er.

Es tat körperlich weh, zu sehen, wie sich der Kummer über ihr Gesicht legte. Sie schluckte. »Darf ich dann fragen, warum du nicht geantwortet hast?«

Michael erstarrte und rang um eine Antwort.

Nach einem Moment fuhr Anne fort: »Ich habe mich gefragt, ob ich etwas getan habe, ob du sauer auf mich bist oder ...«

»Ich bin nicht böse auf dich«, sagte Michael. Zumindest das war richtig.

Gewiss, es hatte Momente gegeben, in denen er wütend gewesen war, nicht auf sie, sondern auf sich selbst (*warum* hatte er sie nach London gehen lassen, ohne ihr schon vorher den Antrag zu machen? Wie konnte er nur so dumm gewesen sein, anzunehmen, dass sie es wusste?) Er war auch wütend auf das Schicksal gewesen, das es für richtig gehalten hatte, sie im ungünstigsten Moment voneinander zu trennen, als Anne ihr Debüt auf dem Heiratsmarkt gab.

Doch während er sich durch den Rest seiner Post arbeitete, war ihm klar geworden, dass etwas furchtbar schief gelaufen war. Dass Anne seinen Brief irgendwie nie erhalten hatte. Dass ihre Eltern den Eindruck gewonnen haben mussten, dass sie ihn zurückgewiesen hatte, und daher ihr Einverständnis gegeben hatten, als sie ihren Wunsch äußerte, diesen Lord Wynters zu akzeptieren.

Und als sie merkten, dass sie seinen Antrag nie erhalten hatte, war es schon zu spät gewesen.

So unglücklich er auch gewesen war, er hatte immer gewusst, tief in seinem Inneren, dass es nicht Annes Schuld gewesen war.

Sie wartete auf seine Antwort. Er studierte ihr Gesicht und hasste es, Traurigkeit in ihren Augen zu sehen. »Ich habe dich verletzt. Ich meine - natürlich habe ich das. Wie kann das nicht weh getan haben?« Er nahm ihre beiden Hände in die seinen. »Es tut mir leid, Anne. Denn dich zu verletzen, das ist das Letzte, was ich jemals tun möchte. Es gibt einen Grund, warum ich nicht zurückgeschrieben habe. Das konnte ich nicht. Und ich werde dir alles erklären, das verspreche ich dir.« Er gab einen Laut der Frustration von sich. »Sobald wir nicht mehr von vierhundert Leuten umzingelt sind.«

Sie blickte einen Moment lang zu ihm auf, und Michael konnte kaum atmen, so gespannt war er auf ihre Reaktion. Dann sah er, wie sich ihr Stirnrunzeln langsam löste, ihre Schultern sich entspannten, und er spürte, wie sie seine Hände drückte. »Vielen Dank dafür«, sagte sie. »Ich bin sicher, wenn du es mir erst einmal erklärt hast, wird alles einen Sinn ergeben.«

Es war eine große Erleichterung zu sehen, dass der Kummer aus ihrem Gesicht verschwunden war. »Also«, sagte er, darauf bedacht, das Gespräch wieder in die richtige Richtung zu lenken, »ich war in den letzten drei Monaten auf Reisen. Wie geht es dir?«

»Mir geht es gut, ich konzentriere mich nur auf die Ladies' Society, wie immer.« Ein Lächeln stahl sich auf ihr Gesicht. »Vor kurzem ist etwas Wunderbares passiert. Es ist eine lange Geschichte, aber ich kam in den Besitz dieses kleinen, mit Juwelen besetzten Kästchens, das sich als altägyptisches Artefakt herausstellte. Es wurde letzten Monat versteigert und hat so viel eingebracht, dass die Ladies' Society ihre Größe verdoppeln kann.«

»Das ist großartig. Ein ägyptisches Artefakt - wie in aller Welt bist du denn daran gekommen?«

Annes Augen wurden groß wie Guineen. »Oh je, du hast das wahrscheinlich noch nicht gehört. Mein Mann ist vor einem Jahr gestorben.«

Oh ja, er hatte davon gehört. »Es tut mir so leid«, sagte er, was kein bisschen der Wahrheit entsprach, aber es schien das Richtige zu sein, was er in diesem Augenblick sagen musste.

»Er hat es kurz vor seinem Tod beim Kartenspiel gewonnen.« Sie drückte eine Hand auf ihr Herz. »Ich hoffe, ich habe nicht angedeutet, dass ich froh über den Tod meines Mannes bin!«

Michael jedenfalls hätte nichts dagegen gehabt. »Ganz und gar nicht.« Er räusperte sich. »Also ... du bist jetzt Witwe?«

Sie legte den Kopf schief. »Nun, natürlich. Was sollte ich sonst sein?«

»In der Tat, ich habe mich nur gefragt, ob du vielleicht schon wieder geheiratet hast oder jemand anderem versprochen bist«, sagte Michael, und die Worte sprudelten nur so heraus. Dies war seine größte Angst. Sobald Wynters gestorben war, hatten ihm alle, die er kannte, sofort geschrieben und die Nachricht überbracht.

Seine Freunde waren so schnell gewesen, dass ihre Briefe alle mit demselben Schiff verschickt worden waren.

Und dieser Sack mit Briefen hatte sich verirrt und war sechs Monate lang in irgendeiner gottverlassenen Ecke vermodert, so dass er sie erst vor zwölf Wochen erhalten hatte. Die neueren Briefe seines Vaters, in denen er ihn fragte, warum er so lange brauchte, hatten plötzlich einen Sinn ergeben.

Er war so schnell wie möglich zurückgeeilt und hatte sich Sorgen gemacht, dass Anne den Antrag des nächsten Mannes annehmen würde, bevor er ankäme. Er starrte sie an, das Herz klopfte ihm im Hals. »Bist du es?«

»Ich bin es nicht. Ich habe gerade erst die Volltrauer hinter mir gelassen.«

»Und hast du vor, wieder zu heiraten?«, fragte Michael und bemühte sich um einen beiläufigen Tonfall.

»Das habe ich. Du weißt, dass ich mir immer eine große Familie gewünscht habe. Und ich hatte keine Kinder. Mit Lord Wynters.« Sie errötete und drehte sich um, um ihre

Hände auf die Brüstung zu stützen und den Blick über die Gärten schweifen zu lassen.

Michael stellte sich gespielt gelassen neben sie. »Ich verstehe. Nun, gibt es irgendwelche Hauptanwärter?«

»Bis jetzt nicht. Ich habe meine Suche gerade erst begonnen. Das ist eigentlich der Grund, warum ich heute Abend hier bin - um mir einen Ehemann zu suchen.«

Plötzlich fühlte sich Michael so gut wie seit ... Seit etwa vier Jahren nicht mehr. »Und jetzt hast du ihn gefunden«, murmelte er leise vor sich hin.

Offenbar hatte er nicht so leise gesprochen, wie er es beabsichtigt hatte, denn Annes Kopf schnellte herum, und ihr Mund stand offen. »Was war das, Michael?«

»Äh, nichts.« Aber je früher er ihr seine Absichten mitteilen würde, desto besser, wenn er bedachte, wie die Kerle sich um Annes Tanzkarte geradezu geprügelt hatten. Er konnte es nicht riskieren, zu lange zu warten.

Wieder.

»Eigentlich, Anne, die Wahrheit ist ...« Er schluckte. *Das war's.* Er nahm ihre Hand in seine Hände und fasste neuen Mut. »Der Grund, warum ich zurückgekommen bin ...«

»Jetzt hör mal, Morsley«, kam die vertraute Stimme von Annes Bruder Harrington, »wie lange hattest du vor, unsere Schwester zu vereinnahmen?«

Michael warf den Astley-Brüdern, die aus dem Ballsaal kamen, einen ungläubig-ärgerlichen Blick zu. »Ein bisschen länger, wenn du es genau wissen willst.«

»Was ist das für ein finsterer Blick?«, erwiderte Harrington. »Ist das eine Art, einen alten Freund zu begrüßen?«

»Ich würde lieber mit deiner Schwester sprechen«, sagte Michael mit Nachdruck.

»Sie sieht ja auch so viel besser aus als ich«, antwortete Harrington.

»Sie riecht auch besser«, murmelte Michael.

»Sei doch nicht albern, Harrington«, sagte Anne. »Michael und ich haben einiges nachzuholen. Du weißt, dass wir immer beste Freunde waren.«

Harrington verdrehte die Augen. »Oh, ja, beste Freunde. Ich habe auch einen besten Freund, aber ich kann mich nicht daran erinnern, wann ich Thetford das letzte Mal in die Arme genommen habe und ...«

Ohne ihn auch nur anzusehen, streckte Fauconbridge die Hand aus und verpasste seinem jüngeren Bruder einen Schlag auf den Hinterkopf. »Harrington. Benimm dich«, sagte er.

Harrington seufzte. »Es wird gegen die Form verstoßen, aber dieses eine Mal könnte ich es wohl versuchen.«

»So sehr ich mich auch freue, euch beide zu sehen«, sagte Michael und warf ihnen einen Blick zu, der verriet, dass er sich überhaupt nicht freute, »gibt es einen bestimmten Grund, warum ihr mich unterbrochen habt, während ich mit eurer besser aussehenden und besser riechenden Schwester plaudere?«

»In der Tat«, antwortete Fauconbridge. »Wie du vielleicht bemerkt hast, hat Anne heute Abend für großes Aufsehen gesorgt. Der erste Tanz ist fast vorbei, und Gladstone hat den zweiten für sich reserviert. Er hat bereits geschworen, dass er dich, anders als Bassingthwaighte, herausfordern wird, wenn du seinen Tanz ebenfalls stiehlst.«

Michael drehte sich bereits wieder zu Anne um. »Gut. Soll er mich doch herausfordern. Wenn ihr beide uns jetzt entschuldigen würdet ...«

»Michael! Nein!«, rief Anne aus. »Ich möchte nicht, dass du ein solches Risiko eingehst.«

Er verdrehte die Augen. »Oh, bitte, Anne. Ich bin mit Gladstone zur Schule gegangen. Er ist der schlechteste

Schütze der Welt. Wahrscheinlich weiß er nicht einmal, welches Ende der Waffe er laden muss.«

Sie nahm seinen Arm und zog ihn zurück in Richtung Ballsaal. »Umso mehr ein Grund, sich nicht mit ihm zu duellieren. Er wird dich aus Versehen töten, während er versucht, die Waffe zu sichern.«

»Ich bin bereit, das Risiko einzugehen«, brummte Michael, drückte seine Fersen in den Boden und brachte sie kurz vor dem Ballsaal zum Stehen.

Sie drehte sich zu ihm um. »Nun, ich aber nicht. Es werden keine unnötigen Risiken eingegangen. Nicht, wenn ich dich gerade erst nach so langer Zeit zurückbekommen habe.«

Ihre Stimme zitterte vor Aufrichtigkeit, die es schaffte, seine Verärgerung zu durchdringen. »Ich denke, das kann ich akzeptieren.«

»Morsley!«, rief Fauconbridge von drinnen. »Kommst du jetzt?«

»Ich sollte dich wohl auch Lord Morsley nennen«, überlegte Anne, »zumindest wenn jemand in der Nähe ist, der es hören kann.« Der Rest der Astley-Brut nannte ihn bei seinem Höflichkeitstitel, aber er und Anne hatten, soweit er sich zurückerinnern konnte, immer den Vornamen des anderen benutzt.

»Wage es nicht«, flüsterte er. Er hatte immer noch ihre Maske und hob sie nun auf ihr Gesicht, wobei er die Kordel vorsichtig hinter ihrem Kopf befestigte. Als er fertig war, strich er mit den Fingern absichtlich über ihren Haaransatz und umrahmte ihr Gesicht. »Perfekt«, sagte er leise. Er spürte, wie sie zitterte, was ihn ungemein befriedigte. »Ich nehme an, deine Tanzkarte ist für den Rest des Abends voll?«

»Ich fürchte ja.«

»Das habe ich befürchtet. Wann kann ich dich

wiedersehen? Für mehr als zwei Minuten zwischen den Tänzen?«

»Morgen. Einmal in der Woche gehe ich mit Edward und Harrington zum Schießtraining. Du kommst doch, oder?«

»Ich möchte nichts lieber als das.«

»Wir treffen uns um neun Uhr bei mir zu Hause.« Anne schrieb die Adresse auf den Umschlag ihrer Tanzkarte, riss ihn dann ab und reichte ihn ihm.

»Neun Uhr. Perfekt.«

Anne brach daraufhin auf, um ihre versprochenen Tänze zu absolvieren. Wie erwartet, fand er nur wenige Gelegenheiten, mit ihr zu sprechen, und nie länger als ein oder zwei Minuten.

Aber das spielte keine Rolle. Morgen würde er einen Weg finden, ihre Brüder abzuschütteln, damit sie allein sein konnten.

Morgen würde er ihr endlich einen Antrag machen.

KAPITEL 3

Nur ging Michael am nächsten Morgen dann doch nicht mit Anne zur Jagd. Gerade als Anne sich für den Aufbruch fertig machte, erhielt sie eine Nachricht von Michael. Offenbar hatte Lord Hobart von seiner Rückkehr erfahren und ihn gebeten, sich bei den Horse Guards einzufinden, um über die aktuelle Lage an der kanadischen Grenze zu berichten.

Anne seufzte, als sie in ihren vorderen Salon schritt. Normalerweise fand sie die gelben Seidentapeten so fröhlich, aber heute konnten sie ihre Enttäuschung nicht lindern. Sie setzte sich an den Schreibtisch aus Rosenholz und zog ein Blatt Papier hervor, um eine kurze Antwort zu schreiben. Michael konnte dem Staatssekretär für Krieg und Kolonien kaum eine Absage erteilen. Aber das war der einzige freie Moment, den sie heute hatte, und sie hatte gehofft, ihn mit ihm verbringen zu können.

Sie war gerade dabei, die letzten Worte unter einen Brief zu schreiben, in dem sie vorschlug, morgen einen gemeinsamen Ausflug zu machen, als einer ihrer Lakaien,

Hugh, in der Tür erschien. »Mr. Samuel Branton«, verkündete er.

Anne lächelte, als einer ihrer engsten Freunde den Raum betrat. Samuel Branton war Anwalt - *ihr* Anwalt, um genau zu sein - und eine feste Größe in der Londoner Wohlfahrtsreformbewegung. Samuel war in Jamaika geboren, lebte aber schon seit mehr als zehn Jahren in Großbritannien. Er war fünf Jahre älter als Anne und etwas größer, hatte warme, braune Haut und dichtes, schwarzes Haar, das er kurz geschnitten trug, um bei Verhandlungen vor Gericht die für Anwälte vorgeschriebene Perücke aufsetzen zu können. Samuel war wie immer tadellos gekleidet und trug eine burgunderfarbene Seidenweste unter einem perfekt geschneiderten kohlegrauen Mantel.

»Danke, dass Sie gekommen sind«, sagte Anne und erhob sich von ihrem Schreibtisch. »Lassen Sie mich nach Tee klingeln.«

Samuel hielt eine Hand hoch. »Danke, aber nein. Da heute Mittwoch ist, weiß ich, dass Ihre Brüder Sie jeden Moment abholen werden, damit Sie Ihre einzige Stunde Freizeit in dieser Woche genießen können.«

Anne rümpfte die Nase. »Sie sind der Richtige, mir das vorzuhalten. Sollten Sie sich jemals den Nachmittag freigenommen haben, esse ich meine Haube.«

»Dann schlage ich vor, dass Sie sie mit Austernsauce anrichten, denn das habe ich im Jahr Siebzehnhundertvierundneunzig tatsächlich getan«, scherzte Samuel und setzte sich in den Chippendale-Stuhl vor Annes Schreibtisch. »Wenn die Kriminellen von St. Giles keinen Tag frei nehmen, dann nehme ich auch keinen. Was sind das für Neuigkeiten, die Sie in Ihrer Notiz erwähnten? Ich bin besonders neugierig angesichts Ihrer Heldentaten gestern Morgen. Hat es etwas zu tun mit ...«

»... kletternden Burschen«, und beendete Anne Samuels

Satz. Samuels Leidenschaft galt dem Wohlergehen der Kinder, und eine seiner wichtigsten Initiativen betraf die Arbeitsbedingungen der Kletterjungen, die manchmal auch als Kehrlehrlinge bezeichnet wurden. Samuel setzte sich sowohl für eine Verschärfung des Schornsteinfegergesetzes als auch für eine bessere Durchsetzung der bereits bestehenden dürftigen Gesetze ein.

»Ich wusste es«, hauchte er. »Erzählen Sie mir alles.«

Und genau das tat sie. »Ich fürchte, ich habe ihn vor zweihundert Leuten wie eine Furie niedergebrüllt. Sie haben es sogar für eine Karikatur benutzt.«

»Die habe ich heute Morgen gesehen. Sie waren wahrlich ein Racheengel.«

Anne schüttelte den Kopf. »Ich befürchte, dass dies die Spender der Ladies' Society abschrecken wird. Ich wünschte, ich hätte mir auf die Zunge gebissen.«

»Sie haben das Richtige getan, also Kopf hoch.«

Anne schenkte ihm ein verkrampftes Lächeln. »Ich habe einige wichtige Dinge gelernt. Am Ende habe ich zwei Kletterjungen von ihrem früheren Herrn getrennt. Nick und Johnny sind ihre Namen. Johnny war derjenige, der im Schornstein feststeckte, und Nick ... Ich wünschte, Sie hätten selbst sehen können, wie der liebe Nick sich anstrengte und alles tat, um Johnnys Rettung zu ermöglichen. Als der Hausbesitzer darauf bestand, dass es keinen Sinn hatte, die Wand zu öffnen, weil Johnny wahrscheinlich schon tot war, war es Nick, der den gefährlich engen Schornstein hinaufkletterte und sich vergewisserte, dass er noch atmete. Dann kletterte er wie ein Eichhörnchen auf das Dachrinnenrohr, um dem Maurer zu zeigen, wo er graben musste, und huschte auf dem Dach herum, um die losen Ziegel aus dem Weg zu räumen, damit der Maurer schneller arbeiten konnte. Nun, ich wollte kein Kind in einer solch beklagenswerten Situation zurücklassen, und schon gar nicht nach diesem Vorfall. Aber der Kehrmeister hat einen ziemlichen Aufstand gemacht, weil ich Nick mitgenommen habe, weil er anscheinend ziemlich gut ist in dem, was er tut.« Anne zupfte am Ärmel ihres Reitgewandes. »Ich fürchte, ich habe ihn auch angeschrien. Er hat versucht, Nick wegzuziehen, aber zum Glück stand die Menge hinter mir ...«

»Das kann man wohl sagen«, sagte Samuel und sah amüsiert aus.

Anne räusperte sich. »Keiner der beiden Jungen kennt sein genaues Alter, aber Johnny kann nicht älter als fünf sein, und Nick scheint etwa acht zu sein. Da Nick mir erzählt hat, dass er vier Weihnachten mit seinem Meisterfeger, Mr. Smithers, verbracht hat ...«

»Sie haben beide angefangen, als sie noch minderjährig waren«, sagte Samuel.

»Ganz genau.« Das Schornsteinfegergesetz bot nicht annähernd ausreichenden Schutz, aber es schrieb vor, dass kletternde Jungen mindestens acht Jahre alt sein mussten.

»Und woher hat dieser Smithers nicht nur einen, sondern gleich zwei minderjährige Jungs?«

»Genau das habe ich ihn gefragt. Ich fragte, welches Arbeitshaus einen so kleinen Jungen für eine Ausbildung hergibt. Er wurde feuerrot im Gesicht und sagte, das ginge mich nichts an. Aber dann sagte er etwas Aufschlussreiches.«

Samuel beugte sich vor. »Erzählen Sie.«

»Als ich Johnny und Nick mit mir nahm, warf Smithers uns noch ein paar Abschiedsworte hinterher. Er sagte, es sei sowieso egal, weil er bis zum Nachmittag zwei neue Jungs *von Seiner Lordschaft* bekommen würde.«

»Von *Seiner Lordschaft*?«, fragte Samuel. »Sind Sie sicher, dass er das gesagt hat?«

»Absolut sicher. Ich fragte ihn, was er mit *Seiner Lordschaft* meinte, und ein panischer Blick ging über sein

Gesicht. Danach ist er schnell weggelaufen, aber ich dachte, Sie sollten es wissen.«

Samuel verschränkte gedankenverloren seine Finger. »Es könnte ein Spitzname sein. Diese Person ist vielleicht gar kein Lord.«

»Das könnte sein«, stimmte Anne zu. »Aber wer auch immer er ist, es hört sich so an, als ob er einen ständigen Strom von minderjährigen Jungen an die Schornsteinfeger von London weiterleitet.«

»Ja, das tut es.« Samuel schüttelte den Kopf. »Was haben Nick und Johnny Ihnen berichten können?«

»Ich habe sie noch nicht befragt. Die beiden hatten gestern eine ziemliche Tortur hinter sich, und ich wollte ihnen die Chance geben, sich zu beruhigen.«

»Sie übernachten in Ihrer Pension?«

»Ja.« Die wichtigste Initiative der Ladies' Society war der Betrieb eines Unterkunftshauses, das zweihundert Frauen und Kindern eine sichere Unterkunft zu einem Preis bot, der keine Erpressung darstellte. Die meisten von Annes Bewohnern waren Witwen mit Kindern, und hin und wieder fand sie jemanden, der bereit war, ein verwaistes Kind aufzunehmen. Anne hatte sofort an eine bestimmte Bewohnerin gedacht, eine Witwe namens Mrs. Briggs, die selbst fünf Jungen großgezogen hatte und nichts lieber tat, als ein ganzes Rudel von ihnen unter den Fittichen zu haben. Wie Anne gehofft hatte, war Mrs. Briggs begeistert gewesen, sich um Nick und Johnny kümmern zu dürfen.

»Wenn sie sich dazu in der Lage fühlen«, fuhr Anne fort, »werde ich heute mit ihnen sprechen.«

Samuel rieb sich die Stirn. »Diese armen Jungs. Wie geht es ihnen? Hat Johnny irgendwelche bleibenden Verletzungen erlitten oder ...«

»Er scheint sich bemerkenswert gut zu erholen«, beeilte sich Anne, ihn zu beruhigen. »Ich habe einen Arzt kommen lassen, und obwohl es noch früh ist, konnte er keine Anzeichen für bleibende Schäden feststellen.«

Samuel lehnte sich in seinem Stuhl zurück. »Gott sei Dank. Immer, wenn ich so etwas sehe, frage ich mich, ob das auch Robbie passiert ist, und ...« Er brach ab und fuhr sich mit der Hand über das Gesicht.

Robbie war Samuels kleiner Bruder. Ihr Vater war Arzt, und Samuel war im Alter von vierzehn Jahren nach Großbritannien geschickt worden, um seine Ausbildung zu vervollständigen, so wie sein Vater Jahre zuvor nach Edinburgh gegangen war, um seinen medizinischen Abschluss zu machen. Samuel war neunzehn Jahre alt gewesen und hatte mitten in seiner Ausbildung an den Inns of Court gesteckt, als er erfuhr, dass seine Eltern bei einem Kutschenunfall ums Leben gekommen waren. Er segelte nach Jamaika, um seinen kleinen Bruder Robbie zu holen, der damals acht Jahre alt gewesen war. Doch als er dort ankam, musste er feststellen, dass ein skrupelloser Cousin sich des Besitzes seines Vaters bemächtigt und seinen Bruder nach England verschleppt hatte, um dort als Diener zu arbeiten.

Samuel war sofort umgekehrt und zurück nach London gesegelt. Aber er hatte nie herausfinden können, was aus Robbie geworden war.

Nicht, dass er jemals seine Suche aufgegeben hätte. Aber das war acht Jahre her, und jetzt würde es einem Wunder gleichkommen, seinen kleinen Bruder doch noch zu finden.

Aus diesem Grund waren sie und Samuel so seelenverwandt. Samuel würde nie aufhören, gegen gefährliche Arbeitsbedingungen für Kinder zu kämpfen. Niemals. Er hatte seinen Kummer darüber, dass er seinen Bruder nicht hatte retten können, dazu genutzt, andere Kinder vor Ausbeutung und Elend zu bewahren. Für Samuel war es nicht nur eine Sache. Es war *persönlich*.

Genauso wie Annes Anliegen für sie persönlich war. Sie schluckte und dachte an ihr Kindermädchen Bridget und den Vorfall, bei dem Anne gelernt hatte, wie zerbrechlich der Platz einer Frau in der Welt wirklich war ...

»Gibt es irgendwelche Neuigkeiten?«, fragte Anne. »Hat sich aus der möglichen Spur in Manchester etwas ergeben?«

»Er war es nicht«, sagte Samuel. »Glauben Sie mir, Sie werden die Erste sein, die es erfährt, wenn ich ihn finde.«

»Es tut mir leid«, sagte Anne leise.

»Ja, mir auch.« Samuel räusperte sich. »Nun, ich werde mich auf den Weg zur Bow Street machen. Ich werde das alles meinem Kontaktmann erzählen. Mr. Charles Hoskins. Er ist einer der Guten.«

Anne wusste genau, was Samuel damit meinte. Leider war es nur allzu üblich, dass Wachtmeister und sogar Richter von den Kriminellen, die sie zu überwachen hatten, Bestechungsgelder annahmen, und auch die Bow Street Runners waren nicht völlig immun. Man musste aufpassen, wem man ein Verbrechen meldete. »Und ich werde mit Nick und Johnny sprechen.«

»Perfekt.« Samuel stand auf, und Anne erhob sich ebenfalls, um ihn zur Tür zu begleiten.

Im Foyer trafen sie auf ihre Brüder. »Mr. Branton«, sagte Edward und reichte Samuel die Hand. »Werden Sie uns heute Morgen begleiten?«

»Ich wünschte, ich könnte, aber ich muss zum Gericht.«

»Ein anderes Mal, hoffe ich.« Edward schaute sich um. »Wo ist Morsley? Ich dachte, er wollte gleich früh am Morgen hier sein.«

»Leider«, sagte Anne, »musste Michael sein Bedauern übermitteln. Er wurde zu den Horse Guards gerufen, um über die Situation in Kanada zu berichten.«

»Warten Sie ... Morsley?«, sagte Samuel. Er wandte sich

an Edward und Harrington. »Sie meinen damit, *der* Lord Morsley?«

Harrington wackelte mit den Augenbrauen. »Genau der.«

Anne legte ihren Kopf schief. »Ich wusste nicht, dass Sie Michael kennen.«

»Oh, äh ...« Samuel zog sich einen Handschuh an. »Nur durch das, was Sie mir von ihm erzählt haben. Er ist Ihr Jugendfreund, richtig?«

Anne lächelte. »Was für ein gutes Gedächtnis Sie doch haben - ich weiß, es ist Jahre her, dass ich Ihnen von ihm erzählt habe.«

»Ja, ich, äh ...« Samuel nickte, als er seinen Hut von Hugh entgegennahm. »Nun, ich muss gehen. Das Admiralitätsgericht wartet auf niemanden.«

»Natürlich. Ich werde Sie wissen lassen, was ich von Nick und Johnny erfahre.«

Samuel beugte sich über ihre Hand. »Ich danke Ihnen, Mylady.«

KAPITEL 4

*A*uf der anderen Seite der Stadt verließ Michael die Horse Guards und wurde sofort vom Gestank der Themse eingehüllt. Sein Besuch bei Lord Hobart hatte nur eine Viertelstunde gedauert. Angesichts der nach wie vor angespannten Situation mit Frankreich hatte Michael Verständnis dafür, dass der Staatssekretär für Krieg und Kolonien dringendere Sorgen hatte als die kanadische Grenze. Dennoch war es schwer, nicht verärgert zu sein, dass sein Vormittag mit Anne wegen etwas so Kurzem zerstört worden war.

Immerhin hatte er eine gute Nachricht erhalten, auf die er gehofft hatte: Lord Hobart hatte bestätigt, dass Michael eine Ausbildung beginnen sollte, um eines Tages den Posten des Generalgouverneurs von Kanada zu übernehmen.

Michael machte sich zu Fuß auf den Heimweg, froh über die Gelegenheit, sich die Beine zu vertreten, nachdem er wochenlang auf einem Schiff eingesperrt gewesen war. Die Wochen in der beengten Kabine waren besonders quälend gewesen, weil Michael nie gut darin gewesen war, still zu sitzen. Dies hatte seine Schulzeit bestenfalls zu einer

Herausforderung gemacht. Michael war ein pflichtbewusster Sohn, und er hatte versucht, sich in der Schule gut zu benehmen, aber obwohl er wusste, dass er nicht dumm war, war er einfach nicht sehr belesen. Erschwerend kam hinzu, dass er wenig sprachbegabt war, was den Lehrplan in Eton mit seinem unerbittlichen Latein- und Griechischunterricht zu einer täglichen Qual machte. Michael konnte am besten dann denken, wenn er in Bewegung war, vorzugsweise im Freien.

Die Armee wäre ein verlockender Weg gewesen, wenn sein Vater es nicht absolut verboten hätte. Als Michael neun Jahre alt gewesen war, starb seine Mutter bei einer Geburt, zusammen mit dem kleinen Mädchen, für das sie gekämpft hatte, um es auf die Welt zu bringen. Der Verlust seiner Frau war ein schwerer Schlag für den Marquess gewesen, und Michael konnte verstehen, warum sein Vater sein einziges verbliebenes Familienmitglied nur ungern einem solchen Risiko aussetzen wollte. Aber das Edikt seines Vaters hatte Michael ratlos zurückgelassen, und er hatte sich vor der Zukunft gefürchtet und dass er den ganzen Tag in der Bibliothek festsitzen und endlose Bücher würde durchforsten müssen.

Aber dann war er nach Kanada geschickt worden, und das war ein frischer Wind gewesen (im wahrsten Sinne des Wortes, dachte Michael und verscheuchte eine Fliege, als er um einen Haufen verrottenden Mülls herumtrat). In Oberkanada war jeder Tag ein Abenteuer, und die Dinge, die er tun musste, waren genau die Dinge, die ihm Spaß machten: Reiten, Schießen und Bauen. Die Tatsache, dass er Erbe einer Markgrafschaft war, war eigentlich ein Schlag gegen ihn, denn seine Nachbarn hatten angenommen, dass er weich sein würde. Aber er konnte sich ihren Respekt verschaffen, so wie sich jeder Mann an der Grenze Respekt verschaffte - im Schweiße seines Angesichts. In Kanada interessierte es niemanden, dass er nicht das gesamte Werk von Aristophanes auswendig kannte. Ein Mann wurde danach beurteilt, wie hart er arbeitete und wie gut er das Land rodete, und Michael blühte auf bei dieser körperlichen Arbeit.

Außerdem hatten Michaels drei Semester in Oxford ausgereicht, um ihn unter den Menschen in der neuen Welt zu einem erklärten Literaten zu machen. Im Alter von neunzehn Jahren war er in den Legislativrat von Oberkanada berufen worden. Dann hatte die Armee ihn schriftlich um Hilfe gebeten - konnte er ihnen einen Vorrat an Walnussholz beschaffen, das dringend für die Herstellung von Gewehrschäften benötigt wurde? Michael konnte es, und er tat es. Es folgte eine Anfrage der Königlichen Marine, da Oberkanada der ideale Standort war, um die für die Schiffsmasten benötigten hundert Fuß langen Masten zu sichern.

Michael war zwar kein Büchermensch, aber hier war eine Aufgabe, die seinen Qualitäten entsprach. Während neunundneunzig von hundert Männern ihren Stift gezückt hätten, um der königlichen Marine zu erklären, dass es unmöglich war, Maststangen aus der oberkanadischen Wildnis zu holen, weil man die gesamte Straße dafür würde umbauen müssen, um etwas so Langes zu transportieren, hatte Michael seine Axt gezückt. Er hatte eine Mannschaft von zehn Männern angeheuert und sich mit ihnen an die mühsame Arbeit gemacht, die Straße zu begradigen. Es hatte den größten Teil des Frühjahrs und des Sommers gedauert, die Stämme aus dem Wald zu holen und sie flussabwärts zu schleppen, aber es hatte sich gelohnt. Der Junge, der einst von seinen Lehrern als etwas langsam abgetan worden war, galt plötzlich als fähiger Mann, der die Dinge in die Hand nahm. Michael hatte festgestellt, dass ihm das ziemlich gut gefiel.

Dann kam der Auftrag von der Krone selbst.

Michael war stolz auf das, was er getan hatte. Drei Jahre zuvor hatte es in Großbritannien eine schreckliche Hungersnot gegeben. Als die Krone Michael aufforderte, so viel kanadischen Weizen wie möglich aufzukaufen und nach Hause zu verschiffen, hatte er drei anstrengende Monate damit verbracht, das Land zu durchforsten und nichts anderes zu tun. So schlimm die Hungersnot auch gewesen war, er wusste, dass es keine Prahlerei war, zu sagen, dass sie ohne seine Bemühungen zehnmal schlimmer geworden wäre. Er hatte etwas Wichtiges getan. Er hatte einen Unterschied gemacht. Er hatte ...

Michaels Träumerei wurde von einem Trio junger Korinther unterbrochen, die noch in ihrer Abendgarderobe und umwabert vom Geruch einer Schnapsbrennerei nach Hause torkelten. Einer von ihnen stolperte Michael in den Weg und zwang ihn, zur Seite zu springen. Nur knapp verpasste er es, in einen Haufen Schweinekot zu treten, der mitten auf dem Bürgersteig lag.

Gott, wie sehr er London hasste. Warum in aller Welt sollte jemand hier leben wollen? Es war schon schlimm genug, dass es laut, überfüllt und stinkend war. Aber das Schlimmste, dachte er und starrte den drei Betrunkenen hinterher, war die Belanglosigkeit des Ganzen. Michael genoss es, mit seinen Freunden auszugehen, wie jeder andere junge Mann auch. Aber für die meisten Männer seines Alters und Ranges war das *alles*, worauf ihr Leben hinauslief: ewig derselbe Trott - eine Verschwendung von Zeit und Geld, soweit es Michael betraf - vom Schneider zum Club und zu irgendeiner schäbigen Spielhölle.

In Kanada hatte Michael ein solches Gefühl der Zielstrebigkeit verspürt. Er konnte sich noch gut daran erinnern, wie ihm das Herz in der Brust angeschwollen war, als er das erste Schiff mit einer Ladung von Hundert-Fuß-

Masten davonsegeln sah, weil er wusste, dass die Royal Navy dank ihm in der Lage sein würde, ihre Flotte zu reparieren.

Er hatte ein Dankesschreiben von Lord Nelson höchstpersönlich erhalten. Wie konnte er von *so etwas* zu dem nutzlosen Leben eines jungen Londoner Bocks übergehen?

Das konnte er nicht.

Und das hatte er auch nicht vor.

Er wollte so schnell wie möglich nach Kanada zurückkehren, dem einzigen Ort auf der Welt, an dem er sich mit seinen Fähigkeiten bewähren konnte. Er hatte vor, etwas Wichtiges in seinem Leben zu tun. Er war im Begriff, Generalgouverneur zu werden.

Er wollte seinen Vater stolz machen.

Alles sollte perfekt sein. Denn dieses Mal würde er Anne mitnehmen, wenn er nach Kanada segelte.

Als seine Frau.

Michael nickte dem Butler zu, als er Cranfield House, den Londoner Wohnsitz seiner Familie am Hanover Square, betrat. »Guten Morgen, Hoyle. Sind irgendwelche Nachrichten für mich angekommen, während ich weg war?«

»Ja, Mylord«, sagte Hoyle und präsentierte zwei Briefe auf einem Silbertablett, »einen von Lady Wynters und einen von Lord Fauconbridge.«

Es war keine Frage, welchen der Briefe er zuerst lesen würde, aber seine Schultern sackten zusammen, als er Annes kurzes Schreiben überflog. Er hatte gehofft, dass der morgendliche Jagdausflug nur ein Vorspiel für den Rest des Tages sein würde, den sie zusammen verbringen könnten, aber Anne schrieb, dass sie den ganzen Tag und den ganzen Abend mit ihrer Wohltätigkeitsarbeit beschäftigt sein würde.

Sie schlug vor, morgen Nachmittag gemeinsam einen Ausflug zu machen, und so konnte er sich wenigstens darauf freuen.

Fauconbridges Brief war ein Vorschlag, dass er, da er plötzlich Zeit dazu hatte, dem Schneider einen Besuch abstatten sollte.

Michael stöhnte auf. Er wusste, dass er genau das tun musste. Gestern Abend hatten nicht weniger als sieben Personen mit einem bemerkenswerten Mangel an Subtilität angedeutet, dass seine Jacke nicht den Anforderungen entsprach. Er wollte Anne an ihrem Hochzeitstag nicht in Verlegenheit bringen, also wusste er, dass er es früher oder später tun musste.

Dennoch, der Besuch beim Schneider an seinem ersten Tag in London ... es fühlte sich wie ein schlechtes Omen an.

Er seufzte. »Hoyle, geben Sie mir meinen Hut wieder. Es sieht so aus, als würde ich noch einmal ausgehen.«

KAPITEL 5

»*D*u bist heute gut in Form, Anne.«

Anne lächelte Edward an, während sie das Pulverhorn nahm und ihre Steinschlosspistole nachzuladen begann. Sie waren nur ein Stück außerhalb der Stadt auf dem Anwesen von Annes Freundin, Mrs. Wriothesley, die als Schatzmeisterin der Ladies' Society fungierte. Mrs. Wriothesley hatte Anne und ihre Brüder eingeladen, ihren Schießstand zu benutzen, und sie hatten sich angewöhnt, jeden Mittwochmorgen gemeinsam zu üben.

»Danke«, antwortete Anne.

»Nicht schlecht«, räumte Harrington ein.

»Nicht schlecht?«, sagte Edward. »Sie hat jedes Ziel getroffen. Was soll sie denn noch tun?«

»Sicher, sie hat jedes Ziel getroffen«, stimmte Harrington zu. »Aber der eigentliche Test ist nicht, ob man eine gemalte Zielscheibe treffen kann. Der wirkliche Test ist, ob man den Schuss machen kann, wenn alles auf dem Spiel steht.«

Anne stöhnte auf. »Nicht das schon wieder.«

»Ja«, sagte Harrington. »Das. Schon wieder.«

»Müssen wir das diese Woche machen?«, fragte Anne,

während sie die Kugel in die richtige Position rammte, vielleicht ein bisschen kräftiger als unbedingt nötig.

»Wir werden es diese Woche tun, und die Woche danach, und die Woche danach, bis du es kannst«, antwortete Harrington.

»Ich wünschte, Michael wäre hier«, brummte sie.

»Glaub mir, Michael wünscht sich das auch«, erwiderte Harrington. »Obwohl es dir nicht helfen würde, aus meinem Training herauszukommen, denn er würde mir zustimmen.«

»Glaubst du das wirklich?«

»Das tue ich. Wenn Morsley nicht schon vorher gewusst hat, dass die Fähigkeit, unter Druck zu schießen, über Leben und Tod entscheiden kann, dann erst recht, nachdem er von diesem Bären angegriffen worden ist.« Harrington gab einen leisen Pfiff von sich. »Ich bin fast neidisch, dass das nicht mir passiert ist. Was für eine Chance, sich selbst zu testen!«

Anne schnappte den Ladestock zurück und ärgerte sich noch mehr darüber, dass ihre Brüder diese Geschichte gehört hatten und sie nicht. Obwohl Michael eigentlich ihr bester Freund sein sollte, waren es Edward und Harrington, die die halbe Nacht mit ihm verbracht hatten, während sie mit Augustus Mapplethorpe tanzen musste, dessen Atem nach eingelegtem Kabeljau roch.

»Na dann mal los«, sagte Harrington.

Tief im Inneren wusste sie, dass ihr Bruder durchaus Recht hatte. Harrington war bei weitem der beste Schütze in der Familie. Um ehrlich zu sein, war Harrington einer der besten Schützen in ganz England, und Anne war dankbar, dass er sich die Zeit nahm, ihr zu helfen.

Normalerweise.

»Gut«, sagte sie seufzend und nahm ihre Position vor der Zielscheibe ein.

Sie ging in Schussposition, und Harrington stellte sich direkt hinter sie. »Schließ die Augen«, sagte er. »Und jetzt stell dir vor, dass du in deiner Pension bist. Und die neue Familie, von der du uns erzählt hast - wo der Mann seine Frau schlug und sie ihn erst verließ, als er anfing, ihre Tochter zu schlagen?«

»Die Hoves«, sagte Anne.

»Die Hoves«, sagte Harrington. »Stell dir vor, ihr sitzt alle im Speisesaal beim Mittagessen, und wer taucht auf? Ausgerechnet Mr. Hove. Er hat herausgefunden, wohin seine Frau und seine Kinder verschwunden sind, und er ist nicht im Geringsten glücklich darüber.«

Anne schluckte. Das Szenario war nur allzu plausibel.

»Er hat ein Messer«, fuhr Harrington fort, »und er packt seine Frau an den Haaren und reißt sie auf die Füße. Er drückt ihr das Messer an die Kehle. Du stehst mit deiner Pistole am anderen Ende des Raumes. Du hast eine freie Schussbahn. Du bist die Einzige, die sie retten kann.«

»Meine Lakaien ...«, begann Anne.

»Er würde ihr die Kehle durchschneiden, bevor sie zwei Schritte machen könnten. Du bist die *Einzige*, die sie retten kann.«

Annes Herz raste, und ihre Hände zitterten.

»Stell dir vor, wie sie da steht, das Messer an der Kehle«, sagte Harrington unerbittlich. »Stell dir die Angst in ihren Augen vor, die Verzweiflung. Stell dir vor, wie sie ihre Kinder anschaut, als sie glaubt, dass es das letzte Mal sein wird. *Stell es dir vor.* Und jetzt schieß!«

Anne öffnete ihre Augen. Sie überprüfte ihre Haltung. Sie konzentrierte sich auf das Ziel ...

... und sie sah, wie ihr Schuss gut anderthalb Meter am Ziel vorbeiflog, und dazu noch zu hoch.

Sie hatte nicht getroffen.

Wie immer.

Ihre Schultern sackten herab.

»Sei nicht so streng mit dir«, sagte Edward.

»Sei streng zu dir«, sagte Harrington. »Du arbeitest hart, in harten Gegenden, unter harten Männern. Du kannst es dir nicht leisten, etwas anderes als hart zu dir selbst zu sein.«

Anne seufzte. »Ich verstehe.« »

»Ich würde nicht so hohe Anforderungen an dich stellen«, fuhr Harrington fort, »wenn ich nicht überzeugt wäre, dass du das kannst. Deine Form ist perfekt, Anne. Du bist schon immer ein ausgezeichneter Schütze gewesen. Aber in den letzten Jahren hat sich etwas getan. Du glaubst nicht an dich selbst. Wenn du nur ...«

»Wie spät ist es?«, fragte Anne.

Edward schaute auf seine Taschenuhr. »Halb zwölf.«

»Ich muss zurück«, sagte Anne.

Sie packten ihre Waffen weg und machten sich auf den Weg zu den Ställen.

»Du bist sicher froh, dass Morsley zurück ist«, sagte Edward.

»Natürlich«, antwortete Anne. »Seine Rückkehr war eine wunderbare Überraschung.«

»Und sein Timing ist ... ein schöner Zufall«, fügte Edward hinzu.

Anne schaute ihn mit gerunzelter Stirn an. »Ein schöner Zufall? Wie meinst du das?«

»Es ist nur so, naja, dass du einen Ehemann suchst und er unverheiratet ist«, sagte Edward. »Ihr zwei versteht euch so gut miteinander. Hast du nie daran gedacht, dass du vielleicht ...«

Anne lachte. »Oh, nein! Das heißt, Michael hat mit Sicherheit alle Eigenschaften, die ich mir von einem Ehemann wünschen würde.« Sie sah nach unten. »Aber ich weiß, dass er nicht so über mich denkt.«

Sie sah, wie Edward und Harrington einen Blick austauschten. Edward räusperte sich. »Warum sagst du das?«

»Oh«, sagte Anne und spürte, wie ihr die Hitze in die Wangen stieg, »es ist nichts.«

Es herrschte ein paar Takte lang Schweigen, dann sagte Harrington: »Es sieht nicht nach *nichts* aus.«

Anne winkte ab. »Nur etwas, das er einmal gesagt hat.«

»Und das wäre?«, drängte Edward.

Anne wand sich. Wie sollte sie diese entsetzlich peinliche Begegnung beschreiben? Sie hatte nie jemandem davon erzählt. Aber es schien, als ob ihre Brüder das nicht auf sich beruhen lassen wollten. »Es war der letzte Tag des Sommers«, begann sie zögernd. »Ich erinnere mich, dass du auf dem Weg nach Oxford warst, Harrington, also dürften Michael und ich fünfzehn gewesen sein. Wir hatten ein Picknick drüben bei Cranfield Castle, und ... ähm ... nun, mein Häubchen wurde vom Wind gepackt, und wir griffen beide danach, und irgendwie landeten wir in einem ... in einer ... einer unangenehmen Lage.«

Der letzte Teil war eine Lüge, aber sie konnte ihnen kaum die Wahrheit sagen - dass sie und Michael sich gegenseitig geneckt hatten, und aus Gründen, die Anne bis heute nicht verstehen konnte, hatte sie die Hand ausgestreckt und begonnen, ihn zu kitzeln. Und dann hatte er angefangen, sie ebenfalls auszukitzeln, und sie hatten sich auf der Picknickdecke herumgewälzt, und irgendwie war Michael *auf ihr gelandet.*

Nein, das konnte sie ihren *Brüdern* natürlich nicht sagen.

Sie erreichten die Ställe. Ein Pferdepfleger führte Annes Stute bereits heraus, also ging sie zu dem Stein, der das Aufsteigen erleichterte.

Edwards Stirn war in Falten gelegt. »Ihr habt also beide nach deiner Haube gegriffen. Habt ihr euch die Köpfe gestoßen oder ...«

»Ja!«, log Anne.

»Und was geschah dann?«, fragte Edward.

Es fühlte sich an, als stünden ihre Wangen in Flammen. »Er entschuldigte sich und gab mir zu verstehen, dass er das nicht gewollt habe. Dass er auf diese Weise nicht an mir interessiert war. Und dass er es nie sein würde«, fügte sie mit leiser Stimme hinzu.

Sie schluckte heftig, als sie sich daran erinnerte, wie gekränkt sie sich gefühlt hatte. Im Nachhinein konnte sie nicht ergründen, was sie dazu gebracht hatte, ihn auf so unangemessene Weise zu berühren. Da sie zusammen aufgewachsen waren, hatte Anne sich mit Michael auf eine Weise wohl gefühlt, wie sie es sich mit einem anderen Jungen nie hätte vorstellen können. Wie oft hatten sie sich gegenseitig über einen Zaun oder auf einen Baum geholfen? Gute Güte, nachdem Michaels Mutter gestorben war, als sie neun Jahre alt gewesen waren, hatte er stundenlang nur mit seinem Kopf in ihrem Schoß gelegen. Sie hatten sich sogar schon einmal gegenseitig ausgekitzelt, aber das war etwas ganz anderes gewesen, als sie beide *sieben Jahre alt* waren. Mit fünfzehn hätte sie es besser wissen müssen.

Aber es war das Seltsamste - obwohl es für sie völlig untypisch gewesen war, ihn zu kitzeln, hatte es sich damals so ... natürlich angefühlt. Selbst als sie anfingen, sich zu wälzen, und er auf ihr landete, war sie ... Es hatte sie nicht gestört.

Sei ehrlich, Anne. Du dachtest, er würde dich küssen.

Sie hatte sogar ihre Augen geschlossen.

Aber anstatt sie zu küssen, war Michael von ihr heruntergeklettert. Sie konnte sich immer noch daran erinnern, wie er auf der Decke gesessen hatte, die Knie an der Brust, mit dem Rücken zu ihr.

Das war, als er es gesagt hatte.

»Es tut mir so leid, Anne.«

Sie richtete sich zum Sitzen auf. »Es ist alles in Ordnung, Michael.«

»Ich *wollte* nicht, dass das passiert«, fuhr er fort und weigerte sich immer noch, sie anzusehen.

»Ich ... ich verstehe.« Sie begann, ihren Zopf neu zu flechten, der sich bei dem Gerangel gelöst hatte.

»Ich hoffe, du weißt, dass ich *niemals* ...«

Sie neigte den Kopf. Sie hätte schwören können, dass er zumindest *daran gedacht hatte*, sie zu küssen. »N-nie?«

Er fuhr mit der Hand durch die Luft, um seine Worte zu unterstreichen. »Auf keinen Fall.«

»Oh.« Anne war froh, dass er in die andere Richtung blickte, denn ihr Gesicht fühlte sich an, als ob es zerknittern würde.

»Nicht in einer *Million* Jahren ...«

Jetzt war sie einfach nur verärgert. »Danke, Michael! Das verstehe ich. Es gibt keinen Grund, das weiter zu erklären.«

Er kam schwerfällig auf die Beine. »Entschuldigung«, sagte er und stolperte in ein nahe gelegenes Wäldchen.

Fünf Minuten später kam er zurück und sah verlegen aus. Anne fiel es schwer, ihm in die Augen zu sehen. Er setzte sich neben sie auf die Decke.

»Anne, ich ... es tut mir so leid.«

»Das hast du erwähnt«, murmelte sie.

»Du bist doch nicht sauer auf mich, oder?«

Sie seufzte. Sie war peinlich berührt und, wenn sie ehrlich war, auch enttäuscht.

Es war normal, dass ein Mädchen aufgeregt war, wenn es seinen ersten Kuss bekam. Das war wahrscheinlich alles.

Aber es war nicht Michaels Schuld, dass er sie nicht küssen wollte.

Sie sah zu ihm auf und bemühte sich, zu lächeln. »Nein, Michael. Ich bin nicht böse auf dich.«

»Gut.« Sie konnte sich noch an seinen Gesichtsausdruck in dem Sekundenbruchteil erinnern, bevor er seinen Blick auf die Decke senkte. In seinen Augen, die in der

Nachmittagssonne smaragdfarben leuchteten, standen Angst, Erleichterung und ... etwas anderes, das sie nie hatte ausmachen können. Er fügte eilig hinzu: »Denn ich hoffe, du weißt, dass du mir alles bedeutest.«

Das hatte sie längst gewusst.

Immerhin waren sie beste Freunde.

»Ja«, sagte sie. »Und du bedeutest mir auch alles.«

Sie packten das Picknick ein, und Michael begleitete Anne nach Hause.

Sie hatten danach nie wieder darüber gesprochen.

Mit der Zeit hatte Anne erkannt, dass Michael Recht hatte - sie waren Freunde. Nichts weiter als das. Dieser Moment auf der Decke war nichts weiter als ein vorübergehender Hochsommerwahnsinn gewesen. Es spielte keine Rolle, dass Michael für sie nichts weiter als Freundschaft empfand, denn genau das war es, was sie auch für ihn empfand.

Natürlich war es das.

Als Michael in den Weihnachtsferien zurückkehrte, kam jemandem in den Sinn, dass sie nicht mehr acht Jahre alt waren und dass Anne eine Aufsichtsperson brauchte. Und so war dieses schreckliche Picknick das letzte Mal gewesen, dass sie zusammen allein waren.

Das war in Ordnung. Sie hatte sicher nicht vor, ihn noch einmal zu kitzeln.

Anne blinzelte, als Edward seine Frage stellte: »Das hat er gesagt?«

»Das hat er«, sagte Anne.

Edward hielt Annes Stute fest, während sie aufstieg, und dann machten sie sich auf den Weg zur Hauptstraße. »Hast du jemals darüber nachgedacht«, sagte Edward, »dass er etwas reflexartig gesagt haben könnte, um eine unangenehme Situation zu entschärfen, es aber vielleicht nicht so gemeint hat?«

Anne warf einen Blick über die Schulter auf ihren Bruder. Warum konnte er das nicht auf sich beruhen lassen? »Nein. Er war sehr deutlich. Ein Missverständnis war ausgeschlossen.«

»Ich verstehe«, sagte Edward. »Aber manchmal versucht ein Mann, äh, auszuweichen. Vielleicht wusste er nicht, was er sagen sollte, und er ...«

Anne drehte sich im Sattel um und sah ihn an. »Führe ich dieses Gespräch wirklich mit meinen Brüdern?«

»Das ist eine sehr vernünftige Frage«, sagte Edward. Er starrte Harrington an. »Hilf mir mal, ja?«

»Oh, nein. Du machst das so gut.« Harrington gluckste.

Sie hatten die Hauptstraße erreicht. Es war ein wunderschöner Tag mit einem strahlend blauen Himmel, über den flauschige weiße Wolken hinwegzogen. Anne war schon immer gern geritten, obwohl sie heutzutage nur noch selten Gelegenheit dazu hatte. Und ihre Brüder waren die beste Gesellschaft.

Normalerweise.

»Ich denke«, sagte Edward, »du solltest zumindest in Betracht ziehen ...«

Anne hatte genug. »Wenn du dieses Gespräch fortsetzen willst, musst du mich zuerst einholen. Und zum Glück für mich kann das keiner von euch.«

Als sie ihre Stute in den Galopp trieb, konnte sie hören, wie ihre Brüder ihr lachend folgten.

KAPITEL 6

*D*rei Stunden später taumelte Michael aus einem Geschäft in der Saville Row. Er drehte sich um und starrte auf die Tür, durch die er gekommen war. Wenn er Fauconbridge das nächste Mal sah, würde er ihm die Meinung sagen.

»Morsley?« Das Objekt seines Zorns hatte sich dort auf dem Bürgersteig materialisiert, zusammen mit seinem Bruder.

»Was in Gottes Namen hast du dir dabei gedacht?«, platzte Michael heraus.

Fauconbridge legte die Stirn in Falten. »Ich weiß nicht, was Sie ...«

»Mich zu diesem ... diesem ...« Michael gestikulierte in Richtung des Ladens, unfähig, Worte zu finden, die abscheulich genug waren, um ihn zu beschreiben.

»Hör zu, Morsley, ich weiß, dass du nie gerne zum Schneider gegangen bist ...«

»Wie könnte sowas einem Mann gefallen? Es war *entsetzlich*.«

»Du blockierst den Bürgersteig«, sagte Harrington, packte ihn am Oberarm und zog ihn mit sich.

»Dieser Pinkerton-Kerl hatte fast einen Anfall, und das nur wegen meiner Jacke«, brummte Michael. »Er redete immer weiter *und weiter* darüber, dass er mir sofort eine neue schneidern müsste, weil er es nicht *ertragen* könne, dass man mich in der Öffentlichkeit mit etwas so *Groteskem* sieht.«

»Hmm«, sagte Fauconbridge.

»Ich war versucht, ihm zu sagen, dass ich dieselbe Jacke gestern Abend auf einem Ball getragen habe. Mit *Hirschlederhose*. Der einzige Grund, warum ich das nicht getan habe, ist, dass ich ehrlich gesagt dachte, er könnte unter einer Art Thrombose leiden.«

»Sehr galant von dir«, sagte Harrington.

»Und hast du gesehen, wie eng die neueste Mode ist? Wie soll ich einen Baum fällen, ein Kanu paddeln oder einem Elch das Fell abziehen, wenn ich mich kaum bewegen kann?«

»Praktischerweise«, sagte Fauconbridge, »wirst du in deiner künftigen Rolle als Marquess von Redditch genau nichts von alledem tun.«

»Außerdem gibt es in London einen echten Mangel an Elchen«, bemerkte Harrington.

»Ich habe danach versucht zu gehen, aber sie haben mich nicht gelassen. Nein, zuerst musste ich mir drei Dutzend Rollen identischen blauen Stoffs ansehen, dann waren es drei Dutzend Rollen identischen schwarzen Stoffs, und dann - na ja, das könnt ihr euch denken. Und er stellte mir all diese lächerlichen Fragen, die ich nicht beantworten konnte, über Knöpfe und Schwalbenschwänze und irgendetwas über einen M-Knoten ...«

»M-Falte«, sagte Harrington. »Das Wort bezieht sich auf die Form des Kragens.«

»Warum konnte dieser Pinkerton-Kerl nicht einfach

entscheiden, was angemessen ist?«, brodelte Michael. »Ist das nicht das, wofür ich ihn bezahle? Sehe ich aus wie ein Mann, der weiß, welchen Mantel er bestellen muss?«

»Nein«, antworteten die Astley-Brüder unisono.

Michael hielt lange genug inne, um seine Augen auf die beiden zu richten. »Und das Schlimmste ist, dass ich ihm versprechen musste, sofort zum Schuster zu gehen. Um mir ein Paar *Tanzpumps* anpassen zu lassen.«

Harrington lenkte ihn in eine Linkskurve. »Vielleicht schreiben sie eines Tages eine Ode zum Gedenken an dein Opfer.«

»Nun, das sollten sie. Ich muss in einer Stunde beim Schuster vorstellig werden, und ...« Michael sah sich um. »Sag mal, wo gehen wir eigentlich hin?«

»Wir waren gerade auf dem Weg zu White's.« Fauconbridge nickte in Richtung des Gebäudes, dem sie sich näherten. »Du siehst aus, als könntest du einen Drink gebrauchen.«

»White's, hast du gesagt?« Michael blinzelte auf die Säulenfassade des Gebäudes. »Ich bin kein Mitglied.«

»Du bist der zukünftige Marquess of Redditch«, sagte Harrington. »Natürlich bist du Mitglied.«

»Nein, bin ich nicht. Ich ...«

»Wir waren beide dabei, als du auf die Mitgliederliste gewählt wurdest, Morsley«, sagte Fauconbridge und führte ihn die kurze Treppe aus weißem Stein hinauf.

Sie führten ihn in ein Zimmer im Obergeschoss. Michaels Eindruck von White's verbesserte sich erheblich, als er erfuhr, dass er nicht nur ein Getränk, sondern auch ein Beefsteak bekommen konnte.

Er bestellte drei davon. Immerhin hatte er seit fünf Stunden nichts mehr gegessen.

»Es ist wirklich schön, dass du wieder da bist«, sagte Fauconbridge, als sie sich an einem Ecktisch niederließen.

»Es ist schön, wieder hier zu sein«, sagte Michael.

»Dein Vater muss außer sich sein«, sagte Harrington.

»Mensch, ich habe vergessen, ihm eine Nachricht von meiner Rückkehr zu schicken.« Michael begann sich zu erheben. »Ich muss sofort einen Boten arrangieren.«

»Ich habe mir die Freiheit genommen, gestern Abend jemanden nach Ravenswell zu schicken«, sagte Fauconbridge.

Michael lehnte sich erstaunt zurück. »Das war gut von dir.«

Fauconbridge zuckte mit den Schultern. »Er hat dich vermisst.«

»Und ich habe ihn vermisst.« Als er diese Worte sagte, wurde Michael klar, wie wahr sie waren. Er war dazu erzogen worden, in solchen Dingen stoisch zu sein, wie zweifellos jeder Mann in diesem Raum. Aber sein Vater war seine einzige lebende Familie, und Michael wurde plötzlich bewusst, wie gut es wäre, ihn nach vier Jahren wiederzusehen.

»Wie geht es meinem Vater?«, fragte Michael. »Ich habe natürlich Briefe von ihm bekommen, aber wie geht es ihm wirklich?«

Fauconbridge nickte dankend, als der Kellner ihm einen Brandy vorsetzte. »Es geht ihm gut genug. Nicht viel anders als damals, als du aufgebrochen bist.«

»Ungefähr so gut wie in den letzten vierzehn Jahren«, sagte Harrington.

Michael verstand genau, was Harrington damit sagen wollte. Der Tod von Michaels Mutter war bereits vierzehn Jahre her.

So schrecklich es auch gewesen war, seine Mutter zu verlieren, Michael hatte sich schließlich auf eine Weise erholt, die sein Vater nie ganz geschafft hatte. Seine Eltern waren ein Liebespaar gewesen, wie es die Dichter beschreiben, und Michaels Vater hatte niemals ein Interesse daran gezeigt, sich wieder umzusehen. Er hat nie wieder geheiratet, und soweit Michael weiß, hat er seit vierzehn Jahren keine andere Frau mehr angeschaut.

Wann immer Michael am Familiengrab vorbeikam, fand er frische Schnittblumen auf dem Grab seiner Mutter. Und er konnte nicht mehr zählen, wie oft er die Galerie betreten hatte, um seinen Vater vor dem Porträt seiner Mutter stehen zu sehen, wie er es mit unverhohlener Sehnsucht betrachtete. Einmal hatte er sogar beobachtet, wie sein Vater sich mit seinem Taschentuch die Augen abtupfte (ein unerhörtes Verhalten für einen Engländer), was Michael dazu veranlasst hatte, leise aus dem Zimmer zu gehen. Er hatte es besser gewusst, als etwas zu sagen. Immer wenn Michael seine Mutter erwähnte, erhob sich der Marquess, der normalerweise der beste aller Väter war, herzlich und interessiert am Leben seines Sohnes, und verließ den Raum.

Aber Michael verstand die Gefühle seines Vaters viel besser, als er es je gewollt hätte, denn vor vier Jahren war ihm dasselbe passiert.

Er hatte Anne verloren.

Er dachte nicht gerne an die ersten Tage zurück, als die Verzweiflung jeden seiner Gedanken verschlang und allein das Wachsein eine Qual gewesen war, da sich seine trostlose Existenz ohne Anne für die Dauer eines ganzen Lebens abzeichnete. Er hatte sich schließlich nicht wirklich erholt, sondern sich eher an den Schmerz gewöhnt. Die alte Binsenweisheit, dass die Zeit alle Wunden heilt, war ein Haufen Unsinn. Er war nie über Anne hinweggekommen, und er wusste mit absoluter Sicherheit, dass er es nie tun würde.

Es schien, dass die Unfähigkeit, mehr als eine Frau im Leben zu lieben, ein Familienmerkmal war.

Deshalb konnte er nichts dem Zufall überlassen. Er *musste* Anne dieses Mal heiraten. Die Alternative war undenkbar.

Und sobald er das getan hatte, würde er sie in Baumwollgaze einwickeln und dafür sorgen, dass ihr nie etwas Schlimmes zustoßen würde. Allein der Gedanke daran, wie rau und ungestüm sie als Kinder gewesen waren, ließ ihn jetzt einen Nesselausschlag bekommen - was, wenn sie von einem Baum gefallen wäre und sich das Genick gebrochen hätte?

Und wenn sie dereinst sein Kind gebären sollte, würde er ein halbes Dutzend Geburtshelfer heranschleppen, allesamt die besten im Land. Es war ihm egal, wenn ihn das ein Heidengeld kostete.

»Er wird so froh sein, dass du wieder da bist«, sagte Fauconbridge und unterbrach seine Träumerei.

»Jedenfalls für ein paar Wochen«, sagte Michael. Er nickte dem Angestellten dankend zu, als dieser ein Trio Teller vor ihn stellte.

»Ein paar Wochen?« Harrington runzelte die Stirn. »Wir hatten alle gehofft, dass du hier bleibst.«

»Nein«, sagte Michael und schnitt sein erstes Beefsteak an, »meine Zukunft liegt in Kanada, und zwar für viele Jahre. Darüber wollte Lord Hobart heute Morgen mit mir sprechen. Er möchte, dass ich mit dem Training für die Nachfolge von Sir Robert Milnes beginne.« Er spießte ein Stück Fleisch auf und schaufelte es sich in den Mund.

»Sir Robert Milnes?«, sagte Fauconbridge. »Verstehe ich das richtig, dass du der nächste Generalgouverneur von Kanada werden sollst?«

Michael schluckte. »Das wird erst in einigen Jahren der Fall sein. Ich bin mir sicher, dass ich nicht einmal ein Kandidat wäre, wenn jemand anderes diesen Posten würde haben wollen. Aber die Krone will einen Aristokraten für diese Art von Posten, und die meisten Adligen sind nicht begeistert vom Leben an der Grenze. Meine einzige Qualifikation ist, dass ich einen Titel habe und dass ich bereit bin, die Aufgabe zu übernehmen.«

»Stimmt nicht«, sagte Fauconbridge. »Ein solches Amt erfordert einen Mann mit untadeligem Charakter und gesundem Urteilsvermögen. Beides hast du in Hülle und Fülle. Ganz zu schweigen von deinem ...« Er klopfte an den Rand seines Glases, um die richtigen Worte zu finden. »... entschlossenen, autoritären Auftreten.«

Harrington beugte sich vor. »Was er meint, ist, dass du dickköpfig und überheblich bist.«

Michael lachte. »Ich fürchte, ich kann es nicht leugnen. Nun, ich bin mir ziemlich sicher, dass *dickköpfig* und *überheblich* beides Anforderungen an die Stelle sind. Ich werde von Minute zu Minute qualifizierter.«

»Wenn du nur ein paar Wochen bleiben willst, warum bist du dann überhaupt zurückgekommen?«, fragte Harrington.

Michael tauschte seinen nun leeren Teller gegen einen mit einem Beefsteak aus. »Ich kann es euch ja auch sagen. Auch wenn ich von keinem von euch eine Erlaubnis brauche. Aber ich werde eure Schwester heiraten.«

»Das wissen wir«, antworteten die Brüder gleichzeitig.

Michael seufzte. »Ich hatte das Gefühl, dass ihr euch das vermutlich denken könnt.«

»*Jeder* weiß es.« Harrington hielt inne und fügte dann strahlend hinzu: »Außer Anne natürlich.«

»Superb«, brummte Michael und sägte in sein Beefsteak.

»Also«, fuhr Harrington fort, »wann wirst du ihr einen Antrag machen?«

Michael zeigte mit seiner Gabel auf Harrington. »Zufällig wollte ich ihr gerade erst gestern Abend einen Antrag machen. Aber *jemand* hat mich unterbrochen.«

»Oh je, Pech gehabt, Morsley«, sagte Harrington mit nervtötender Fröhlichkeit in der Stimme.

»Ich fange an zu glauben, dass du mich nicht als Schwager haben willst«, sagte Michael.

»Natürlich tun wir das«, sagte Fauconbridge. »Wir wollen doch, dass Anne endlich glücklich wird.«

Michael warf ihm einen scharfen Blick zu. »Und war sie nicht glücklich? Mit Wynters? Wenn er sie schlecht behandelt hat ...« Michael war sich nicht sicher, was er dann tun würde, da der Mann bereits tot war.

Aber wenn sich sein Verdacht über die Geschehnisse vor vier Jahren bewahrheitete, brauchte er nur den geringsten Vorwand, um dessen Grab zu schänden. Wenn diese verlogene Schlange Anne auch nur ein Haar gekrümmt hatte ...

»Nichts dergleichen«, sagte Fauconbridge. »Komm schon, Morsley, ich hätte ihn im Morgengrauen herausgefordert.«

»Das hätten wir beide«, sagte Harrington.

Michael seufzte. Er wusste, dass sie das getan hätten. Die Astleys kümmerten sich um die eigene Familie. »Ich bitte um Entschuldigung. Ich wollte nicht das Gegenteil behaupten.«

»Was ich meinte, war ...« Fauconbridge brach ab und dachte über seine Worte nach. »Es ist nicht so, dass Anne unglücklich mit Wynters war, soweit ich das beurteilen kann. Er war nett zu ihr, erlaubte ihr, ihre Wohltätigkeitsarbeit zu machen und so weiter. Aber es war auch nicht so, dass er sie ... besonders glücklich gemacht hätte. Wenn das einen Sinn ergibt.«

»Ich werde sie glücklich machen«, schwor Michael und hob sein Glas an die Lippen.

»Wenigstens kannst du ihr ein paar Kinder auf den Hals hetzen«, sagte Harrington fröhlich, woraufhin Michael erschreckend nahe daran war, Portwein über den Tisch zu kippen.

Michael gewann den Kampf mit seinem Getränk und kam hustend wieder hoch. »Harrington«, sagte Fauconbridge mit müder Stimme, während er Michael auf den Rücken klopfte.

»Das heißt«, fuhr Harrington fort und ignorierte seinen Bruder, »ich nehme an, dass du dazu in der Lage bist. In dieser Hinsicht ist bei dir doch alles in Ordnung, nicht wahr, Morsley?«

»Lieber Gott«, murmelte Fauconbridge und nahm einen stärkenden Schluck aus seinem eigenen Glas.

»Sicherlich«, antwortete Michael, als er wieder sprechen konnte, »erwartest du nicht, dass ich das mit einer Antwort würdige.«

»Ich für meinen Teil«, warf Fauconbridge ein, »würde es sehr vorziehen, wenn du das nicht tust.«

»Da sind wir einer Meinung.« Michael wollte einen weiteren Bissen Fleisch aufspießen, als seine Gabel gegen einen leeren Teller stieß. Als er sein letztes Beefsteak zu sich heranzog, sah Michael, wie die vier Männer, die am Nachbartisch gesessen hatten, aufstanden und gingen. Er blickte sich um. Sie waren nun die Einzigen in diesem Teil des Raumes.

Es gab eine Frage, die ihn seit vier Jahren beschäftigte und die er gestern Abend im Gedränge nicht hatte stellen können. Er beugte sich vor und senkte seine Stimme. »Hört mal, ich muss euch beide etwas fragen. Ich habe mich immer gefragt, wie es dazu kommen konnte, dass Anne meinen Antrag nicht erhalten hat.«

»Das haben wir uns auch schon gefragt«, sagte Fauconbridge. »Yarwood schwört, dass sie deinen Brief gelesen hat. Er sagt, er habe ihr das Schreiben persönlich übergeben. Aber schließlich wurde klar, dass Anne keine Ahnung hatte, dass du ihr einen Antrag gemacht hast.«

»Ich habe eine Theorie«, sagte Michael. »Vielleicht könntet ihr mir etwas bestätigen. Der Mann, den sie geheiratet hat, Wynters - hatte er einen Spazierstock mit einem silbernen Griff in Form eines Eiszapfens?«

»Den nahm er mit, wohin auch immer er unterwegs gewesen ist«, bestätigte Harrington. »Denn er war schließlich *Lord Wynters*.« Der übertriebene Augenaufschlag, mit dem Harrington diese Aussage begleitete, verdeutlichte seine Meinung über die Wahl der Kleidung des verstorbenen Earls.

Fauconbridges Augen hatten sich geschärft. »Ich wusste nicht, dass du Wynters kennengelernt hast.«

Michael starrte durch den Raum, ohne etwas zu sehen. Das war nicht wirklich eine Überraschung. Tief im Inneren hatte er es die ganze Zeit gewusst. »Offensichtlich habe ich das. Ihr müsst wissen ...« Er blinzelte aus seiner Trance und stellte fest, dass die beiden Astley-Brüder ihn aufmerksam anstarrten. »Er war da. An jenem Morgen vor vier Jahren, als ich meinen Heiratsantrag für Anne ausformulierte und mich dann beeilte, an Bord meines Schiffes zu gehen. Er war dort, und ich denke, er muss ...«

»Fauconbridge, Gott sei Dank sind Sie hier.« Michael drehte sich um und sah, wie sich die Augen des Sprechers verengten, als dieser Harrington bemerkte. »Oh. Das sind ja *Sie*.«

Es war der Marquess Graverley. Michael erinnerte sich an Graverley aus der Schulzeit, und er sah genauso aus - hellhäutig, blond und hochmütig, mit übernatürlich hohen Wangenknochen und Stiefeln, die so glänzend waren, dass Michael seine Zähne darin hätte überprüfen können.

Es entbrannte ein Streit darüber, ob Fauconbridge bereit

wäre, mit Graverley einen Drink zu nehmen. »*Allein*«, stellte der Marquess klar und blickte Harrington an.

Fauconbridge war jedoch nicht bereit, seinen Bruder zu verlassen. Michael seufzte. Er hatte seine Beefsteaks aufgegessen, und ein Blick auf die Uhr zeigte ihm, dass er sich auf den Weg machen musste, wenn er seine schreckliche Verabredung mit dem Schuhmacher einhalten wollte. Es schien, dass er so viel über Lord Wynters erfahren hatte, wie er nur konnte.

Nun, das spielte keine Rolle. Er hatte gelernt, was er wissen musste.

Er entschuldigte sich, ging die Treppe hinunter trat benommen in die St. James's Street hinaus. Ja, er hatte erfahren, was er wissen musste, und es hatte sich bestätigt, was er die ganze Zeit vermutet hatte: dass es kein unglücklicher Zufall gewesen war, dass Anne seinen Antrag nie erhalten hatte. Er war sabotiert worden, und der Mann, der das getan hatte, war Annes Ehemann geworden.

Jetzt musste er nur noch herausfinden, was er deswegen tun wollte. Sollte er es Anne sagen? Nachdem er ihr einen Heiratsantrag gemacht hatte, würde sie ihn natürlich fragen, wie er zu dieser Entscheidung gekommen war. Er wollte sie nicht anlügen. Verdammt, er bezweifelte, dass er sie überzeugend anlügen *konnte* (als Kinder hatten sie sich oft darüber lustig gemacht, dass sie sich so gut kannten, dass sie praktisch im Gesicht des anderen lesen konnten).

Er wollte Anne sagen, dass er sie liebte. Er wollte mit ihr über das Picknick lachen, das sie im Alter von fünfzehn Jahren zusammen gemacht hatten, als er auf ihr lag und es trotzdem irgendwie geschafft hatte, sie nicht zu küssen. Er wollte ihr keinen Unsinn darüber erzählen, wie gut sie zusammenpassen und dass sie sich gut verstehen würden, weil sie »so gute Freunde« seien.

Das Problem war, ihr die Wahrheit zu sagen, dass die

Liebe ihn wie ein Blitz aus heiterem Himmel getroffen hatte, als sie vierzehn gewesen waren, als er in den Sommerferien von Eton nach Hause gekommen war und seine beste Freundin plötzlich mit den Augen eines jungen Mannes und nicht mehr mit denen eines Jungen gesehen hatte, was zu einer ganzen Reihe von Fragen führen musste. Fragen wie: *Warum hast du mir keinen Antrag gemacht, bevor du gegangen bist?* Auf die es nur Antworten gab wie: *Eigentlich habe ich genau das getan.* Antworten, die unweigerlich zu der unehrenhaften Tat ihres ersten Mannes führen mussten.

Es war nicht schwer zu erraten, dass Anne starke Gefühle haben würde, wenn sie erfuhr, dass ihre Ehe auf einer Lüge aufgebaut gewesen war. Würde sie Wynters die Schuld geben? Oder würde sie es Michael übel nehmen, wenn er ihr eine unbequeme Wahrheit sagte? Verdammt, viele Frauen würden seinen Antrag wahrscheinlich mit der Begründung ablehnen, dass er die Ehre ihres verstorbenen Mannes beschmutzt hatte.

Und so musste er eine Entscheidung treffen.

Es war ja nicht so, dass viel davon abhing.

Nur sein zukünftiges Glück.

Er schauderte, als er die Stufen zur Schusterwerkstatt hinaufstieg, aber nicht aus denselben Gründen wie noch vor einer Stunde. Wie bemerkenswert. Es gab etwas, vor dem er sich noch mehr fürchtete als vor der Anprobe dieses Paares von Tanzschuhen.

KAPITEL 7

*A*nne verbrachte den Nachmittag über ihren Schreibtisch gekauert in der Herberge ihrer Wohltätigkeitsorganisation in St. Giles. Zu einem Weihnachtsfest, als Anne vierzehn Jahre alt gewesen war, kam es zu einem Zwischenfall, bei dem das langjährige Kindermädchen der Familie Astley, Bridget, schwanger wurde. Bridget hatte hoch und heilig geschworen, dass sie von einem der Hausgäste von Lord Cheltenham, einem Lord Fitzhenry, vergewaltigt worden war. Annes Vater hatte das nicht wahrhaben wollen und hatte Bridget entlassen. Anne hatte ihn im Namen von Bridget angefleht. Sie hatte gebettelt. Sie hatte sogar geweint. Aber nichts von dem, was sie gesagt hatte, hatte ihn umgestimmt.

Am Ende war es Michael gewesen, der Bridget rettete, indem er zu seinem eigenen Vater ging und den Marquess überredete, einzugreifen. Als Lord Redditch Annes Vater mitteilte, dass er diesen Fitzhenry für einen Schurken der schlimmsten Sorte halte, dass er persönlich Bridget glaube, wenn sie sage, es sei eine Vergewaltigung gewesen, und dass er Cheltenham für zu hart halte, hatte Annes Vater schließlich nachgegeben.

Der Vorfall hatte Annes behütete Existenz in ihren Grundfesten erschüttert. Es handelte sich nicht um eine geflüsterte Geschichte über das Dienstmädchen der Cousine eines Nachbarn, sondern um *Bridget*, jemanden, den Anne liebte. Es hatte Anne die Augen dafür geöffnet, wie zerbrechlich der Platz einer Frau in der Welt wirklich war und wie leicht eine Frau ohne eigenes Verschulden ausgestoßen und im Stich gelassen werden konnte. Danach war Anne entschlossen gewesen, jenen Frauen zu helfen, denen die Gesellschaft den Rücken zugekehrt hatte, und die *Ladies' Society for the Relief of the Destitute* war das Ergebnis.

Als Anne zum ersten Mal nach London gekommen war, um mit der Planung ihrer Wohltätigkeitsorganisation zu beginnen, war sie schockiert darüber gewesen, wie sehr die Karten gegen die Armen und insbesondere gegen die armen Frauen ausgespielt wurden. Man könnte annehmen, dass eine schicke Villa im West End mit Marmorböden und vergoldetem Stuck mehr Miete kosten sollte als ein baufälliger Schuppen in St. Giles, aber da würde man sich irren - Mietwohnungen wurden für den vierfachen Preis pro Quadratmeter vermietet, oft sogar für mehr.

Es war teuer, arm zu sein. Wenn man es sich nicht leisten konnte, eine ganze Keule Fleisch zu kaufen, musste man sich mit Resten begnügen, die hauptsächlich aus Knorpeln und Knochen bestanden, wobei man den gleichen Preis pro Pfund zahlte und wenig Nährstoffe erhielt. Doch damit nicht genug: Seriöse Geschäfte verkauften keinen Tee in Mengen von weniger als einem Pfund, und so waren die Armen gezwungen, skrupellosen Händlern den doppelten Preis pro Unze für gepanschte Produkte zu zahlen. Das gleiche Prinzip galt für alles andere, von Kohle über Hafer und Kartoffeln bis hin zu Zucker (Zucker! Als ob sich die Annes Schützlinge

Zucker leisten könnten). Wer es sich nicht leisten konnte, die in den großen Geschäften angebotenen Mengen zu kaufen, hatte keine andere Wahl, als sich sein tägliches Brot bei anrüchigen Geschäftemachern zu besorgen. Und so mussten diejenigen, die es sich am wenigsten leisten konnten, die teuersten Preise für ihren täglichen Bedarf zahlen.

Die Situation war für die gesamte Arbeiterklasse schlecht, aber für arme Frauen noch schlimmer als für arme Männer, denn die Löhne der Frauen lagen im Durchschnitt um ein Drittel bis zur Hälfte unter denen der Männer, selbst wenn sie die gleiche Arbeit verrichteten. Wedgwood zahlte den Frauen, die Blumen auf sein Porzellan malten, sechzig Prozent dessen, was dort Männer für die gleiche Arbeit verdienten. Männliche Weber wurden für das Stricken von Strümpfen anständig bezahlt, aber die Frauen, die dieselben Strümpfe von Hand zusammennähten, arbeiteten für ein paar Pennys. Und die männlichen Schneider erhielten einen existenzsichernden Lohn, während die Frauen für ihre Näharbeiten nur einen Hungerlohn erhielten.

Die Begründung für diese Diskrepanz war, dass Männer die Ernährer seien und Frauen überhaupt nicht arbeiten sollten. Nun, selbst wenn man das als wahr akzeptieren würde, wo blieben dann die Frauen, die auf sich allein gestellt waren und Kinder zu versorgen hatten? In der Gesellschaft herrschte die Meinung vor, dass sich die Wohltätigkeit auf die »verdienten« Armen beschränken sollte und dass die Unterstützung unverheirateter Mütter nur die Zügellosigkeit fördern würde. Es ärgerte Anne, dass sie Frauen abweisen musste, die versuchten, ihren Kindern ein besseres Leben zu ermöglichen, weil sie einst ihren Körper verkauft hatten, um Essen auf den Tisch zu bringen. Es fiel ihr schwer zu verstehen, warum die Gesellschaft den Ratschlag Jesu, *nicht zu richten*, für nicht anwendbar hielt. Aber so sehr sie es auch hasste, um ihren Status als respektable Frau zu wahren und Spender für die Ladies' Society zu gewinnen, war Anne gezwungen, nur Bewerbungen von »verdienten« Armen anzunehmen.

Die gute Nachricht, wenn man das so nennen konnte, war, dass es selbst mit der Aussicht auf die Eröffnung eines zweiten Gästehauses mehr als genug ehrbare Witwen und rechtmäßig geborene Waisen gab, um ihr Budget tausendfach zu erschöpfen. Anne war sich darüber im Klaren, dass das Problem strukturell bedingt war: Wenn Frauen so miserable Löhne erhielten, waren ihre Familien unweigerlich vom Elend bedroht. Und wie sehr die Gesellschaft auch aufschreien würde, wenn sie vorschlüge, die Löhne für alle Frauen zu erhöhen, so würde doch jeder zustimmen, dass die Situation für ehrbare Witwen, die um den Unterhalt ihrer Kinder kämpften, ungerecht war, vor allem, wenn so viele ihrer Ehemänner ihr Leben im Dienst für König und Land verloren hatten.

Und so hatte Anne ein Pamphlet geschrieben, in dem sie vorschlug, die Löhne für Witwen mit Kindern zu erhöhen. Als sie es schrieb, schien es logisch zu sein, aber es erwies sich als totale Katastrophe. Sie war von der höflichen Gesellschaft verspottet worden und hatte schnell gelernt, dass Männer es nicht schätzten, wenn eine Frau auch nur den leisesten Vorschlag machte, wie sie ihre Geschäfte führen sollten.

Obwohl ihr Pamphlet ein Misserfolg gewesen war, war die von der Ladies' Society betriebene Unterkunft ein voller Erfolg. Das Prinzip war einfach: Die Einwohner sollten gerecht behandelt werden. Sie verlangte von ihnen eine angemessene Miete anstelle der exorbitanten Preise, die von den Vermietern in den Slums im Osten verlangt werden. Eine Gemeinschaftsküche, damit Lebensmittel in großen Mengen gekauft werden konnten. Die Kinder sollten eine Schulausbildung erhalten, nicht nur zu ihrem eigenen

Nutzen, sondern auch, damit die Mütter ihre Kleinen nicht mit Laudanum in den Schlaf schicken mussten, damit sie selbst arbeiten konnten, was nur allzu oft vorkam.

Die Leute lobten Anne oft für ihre Nächstenliebe gegenüber diesen »elenden Kreaturen«, was ihr Unbehagen bereitete. Das meiste von dem, was sie tat, galt nicht einmal als Wohltätigkeit, obwohl sie annahm, dass das zweimal wöchentlich stattfindende Fleisch- und Kartoffelprogramm für die Hungernden und die Weihnachtsinitiative, die sie letztes Jahr gestartet hatte, um Pflaumenpudding an arme Kinder zu verteilen, als solche gelten könnten. Aber in ihrer Herberge musste Miete bezahlt werden, und das einzige, was sie von anderen Vermietern unterschied, war, dass ihr Ziel darin bestand, ein ausgeglichenes Ergebnis zu erzielen und nicht, auf dem Rücken der Armen ein Vermögen zu machen. Und nach Annes Erfahrung gab es an ihren Bewohnern nichts Erbärmliches. Es waren hart arbeitende Frauen, die nicht auf Almosen aus waren; alles, was Anne tat, war, einige der Hindernisse zu beseitigen, die ihre Situation unhaltbar machten.

Anne lächelte über das Geschrei der spielenden Kinder auf den Straßen unter ihr. Es hatte eine Weile gedauert, bis sie sich an den Lärm und die Hektik Londons gewöhnt hatte, nachdem sie in der idyllischen Landschaft der Cotswolds aufgewachsen war. Doch in den letzten vier Jahren war London ihr Zuhause geworden. Hier in London hatte sie einen Sinn gefunden, etwas Sinnvolleres als die endlosen Bälle und Partys. Und London war der Ort, an dem die Ladies' Society mehr Gutes tun konnte als irgendwo sonst.

Damit war London genau der Ort, an den sie gehörte.

Sie kehrte zu ihrem Stapel Korrespondenz zurück. Ganz unten fand sie zwei gute Nachrichten. Eine davon kam in Form eines Briefes von Mr. Archibald Nettlethorpe-Ogilvy, dessen Familie eine Eisenmanufaktur betrieb. Er bat um ein

Treffen. Anne hatte keine Ahnung, worum es sich dabei handelte, aber die Nettlethorpe-Ogilvys waren eine der reichsten Familien Großbritanniens, und so schrieb sie eine erfreute Antwort, in der Hoffnung, dass sie einen neuen Mäzen gewinnen würde.

Annes Herzschlag beschleunigte sich, als sie den Namen des Absenders auf dem letzten Brief in ihrem Stapel las: Marquess Graverley. In den letzten Wochen war sie auf der Suche nach einem neuen Vizepräsidenten für ihren Verwaltungsrat gewesen. Und obwohl alle Vorstandsmitglieder der Ladies' Society bis zu diesem Zeitpunkt, nun ja, Damen waren, kam ihr der Gedanke, dass jede heiratsfähige junge Lady in London zu ihren Veranstaltungen eilen würde, wenn ein bestimmter Mann garantiert anwesend sein würde ...

Und so hatte sie gestern ihre Bedenken heruntergeschluckt, sich auf eine fast sichere Ablehnung eingestellt und einen Brief an Marcus Latimer, den derzeitigen Marquess Graverley und künftigen Herzog von Trevissick, der zweifellos der begehrteste Junggeselle in ganz England war, geschickt, in dem sie ihn fragte, ob er in Betracht ziehen würde, als ihr Vizepräsident zu fungieren. Lord Graverley war nicht für seine Wohltätigkeit bekannt, sondern ganz im Gegenteil dafür, dass er ein richtiger Wüstling war. Doch zu Annes Erstaunen hatte er sich in den letzten drei Monaten zu einem glühenden Verfechter ihrer Gesellschaft entwickelt.

Als sie das Wachssiegel öffnete, erinnerte Anne sich selbst daran, ihre Erwartungen im Zaum zu halten. Lord Graverley würde sicher ablehnen, genau wie die letzten drei Kandidaten, die sie gefragt hatte. Nur ... er hatte nicht abgelehnt. Er schrieb, dass er sich geehrt fühlen würde, im Vorstand einer so wertvollen Organisation mitzuarbeiten.

Sie las die Notiz des Marquess ein drittes Mal und konnte

es immer noch nicht ganz glauben. Lord Graverley war nicht nur ein reicher zukünftiger Herzog, sondern auch ein fast absurd gut aussehender Mann mit blassem Haar, eisblauen Augen, Wangenknochen, die einen Bildhauer zum Weinen bringen würden, und dem eleganten Körperbau eines Fechters.

Hätte man sie gestern gefragt, hätte Anne vielleicht Lord Graverley als den attraktivsten Mann in ihrem Bekanntenkreis bezeichnet. Heute jedoch ...

Ein Zittern lief über ihre Schulterblätter bei der Erinnerung daran, wie Michael am vergangenen Abend ausgesehen hatte. Obwohl die meisten Frauen wahrscheinlich immer noch Lord Graverleys elegante Gesichtszüge bevorzugen würden, fand Anne Michaels neue Kombination aus groß, dunkel und kräftig weitaus ansprechender.

Sie schüttelte ihren Kopf, um ihn zu klären. Gute Güte, was war das denn? *Gut aussehend* stand nicht gerade ganz oben auf der Liste der Eigenschaften, die sie bei einem Ehemann suchte. Was sie brauchte, war ein guter Mann mit einem ausgezeichneten Charakter und dem Rang und der Stellung, die ihre Familie von ihr erwartete. Jemand, der sie freundlich behandelte, ihr half, eine Familie zu gründen, und sie bei ihrer Arbeit für die Ladies' Society unterstützte, statt sie einzuschränken.

Michael hat jede dieser Eigenschaften, flüsterte eine kleine Stimme in ihrem Hinterkopf. *Warum solltest du nicht alles haben können?*

Es war die Stimme des jungen Michael, die antwortete, so klar und sicher wie an dem Tag, an dem er die Worte gesprochen hatte. *Niemals ... Nicht in einer Million Jahren ...*

Sie seufzte. Es tat ihr nicht gut, sich mit solchen Dingen zu beschäftigen. Sie musste einen Mann finden, der tatsächlich in Erwägung ziehen würde, sie zu heiraten.

Es klopfte an der Tür. Anne schaute auf und sah Mrs. Godfrey, die in der Herberge wohnte und den täglichen Betrieb überwachte, flankiert von zwei Jungen und mit einem Teetablett.

»Guten Tag, Lady Wynters«, sagte Mrs. Godfrey. »Ich habe Nick und Johnny mitgebracht, genau wie Sie es gewünscht haben.«

»Danke«, sagte Anne, als Mrs. Godfrey das Teetablett abstellte, knickste und sich verabschiedete. Anne lächelte die Jungen an. »Bitte, setzt euch doch.«

Sie schenkte für alle drei ein und gab den Jungen ein Zeichen, sich von dem Teller mit Johannisbeerkeksen zu bedienen, was sie mit sichtlicher Freude taten.

»Wie lebt ihr euch ein?«, fragte Anne.

»Ich wiebe esch hier«, sagte Johnny an einem Bissen Keks vorbei. Nick stieß ihn mit dem Ellbogen an, woraufhin er schluckte und sich räusperte. »Ich bitte um Verzeihung, Mylady. Mrs. Briggs hat gesagt, dass ich das nicht mehr tun soll. Dass ich immer zuerst schlucken muss.«

Anne nickte, wobei sie darauf achtete, ihr Gesicht nicht zu verziehen. »Das ist schon in Ordnung. Und was ist mit dir, Nick? Wie gefällt dir dein neues Zuhause?«

Nick blinzelte ungläubig. »Wollen Sie mich veräppeln? Wir bekommen jeden Tag Fleisch und *zwei* Brötchen zum Frühstück, und da drauf ist sogar Butter.« Er schüttelte den Kopf. »So etwas habe ich noch nie gehabt.«

Annes Lächeln war bittersüß. Nicks Begeisterung für etwas so Einfaches wie ein Brötchen war charmant, auch wenn der Grund dafür beunruhigend war. Kehrmeister waren berüchtigt dafür, ihren Kletterjungen zu wenig Essen zu geben, damit sie in den kleinsten Schornstein passten. Nick und Johnny waren so schmutzig gewesen, dass man sie draußen im Hof in einer Wanne hatte waschen müssen, und Anne war erschrocken gewesen, als sie sah, wie Arme, dünn wie Streichhölzer, und beinahe eckige Brustkörbe zum Vorschein kamen, als sie sich aus ihrer schmutzigen Kleidung schälten.

Sie räusperte sich. »Und wie findet ihr Jungs Mrs. Briggs?«

»Mrs. Briggs ist großartig«, sagte Nick, als er sich einen weiteren Keks nahm.

»Sie hat uns nicht ein einziges Mal verprügelt«, fügte Johnny hinzu.

»Das will ich auch hoffen«, sagte Anne und stellte ihre Teetasse ab. »Ich habe mich gefragt, ob ihr mir erzählen könntet, wie ihr dazu gekommen seid, für euren ehemaligen Meisterfeger zu arbeiten.«

»Sie meinen, Mr. Smithers?«, fragte Johnny.

»Genau den.«

»Nun ... äh ...« Johnny kratzte sich an der Nase. »Mein Vater war in der Armee. Meine Mutter hatte ihn begleitet. Aber sie sind beide gestorben. Das war ...« Er verzog das Gesicht vor Konzentration.

»Smithers hat Johnny vor etwa zwei Monaten zu sich geholt«, bot Nick an.

»Ja, vor zwei Monaten, denke ich. Ich bin mit einem Schiff nach Hause gefahren. Einer der Matrosen sagte, ich würde bei einer neuen Familie leben. Eine Kutsche kam und brachte mich zu Mr. Smithers.«

»Eine Kutsche?« Anne beugte sich vor. »Du willst damit sagen, dass Mr. Smithers dich mit einer Droschke abgeholt hat?«

»Nein, da war niemand drin«, bestätigte Johnny. »Und es war keine Droschke. Es war eine schicke Kutsche. Schwarz und glänzend mit einem goldenen Wappen auf der Tür.«

»Ich erinnere mich auch an das Wappen«, sagte Nick. »Das klingt genau wie die Kutsche, die mich abgeholt hat.«

Ein Wappen würde es ermöglichen, den Wagen zu

identifizieren. Jetzt waren sie auf dem richtigen Weg. »Was war auf dem Wappen?«, fragte Anne.

Johnny sagte: »Es waren zwei Schweine«, und im selben Moment sagte Nick: »Ein Paar Elefanten.«

»Es war kein Elefant«, sagte Johnny. »Sind das nicht die mit den langen Nasen?«

»Es waren Elefanten«, beharrte Nick. »Sie hatten eine lange Nase und Stoßzähne.«

Die beiden Jungen fingen an, sich darüber zu streiten. Anne seufzte. Dies war eine gute Erinnerung daran, dass man sich auf das, was kleine Kinder gesehen zu haben glaubten, nicht immer verlassen konnte. Nicht, dass sie Stunden damit verbracht hätte, jedes Wappen in *Debrett's Peerage* auswendig zu lernen, wie ihre Mutter es sich gewünscht hatte, aber sie war sich ziemlich sicher, dass kein Adelshaus ein niederes Schwein als Wappen wählen würde, und Elefanten schienen nur wenig weniger abwegig.

Anne räusperte sich. »Du sagst, die gleiche Kutsche hat dich auch abgeholt, Nick?«

»Ja, Mylady. Mein Vater war auch bei der Armee. Die 18^{th}Royal Hussars.« Nick blähte seine Brust auf. »Meine Mutter ist auch der Trommel gefolgt, und meine Eltern wurden beide getötet. Da war ein Offizier, vielleicht ein Leutnant ...« Nick biss sich auf die Lippe und dachte nach. »Ich weiß nicht mehr, wie er hieß, aber er hatte sein Bein verloren und wurde nach Hause geschickt. Er ist derjenige, der sich um mich gekümmert hat. Er sagte, er würde mir eine Art Galeere besorgen vielleicht?«

»Eine Lehre?«, fragte Anne.

Nick schnippte mit den Fingern. »Das ist das Wort, das er gesagt hat. Die Kutsche hat mich zweimal abgeholt. Beim ersten Mal war sie leer. Ich weiß noch, dass mein Leutnant sehr wütend wurde. Er sagte, er werde Robert Palmers einzigen Sohn nicht einfach in einer leeren Kutsche nach

Gott weiß wohin schicken. Also schrieb er einen Brief, und ein paar Tage später kam die Kutsche wieder.«

»Und war Mr. Smithers dieses Mal dabei?«, fragte Anne.

»Nicht Smithers«, sagte Nick. »Ein Gentleman. Er redete wie Sie. Der Leutnant schüttelte mir also die Hand und ließ mich in die Kutsche steigen, und dann brachte mich der Herr zu diesem Haus. Ich war dort ein paar Tage, und dann holte Mr. Smithers mich da weg.«

»Erinnerst du dich an den Namen dieses Mannes?«, fragte Anne.

»Nein, Ma'am, ich glaube nicht, dass er mir den gesagt hat. Er war eine wirklich seltsamer Kerl. Es dämmerte bereits, als er mich abholte, und er weigerte sich, aus der Kutsche auszusteigen. Er schüttelte die Hand des Leutnants durch das Fenster. Er hatte einen großen Dreispitz über sein Gesicht gezogen und kauerte in der Ecke des Wagens. Aber irgendwann kamen die Lichter eines anderen Wagens direkt durch das Fenster, und ich konnte einen Blick auf sein Gesicht werfen. Er hat mich beim Anstarren erwischt und mir eine Ohrfeige verpasst.«

»Wie hat er ausgesehen?«, fragte Anne. »Welche Farbe hatten seine Haare, seine Augen?«

Nick verzog das Gesicht. »Ich ... ich kann es nicht sagen. Es war dunkel, und er hatte diesen Hut auf.«

Anne unterdrückte die Hoffnung, die in ihrer Brust aufgestiegen war. »Dann würdest du ihn also nicht wiedererkennen?«

Nick biss sich auf die Lippe und überlegte. »Ich denke, das würde ich, Mylady. Ich habe ein gutes Gedächtnis für Gesichter, und ich kann mir seins noch gut vorstellen. Es ist schwer zu beschreiben, weil sein Gesicht so schlicht ist. Er hatte weder eine Hakennase noch eine Narbe oder etwas Ähnliches.«

»Wie lange ist das her?«, fragte Anne.

»Äh ... ich habe vier Weihnachten mit Mr. Smithers verbracht. Also etwa so viele Jahre.«

»Du hast etwas von einem Haus gesagt«, sagte Anne. »Kannst du das beschreiben?«

»Es war nichts Besonderes. Nur ein Zimmer und etwa acht oder zehn Jungen, die auf dem Boden geschlafen haben. Wenn ein Schornsteinfeger kam und einen von uns mitnahm, kam schon bald wieder einer an und so weiter.«

Dieses Haus war eine weitere potenzielle Spur. »Erinnerst du dich ungefähr, wo das war?«, fragte Anne.

»Ich weiß es nicht mehr, aber ich erinnere mich, dass es in der Nähe einer Ziegelbrennerei war«, sagte Nick und wedelte mit der Hand vor seiner Nase.

Johnny neben ihm schien aufzuwachen. »Stimmt, ich erinnere mich an den Geruch!«

»Ein Brennofen?«, fragte Anne. »Und da bist du sicher?«

»Todsicher.« Wieder blähte Nick seine magere Brust auf. »Als Schornsteinfeger halte ich mich für eine Art Experte für Schornsteine und deren Gerüche.«

»Du hast erwähnt, dass es einen ständigen Strom an Jungen gab«, sagte Anne. »Wie alt waren diese Jungen?«

»Ungefähr in Johnnys Alter, Mylady.«

»Ich verstehe. Und ist dieser Herr aus der Kutsche mit dir hineingegangen?«

»Ist er nicht. Es waren drei oder vier Männer drinnen, die auf uns aufpassten«, fügte Nick hinzu. Er verzog das Gesicht vor Konzentration und schüttelte dann den Kopf. »Das ist alles, woran ich mich erinnern kann.«

Anne bedankte sich bei den Jungen und schickte sie zurück zu Mrs. Briggs mit einem Taschentuch voll mit Keksen.

Anne holte Papier und Feder hervor, um alles aufzuschreiben, bevor sie es wieder vergessen hätte. Johnny und Nick hatten mehrere Informationen geliefert - das

Wappen auf der Kutschentür, den Ofen und den Leutnant der 18th Royal Hussars -, die den Fall aufklären könnten. Das Wappen deutete darauf hin, dass *Seine Lordschaft* tatsächlich ein Lord sein könnte.

Als Nächstes schrieb sie eine Nachricht an Samuel, dann rieb sie sich die Schläfe, als sie überlegte, ob sie noch einen weiteren Brief schreiben sollte. Man musste immer vorsichtig sein, bevor man anfing, Fragen zu stellen. Man konnte nie wissen, wer mit einer kriminellen Organisation konspirierte. Aber nach dem, was Nick gesagt hatte, klang es so, als hätte sich der Offizier, der ihn nach Hause gebracht hatte, aufrichtig um den Sohn des gefallenen Soldaten gekümmert und geglaubt, dass er Nick einen rechtmäßigen Ausbildungsplatz verschaffen würde.

Anne beschloss, dass das Risiko es wert war. Sie holte ein neues Blatt hervor und schrieb eine Notiz an die Horse Guards, in der sie sich erkundigte, ob es Aufzeichnungen über einen Offizier der 18th Royal Hussars gäbe, der vor etwa vier Jahren nach dem Verlust eines Beins nach Hause zurückgekehrt war.

Sie versiegelte den Brief, legte ihn auf ihren Stapel mit der ausgehenden Korrespondenz und sprach ein stilles Gebet, dass dieser Leutnant gefunden werden möge.

KAPITEL 8

*A*m darauffolgenden Nachmittag ging Anne in ihrem Wohnzimmer auf und ab, während sie auf Michael wartete.

Sie schaute gerade aus dem Fenster, als ein hübscher schwarzer Phaeton mit gelber Lackierung an den Bordstein fuhr. Anne schnappte sich ihren Korb und war zur Tür hinausgelaufen, noch bevor einer ihrer Pferdepfleger kam, um Michaels Pferde zu halten.

Doch dann blieb sie mitten im Schritt stehen.

Auf dem Ball der Falmouths hatte sie geglaubt, dass Michael unerträglich gut ausgesehen hatte, selbst in einer Jacke und einer Wildlederhose aus der letzten Saison.

Aber nichts hätte sie auf den Anblick all dieser männlichen Perfektion vorbereiten können, die sich zu ihrem Vergnügen in einem Mantel aus makellosem dunkelblauem Superfine präsentierte, der seine Schultern wie eine zweite Haut umschloss.

Und dann wurde es noch tausendmal schlimmer.

Denn dann lächelte er sie an.

Dieses Lächeln ... machte etwas mit ihr. Mit ihrem

Innenleben, um genau zu sein. Nehmen wir zum Beispiel ihr Herz.

: Es hämmerte in ihrer Brust, als ob sie gerannt wäre. Sie hatte ein flaues Gefühl im Magen, als ob sich eine Finkenfamilie darin niedergelassen hätte. Und weiter unten, zwischen ihren Beinen, fühlte sie ...

Wärme.

Plötzlich wurde ihr bewusst, dass sie ihn anstarrte. Dass ihre Füße mitten auf der Eingangstreppe zum Stehen gekommen waren, dass ihre Wangen warm waren und ... Oh Gott, stand ihr der Mund offen? Ihr stand der Mund offen, nicht wahr?

Es gelang ihr, ihren Mund zu schließen. Schließlich tauchte ein Stallknecht auf, und während Michael hinunterkletterte, stellte Anne fest, dass die Aussicht von hinten genauso beeindruckend war wie die von vorne.

Sie schloss ihren Mund. Nochmals.

»Michael!«, stotterte sie, als er die Treppe herauflief. Er blieb eine Stufe unter ihr stehen und war immer noch gut zwei Zentimeter größer als sie. Als Frau, die größer war als die meisten Männer, war sie es nicht gewohnt, sich zart zu fühlen. *Feminin.* Er nahm ihre Hand in beide Hände und führte sie an seine Lippen.

»Ist alles in Ordnung, Anne?«

Oh je, er hatte es bemerkt! Das sollte heißen, natürlich hatte er es bemerkt, wie hätte er nicht bemerken können, dass sie ihn mit offenem Mund angestarrt hatte? Sie schüttelte den Kopf und lachte. »Natürlich. Ich habe nur bemerkt - ist das eine neue Jacke?«

»Richtig.«

Sie spürte, wie ihre Wangen brannten. »Die sieht ... das sieht sehr gut an dir aus.«

»Danke.« In seinem Gesichtsausdruck erkannte sie Belustigung und ... Genugtuung?

Sie hatte keine Zeit, darüber nachzudenken, denn er legte ihren Arm in den seinen und begleitete sie zur Kutsche. Es war eines dieser Überfliegermodelle, die derzeit wirklich jeder junge Kerl haben wollte. Anne war so sehr mit ihrer Wohltätigkeitsorganisation beschäftigt, dass sie nur selten Zeit für den nachmittäglichen Spaziergang durch den Hyde Park fand, so dass sie nur bei wenigen Gelegenheiten in einem so hohen Fahrzeug mitgefahren war. Mal sehen, normalerweise gab es irgendwo eine Stufe ...

Ohne Vorwarnung legten sich Michaels große, warme Hände um ihre Taille, und er hob sie ohne sichtbare Anstrengung in den Wagen. Das trug nicht dazu bei, Annes Fassung wiederherzustellen, und sie musste zum dritten Mal innerhalb von zwei Minuten den Mund schließen.

Michael kletterte neben ihr hoch. »Also, wo wollen wir hin?«

»Hyde Park.«

»Und ich dachte, du hättest eine Überraschung für mich.«

Sie lachte. »Ja, und der Ort deiner Überraschung ist der Hyde Park.«

»In Ordnung.« Er schnalzte den Pferden zu, und sie rollten los.

»Also«, begann Anne, »was hast du heute Morgen gemacht?«

»Ich habe dem Schneider deines Bruders einen Besuch abgestattet«, sagte Michael mit einem unübersehbaren Schaudern.

Anne lachte. »Das erklärt diese hübsche Jacke. War es so schrecklich?«

»Du hast ja keine Ahnung.«

»Oh, aber die habe ich. Du hast schließlich noch nie eine französische Schneiderin besucht. Mit *Caro*.«

»Ich gebe zu, das klingt schrecklich, aber ich möchte dich doch sehr bitten, meine Tortur nicht zu verharmlosen.«

»Wenn du überlebt hast ... was auch immer du in Kanada gemacht hast - Bären ringen oder so - dann kannst du sicher auch einen Besuch beim Schneider ertragen.«

»Ich würde die Bären jederzeit dem hier vorziehen. Aber apropos Caro: Wo ist sie? Ich dachte, sie würde dieses Jahr ihr Debüt geben.«

»Caro ist auf ihrer Hochzeitsreise. Die Hochzeit war erst letzte Woche, und du wirst nie erraten, wen sie geheiratet hat - Lord Thetford!«

Michael drehte den Kopf und starrte sie fassungslos an, bevor er in ein breites Grinsen ausbrach. Anne wusste, dass er sich an die ziemlich offensichtliche Verliebtheit erinnerte, die Caro für Harringtons besten Freund entwickelt hatte, als dieser vor etwa vier Jahren zu Besuch gekommen war. »Hat sie das wirklich?«

»Das hat sie. Und ich freue mich, berichten zu können, dass Lord Thetford dieses Mal ganz vernarrt in sie ist.«

Michael lachte. »Gut für sie.«

»Ich freue mich so für sie.« Anne seufzte. »Ein bisschen neidisch bin ich schon, wenn ich ehrlich bin.«

»Neidisch? Was meinst du mit »neidisch«? Es ist ja nicht so, dass *du* Thetford heiraten wolltest.« Michael warf ihr einen scharfen Blick zu. »Oder doch?«

»Meine Güte, nein. Lord Thetford und ich würden niemals zusammenpassen. Ich beneide sie einfach darum, weil sie aus Liebe geheiratet hat.« Sie hatten den Eingang zum Hyde Park erreicht. Rotten Row war noch nicht überfüllt, da die mondäne Promenade erst in anderthalb Stunden beginnen würde, aber in der Nähe des Tores war es so voll, dass Michael die Pferde bremsen musste. »Fahr bis zum Ende der Rotten Row und dann weiter«, wies Anne ihn an.

»Auch du wirst eine Liebesheirat machen«, sagte Michael leise, den Blick auf den Weg vor sich gerichtet.

Anne seufzte. »Ich hoffe es. Aber das kannst du ja nicht wissen, Michael.«

»Oh ja, das kann ich wissen«, murmelte er.

Anne wollte gerade fragen, was er damit meinte, als sie jemanden rufen hörte: »Lady Wynters! Oh, Lady Wynters!«

Als sie sich umdrehte, sah sie ein vertrautes Gesicht auf einem Pferd herankommen. Augusta Wriothesley war nicht nur die engagierteste Freiwillige der Ladies' Society, sondern auch eine von Annes besten Freundinnen, auch wenn sie alt genug war, um Annes Mutter zu sein. »Mrs. Wriothesley, guten Tag.«

Mrs. Wriothesley lenkte ihr Pferd in einen Trab neben ihnen. »Haben Sie gestern den Artikel in *The Times* gesehen? Über die Ladies' Society? Ich habe fast einen Anfall bekommen!«

Anne errötete und dachte dabei weniger an den Artikel als an die Karikatur, die ihn begleitet hatte. »Ich ... ich habe es gesehen.« Sie suchte nach einer Möglichkeit, schnell das Thema zu wechseln. »Oh, verzeihen Sie mir. Ich habe vergessen, Sie beide einander vorzustellen. Michael, das ist Mrs. Augusta Wriothesley, meine liebe Freundin und die Schatzmeisterin in der Ladies' Society. Mrs. Wriothesley, das ist Lord Morsley, von dem ich weiß, dass ich ihn schon einmal erwähnt habe.«

»Mrs. Wriothesley, was für ein Vergnügen«, sagte Michael und neigte den Kopf.

»Oh!« Mrs. Wriothesley war das Kinn heruntergeklappt. »Wollen Sie damit sagen, dass *dies* Lord Morsley ist? Ihr Freund aus Kindheitstagen?«

»Genau der«, sagte Anne.

»Ach du meine Güte, ich ...« Mrs. Wriothesleys Blick wanderte neugierig von Michael zu Anne und wieder zurück. »Ich wusste nicht, dass Lord Morsley zurückgekehrt ist aus ... war das Kanada?«

»Das ist richtig«, sagte Michael. »Ich bin erst vor zwei Tagen zurückgekehrt.«

»Nun, es ist eine Freude, Sie kennenzulernen, Mylord, und eine noch größere Freude, Sie wieder in England zu haben.« Mrs. Wriothesley lenkte ihr Pferd herum. »Nun, ich lasse euch zwei jungen Leuten ihren Spaß«, rief sie und galoppierte bereits los. »Guten Tag!«

»Guten ... guten Tag«, rief Anne ihr verwirrt hinterher.

»Anne«, fragte Michael, »ist wirklich ein Artikel in *The Times* über die Ladies' Society erschienen?«

Anne zuckte zusammen. »Das kann man wohl sagen.«

»Das ist wunderbar! Hast du eine Kopie davon?«

»Ähm, warum fragst du?«

Er warf ihr einen seltsamen Blick zu. »Weil ich natürlich alles lesen möchte, was mit der von dir gegründeten Wohltätigkeitsorganisation zu tun hat.«

»Mir wäre es lieber, wenn du es nicht sehen würdest.« Er schaute sie verwirrt an, und Anne seufzte. »Es war nicht nur ein Artikel. Es gab auch eine Karikatur. Und ...« Sie kniff die Augen zusammen. »Die war nicht sehr schmeichelhaft.«

»WAS MEINST DU DAMIT, dass es nicht schmeichelhaft war?« Michael wandte seinen Blick von den Pferden ab, um einen Blick auf Anne zu werfen. Sie blickte auf ihre Hände hinunter, die sich um den Griff des Korbes, den sie in ihrem Schoß hielt, zu Knoten verdreht hatten. Seine Brust zog sich zusammen. »Welcher Idiot würde dich dafür kritisieren, den Armen zu helfen?«

Annes Fingerknöchel waren weiß am Griff ihres Korbes. »Du wärst überrascht.«

Michael gefiel der Klang dieser Worte nicht. »Ich würde gerne wissen, was das bedeutet.«

»Ich hingegen würde es vorziehen, nicht darüber zu sprechen«, murmelte sie.

»Ich bestehe darauf, dass du es mir sagst.« Sie sagte nichts, also fügte er nach einem Moment hinzu: »Du scheinst vergessen zu haben, wie dickköpfig ich sein kann.«

Ihre Augenbraue zuckte, und Michael wusste, dass er sich auf gefährliches Terrain begab, denn das Zucken einer Augenbraue war einer von Annes typischen Ausdrücken. Das bedeutete, dass sie sich ärgerte, ganz gleich, wie gelassen sie nach außen hin auftrat. »Oh, nein. Ich habe es nicht vergessen.«

»Komm schon, Anne ...«

Sie seufzte. »Ich fürchte, ich war in den letzten drei Jahren ein beliebtes Objekt des Spottes. Alles begann mit meinem Flugblatt.«

»Deinem ... deinem Flugblatt?« *Was für ein Flugblatt? Wann hatte Anne ein Pamphlet verfasst?*

Anne drehte sich ungläubig zu ihm um. »Sicherlich erinnerst du dich daran. Ich weiß, dass ich dir eine Kopie geschickt habe.«

Wahrscheinlich hatte er die auch erhalten, aber da er keinen von Annes Briefen geöffnet hatte, hatte er keine Ahnung, worum es ging. Er räusperte sich. »Natürlich erinnere ich mich daran, ich kann nur nicht verstehen, was jemand daran auszusetzen haben könnte. Es war so, äh, gut durchdacht, und ...«

Das schienen die richtigen Worte zu sein, denn Annes Gesichtsausdruck wurde weicher, und sie streckte die Hand aus und drückte seinen Unterarm. »Danke, Michael. Leider muss ich aber sagen, dass die Mehrheit deine Meinung darüber nicht teilte.«

»Was genau meinst du damit?«

Anne biss sich auf die Lippe. »Was dann geschah, habe ich in meinen Briefen wahrscheinlich nicht beschrieben. Ich habe wohl versucht zu vergessen, dass es jemals passiert ist. Aber ... na ja ...« Sie schluckte schwer. »Ich wurde rundum verspottet.«

»Verspottet?« Eines der Pferde schnaubte und zerrte am Gebiss, und Michael bemerkte, dass seine Fäuste sich zu Eisen verhärtet hatten. Er zwang sich, seinen Griff um die Zügel zu lockern. »Was meinst du damit, *verspottet*?«

»Oh, es ging vor allem um das Thema: Sieh dir diese dumme Frau an, die meint, sie verstehe etwas von Wirtschaft.«

»Und wer hat diesen Spott getrieben?«

»Eine Frage, die sich nicht in wenigen Worten beantworten lässt, denn es wurde hinter meinem Rücken, mir ins Gesicht und durch die Presse getan ...«

»Warum hat dein Mann dem nicht Einhalt geboten?«, schnappte Michael. »Er hätte den ersten Mann, der so etwas gesagt hat, anzeigen müssen.«

»Er ...« Anne brach ab und sah auf ihre Hände hinunter.

Die Spannung brachte ihn um. »Er hat was?« Als Antwort murmelte sie etwas, das er nicht verstehen konnte. »Was war das?«

»Er hat es nicht gelesen«, sagte Anne mit zittriger Stimme.

»Er hat nicht *was*?«

»Ich versuchte, Treffen mit Geschäftsleuten, Fabrikbesitzern und dergleichen zu arrangieren, um zu sehen, ob ich jemanden davon überzeugen konnte, meinen Plan zu testen. Es ist nicht gut gelaufen. Überhaupt nicht. Und ich dachte, ich hätte vielleicht mehr Glück, wenn Lord Wynters mir helfen würde, ein Treffen mit jemandem aus seinem Bekanntenkreis zu vermitteln. Aber ...« Sie sah weg.

»Aber?«, fragte Michael und bemühte sich, seine Stimme ruhig zu halten. Schließlich war es nicht Anne, die er erwürgen wollte.

»Aber als ich ihn um Hilfe bat, gab er zu verstehen, dass er mein Pamphlet nicht gelesen hatte. Und als ich ihn bat, es zu lesen, hat er ...« Sie schluckte schwer und stählte sich. »Er hat sich geweigert. Er sagte, er habe *wichtige Angelegenheiten* zu erledigen.«

Michael konnte in Annes Gesicht gut genug lesen, um zu erkennen, wie sehr diese Ablehnung sie verletzt hatte.

Das war's. Michael würde *auf jeden Fall* das Grab von Wynters schänden.

Mit einem *Vorschlaghammer*.

Er spürte eher, als dass er sah, wie Anne eine Hand auf seinen Arm legte. »Michael, beruhige dich.« Sie gluckste nervös. »Es gibt ein Gemälde in der Galerie in Ravenswell, das deinen Vorfahren, den dritten Marquess of Redditch, in der Schlacht von Agincourt zeigt, wo er gerade jemandem mit einer Axt den Schädel spaltet. Dein Gesicht drückt gerade genau dasselbe aus.«

Michael warf ihr einen Seitenblick zu. Sie war der Wahrheit näher, als ihr bewusst war. »Er hat dich verärgert«, brummte er.

»Das spielt keine Rolle.«

»Für mich schon.«

Anne schloss ihre Augen und lehnte ihren Kopf an seine Schulter. »Danke, Michael. Aber da können wir jetzt nichts mehr tun.«

»Stimmt nicht. Was ist mit dem Autor dieser Karikatur? Wir haben jede Menge Streitäxte, die in Ravenswell verrotten. Es gibt sogar eine in Cranfield House, wenn ich so darüber nachdenke ...«

»Michael!« Sie stieß ihn in die Schulter. »Keine Streitäxte.«

»Die hängt über dem Kaminsims im Wohnzimmer im ersten Stock ...«

»Auf keinen Fall! Übrigens solltest du die rechte Abzweigung da vorne nehmen.«

»Hm«, brummte er, als er ihre Anweisung befolgte. »Darf ich denjenigen, der es war, wenigstens verstümmeln?«

»Nein!«

»Ich könnte nur ein ganz kleines bisschen ...«

»Es wird keine Verstümmelungen geben, weder leichte noch andere.« Anne schaffte es, ihre Miene etwa vier Sekunden lang ernst zu halten, bevor ihr Mundwinkel zuckte und sich nach oben verzog. »Aber trotzdem vielen Dank.«

Sie kamen aus einer Baumgruppe heraus. Einer ihrer Stallknechte, der am Ufer der Serpentine wartete, trat vor und winkte. »Ah«, sagte Anne, »da wären wir. Halte die Kutsche irgendwo an.«

KAPITEL 9

*M*ichael zügelte die Pferde. Neben ihm fragte Anne den Stallknecht: »Ist alles bereit, Harold?«

Er neigte den Kopf und übernahm die Pferde. »Alles läuft nach Plan, Mylady.«

Michael hob Anne herunter, und sie führte ihn zum Flussufer. Ihre Stimmung schien wiederhergestellt zu sein, denn sie zerrte an seinem Arm, um ihn zur Eile zu bewegen. »Machen wir also ein Picknick?«

Sie schnaubte. »Ein Picknick ist keine große Überraschung.«

»Ich dachte, da du den Korb dabei hast, dass wir vielleicht ...« Er brach ab, als er ein weißes Boot am grasbewachsenen Flussufer entdeckte. »Anne, ist das für uns?«

»Ja, natürlich.«

»Du meinst, wir ...« Er brach ab und blickte sich um. Sie befanden sich genau an der Stelle, an der die Serpentine in die Kensington Gardens einmündete, und so früh am Nachmittag lagen die Gewässer bis auf ein Schwanenpaar völlig verlassen.

Die Gärten waren üppig und grün. Es gab sogar ein kleines graues Steinhäuschen, das den grünen Rasen schmückte.

Michael war kein Experte, aber er hätte behaupten wollen, dass die Umgebung malerisch war. Romantisch, sogar.

Es war *perfekt*. Und Michael beschloss auf der Stelle, dass er ihr hier einen Antrag machen würde.

»Willkommen zur neuesten Aufführung von *Anne und Michaels Piratenabenteuer*«, sagte Anne und klang dabei sehr zufrieden mit sich selbst.

In diesem Moment bemerkte Michael, dass jemand hastig das Wort *Misery* auf den Bug des Bootes gemalt hatte. Er warf den Kopf zurück und lachte. »Wie ich sehe, hast du es diesmal geschafft, den richtigen Namen dranzuschreiben.«

»Ich habe nur dieses eine Mal kapituliert, zu Ehren deiner Rückkehr. Ich behaupte immer noch, dass es keinen schöneren Namen für ein Piratenschiff gibt als die *Queen Anne's Revenge*.«

»Der ist schon vergeben. Außerdem bin ich der Kapitän, und der Kapitän darf das Schiff benennen.«

»Erinnern Sie mich, Captain Cranfield, welcher Rang ist höher - Kapitän oder Admiral?«

»Admiral Astley. Als ob du mich das jemals vergessen lassen würdest.«

»Obwohl ich nicht mehr Anne Astley bin. Ich nehme an, ich sollte jetzt Admiral Northcote heißen.«

Michael versuchte, sein instinktives Knurren als bloßes Räuspern zu verbergen. Er würde Anne niemals mit dem Namen dieses Schurken ansprechen. Allein der Gedanke, diesen Namen laut auszusprechen, war ekelhaft. »Das hat nicht den richtigen Klang. Ich glaube, ich werde dich auch weiterhin Admiral Astley nennen.«

Anne antwortete mit einer ausladenden Geste. »Solange du meinen höheren Rang anerkennst.«

Michael lachte, als er das vordere Ende des Ruderbootes in den Kanal schob, dann reichte er Anne die Hand. Sobald sie sich niedergelassen hatte, gab er dem Boot einen kräftigen Schubs und kletterte mit einer sanften Bewegung an Bord, und schon trieben sie in der hellen Nachmittagssonne dahin.

Er konnte sich ein Lächeln nicht verkneifen, als er Anne beobachtete. Obwohl sie den weißen Sonnenschirm, der im Boot bereitlag, aufgespannt hatte, machte sie nicht viel Gebrauch davon, sondern legte den Kopf zurück, um die Sonne auf ihrem Gesicht zu genießen.

Nachdem sie sich gesonnt hatte, lächelte Anne ihn an. »Das ist wie in alten Zeiten.«

»Das Einzige, was fehlt«, sagte Michael und zog an den Rudern, »sind die Erdbeertörtchen.«

Anne lächelte, ihre Nase kräuselte sich, und Michael wusste sofort, dass etwas im Gange war, denn das war Annes anderer typischer Ausdruck, den er viel lieber sah als das verhängnisvolle Zucken der Augenbrauen. Immer wenn er diese Nase sich kräuseln sah, bedeutete das, dass Anne Astley im Begriff war, Unfug zu treiben.

Sie griff nach dem Korb, den sie mitgebracht hatte. »Wer sagt denn, dass die fehlen?«

Michael grinste. »Du hast doch wohl keine Erdbeertörtchen da drin!«

»Natürlich habe ich die«, antwortete Anne und zog sie heraus.

Sie ließen sich treiben und genossen ihre Törtchen. Anne warf ein paar Bissen zu einem Entenpaar, von denen eine versuchte, direkt ins Boot zu klettern, bevor Michael sie mit dem Ruder verscheuchte. Erdbeertörtchen waren Annes

Lieblingskuchen, und sie hatte sie buchstäblich hunderte Male zu ihren Nachmittagsabenteuern mitgebracht. An diesem perfekten Sommernachmittag mit Anne in einem Boot dahinzutreiben und Erdbeertörtchen zu essen ... Michaels Kehle schnürte sich zu.

Dieses Gefühl, diese Zufriedenheit, das war genau das, was sein Leben sein sollte.

Genau so würde es von nun an sein.

»Köstlich«, erklärte Michael und leckte die letzten Krümel von seinen Fingern. Er nahm die Ruder wieder in die Hand. »Mal sehen, was haben wir sonst noch auf unseren Piratenabenteuern gemacht? Wir haben uns über den Namen des Schiffes und darüber gestritten, wer den höheren Rang hat, und wir haben unsere Erdbeertörtchen gegessen. Das Einzige, was noch zu tun ist, ist, sich einen verrückten Plan auszudenken, der dazu führt, dass wir beide über Bord gehen.«

»Ich habe mit Freude festgestellt«, sagte Anne, »dass sich dieses Schiff als seetüchtiger erweist als das ursprüngliche Piratenschiff *Misery*.«

»Ich habe das Gefühl, dass unsere früheren Schwierigkeiten weniger mit dem Schiff als vielmehr mit der Besatzung zusammenhingen. Ich erinnere mich besonders an einen Vorfall ...«

Anne verdrehte die Augen, aber sie lächelte. »Natürlich musst du das erwähnen.«

»... bei dem unser furchtloser Admiral in einer Art und Weise schrie, die der königlichen Marine Seiner Majestät nicht angemessen ist.«

»Wir segeln unter schwarzer Flagge, also lassen wir Seine Majestät aus dem Spiel. Und du weißt ganz genau, dass da eine Spinne war, eine große, schwarze, haarige Spinne, die auf mein Bein gekrabbelt war!«

Michael schüttelte den Kopf, genauso unbeeindruckt von dieser Erklärung, wie er es mit neun Jahren gewesen war. »Und dieser Schrei wurde von einem komödiantischen Fuchteln mit den Armen begleitet, dem keine Beschreibung gerecht werden kann. Vielleicht sollte ich es demonstrieren.«

»Das würde ich sehr gerne sehen«, sagte Anne und gab ihm ein Zeichen, weiterzumachen.

Michael seufzte. »Und sie hat meinen Bluff durchschaut.«

»In der Tat, das hat sie«, sagte Anne fröhlich. »Außerdem warst immerhin du derjenige, der uns zum Kentern gebracht hat, angeblich weil du mir *helfen* wolltest, indem du dich auf meine Seite des Bootes gestürzt hast.«

»Du willst damit behaupten, es war meine Schuld? Das nächste Mal überlasse ich dich wohl der großen, schwarzen, haarigen Spinne.«

Sie lächelte sonnig. »Natürlich wirst du das nicht tun. Das würde gegen jede Faser deiner Natur als Cranfield verstoßen. Du bist nur glücklich, wenn du einem Bösewicht mit deiner Streitaxt auf den Kopf schlagen kannst.«

Er lachte und zerrte an den Rudern. »Du hast mich schon wieder erwischt.«

»Also«, sagte Anne, »erfahre ich jetzt endlich, was du in Kanada gemacht hast?«

Michael schaute sich um. Das Wasser war menschenleer. »Ich nehme an, das tust du.«

Anne beugte sich vor. »Und?«

Michael ließ das Rudern einen Moment lang ruhen und ließ das Boot treiben. »Du erinnerst dich vielleicht, dass mein Onkel Charles vor drei Jahren an der kanadischen Grenze stationiert war.«

»Ich erinnere mich gut daran. Das wäre kurz vor der Verlegung seiner Brigade auf den Kontinent gewesen. Wir hatten mehrere Monate lang das Vergnügen, Generalmajor

Cranfield bei uns zu bewirten, während sie ihre Vorräte aufstockten.«

»Diese Verlegung war der Grund für meinen Auftrag. Es wurde nämlich eine verschlüsselte Nachricht abgefangen, aus der hervorging, dass die Franzosen wussten, dass die Brigade meines Onkels auf den europäischen Kriegsschauplatz zurückgerufen werden sollte. Sie wies außerdem darauf hin, dass ein Verräter in unseren Reihen nach Kanada geschickt worden war, um ihm falsche Befehle zu geben, die ihn anwiesen, seine Männer tief in die kanadische Wildnis zu führen.«

»Ach, du meine Güte!« Anne runzelte die Stirn und legte ihren Kopf schief. »Aber was hatte all das mit dir zu tun, Michael?«

»Der Verräter mit den falschen Befehlen war der ehemalige Offiziersbursche meines Onkels. Ein Mann mit dem Namen Jeremiah Derrickson.«

»Ah«, sagte Anne und legte ihre Stirn in Falten. »Dein Onkel hätte ihm vertraut.«

»Mein Onkel hätte ihm vertraut«, bestätigte Michael. »Da draußen an der Grenze gibt es niemanden, mit dem man seine Befehle absprechen kann. Bei zwei sich widersprechenden Befehlen, von denen einer von deinem ehemaligen Offiziersjungen stammt, ist es nicht schwer, sich vorzustellen, welchen er wohl befolgt hätte. Sie brauchten jemanden, dem er bedingungslos vertrauen würde.«

»Deshalb haben sie dich also geschickt.«

»In der Tat.« Michael zog ein paar Mal an den Rudern, um zu verhindern, dass sie ans Ufer trieben. »Ich musste ziemlich schnell abreisen. Vater holte mich mitten im Semester aus Oxford heraus, und am nächsten Tag war ich auf einem Schiff. Ich lag sechs Tage hinter Derrickson zurück. Ich erzähle dir die ganze Geschichte ein andermal, aber kurz gesagt, habe ich es nach wochenlangem Hacken durch die Wildnis geschafft, sechs Stunden vor ihm am Ziel zu sein.«

»Du hast es geschafft.« Annes Lächeln war ein wenig zittrig. »Du hattest ein Abenteuer, ein richtiges Abenteuer. Sogar eine Suche!«

Es fiel Michael auf, dass Anne besser als jeder andere verstand, wie viel ihm dieser Moment bedeutet hatte, der Moment, in dem er um ein Uhr morgens in das Lager seines Onkels getorkelt war, erschöpfter als je zuvor in seinem Leben, aber ebenso glücklich darüber, es geschafft zu haben.

Anne lachte und tupfte sich mit der Rückseite ihres Handschuhs die Augen ab. »Es ist alles, was du dir immer gewünscht hast.«

Michael sagte nichts, als er sich nach vorne beugte, um ihr sein Taschentuch anzubieten. Selbst jetzt war es bittersüß, an diesen Moment zu denken. Damals hatte es sich wie die Erfüllung eines Traums angefühlt.

Aber er konnte jetzt nicht an diesen Triumph denken, ohne sofort daran zu denken, was er ihn gekostet hatte: Eine Zukunft mit der einzigen Frau, die er jemals geliebt hatte, der einzigen Frau, von der er überzeugt war, dass er sie jemals lieben würde.

Zumindest hatte er geglaubt, es hätte ihn diese Zukunft gekostet. Jetzt aber begann sich herauszustellen, dass das Schicksal es für richtig gehalten hatte, ihm diese zweite Chance zu geben.

»Also«, fuhr Anne fort, nachdem sie sich die Augen abgetupft hatte, »das erklärt die ersten paar Monate. Wie erklärst du aber die folgenden vier Jahre?«

Michael räusperte sich. »Die Besitztümer meines Vaters in der Nähe des Simcoe-Sees sind auf etwa zehntausend Hektar angewachsen. Ich habe dort einige Zeit verbracht und die Dinge in die Hand genommen. Dann bekam ich Anfragen von überall her. Wenn es nicht die königliche

Marine war, die um Maststangen bettelte, dann war es die Armee, die verzweifelt nach Walnussholz für Gewehrschäfte suchte.« Er lächelte reumütig. »Ich war in Kanada der Mann für alle Fälle.«

»Es klingt, als ob du sehr gefragt gewesen bist. Aber warst du denn wirklich so beschäftigt, dass du niemals auch nur eine halbe Stunde Zeit hattest, um deiner besten Freundin einen Brief zu schreiben?« Anne stellte die Frage leichtherzig, aber Michael konnte sie gut genug lesen, um zu erkennen, dass es sich nicht um eine Lappalie handelte.

Er schluckte. Es war an der Zeit, Anne die Wahrheit zu sagen. Eine bessere Chance als diese würde er wohl nicht mehr bekommen.

Er legte die Ruder beiseite. Diese Chance hatte sich so unerwartet ergeben, dass er sich nicht genau überlegt hatte, was er sagen wollte.

Aber er wusste eines: Was auch immer er sagte, es würde auf seinen Heiratsantrag hinauslaufen. Und für einen Heiratsantrag sollte ein Mann auf ein Knie hinuntergehen.

So machte man das einfach.

Er erhob sich halb und bewegte sich langsam und bedächtig vorwärts. Das Boot schwankte, aber nicht in gefährlicher Weise. Vorsichtig begann er, sich hinzuknien.

Er blickte zu Anne auf und sah, dass sie die Stirn in Falten legte. »Michael? Stimmt etwas nicht?«

Er suchte mit seinem Knie den Boden des Bootes. Als das Knie endlich aufsetzte, rutschte er auf etwas Rundem aus. *Der Henkel von Annes Korb.* Der Korb rutschte aus dem Weg, aber der unerwartete Ruck erschütterte das Boot. Anne zuckte zusammen.

Dadurch wurde das Schaukeln noch stärker - eine prekäre Situation, wenn man bedachte, dass Michael auf einem Knie saß. »*Nicht bewegen*«, zischte er. Nach einem Moment hatte er das Gleichgewicht halbwegs wiedergefunden und löste seinen Griff von der Reling, um langsam nach Annes Hand zu greifen.

»Was ist denn?«, flüsterte sie. Ihr Blick fiel auf ihren Schoß und folgte der Richtung seiner Hand.

In diesem Moment schrie sie auf.

KAPITEL 10

*W*as in aller Welt hatte Michael vor? Eben noch hatten sie ein einfaches Gespräch geführt, und im nächsten Moment kroch er auf dem Boden des Bootes herum.

»Michael?«, fragte sie. Was *machte* er da überhaupt? »Stimmt etwas nicht?«

»*Nicht bewegen*«, flüsterte er als Antwort, was nicht gerade beruhigend war.

»Was ist denn?«, murmelte sie. In diesem Moment bemerkte sie, wie sich seine Hand ganz langsam ausstreckte. Sein Blick war auf einen Punkt auf ihrem Schoß gerichtet - in dieselbe Richtung, in die seine Hand wanderte, und ...

Sie schaute nach unten, und da war es: etwas Großes, Schwarzes und Pelziges, direkt an ihrem Bein! Anne schrie auf, richtete sich halb auf und begann, mit beiden Händen auf ihre Röcke zu klopfen.

»Anne!« Michael zerrte ebenfalls an ihren Röcken. »Halt still!«

»Nimm das von mir runter!«, kreischte sie und versuchte, es wegzuschlagen.

Michael beugte sich vor und ergriff eine ihrer Hände. »Ist schon gut, es ist keine Spinne, es ist ein ...«

Das Boot schwankte bereits gefährlich, aber das war der Moment, in dem ihr gemeinsames Gewicht im Heck zu viel wurde. Das Boot sackte durch, und dann hob sich der Bug langsam aus dem Wasser.

Anne drückte ihre Augen zu. Sie würden hineinfallen. Das hätte nicht überraschen dürfen. Mindestens die Hälfte ihrer Piratenabenteuer hatte genau so geendet.

Obwohl sie gedacht hatte, dass sie es mit dreiundzwanzig besser hätten machen können.

Doch anstatt hineinzufallen, wurde Anne von einem Paar baumstammdicker Arme umschlungen, von den Füßen gehoben und an eine steinharte Brust gedrückt.

Und dann kippte die Welt um ihre Achse.

Das meinte sie wörtlich, denn es stellte sich heraus, dass Michael sie in seine Arme genommen und sich auf den Boden des Bootes geworfen hatte, um es vor dem Kentern zu bewahren. Sie fand sich auf ihm liegend wieder, den Kopf an seine Schulter gelehnt, die Brüste an seine Brust gepresst, die Röcke um ihre Waden hochgezogen und die Beine mit den seinen verschränkt, während das Boot unter ihnen schaukelte. Seine Arme hielten sie fest, und nach einem Moment, als das Boot langsam ruhiger wurde, bemerkte sie das schnelle Pochen seines Herzschlags neben ihrem Ohr. Ihr Atem ging in kurzen Zügen, und sie spürte, wie ihr Körper zitterte. Sie fühlte sich schwindlig ... desorientiert ... *wunderbar.*

Wunderbar? Das konnte nicht richtig sein. Das hier sollte sich ... unangenehm anfühlen. Sie und Michael waren Freunde. Mehr nicht. Obwohl ... Von ihrer Position aus, auf ihm liegend, konnte sie eine extrem auffällige Beule spüren, die sich vorne in seiner Hose gebildet hatte und auf ihren Bauch drückte.

Sie war schon einmal verheiratet gewesen. Es war ja nicht so, dass sie nicht verstanden hätte, was *das* war.

Oh, aber was hatte sie sich dabei gedacht? Es hatte keinen Sinn, sich etwas vorzumachen. Das war einfach die Reaktion, die jeder junge, gesunde Mann haben würde, wenn er sich in einer solchen Situation mit *irgendeiner* Frau befände. Es hatte keine *Bedeutung*.

Ja, das sollte sich unangenehm anfühlen. Es sollte sich demütigend anfühlen.

Aber Anne stellte fest, dass sie nichts von alledem fühlte. Stattdessen wurde sie von einem Gefühl der Richtigkeit überwältigt, einem Gefühl, das dem nicht unähnlich war, das sie empfunden hatte, als Michael vor all den Jahren bei dem Picknick auf ihr herumgerollt war. Es war, als sei dies eine unvermeidliche Schlussfolgerung. Als hätte sich das Universum selbst verschworen, sie genau hier in diesem Boot aufeinander zu werfen.

Fast so, als wären sie füreinander bestimmt.

Gute Güte, sie musste aufhören, diese lächerlichen Gedanken zu denken, und stattdessen von ihm wegkommen! Sie versuchte, sich aufzusetzen, schaffte es aber nur, den Kopf zu heben, und zu ihrem Entsetzen fiel ihr sofort Michael ins Auge.

Oh, manchmal war es ein Fluch, dass sie jeden seiner Gesichtsausdrücke lesen konnte. Sie machte sich darauf gefasst, sein Unbehagen, seine Abscheu und seinen Eifer zu sehen, sich zu befreien.

Stattdessen sah sie ... Bewunderung?

Das konnte unmöglich richtig sein.

Oder doch?

»Anne«, flüsterte er, und da war etwas so Reines in seiner Stimme, das sie noch mehr erzittern ließ. Und dann kam seine Hand hoch und *umrahmte ihr Gesicht*, und er neigte seinen Kopf zu ihrem. Ihre Arme legten sich um seinen

Nacken, ihre Lippen näherten sich seinen, ihre Augen schlossen sich, und ...

»Ist da jemand drin?«

»Überprüfe das Wasser, Robert.« Ein Stimmenpaar, eine männliche und eine weibliche, drang wie durch einen dichten Nebel in Annes Gehirn ein. Es war die Frau, die jetzt sprach. »Von hier kam der Schrei, da bin ich mir sicher. Sie müssen hineingefallen sein.«

Plötzlich sah Michael sie mit einem Bedauern an, das so rein war, dass es an Schmerz grenzte.

Die Frau fuhr fort: »Oh, ich hoffe, sie sind nicht ertrunken! Ich will keine Leiche sehen.«

»Nein, schau mal, Margaret! Jemand ist dort, im Boot. Sie, äh, sie liegen da drin, und - oh je.«

Das rüttelte Anne wach. Sie versuchte, sich von Michael loszureißen, aber ihr Fuß rutschte ab und sie sackte zurück auf seine Brust.

»Es tut mir leid«, rief sie dem Paar zu, die sie beide mit identisch grimmigem Gesichtsausdruck ansahen. »Es ist nicht so, wie es aussieht. Unser Boot begann zu kentern, und wir verloren das Gleichgewicht!«

»Komm da weg, Robert«, sagte die Frau barsch. »Ich für meinen Teil möchte nicht Zeuge dieser Zügellosigkeit werden.«

»Ganz recht, meine Liebe.« Der Mann blinzelte, als er begann, wegzurudern. »Ist das nicht Lady Wynters?«

»Lady Wynters?« Die Frau hob eine Lorgnette und schaute Anne von oben herab an. »Das kann nicht sein. Lady Wynters ist die angesehenste Frau in ganz London.«

»Nun, sie sieht genauso aus wie die Frau in diesem Cartoon ...«

»Anne.« Michael unterstrich ihren Namen mit einer sanften Berührung. Sie richtete ihren Blick wieder auf ihn und stellte fest, dass seine Augen intensiv waren. »Ich muss dich etwas fragen. Willst du ...«

»Huhu, ist da jemand drin?«

Diesmal war Annes Versuch, sich von Michael loszureißen, erfolgreicher, und es gelang ihr, ihren Platz wieder einzunehmen. Die Person, die gerufen hatte, erwies sich als Milchmagd, die mit ihrer Kuh am nahen Ufer stand.

»Oh, gut«, sagte das Milchmädchen fröhlich. »Ich habe jemanden schreien gehört.«

»Ja«, murmelte Anne, »wir haben für einen Moment das Gleichgewicht verloren, aber alles ist gut, alles ist gut!«

In diesem Moment tauchte Michael aus dem Boden des Bootes auf und sah zerknittert, frustriert und äußerst köstlich aus.

Die Milchmagd schien das ähnlich zu sehen, denn sie gab einen leisen Pfiff von sich. »Schön für dich«, flüsterte sie Anne laut zu, als sie sich umdrehte, um ihre Kuh zurück auf die Wiese zu führen.

Michael starrte ins Leere, scheinbar ohne seine Umgebung wahrzunehmen. Gute Güte, war das peinlich. Anne sah an sich herunter und begann, ihre Röcke zurechtzurücken.

In diesem Moment bemerkte sie etwas auf dem Boden des Bootes. Jetzt, da das Boot still lag, erkannte sie es als das, was es war - eine große schwarze Feder.

»Oh, sieh dir das an«, sagte sie und hob die Feder auf. »Das muss das gewesen sein, was an meinen Röcken klebte. Die muss von der Ente stammen, die versucht hat, meine Erdbeertorte zu stehlen.«

Michael schien sie nicht gehört zu haben. Er starrte immer noch ausdruckslos über das Wasser. »Ich wusste schon immer, dass das nicht funktionieren würde«, murmelte er vor sich hin.

Anne runzelte die Stirn. »Was hast du gesagt, Michael?«

Er schüttelte den Kopf und sah sie dann an, wobei sich ein reumütiges Grinsen auf seinem Gesicht ausbreitete. »Diesmal bleibe ich einfach auf meinem Platz, und ich wage zu behaupten, dass es viel besser laufen wird.« Er räusperte sich. »Anne, ich ...«

»Hallo, ist alles in Ordnung?«, rief eine Männerstimme. »Wir haben jemanden schreien gehört.«

An diesem Punkt sagte Michael ein Wort, das er normalerweise nicht in Annes Gegenwart sagen würde, obwohl sie es ihre Brüder schon einmal sagen gehört hatte. (Nun, sie hatte es Harrington sagen hören. Natürlich würde Edward niemals vor einer Dame fluchen.)

»Ja«, rief Anne den beiden jungen Männern zu, die sich in ihrem eigenen Ruderboot näherten, »das war nur ich. Ich dachte, ich hätte eine Spinne gesehen.«

Beide Männer grinsten. »Ah, ich verstehe«, rief einer von ihnen. »Dann ist ja gut.«

Anne wandte sich wieder an Michael. Er betrachtete die Serpentine. Inzwischen schaukelte ein halbes Dutzend anderer Boote auf dem See, und dann war da noch eine Familie, die am Ufer spielte.

Anne räusperte sich. »Das tut mir sehr leid, Michael.«

»Hmm?« Michael blinzelte verwirrt. »Was tut dir leid?«

»Du weißt schon.« Anne errötete. »Auf dir zu landen.«

»Mir nicht.«

»W-was?«

»Es tut mir leid wegen ein paar anderer Dinge. Aber dieser Teil nicht.«

Anne schüttelte den Kopf. »Ich verstehe das nicht.«

Michael sah ihr direkt in die Augen, als er die Ruder in die Hand nahm und begann, sie ans Ufer zu bringen. »Das wirst du. Heute Abend.«

Anne musste den Rest des Nachmittags über diese Worte nachdenken.

KAPITEL 11

n diesem Abend, als Annes Dienstmädchen Sarah sie für den Ball bei den Sunderlands fertigmachte, klopfte Hugh an ihre Tür. »Sie haben einen Besucher, Mylady.«

Anne war gerade mit ihren Vorbereitungen fertig, also eilte sie nach unten und fragte sich, wer sie wohl zu so später Stunde noch sprechen wollte.

Sie fand ihren Besucher im vorderen Wohnzimmer. Er war ein junger Mann, wahrscheinlich etwa in Edwards Alter. Er war gutaussehend, seine blauen Augen kamen durch seinen leuchtend roten Mantel gut zur Geltung.

Er stand auf, um Anne zu begrüßen, und da bemerkte sie, dass er eine Beinprothese trug.

Ihr Herzschlag beschleunigte sich ein wenig.

»Lady Wynters«, sagte er und beugte sich mit militärischer Präzision über ihre Hand, »verzeihen Sie mein Eindringen. Mein Name ist Leutnant Phillip Avery. Heute Nachmittag habe ich einen Brief von den Horse Guards erhalten, in dem es um einen Jungen geht, den ich vom Kontinent zurückbegleitet habe. Sein Name war ...«

»Nick Palmer«, vollendete Anne den Satz für ihn, während sie einen Knicks machte. Sie lachte über seinen erschrockenen Gesichtsausdruck und presste eine Hand auf ihr Herz. »Verzeihen Sie, Lieutenant Avery, ich ... Sie können sich nicht vorstellen, wie sehr ich mich freue, Sie zu sehen.«

Sie gab ihm ein Zeichen, sich auf das gelbgestreifte Seidensofa vor dem Kamin zu setzen, und nahm den gegenüberliegenden Sessel für sich selbst.

»Ich wünschte, ich könnte sagen, dass ich mich freue«, sagte Leutnant Avery. »Ich bitte Sie, mich nicht zu missverstehen, ich bin nicht unerfreut über Sie, und ich bin Ihnen über alle Maßen dankbar für das, was Sie getan haben. Aber ...« Er kniff die Augen zusammen. »Verstehe ich das richtig, dass Nick die letzten vier Jahre als *Kletterjunge* verbracht hat?«

»Ich fürchte ja.«

Er erhob sich und begann, vor dem Kamin auf und ab zu gehen. »Ich hätte ihn niemals in die Kutsche steigen lassen, wenn ich das gewusst hätte. Ich dachte, er würde eine Lehrstelle bekommen - eine *anständige* Lehrstelle«, stellte er klar. »In einem guten Handwerk, bei dem er ...« Er brach mit einem angewiderten Laut ab.

»Natürlich glaubten Sie das«, beeilte sich Anne zu sagen. »Nick hat mir erklärt, dass Sie sich geweigert haben, ihn in den leeren Wagen steigen zu lassen. Wie Sie darauf bestanden haben, den Mann zu treffen, der ihn abholen wollte. Ich hoffe daher, dass Sie uns in diesem Fall den nötigen Durchbruch verschaffen können.«

Leutnant Avery setzte sich wieder hin. »Ich werde Ihnen gern alles sagen, was ich weiß.«

»Wie haben Sie die Ausbildung von Nick organisiert?«, fragte Anne.

»Ich habe an das Royal Military Asylum geschrieben. Ich

weiß, dass ihr Gebäude noch im Bau ist, aber ich dachte, dass sie vielleicht schon eine Art Programm haben.«

Das war sinnvoll. Das vom Duke of York gegründete Royal Military Asylum hatte die Aufgabe, sich um die durch den Krieg mit Frankreich verwaisten Soldatenkinder zu kümmern. »Darf ich fragen, mit wem Sie korrespondiert haben?«

Seine Schultern sanken in sich zusammen. »Ich wünschte, ich könnte mich an seinen Namen erinnern. Ich habe meine Zimmer auf der Suche nach einem seiner Briefe geradezu auf den Kopf gestellt, aber ich muss sie weggeworfen haben. Ich erinnere mich, dass er im Vorstand der R.M.A. war, und er war der eine oder andere Lord.«

»Ich verstehe.« Annes Gedanken flogen nur so dahin. Da sie in der Welt der Wohltätigkeit gut vernetzt war, kannte sie alle Mitglieder des Vorstands der R.M.A. »Viscount Scudamore ist der Schatzmeister der R.M.A., Baron Gladstone ist ihr Sekretär und der Earl of Aylsham ihr Vizepräsident. Kommt Ihnen einer dieser Namen vertraut vor?«

»Aylsham schon. Er ist Oberstleutnant bei den Royal Marines. Er kann es nicht gewesen sein. Er kämpfte zu dieser Zeit mit Lord Nelson in Ägypten.«

»Also nicht Lord Aylsham. Bleiben noch Lord Scudamore und Lord Gladstone.« Anne kannte beide Männer, obwohl sie Lord Scudamore besser kannte als Lord Gladstone. Lord Scudamore engagierte sich stärker in der Wohltätigkeitsarbeit; im letzten Jahr hatte er sich freiwillig gemeldet, um einige kleine Spendenaktionen für die Ladies' Society zu organisieren, und er hatte sein Interesse bekundet, eines Tages dem Vorstand beizutreten. Anne hasste den Gedanken, dass er es sein könnte, aber in Anbetracht der Beweise musste sie die Möglichkeit in Betracht ziehen.

Leutnant Avery hatte konzentriert an die Wand gestarrt. Er schüttelte den Kopf. »Bei beiden Namen klingelt es nicht. Ich hatte noch nie ein gutes Gedächtnis für Namen. Aber wer auch immer er war, er schrieb, dass sie, da ihre Einrichtung noch im Bau war, individuelle Unterbringung für die Kinder organisieren würden. Er erkundigte sich nach Nicks Alter und so weiter und sagte, er könne eine Lehrstelle für ihn finden. Er wollte seine Kutsche vorbeischicken, um ihn am nächsten Abend abzuholen.«

Anne beugte sich vor. Dies war genau das, was Nick beschrieben hatte. »Was geschah dann?«

Der Leutnant schüttelte den Kopf. »Es war sehr seltsam - die Abholzeit war in der Abenddämmerung. Es kam zwar eine Kutsche, aber sie war leer. Ich habe den Kutscher befragt und ...« Er winkte mit der Hand und versuchte zu erklären. »Haben Sie manchmal das Gefühl, dass etwas nicht stimmt?«

»Ich weiß genau, was Sie meinen.«

Er ließ sich auf das Sofa zurücksinken. »Hätte ich doch nur auf mein Bauchgefühl gehört. Ich habe mich geweigert, Nick an diesem Abend in die Kutsche steigen zu lassen. Ich schrieb noch einmal und erklärte, was für ein vorbildlicher Soldat sein Vater gewesen sei und dass ich seinen Sohn nicht in einen leeren Wagen verfrachten würde. Ich habe darauf bestanden, diesen Lord, nun ja, Lord wer auch immer, zuerst zu treffen. Er hat sich darüber aufgeregt, das kann ich Ihnen sagen. Wir tauschten an diesem Tag drei oder vier Nachrichten aus, bevor er schließlich zusagte, dass er Nick persönlich abholen würde.«

»Und hat er das getan?«

Der Leutnant runzelte die Stirn. »Ich ... ich glaube schon. Der gleiche Wagen fuhr vor. Ich erinnere mich an das Wappen - zwei Wildschweine.«

»Wildschweine«, murmelte Anne. Das ergab durchaus

Sinn. Es entsprach eher Johnnys Beschreibung von zwei Schweinen, aber Nick hatte mit den Stoßzähnen recht gehabt.

»Die Kutsche hielt also an«, fuhr Leutnant Avery fort, »aber der Mann darin wollte nicht einmal aussteigen. Er öffnete lediglich das Fenster, um mir die Hand zu schütteln. Ich versuchte ihn zu fragen, wo Nick untergebracht werden sollte, er sagte etwas von einem Stellmacherlehrling in Sussex und zog ihn hinein. Ich habe gefragt, wo in Sussex, aber die Kutsche fuhr bereits an.« Seine Schultern sackten herab. »Ich hätte meinem Instinkt folgen sollen. Ich hätte Nick nie mit ihm gehen lassen dürfen.«

»Bitte, seien Sie nicht so streng mit sich.« Anne stand auf und ging zu einem Eckpodest, wo sie dem Leutnant einen Brandy einschenkte. Er nahm das Glas mit einem Nicken an, und sie setzte sich wieder auf ihren Platz. »Wer auch immer Nick mitgenommen hat, es scheint, als würde er minderjährige Jungen als Kletterer arbeiten lassen. Ihre Informationen werden entscheidend sein, um ihn aufzuhalten. Können Sie mir sagen, wie dieser Mann aussah?«

»Ich fürchte, das kann ich nicht. Es dämmerte bereits, und er weigerte sich, wie gesagt, aus dem Wagen auszusteigen. Er hatte einen großen Hut tief über das Gesicht gezogen. Hmm.« Er ballte eine Hand zu einer Faust. »Im Nachhinein ist das alles so verdächtig. *Warum* habe ich Nick in diesen Wagen steigen lassen?«

»Zumindest wissen wir jetzt von einer offensichtlichen Verbindung mit der RMA. Die Ladies' Society hat neulich zwei ehemalige Kletterjungen aufgenommen, beide sind Armeewaisen. Das kann kein Zufall sein. Denken Sie nach, Leutnant - können Sie sich noch an etwas anderes über diesen Mann erinnern?«

»Wie ich schon sagte, streckte er seine Hand durch das

Fenster«, sagte der Leutnant langsam, »und er trug einen Siegelring. Es war ein Goldring mit einem dunkelroten Stein - vielleicht Granat oder Karneol. Eine Art Wappen war darin eingraviert. Ich habe nicht genau genug hinsehen können, um zu erkennen, ob es dasselbe Wappen war wie das auf der Kutsche.« Er drückte kurz die Augen zu. »Das ist alles, woran ich mich erinnern kann.«

Anne erhob sich. »Vielen Dank, Leutnant Avery. Sie waren eine große Hilfe. Hätten Sie vielleicht etwas dagegen, wenn ich Sie mit meinem Freund, Mr. Samuel Branton, bekannt machen würde? Er ist ein Anwalt, der Sie mit jemandem in der Bow Street in Kontakt bringen kann.«

Der Leutnant stimmte zu, und Anne schrieb ihm den Weg zu Samuels Haus auf.

Nachdem er gegangen war, machte sie sich auf den Weg zum Sunderland-Ball, wobei sie weitaus wichtigere Dinge im Kopf hatte als einen Tanzabend.

KAPITEL 12

Michael hatte es irgendwie geschafft, einen weiteren Besuch beim Schneider zu überleben, und kam in seiner neuen Abendgarderobe zum Ball im Haus der Familie Sunderland.

Seine Gedanken drehten sich dabei ausschließlich um Anne. Obwohl sein versuchter Heiratsantrag in jeder Hinsicht ein komplettes und totales Desaster gewesen war, konnte er sich ein Lächeln nicht verkneifen, wenn er daran zurückdachte. Immerhin hatte er sie halten, das Gefühl ihres süßen Gewichts auf ihm auskosten und genießen können, wie sie in seinen Armen zitterte.

Und er hätte sie um Haaresbreite geküsst. *Wieder einmal.* Aber anders als bei dem Picknick vor all den Jahren hatte sie dieses Mal keine Angst gehabt.

Er hatte das Verlangen in ihren Augen gesehen. Sie hatte ihre Arme um seinen Nacken geschlungen, und ihre Lippen hatten sich seinem Mund genähert. Wären sie nicht unterbrochen worden, hätte sie seinen Kuss erwidert.

Und wenn er sie heute Abend fragen würde, ob sie ihn heiraten wolle, würde sie ganz sicher Ja sagen.

Er entdeckte Anne im Foyer und eilte an ihre Seite.

»Guten Abend, Anne«, sagte er und führte ihre Hand an seine Lippen.

»Guten Abend, Michael.«

»Darf ich um den ersten Tanz bitten?«

»Oh je.« Sie holte eine Tanzkarte aus ihrem Täschchen. »Den habe ich bereits jemandem versprochen.«

Michael war erschrocken, als er sah, dass ihre Tanzkarte vollständig gefüllt war. »Keine Sorge«, sagte Anne, »ich habe deinen Namen selbst bei zwei Tänzen eingetragen. Siehst du?«

Er war etwas beruhigt, als er sah, dass der Dinnertanz und der letzte Tanz des Abends ihm gehörten. Trotzdem bedeutete das eben auch, dass er vier Tänze lang warten musste, bevor er sie endlich einmal für sich haben würde.

»Warte einen Moment«, sagte Michael und zog die Tanzkarte aus Annes Griff. »Du tanzt doch nicht den ersten Tanz mit Alexander Fitzroy, oder?«

»In der Tat, das werde ich.«

»Er hat dich fast umgeworfen!«

Anne schüttelte den Kopf. »Das war ein Unfall.«

»Und Augustus Mapplethorpe.«

»Was stimmt denn nicht mit Augustus Mapplethorpe?«

Michael starrte sie ungläubig an. »Riecht sein Atem immer noch nach eingelegtem Kabeljau?«

»Ähm ... nun ...« Sie räusperte sich. »Ich bin sicher, dass es kaum auffallen wird.«

Michael verdrehte die Augen. »Das wird es sicher nicht. Und dann ist da noch Gladstone. Du willst auch nicht mit ihm tanzen.«

»Tanze ich wirklich mit Lord Gladstone?«, fragte Anne und schnappte sich ihre Tanzkarte zurück. »Und Lord Scudamore«, flüsterte sie, verstummte dann und starrte ausdruckslos durch den Ballsaal.

»Ich kenne Gladstone aus der Schule. Er ist so dumm wie eine Kiste voller Steine. Und sein Anwesen steht am Rande der Insolvenz.«

Anne blickte gedankenverloren durch das Foyer. »So ist es.«

»Scudamores Anwesen ist ebenfalls bankrott«, bemerkte Michael.

Das schien Anne aus ihrer Trance zu reißen. »Das war es vor vier Jahren, als du weggegangen bist, aber jetzt nicht mehr. Er hat das Kunststück vollbracht, das Schicksal umzudrehen.«

»Ach, hat er das? Du solltest ihn trotzdem meiden. Als wir in Eton waren, gehörte er zu den Burschen, die sich daran erfreuten, die kleineren Jungen zu quälen. Mich nicht«, fügte Michael hinzu, als sich Annes Augen vor Sorge trübten. »Ich stand unter dem Schutz deiner Brüder. Aber einmal band er Clotworthy Elphinstone an einen Baum tief im Wald und ließ ihn über Nacht dort draußen. Die Eichhörnchen haben sich auf ihn geworfen. Hast du dich nie gefragt, warum er nur eine Augenbraue hat?«

Anne war damit beschäftigt, die Menge zu überblicken. »Hilf mir, Michael. Du kannst von dort oben alles besser überblicken. Ich muss meine Mutter finden, und dann ... ich nehme nicht an, dass du Mr. Samuel Branton kennst?«

»Nein, das tue ich nicht. Aber Anne ...«

»Er ist ein dunkelhäutiger Gentleman, etwas größer als ich, mit kurzgeschnittenem Haar und tadelloser Garderobe.«

Glaubte sie wirklich, dass ausgerechnet *er* eine tadellose Garderobe erkennen würde? »Anne! Hast du überhaupt gehört, was ich gerade über Scudamore gesagt habe?«

Sie warf ihm einen kurzen Blick zu. »Natürlich habe ich dich gehört. Und ja, das klingt wirklich verachtenswert. Aber ist so etwas in Eton nicht ziemlich üblich?«

»Nicht in dem Ausmaß, wie Scudamore es getan hat. Er

peitschte jeden Jungen aus, der die ihm zugewiesene Aufgabe nicht *richtig* ausführte, und zwar so hart, dass Striemen zurückblieben. Diejenigen, die niemanden hatten, der auf sie aufpasste, verbrachten den ganzen Tag draußen, nur um ihm zu entgehen. Wenn es regnete, versteckten sie sich lieber unter einer Brücke, als zu riskieren, ihm in der Long Chamber zu begegnen.«

Sie drückte seinen Unterarm, reckte den Hals und nickte in Richtung der Türen. »Ist das Mama, die gerade reingekommen ist? Mit der scharlachroten Straußenfeder?«

»Anne!« Michael stellte sich vor sie hin. Das brachte ihm ein Stirnrunzeln ein. »Der Punkt ist, dass diese Männer ungeeignet sind. Du willst weder mit einem großen Tyrannen tanzen, noch mit jemandem, dessen Anwesen zahlungsunfähig ist.«

»Ich gebe zu, dass Lord Scudamores schuljungenhaftes Verhalten bedauerlich klingt. Aber Menschen können sich ändern. Heute wird er als Ausbund an Nächstenliebe und Tugendhaftigkeit gefeiert. Erst letzten Monat organisierte er eine Subskriptionspredigt für die Ladies' Society, die siebenundvierzig Pfund einbrachte. Und was jemanden betrifft, dessen Anwesen zahlungsunfähig ist ...« Sie lachte dunkel. »Nun, ich muss jemanden *heiraten*, Michael.«

Er blinzelte sie an. »Ich würde gerne wissen, was du damit sagen willst.«

Sie war wieder dabei, die Menge zu überblicken. »Papa hat meinen Ehevertrag mit Lord Wynters so gestaltet, dass meine Mitgift an ihn zurückfiel, wenn wir keine Kinder bekommen sollten. Jetzt hat er mir eine neue Mitgift zugeschrieben, was bedeutet, dass ich mit fünfunddreißigtausend Pfund komme. Das gibt mir Hoffnung, dass ich vielleicht ein oder zwei Heiratsanträge bekommen werde.«

»Du wirst *keinen* dieser Schurken heiraten«, sagte

Michael und biss sich auf die Zunge, ehe er hinzufügen konnte: *Der einzige Mann, den du heiraten wirst, bin ich.*

Anne blickte verärgert zu ihm auf. »Es hat keinen Sinn, so zu tun, als würde meine Mitgift nicht als Anreiz dienen.«

Er nahm ihre beiden Hände in die seinen. »Deine Mitgift ist nicht der größte Anreiz, was dich betrifft. Nur ein Narr würde dich nicht heiraten wollen. Anne, ich ...« Er blickte sich um. Das Foyer war geradezu überlaufen, nicht gerade der romantische Hintergrund, den er sich für seinen Antrag vorgestellt hatte.

Er atmete langsam ein. Es war ja nicht so, dass Anne in der nächsten Stunde einen Antrag von jemand anderem akzeptieren würde. Er konnte geduldig sein. Seine Gelegenheit würde kommen. Bald.

Er hielt ihren Blick fest. »Du verdienst einen Ehemann, der deinen Wert versteht. Und der hat nichts mit deiner Mitgift zu tun. Du verdienst jemanden, der dich wie eine Königin behandelt und der sein Leben dafür einsetzt, dich glücklich zu machen. Und ich will ehrlich sein, Anne, ich kenne die ersten paar Männer auf deiner Tanzkarte, und kein einziger von ihnen ist deiner würdig.«

Ihre Verärgerung verflog. »Wie nett von dir, das zu sagen. Aber ich muss praktisch denken, Michael. Nicht, dass ich glaube, dass er wirklich an mir interessiert ist, aber ich denke, es ist nicht fair, Lord Scudamore aufgrund seiner jugendlichen Marotten zu beurteilen. Schließlich bist du derjenige, der einmal den ganzen Morgen mit einer Blase Kirschschnaps im Mund herumgelaufen ist, um sie platzen zu lassen, weil Harrington glauben sollte, du würdest bluten.«

»Du weißt genau, dass ich das nur getan habe, weil er nicht aufhören wollte, sich von hinten an mich heranzuschleichen, meinen Hosenbund zu packen und mir die Hose bis zu den Ohren hochzuziehen.«

Anne schüttelte den Kopf. »Dein Hemd war damit durchtränkt. Ich habe ihn noch nie so panisch gesehen. Er dachte, er hätte dich umgebracht.«

»Ja, aber der Punkt ist, dass er dieses Manöver nie wieder versucht hat, oder?«

»Dann war da noch das eine Mal, als du die *Tinktur der Afrodite* von Mrs. McGillicutty über alles in seinem Schrankkoffer gespritzt hast. Edward sagte, er sei eine Woche lang in Eton herumgelaufen und habe nach Aprikosen und Orangenblüten gerochen.«

Michael stöhnte auf. Das war das Problem, wenn man sich in eine Frau verliebte, die alles über einen wusste. Sue wusste eben ... alles über ihn. »Harrington hatte das auch verdient. Und er stimmte später zu, dass es urkomisch war. Aber es gibt einen Unterschied zwischen einem Kinderstreich und Grausamkeit.«

»Ich widerspreche dem nicht. Ich will damit nur sagen, dass wir alle in unserer Jugend bedauerliche Dinge getan haben, die nicht unbedingt einen Einfluss darauf haben, wer wir als Erwachsene sind. Und ich muss realistisch sein. Meine Mitgift *ist* ein Anreiz. Wenn ich ein Angebot von einem Mann erhalte, der nicht zu hoch verschuldet und auch sonst geeignet ist ...«

Er drückte ihre Hände. »Sag nein. Du wirst ein besseres Angebot erhalten. Das verspreche ich dir.«

Anne biss sich auf die Lippe. »Ich weiß es nicht, Michael. Vielleicht muss ich mich mit einem Glücksjäger begnügen. Vielleicht bekomme ich kein anderes Angebot, und du weißt, wie sehr ich mir Kinder wünsche ...«

»Du wirst dich nicht mit irgendwas zufrieden geben müssen«, sagte er leise. »Vertrau mir.«

Sie seufzte. »Ich werde darüber nachdenken. Oh!« Anne schaute durch die Türen, die zum Ballsaal führten. »Da ist

Mama. Drüben beim Erfrischungstisch.« Sie drückte Michaels Hand und entschwand.

Er beobachtete, wie sie sich geschickt durch die Menge schlängelte, als ihm jemand einen Arm um die Schulter legte. »Morsley? Bei Gott, du bist es!«

Es stellte sich heraus, dass es Andrew Tomlinson war, ein alter Freund aus Eton.

Michael seufzte. Nun, er hatte sein Bestes gegeben. In der Hoffnung, dass Anne seine Warnung beherzigen würde, drehte er sich um, um seinen Freund zu begrüßen.

KAPITEL 13

»*M*ama«, sagte Anne, »ich brauche deine Hilfe. Wessen Wappen zeigt zwei Wildschweine?«

Die Gräfin von Cheltenham stieß einen dramatischen Seufzer aus und blickte zum Himmel. »Ich habe es versucht. Ich habe es wirklich mit dir versucht, Anne.«

»Weißt du, wem es gehört?«

Ihre Mutter schüttelte den Kopf. »Ich habe versucht, dich dazu zu bringen, DeBrett's zu studieren. Aber es ist schwierig, mit einer Schülerin voranzukommen, die ihre ganze Zeit damit verbringt, sich mit den Jungs auszutoben.«

»Ich verstehe nicht, was das zu tun hat mit meiner ...«

»... und das auch noch meist mit einer alten Hose deines Bruders bekleidet, damit du rittlings reiten konntest. Oh, ja. Ich wusste alles über die Hosen.«

Anne seufzte. »Bitte sag es mir einfach, Mama.«

»Du kannst dir mein Erstaunen nicht vorstellen, dass mein kleiner Wildfang jetzt als die angesehenste Frau in ganz London gilt. Du hast in deiner Kindheit nichts davon angedeutet.«

»Lady Wynters!«, rief eine Stimme. Anne drehte sich um und sah ihren ersten Tanzpartner, Alexander Fitzroy, auf sich zukommen.

»Bitte, Mama«, sagte Anne. »Es ist dringend. Zwei Wildschweine. Wem gehört es?«

Die Gräfin fächelte sich Luft zu. »Hättest du dich auch nur annähernd so oft, wie ich dich darum gebeten habe, für das Studium von DeBrett's ...«

»Lady Wynters«, sagte Mr. Fitzroy. Er war nur noch wenige Meter entfernt, aber ein Trio vorbeiflanierender Debütantinnen behinderte ihn.

»Mama!«, zischte Anne.

»... dann wüsstest sogar du, dass es die Barons Gladstone sind, deren Wappen zwei Wildschweine zeigt«, schloss Lady Cheltenham.

Baron Gladstone.

Es ... es passte alles zusammen.

Er war der Sekretär der R.M.A. Der gesamte Schriftverkehr würde also über ihn laufen. Leutnant Avery hatte die R.M.A. per Brief um Unterstützung gebeten.

Die Gelegenheit.

Sein Anwesen war zahlungsunfähig.

Das Motiv.

Und es war seine Kutsche gewesen, die Nick und Johnny weggebracht hatte.

Die Beweise.

Und sie würde mit ihm tanzen müssen. In weniger als einer Stunde würde sie ein Lächeln aufsetzen und mit dem Mann tanzen müssen, der ... der ...

»Lady Wynters.«

Anne fuhr fast aus der Haut, als Mr. Fitzroy ihre Hand ergriff und sich darüber beugte. Sie versuchte, den Schrei, den sie gerade ausgestoßen hatte, als Lachen zu verbergen.

Mr. Fitzroy schien ihr Unbehagen nicht zu bemerken. Als

er sie wegführte, waren Annes Gedanken tausend Meilen von dem hellen, funkelnden Ballsaal entfernt.

∿

MICHAEL WAR VERÄRGERT, als er sah, dass sein Freund Andrew Tomlinson nicht nur von einem, sondern gleich von zwei von Annes Verehrern begleitet wurde, und zwar von genau den Herren, über die sie vorhin gesprochen hatten: Scudamore und Gladstone.

Entzückend.

Scudamore war zwei Jahre weiter als Michael in Eton gewesen, und Michael hatte ihn nie besonders gemocht. Er war sich ziemlich sicher, dass dieses Gefühl auf Gegenseitigkeit beruhte. In Eton war es Tradition, dass die Jüngeren die Älteren bedienten, aber in Michaels Augen war es ein Unterschied, ob man jemanden bat, einem den Morgentee zu machen, oder ob man jemanden zwang, den ganzen Morgen damit zu verbringen, die Stiefel zu polieren, und ihn dann auszupeitschen, weil sie immer noch nicht glänzend genug waren.

Was Annes Behauptung anbelangte, Scudamore habe sich zum Besseren gewandelt, so würde er das erst glauben, wenn er es mit eigenen Augen sah.

Tomlinson schien den Blick, den Michael mit Scudamore austauschte, nicht zu bemerken. »Es ist so gut, dich wiederzusehen, Morsley.«

»Gleichfalls«, antwortete Michael.

»War das Lady Wynters, mit der du gerade gesprochen hast?«, fragte Tomlinson. »Sie hat in letzter Zeit ziemlich viel Aufsehen erregt, nicht wahr?«

Michael beäugte ihn misstrauisch. Nicht auch noch Tomlinson. War jeder Mann in diesem Ballsaal hinter Anne her? »Was meinst du damit?«

»Stand nicht neulich ein Artikel über sie in der Zeitung?«, fragte Tomlinson. »Ich habe es nicht selbst gesehen, aber alle reden nur darüber.«

»Ich fürchte, den habe ich wohl verpasst, da ich gerade erst aus Kanada zurückgekehrt bin«, sagte Michael.

»Ich habe ihn gelesen«, sagte Scudamore.

»Oh?«, sagte Michael. »Und was stand drin?«

Scudamores Grinsen war selbstgefällig. »Ach, du weißt schon. Dies und jenes.«

Michael versuchte, seine Verärgerung zu verbergen. Er hatte nicht vor, Scudamore die Genugtuung zu geben.

Tomlinson verzog das Gesicht. »Was macht ihre Wohltätigkeitsorganisation noch mal?«

»Nun«, sagte Michael und zupfte an seinem Halstuch. Da er keinen von Annes Briefen geöffnet hatte, hatte er in Wahrheit keine Ahnung, was die Ladies' Society tat, abgesehen von den Beteuerungen seines Vaters, sie sei ein »großartiger Erfolg«. Er kannte die Möglichkeiten, die Anne vor seiner Abreise ins Auge gefasst hatte, aber er wusste nicht, ob es ihr gelungen war, ein vorbildliches Wohnheim zu gründen, wie sie gehofft hatte, oder ob sie sich mit etwas Bescheidenerem begnügt hatte, wie einer Suppenküche. »Es ist ein bisschen kompliziert«, wich er aus.

»Sie stricken Schals für die Armen«, sagte Scudamore.

»Sie machen was?« Michaels Kopf ruckte in Richtung Scudamore. Der Mann betrachtete ihn gleichmütig.

»Sie stricken Schals für die Armen«, wiederholte Scudamore. »Ist das nicht so, Gladstone?«

»Was?« Gladstone blinzelte Scudamore dreimal an. »Oh, richtig - Lady Wynters leitet einen Strickkreis. Von, äh, großer Respektabilität.«

Michael bemühte sich, seine Stirn zu entspannen, die, wie er feststellte, gerunzelt war. Ein *Strickkreis*? Anne hatte nie ein Interesse an solchen Dingen gezeigt. »Ist das alles, was sie tun?«, fragte er und bemühte sich, lässig zu klingen.

»Natürlich nicht«, sagte Scudamore. »Sie stricken auch Strümpfe und Mützen. Und jedes Jahr zu Weihnachten verteilen sie Pflaumenpudding an die Armen.«

Michael studierte Scudamore und versuchte zu entscheiden, ob er und Gladstone ihn verarschten, als Tomlinson sich wieder einmischte. »Das stimmt, es gab einen Artikel in *The Gentleman's Magazine* über die Pflaumenpuddings letztes Weihnachten. Den habe ich gelesen.« Er lachte. »Meine Patentante, Mrs. Wriothesley, ist Mitglied des Vorstands ihrer Wohltätigkeitsorganisation. Das erklärt, warum sie ständig strickt.«

»Ich ... ich verstehe«, sagte Michael. Er traute Scudamore und Gladstone nicht über den Weg, aber Tomlinson würde ihn nicht anlügen.

Dann musste es wohl stimmen. Anne leitete einen Strickkreis.

Er empfand große Enttäuschung für Anne, die davon geträumt hatte, so viel zu erreichen, und sich offensichtlich mit etwas viel Bescheidenerem hatte zufrieden geben müssen. Es dürfte natürlich schwierig sein, eine Wohltätigkeitsorganisation aus dem Nichts zu gründen. Michael war sich sicher, dass Anne in Anbetracht der Umstände, in denen sie sich befand, die bestmögliche Arbeit leistete. Und wenn das Einzige, was sie zustande gebracht hatte, die Organisation eines Damenstrickkreises war, dann war das keine Schande.

Das Orchester begann, die Instrumente zu stimmen. »Nun«, sagte Tomlinson und klopfte ihm auf die Schulter, »ich gehe besser meine Tanzpartnerin suchen. Willkommen zurück, Morsley.«

Scudamore und Gladstone hatten sich von ihm abgewandt und waren bereits im Begriff zu gehen. Nun, das

Gefühl beruhte auf Gegenseitigkeit - es war nicht so, dass Michael ihre Gesellschaft wollte.

Dennoch fand er sich direkt hinter ihnen wieder, als sich vor den Türen zum Ballsaal eine kleine Menschenmenge bildete.

»Also«, hörte er Scudamore zu Gladstone sagen, »welchen Tanz hast du mit ihr?«

»Den dritten«, erwiderte Gladstone.

Scudamore stöhnte. »Ich habe den vierten.«

Michael erkannte, dass sie über Anne sprachen. Immerhin hatte er ihre Tanzkarte gesehen.

»Ha«, sagte Gladstone, »sieht so aus, als dürfte ich sie zuerst fragen.«

Sie fragen? Das gefiel Michael überhaupt nicht.

»Sie wird dich nicht akzeptieren, das weißt du«, konterte Scudamore. »Nicht mit den Schulden, die dein Vater gemacht hat.«

Gladstone zuckte mit den Schultern. »Wahrscheinlich nicht. Trotzdem ist es einen Versuch wert. Es gibt nicht viele Mädchen, die mit fünfunddreißigtausend Pfund Mitgift kommen *und* so ein Kleid tragen können. Glaub mir, ich habe lange genug nach einer gesucht.«

Scudamore wedelte mit dem Finger. »Pass auf dich auf. Das ist die zukünftige Viscountess Scudamore, von der du da sprichst.«

Michael brodelte vor Wut. Nur über seine *Leiche* würde Anne die zukünftige Viscountess Scudamore werden.

»Du willst sie also heute Abend fragen?«, fragte Gladstone.

Scudamore nickte. »Das habe ich vor. Hast du gesehen, wie Morsley sie ansieht? Als ob er sie fressen will. Ich muss an sie rankommen, bevor er es tut.«

Das Gedränge vor ihnen verschob sich, und sie bahnten sich ihren Weg durch die Türen des Ballsaals. Gladstone und

Scudamore entfernten sich, ohne bemerkt zu haben, dass sie belauscht worden waren.

Gott. Er hatte sich eingeredet, dass es absurd war, zu befürchten, dass jemand Anne in der nächsten Stunde einen Heiratsantrag machen würde, aber hier war die Bestätigung, dass nicht ein, sondern *zwei* Männer genau das vorhatten!

Er spürte, wie sich seine Kehle zuschnürte. Er hatte sie einmal an Wynters verloren. Wenn er sie wieder verlieren würde ...

Die Dunkelheit stieg auf und drohte ihn zu verschlingen. Plötzlich raste sein Herz, und sein Nacken fühlte sich schweißnass an. Er konnte sie nicht noch einmal verlieren. Er konnte einfach ... *nicht.*

Er blickte durch den Raum und war verärgert, als er sah, wie Alexander Fitzroy ihre Hand küsste, als sie sich in der Nähe der Bühne zwischen den Tänzern einreihten.

Sein Kiefer verkrampfte sich. Er würde Anne wie ein Falke beobachten müssen.

Er musste einen Plan ausarbeiten. Das, und einen Weg finden, die nächste Stunde zu überbrücken, ohne den Verstand zu verlieren.

KAPITEL 14

*M*ichael schlenderte durch den Ballsaal und entdeckte eine alte Freundin. Cecilia Chenoweth war die Tochter des örtlichen Pfarrers in Gloucestershire, und er kannte sie schon sein ganzes Leben lang. Sie war im gleichen Alter wie Caro, und die beiden waren schon immer dicke Freundinnen gewesen. Michael und Ceci waren beide Einzelkinder und hatten immer gescherzt, sie seien Astley-Geschwister ehrenhalber, so eng waren sie mit der Astley-Brut aufgewachsen.

Sie war jemand, mit dem er wirklich gerne tanzen würde.

Er durchquerte den Raum und beugte sich über ihre Hand. »Miss Chenoweth, wie schön, Sie zu sehen.«

Ceci lächelte. »Lord Morsley, es ist schon viel zu lange her.«

»In der Tat. Sind Sie eventuell frei für den ersten ...«

Er wurde von einer Frau unterbrochen, die sich räusperte. Er drehte sich um und sah ein dunkelhaariges Mädchen, das ihn von oben bis unten musterte. Sie kam ihm vage bekannt vor, aber Michael konnte sie nicht einordnen.

»Miss Chenoweth«, sagte das Mädchen, den Blick auf Michael gerichtet, »vielleicht wären Sie so nett, mich Ihrem Freund vorzustellen.«

»Ich glaube, Sie kennen einander bereits«, sagte Ceci. »Lord Morsley, erinnern Sie sich an Miss Araminta Grenwood? Sie hat im Laufe der Jahre eine Reihe von Lady Cheltenhams Hauspartys besucht. Miss Grenwood, das ist Lord Morsley.«

Araminta Grenwood. Michael hatte seit Jahren nicht mehr an sie gedacht, aber er erinnerte sich gut genug an sie. Er hatte sie einmal auf einer von Lady Cheltenhams Veranstaltungen um einen Tanz gebeten und versucht, einem jungen Mädchen gegenüber höflich zu sein, das nur wenige Leute im Raum kannte. Damals war er etwa zehn Zentimeter kleiner gewesen, und in jenem Jahr hatte sein Gesicht zu Pickeln tendiert. Obwohl Miss Grenwood mit ihm getanzt hatte, hatte sie ihm unmissverständlich zu verstehen gegeben, dass sie es vorziehen würde, wenn er sie nicht noch einmal fragen würde. Sie wollte ihre Tanzkarte offen halten, damit der gut aussehende Viscount Fauconbridge, den die Mädchen bereits »Prince Charming« nannten, sie stattdessen auffordern konnte.

»Lord Morsley, ich kann nicht glauben, dass ich das vergessen habe«, säuselte Miss Grenwood. »Hatten Sie vor, heute Abend zu tanzen, Mylord?«

Nicht mit dir. »Ich wollte Miss Chenoweth gerade fragen, ob sie mir das Vergnügen eines Tanzes gewähren würde.«

»Natürlich würde ich das«, antwortete Ceci.

»Ich würde wetten, dass Miss Chenoweth eine ganze Reihe von Tänzen frei hat«, sagte Miss Grenwood. »Ich hingegen stehe nur für den Dinnertanz und den Sir Roger de Coverley zur Verfügung.«

Er wandte sich an Ceci und ignorierte Miss Greenwoods

etwas zu offensichtliche Aufforderung. »Bist du für den ersten Tanz zu haben?«

»Das bin ich«, antwortete Ceci.

Michael streckte seinen Arm aus. »Ausgezeichnet.«

Cecis Grinsen war ein wenig verrucht. »Sie sind noch dabei, die Geigen zu stimmen. Es gibt keinen Grund, dass wir so überstürzt aufbrechen.«

Michael warf ihr einen bösen Blick zu. »Ja, aber ich merke, dass ich ein wenig ausgedörrt bin. Vielleicht wären Sie *so gut*, Miss Chenoweth, mich zum Erfrischungstisch zu begleiten.« Er ergriff Cecis Hand, legte sie in seine Armbeuge, nickte Miss Grenwood zu und machte sich eilig aus dem Staub.

Er konnte Ceci neben sich kichern hören, als sie den Raum durchquerten.

»Ich nehme an, du findest das amüsant«, sagte er.

»Oh, ich lache nicht über dich«, antwortete Ceci. »Naja, vielleicht ein bisschen - ich konnte nicht widerstehen, dich zu necken. Aber hauptsächlich lache ich über Miss Grenwood.«

»Warum ist das so?« Er nahm zwei Becher Limonade und reichte Ceci einen davon.

»Weil Araminta Grenwood seit dem Tag, an dem ich sie kennengelernt habe, absolut schrecklich zu mir ist. Und es ist vielleicht nicht das christlichste Gefühl, aber ich fand es ungemein befriedigend, vom attraktivsten Mann im Raum direkt vor ihr um einen Tanz gebeten zu werden.«

Michael hatte gerade einen Schluck von seiner Limonade genommen und sie fast wieder ausgespuckt, so wie er es gestern fast getan hätte. Er blickte Ceci erschrocken an und stellte fest, dass sie ihn auslachte.

»Oh, Morsley, wenn du dein Gesicht sehen könntest! Keine Panik, ich verspreche, dass ich keinen Antrag von dir erwarte.« Sie zog eine Augenbraue hoch. »Schließlich wissen wir beide, dass du nicht gerade für *mich* einen Ozean überquert hast.«

Dies löste bei Michael einen erneuten Hustenanfall aus. Er blickte Ceci resigniert an. »Du auch? Ich glaube langsam, dass es jeder weiß.«

Ceci gluckste mitfühlend. »Nicht alle. Schließlich hat deine liebe, süße Anne keine Ahnung. Und wenn du dich dadurch besser fühlst, ich glaube auch nicht, dass Freddie etwas weiß.

Freddie Astley war dreizehn Jahre alt, sodass das wenig überraschend war. »Ich dachte eigentlich, dass Lucy auch im Dunkeln tappt«, sagte Michael. Lucy war eine von Annes jüngeren Schwestern. Sie und ihre Zwillingsschwester Isabella dürften gerade achtzehn Jahre alt geworden sein.

»Das tat sie«, stimmte Ceci zu, »aber sie hat es schnell genug herausgefunden, nachdem du nach Kanada geflohen bist.«

Michael funkelte sie an, was sie zu einem neuen Lachanfall veranlasste. »Erinnere mich noch einmal daran, warum wir Freunde sind«, murmelte er und bot ihr seinen Arm an, damit sie sich zu den anderen Tänzern gesellen konnten. »Erst machst du Witze darüber, dass ich der schönste Mann im Raum bin ...«

»Ich habe nicht gescherzt. Nicht ein bisschen. Sieh dich nur an, Michael Cranfield - ganz erwachsen und genauso gut aussehend wie Fauconbridge und Lord Graverley.« Sie drückte seinen Arm. »Das hätte keinem netteren Menschen passieren können.«

Michael zog den Kopf ein, und sie lachte über sein Unbehagen.

»Also«, fuhr sie fort, »wirst du ihr heute Abend einen Antrag machen?«

»Das werde ich. Ich habe seit meiner Rückkehr versucht, ihr einen Antrag zu machen. Wir werden ständig unterbrochen.« Er senkte seine Stimme. »Ich habe gerade ein Gespräch zwischen Gladstone und Scudamore mitgehört. Sie *beide* wollen sie heute Abend fragen. Und sie werden beide vor mir mit ihr tanzen.«

Cecis Augen weiteten sich verständnisvoll. Sie drückte seinen Arm. »Mach dir keine Sorgen. Du hast es genau der richtigen Person gesagt. Ich werde dafür sorgen, dass niemand vor dir eine Gelegenheit bekommt.«

»Aber ...« Michael zog eine Grimasse, als Annes Partner auf der anderen Seite des Raumes ihre Hand *erneut küsste.* »... wie kannst du dir sicher sein?«

Cecis Augen funkelten. »Ich habe meine Möglichkeiten.«

ANNE MACHTE einen Knicks vor Mr. Fitzroy, als sich ihr Tanz dem Ende zuneigte. Als sie aus der Allemande-Position herauskamen, berührte sein Handrücken ihre Brust. *Wieder.* Ihr Lächeln fühlte sich brüchig an, während sie sich bemühte, sich zu befreien, ohne dass andere es bemerkten.

»Kommen Sie mit mir in die Gärten, Lady Wynters«, sagte er, ergriff ihre Hand und zuckte anzüglich mit der Augenbraue.

Gute Güte, wenn er so dreist war und die Hälfte des *ton* dabei zusah, wollte Anne nicht herausfinden, was er versuchen würde, sollte sie mit ihm in die Gärten gehen. Als ob sie an diesem Abend nicht schon genug Sorgen hätte! Sie war sich immer noch nicht sicher, was sie sagen sollte, wenn die Zeit für den Tanz mit Lord Gladstone gekommen war. »Oh, ähm ...«

»Lady Wynters!« Anne drehte sich um und war unendlich erleichtert, als sie ihre Freundin erkannte. Mrs.

Wriothesley kam direkt auf sie zu. »Oh, Lady Wynters, Sie werden nicht glauben, was geschehen ist!« Sie wandte sich an Mr. Fitzroy. »Tut mir fürchterlich leid, dass ich störe, aber es ist ein Notfall.« Sie ergriff Annes Arm und begann, sie durch den Raum zu zerren.

»Oh je.« Anne bemühte sich, ihr Gesicht zu einem Bild des Bedauerns zu machen, das sie nicht empfand. »Es tut mir so leid, Mr. Fitzroy«, rief sie über ihre Schulter.

Ihrer Freundin flüsterte Anne zu: »Danke, dass Sie mich gerettet haben! Dieser Mann ist wie eine Krake ...« Sie brach ab und blickte sich um. »Wohin gehen wir?«

»Wir gehen genau hier hin«, sagte Mrs. Wriothesley und huschte hinter eine eingetopfte Palme. Sie duckte sich, so dass ihr Kopf fast unsichtbar war, und gab Anne ein Zeichen, es ihr gleich zu tun.

»Ähm.« Anne zögerte, bevor sie die Haltung ihrer Freundin kopierte. »Sicherlich, Mr. Fitzroy ist hartnäckiger, als einem lieb ist. Aber ich glaube nicht, dass es nötig ist, sich im Gebüsch zu verstecken ...«

»Hängen Sie Mr. Fitzroy ab«, zischte Mrs. Wriothesley und spähte zwischen den Wedeln hindurch. »Wem ist der schon wichtig? Warum haben Sie mir nicht gesagt, dass Ihr bester Freund *so* aussieht?«

Anne spürte, wie ihre Wangen rot wurden. Sie lugte hinter der Palme hervor, und tatsächlich, da war Michael, der sich mit Cecilia Chenoweth unterhielt.

Sie räusperte sich. »Michael ist ein ganzes Stück erwachsener geworden, seit ich ihn das letzte Mal gesehen habe. Er ist vier Jahre lang weg gewesen.«

»Nun«, sagte Mrs. Wriothesley und inspizierte Michael, als wäre er auf dem Auktionsblock bei Tattersalls, »sein Timing könnte nicht besser sein.«

Anne erbleichte. »Sein Timing? Ich ... ich weiß nicht, was Sie damit meinen.«

»Sie haben gerade Ihre Trauerzeit hinter sich und sind auf der Suche nach einem neuen Mann, das meine ich.« Als sie Annes panische Miene sah, wurde der Gesichtsausdruck von Mrs. Wriothesley ein bisschen weicher. »Nun, meine Liebe, Sie müssen mir die Nachsicht einer Mutter gewähren. Manchmal lässt sich der Drang zum Verkuppeln nicht unterdrücken.«

»Das ist es nicht. Es ist nur ...«

»Ich war auf dem Ball von Falmouth, müssen Sie wissen. Ich wusste ja dort noch nicht, wer er war, aber ich habe gesehen, wie er Sie in die Arme genommen hat, nachdem dieser Mann Sie fast niedergeschlagen hatte.«

»Er hat sich nur um mich gekümmert, als Freund.«

Das Schnauben von Mrs. Wriothesley machte ihre Erklärung alles andere als damenhaft. »Ich habe gesehen, wie er Sie angeschaut hat. Lassen Sie sich das von einer Frau sagen, die acht Töchter unter die Haube gebracht hat - so sieht ein Mann seine gute Freundin nicht an.«

Anne schluckte. Und das war der Haken an der Sache. Denn eine kleine nörgelnde Stimme in ihrem Hinterkopf hatte ihr seit dem Vorfall auf der Serpentine dasselbe gesagt.

Anne wollte seiner körperlichen Reaktion immer noch nicht so richtig über den Weg trauen. Die Härte, die sich gegen ihren Bauch gedrückt hatte, war nur eine unwillkürliche Reaktion gewesen, eine Reaktion, die jeder Mann in enger körperlicher Nähe zu einer Frau haben würde.

Aber was danach geschehen war, dafür hatte sie keine Erklärung. Denn er hatte die Hand ausgestreckt und ihr Gesicht zwischen seine Handflächen genommen, und seine Lippen hatten sich ihr genähert, und der Blick in seinen Augen ...

Oh, Gott, sie würde den Blick in seinen Augen nie vergessen.

Wie sollte sie *das* erklären? Das konnte sie nicht. Das widersprach allem, was sie immer über Michael Cranfield gewusst hatte, nämlich dass er sie niemals, *nicht in einer Million Jahren*, küssen wollte. Aber was wäre, wenn ...

Was, wenn alles, was sie immer gewusst hatte, falsch war? Was, wenn es eine Chance gäbe, dass er ... dass er ...

Sie erinnerte sich daran, dass sie nachweislich schlecht darin war, zu erkennen, ob Michael Cranfield daran dachte, sie zu küssen. Dass ihre Anziehung zu ihm ihr Urteilsvermögen trübte.

Denn Anne konnte nicht länger leugnen, dass sie sich zu Michael hingezogen fühlte, nicht nach der Art und Weise, wie ihr Körper reagiert hatte, als er sie auf dem Boot in seine Arme nahm. Aber wer könnte es ihr verdenken? Man brauchte ihn doch nur *anzusehen*!

Anne spürte, wie ihre Schultern heruntersackten, als sie genau das tat. Sie machte sich ja lächerlich. Ja genau, man brauchte ihn nur anzusehen. Der majestätische Halbgott, zu dem Michael Cranfield geworden war, würde sich niemals für eine Frau wie sie interessieren.

Mrs. Wriothesleys Stimme tauchte wie durch einen Nebel auf. »Lady Wynters? Lady Wynters? Ist alles in Ordnung?«

»Es tut mir so leid.« Anne schüttelte ihren Kopf, um ihn zu klären. »Ich war einfach in Gedanken.«

»Nach allem, was Sie mir erzählt haben, ist er ein Mann mit einem hervorragenden Charakter.«

»Ja.« Anne schluckte. »Er ist der beste Mann, den ich kenne.«

Das waren die Worte, die sie zu ihm gesagt hatte, nachdem sie herausgefunden hatte, dass es Michael gewesen war, der seinen Vater gedrängt hatte, für Bridget zu intervenieren. Sie wusste, dass sie ihn in Verlegenheit gebracht hatte, als sie das sagte; seine Ohren waren geradezu zinnoberrot geworden.

Nun, es war immer noch wahr, sogar nach all diesen Jahren. Allein der Gedanke an seine letzten Worte, wie sehr sie einen Ehemann verdiente, der sie wie eine Königin behandelte, trieb ihr die Tränen in die Augen.

Wie schade, dass dieser Mann nicht Michael sein würde.

Mrs. Wriothesleys Gesichtsausdruck war mürrisch geworden. »Sie können aber nicht von mir erwarten, dass ich glaube, dass Sie nicht gern *den allerbesten Mann, den Sie kennen*, der zufällig auch noch *so* aussieht, zum Ehemann hätten.«

»Jede Frau«, sagte Anne vorsichtig, »würde sich glücklich schätzen, Michael zum Mann zu haben. Aber ...« Sie hob eine Hand, als ihre Freundin sie unterbrechen wollte, »... ich werde nicht seine Frau sein.«

Mrs. Wriothesley schien aufrichtig verwirrt zu sein. »Warum eigentlich nicht?«

»Lord Morsley empfindet nichts für mich, was über Freundschaft hinausgeht.«

»Aber ...«

Anne legte ihre Hand auf den Arm ihrer lieben Freundin. »Ich weiß es ganz sicher«, sagte sie leise. »Es ist sehr nett von Ihnen, von einer so schönen Partie für mich zu träumen. Aber ...« Sie musste den Blick abwenden. »Ich weiß, dass es nie passieren wird.«

Sie spürte, wie ihre Freundin ihre Hand auf die ihre legte, und als Anne aufblickte, war der Gesichtsausdruck von Mrs. Wriothesleys ... ein bisschen herablassend, um ehrlich zu sein. Sie tätschelte Annes Hand dreimal. »Das werden wir noch sehen, nicht wahr?«

»Mrs. Wriothesley!«, protestierte Anne.

»Ich würde Ihnen dennoch raten, nicht gegen die Frau zu wetten, die acht Töchter verheiratet hat ...«

»Lady Wynters?«

Der Duft von eingelegtem Kabeljau kündigte Augustus

Mapplethorpe an, der entweder nicht bemerkte, oder es vorzog, nicht zu fragen, warum Anne sich hinter einem Gebüsch versteckte. Und so entschuldigte sich Anne und ging los, um ihre versprochenen Tänze zu absolvieren, wobei sie sich verwirrter denn je fühlte.

KAPITEL 15

*E*ine Viertelstunde später endete Annes Tanz mit
Augustus Mapplethorpe. Um die Wahrheit zu sagen,
hatte sie Mr. Mapplethorpe nur sehr wenig Aufmerksamkeit
geschenkt, so besorgt war sie über ihren bevorstehenden
Tanz mit Lord Gladstone.

Sie erinnerte sich zum zwölften Mal daran, dass das
passende Kutschenwappen zwar verdächtig war, aber nur ein
Beweisstück darstellte. Sie durfte nicht von Lord Gladstones
Schuld ausgehen, ohne weitere Untersuchungen anzustellen.

Dennoch drehte sich Annes Magen um, als sie den Baron
näher kommen sah. Lord Gladstone war ein braunhaariger,
breitschultriger Mann, vielleicht ein paar Zentimeter kleiner
als sie. Er hatte etwas Ländliches an sich, so dass man
beinahe erwarten konnte, dass ihm selbst in einem Ballsaal
ein oder zwei Jagdhunde auf den Fersen waren.

Er sah so gewöhnlich aus, so unscheinbar, und doch war
dies der Mann, der möglicherweise kleine Kinder in ihren
fast sicheren Tod verkaufte. Annes Lächeln fühlte sich
brüchig an, aber sie achtete darauf, dass es fest saß,
entschlossen, nichts zu verraten.

Als er die Luft über ihren Fingerknöcheln küsste, starrten ihre Augen auf seine Hand. Natürlich trug er Handschuhe, das übliche braune Yorker Ziegenleder. Aber Anne konnte gerade noch eine Ausbuchtung über seinem vierten Finger erkennen, die verdächtig nach einem Siegelring aussah.

Sie atmete gleichmäßig ein. Wenigstens hatte sie jetzt ein konkretes Ziel: Sie musste Lord Gladstone irgendwie dazu bringen, seinen Handschuh auszuziehen, damit sie feststellen konnte, ob sein Siegelring auf Leutnant Averys Beschreibung passte.

Sie versuchte, das Schaudern zu verbergen, das sich zwischen ihren Schulterblättern ausbreitete, als sie ihre Hand auf seinen Arm legte. »Also«, sagte Anne, als er sie zum oberen Ende der Tanzfläche führte, »wie läuft es im Royal Military Asylum?«

Der Blick, den der Baron ihr zuwarf, war ein wenig ... leer. »Nun, es ist, ähm ... Es ist noch nicht geöffnet.«

»Natürlich, aber ich bin sicher, dass die Planung Sie sehr beschäftigt.«

»In der Tat. Wir treffen uns einmal im Monat. *Verflixt* lange Sitzungen.« Gladstone schüttelte den Kopf. »Wenn sie sich nicht gerade darüber streiten, was es zum Frühstück geben soll, dann darüber, welche Uniformen sie anziehen oder ob die Bettgestelle aus Holz oder Metall sein sollen.« Er zuckte mit den Schultern. »Ich bin der Sekretär, also schreibe ich einfach alles auf.«

»Ich ... ich verstehe.« Anne war ratlos, aber der Beginn des Tanzes bewahrte sie davor, eine ausführlichere Antwort geben zu müssen.

Es war ein Volkstanz und so lebhaft, dass Anne kaum Gelegenheit fand, Lord Gladstone weiter auszufragen, während sie sich ihren Weg durch die Menge bahnten. Als sie das Ende erreichten und eine kurze Verschnaufpause einlegen konnten, beugte sich Anne vor. »Glauben Sie, dass

Sie mit Bewerbungen überhäuft werden? Sobald das R.M.A. eröffnet ist, meine ich.«

Dies war die harmloseste Überleitung, die Anne zu der Frage finden konnte, ob die R.M.A. bereits mit Bewerbungen überhäuft wurde. Lord Gladstone neigte seinen Kopf zur Seite und blinzelte sie einmal ... zweimal ... dreimal an. »Nun, äh ... Wir planen für den Anfang mit zweihundert Kindern.«

»Eine hübsche Zahl«, sagte Anne. »Glauben Sie, dass das ausreicht, um die Nachfrage zu decken?«

Der Baron schaute verblüfft drein. »Ich ... ich kann es nicht sagen.«

Anne biss sich auf die Lippe, als der Tanz sie wieder in die Höhe riss. Sie hatte nichts Wertvolles herausgefunden, aber das war vielleicht nicht überraschend. Sie hatte wohl kaum mit einem vollständigen Geständnis gerechnet.

Als sie sich gegenseitig umkreisten, räusperte sich Lord Gladstone. Er tat es noch einmal, dann ein drittes Mal, und dann hustete er in seine Faust. Er schwieg einen Moment, dann brach er in einen Hustenanfall aus, als sie die Hälfte des Tanzes hinter sich hatten.

Anne kam eine Idee. Sie ergriff Lord Gladstones Arm und zog ihn aus der Kulisse. »Sollen wir uns etwas zu trinken holen?«

»Wenn Sie ...« Er drehte den Kopf, um wieder zu husten. »... nichts dagegen haben.«

Der Erfrischungstisch befand sich auf der anderen Seite des Raumes, und sie mussten einen Bogen um die Tänzer machen. Das Schlimmste von Lord Gladstones Husten war abgeklungen, und Anne brauchte ein neues Gesprächsthema. »Welche Art von Ausbildung wird die R.M.A. für ihre Schützlinge bereitstellen?«

»Es wird praktisch sein, das kann ich Ihnen sagen.« Der Baron räusperte sich. »Es ist ja nicht so, dass es sich um Offizierskinder handelt. Sie sind für die untergeordneten

Situationen des Lebens bestimmt, und das wird man ihnen begreiflich machen. Sie werden lesen und ein wenig rechnen lernen, aber es wäre nicht gut, solche Kinder in einer Weise zu erziehen, die ihnen das Gefühl gibt, über ihrem natürlichen Platz in der Welt zu stehen.« Er schüttelte den Kopf. »Sie müssen ihr Brot im Schweiße ihres Angesichts für den Rest ihres Lebens verdienen. Daran müssen sie sich von klein auf gewöhnen.«

Anne war da ganz anderer Meinung, aber sie hatte keine Lust, mit ihm zu streiten, wenn sie endlich vorankommen wollte. »Ich verstehe. Auf welche Art von Arbeit werden Sie sie vorbereiten?«

Es schien, dass Lord Gladstone sich endlich für ein Thema erwärmt hatte.

»Die Idee ist, dass die meisten Jungen selbst zur Armee gehen werden, wenn sie zwölf Jahre alt sind, und dass die Mädchen Dienstverhältnisse eingehen werden. Für die Jungen wird es tägliches Exerzieren geben - wir haben einen Trommler unter uns - und die Mädchen werden in der Küche und in der Wäscherei arbeiten, zusätzlich zu den üblichen Näharbeiten und so weiter.«

»Das klingt, als hätten Sie alles geplant.« Anne hielt inne und überlegte, wie sie ihre nächste Frage formulieren sollte. »Ziehen Sie auch noch andere Berufe für die Jungen in Betracht? Wenn sie, sagen wir, nicht zum Militär gehen wollen würden?«

»Ähem!« Lord Gladstone kämpfte noch immer mit seinem hartnäckigen Husten. »Sie haben eine der Herausforderungen erkannt. So sehr wir uns auch etwas anderes wünschen, wir können die Jungen nicht zwingen, Soldaten zu werden. Natürlich werden wir ihnen alle Anreize bieten, dies zu tun. Sollten sich aber einige weigern, müssen wir eine Art Lehrstelle für sie finden.«

Vielleicht als Schornsteinfegerlehrling? Anne versuchte, mit lockerer Stimme zu sprechen. »Und welche Berufe halten Sie für diese Söhne einfacher Fußsoldaten für besonders geeignet?«

Lord Gladstone blinzelte ihr wieder auf seine leicht räudige Art zu. »Nun, äh, wir werden diese Brücke überqueren, wenn wir sie erreichen.«

Sie hatten den Erfrischungstisch erreicht. Lord Gladstone trat vor, um zwei Gläser Punsch entgegenzunehmen. Anne überlegte, was er gesagt hatte. Er war sicherlich ein lautstarker Befürworter von Kinderarbeit. War sein Schweigen, als sie fragte, welche Lehrstellen sie für die Jungen suchen würden, ein schlechtes Gewissen?

»Bitte sehr, Mylady«, sagte er und hielt ihr ein Glas Punsch hin.

Anne schluckte. Das war es. Wenn sie seinen Siegelring sehen wollte, hieß es *jetzt oder nie*.

»Danke.« Sobald sie die Tasse in der Hand hatte, inszenierte sie ein Stolpern und verschüttete die Hälfte des Inhalts auf seinen linken Handschuh.

»Oh, mein Gott, es tut mir so furchtbar leid!« Sie kramte in ihrem Retikül nach einem Taschentuch, behielt aber seine Hand im Auge.

Lord Gladstone grunzte und zog, genau wie Anne gehofft hatte, seinen durchnässten Handschuh aus.

Sie hielt den Atem an, als sein Handgelenk zu sehen war, dann sein Handrücken, dann seine Knöchel, dann ...

Ein goldener Siegelring, in den ein roter Stein eingesetzt war, bei dem es sich um Karneol zu handeln schien. Aus dieser Nähe konnte sie gerade so die Gravur erkennen: den Kopf eines Wildschweins, genau wie das Wappen auf seiner Kutsche.

Die Wahrheit brach über sie herein. Wie banal er auch erscheinen mochte, dieser Mann - dieses *Monster* - hatte vierjährige Kinder in Arbeitsbedingungen verkauft, die neun von zehn von ihnen vor ihrem zwölften Geburtstag töten würden.

Lord Gladstone grunzte wieder, als er das Taschentuch nahm, das Anne ihm beinahe ohne es selbst zu merken angeboten hatte. Die Bewegung riss sie zurück in die Gegenwart. Oh Gott, sie musste ruhig bleiben und so tun, als ob nichts wäre. Aber wie konnte sie lächeln und Smalltalk mit dem Mann machen, der ... der Mann, der ...

»Lady Wynters, ist alles in Ordnung?«

»Oh!« Anne zuckte zusammen, als sie aufblickte und Samuel entdeckte, der sie besorgt ansah. »Mr. Branton - genau der Mann, mit dem ich ein paar Worte reden möchte.« Hastig trank sie das bisschen Punsch, das sie nicht verschüttet hatte, stellte das Glas ab und griff nach Samuels Arm. »Vielen Dank, Lord Gladstone, für den Tanz, den Punsch und das - äh - Gespräch. Es war ein faszinierendes Gespräch, ich habe viel über die R.M.A. gelernt, sehr viel sogar.« Sie wusste, dass sie plapperte, aber sie konnte nicht aufhören. »Ich entschuldige mich noch einmal für Ihren Handschuh und den ... den Punsch ...«

»Lady Wynters, warten Sie«, sagte Lord Gladstone. »Ihr Taschentuch ...«

Sie hatte bereits einen Knicks gemacht und führte Samuel durch den Ballsaal.

Samuel beugte sich zu ihr hinunter und murmelte ihr etwas ins Ohr. »Ich verstehe das als ein Nein, es ist nicht alles in Ordnung.«

»Nein, in der Tat. Bei unseren Ermittlungen hat es Entwicklungen gegeben. Mehrere.« Anne schluckte und schaute sich im Raum um. Der Ball war ein hoffnungsloses Gedränge, aber der Balkon schien nicht überfüllt zu sein. Sie führte ihn zu den Flügeltüren. »Lassen Sie uns hier rausgehen, wo wir nicht belauscht werden.«

»Also gut«, sagte Samuel, und sie traten hinaus in die Nacht.

$$\sim$$

AUF DER ANDEREN Seite des Ballsaals war Michael kurz davor, seinen Verstand zu verlieren.

Es war schon schlimm genug, dass er Augustus Mapplethorpe dabei zusehen musste, wie er Anne *sieben Mal* während ihres Tanzes die Hand geküsst hatte (Michael wusste, dass es sieben Mal gewesen waren. Er hatte mitgezählt). Dann war es Gladstone, der ihr wohl seiner Meinung nach verführerische Blicke zuwarf (die ihn in Wirklichkeit wie eine Schildkröte mit Verstopfung aussehen ließen).

Jetzt musste er zusehen, wie sie sich mit einem anderen Mann auf den Balkon zurückzog.

Michael beschenkte Fauconbridge, Harrington und Ceci, die das Tanzen aufgegeben hatten, um ihm zu helfen, den Abend zu überstehen, ohne einen von Annes Partnern zu ermorden, mit einem unzusammenhängenden Laut des Schmerzes.

»Entspann dich, Morsley«, sagte Fauconbridge. »Das ist Samuel Branton. Er arbeitet mit Anne an einer Reihe von Wohltätigkeitsinitiativen. Sie sind nur Freunde.«

»Freunde«, schnaubte Michael. Es fiel ihm schwer zu glauben, dass ein Mann Anne ansehen und nur mit ihr befreundet sein wollte.

»Nein, wirklich«, sagte Fauconbridge. »Harrington und ich sind ihm gestern Morgen begegnet. Er schien sich aufrichtig zu freuen, als er erfuhr, dass du wieder da bist. Er will das Beste für Anne, und dazu gehört auch, dass sie einen Mann heiratet, der den Boden anbetet, auf dem sie geht.«

»Oh. Nun denn.« Michael hielt inne, dann richtete er

seinen Blick auf Fauconbridge. »Und woher genau weiß dieser Mann, den ich noch nie getroffen habe, dass ich den Boden anbete, auf dem sie geht?«

Fauconbridge neigte das Kinn und rieb sich den Hinterkopf. »Oh, ähm ...«

»Wir haben es ihm natürlich gesagt«, sagte Harrington. Er lachte über Michaels Gesichtsausdruck. »Als Annes Freund ist Mr. Branton natürlich darauf bedacht, dass sie einen Ehemann findet, der sie mit dem Respekt behandelt, den sie verdient. Du solltest dankbar sein, dass wir ihm gesagt haben, dass du ihr bester Kandidat bist.«

»Ich hoffe, du erwartest keinen Dankesbrief«, brummte Michael.

Er beobachtete, wie Lord Scudamore sich der Balkontür näherte, innehielt und dann hinausschlüpfte. »Hm, warum geht Scudamore alleine da raus?«, fragte Harrington.

»Ihm gehört der nächste Tanz mit ihr«, sagte Michael. »Ich nehme an, er wird den einfordern wollen.«

»Apropos Tanzen«, sagte Fauconbridge, »warum suchst du dir nicht eine Partnerin? Du siehst nicht so gut aus. Ich kann für dich auf Anne aufpassen, und die Zeit vergeht schneller, wenn du eine andere Beschäftigung hast, als grübelnd herumzustehen.«

Michaels finsterer Blick genügte, um zu zeigen, was er von dieser Idee hielt. Er verschränkte die Arme und richtete sich darauf ein, auf Annes Rückkehr durch die Balkontüren zu warten.

KAPITEL 16

»Sie verstehen also«, schloss Anne, »alle Beweise deuten auf Lord Gladstone hin.«

»Das ist wohl richtig«, stimmte Samuel zu. Sie standen auf dem Balkon, und Anne hatte soeben alles geschildert, was sie erfahren hatte, von ihrem Gespräch mit Nick und Johnny über den unerwarteten Besuch von Leutnant Avery bis hin zu ihrem Tanz mit Lord Gladstone.

Samuel schaute im Licht einer Wandlampe auf seine Taschenuhr. »Mein Kontakt in der Bow Street hat mir gesagt, dass er die erste Hälfte der Nachtpatrouillenschicht überwacht. Wenn ich jetzt gehe, sollte ich ihn gerade noch erwischen können. Ich glaube, es gibt genug Beweise, um Lord Gladstone sofort zu verhaften.« Samuel wollte sich in Richtung Ballsaal drehen, hielt dann aber inne. »Wäre Gladstone wirklich so dumm, die Waisenkinder mit seiner eigenen Kutsche abzuholen?«

»Ja«, sagte Anne sofort. »Er würde. Hätten Sie sich nur zwei Minuten lang mit ihm unterhalten, würden Sie es verstehen. Er mag ein Krimineller sein, aber ein kriminelles Superhirn ist er auf keinen ...«

»Lady Wynters?«

Anne und Samuel erstarrten, dann drehten sie sich langsam zu den Flügeltüren um, wo Lord Scudamore im Licht des Ballsaals stand. Anne schluckte.

»Tut mir leid, ich wollte Sie gerade für unseren Tanz abholen und habe gehört, wie Sie von Gladstone gesprochen haben. Sie sagten, er sei ein ... Krimineller.« Der Viscount schüttelte den Kopf, als könne er nicht begreifen, was er gerade gehört hatte. »Was meinen Sie damit?«

Anne zwang sich zu einem spröden Lächeln. »N-nichts für ungut. Ist es Zeit für unseren Tanz? Sollen wir ...«

»Sie sagten etwas von Waisenkindern«, beharrte Lord Scudamore, während er vorwärts schritt. »Waisenkinder und eine Kutsche.«

Er schien also schon eine ganze Weile dort gestanden zu haben. Anne überlegte angestrengt, was sie sagen könnte, um die Situation zu entschärfen. Sie wechselte einen kurzen Blick mit Samuel, der ebenfalls ratlos wirkte.

»Sie sagten, Sie wollten in die Bow Street.« Lord Scudamore wurde immer nervöser, seine Stimme wurde immer lauter und lauter. »Sie sagten, er sei ein *Krimineller*. Das ist eine schwere Anschuldigung. Eine sehr schwerwiegende Anschuldigung, und über meinen liebsten Freund ...«

»Bitte, Mylord.« Anne wandte sich an Samuel. »Denken Sie, wir sollten es erklären?«

»Ich sehe keinen anderen Ausweg«, murmelte Samuel.

Anne musste zustimmen. Obwohl es ihr widerstrebte, Lord Gladstones *liebsten Freund* ins Vertrauen zu ziehen, konnte sie sich kein Szenario vorstellen, in dem Lord Scudamore seinen Mund halten würde, ohne die Gründe für ihren Verdacht zu erfahren. Selbst dann könnte er Lord Gladstone trotzdem einen Tipp geben, aber Anne wusste aufgrund der Wohltätigkeitsarbeit des Viscount, dass sein

Interesse am Wohlergehen der Kinder aufrichtig war. Vielleicht würde sein moralischer Kompass über die blinde Treue zu seinem Freund siegen.

Anne nickte Samuel zu. »Sie können sich mit Ihrem Kontaktmann treffen. Ich werde es Lord Scudamore erklären.«

Samuel richtete seinen Blick auf den Viscount. »Sind Sie sicher?«

»Völlig sicher.«

»Nun gut.« Samuel beugte sich über ihre Hand. »Lassen Sie uns morgen wieder sprechen.«

»In der Tat«, murmelte Anne. Sie wandte sich an Lord Scudamore. »Kommen Sie von der Tür weg, Mylord, und ich werde Ihnen alles erklären.«

DA SEIN BLICK nicht ein einziges Mal von den Balkontüren abgewichen war, bemerkte Michael den Moment, in dem Annes Freund Samuel Branton in den Ballsaal zurückkehrte.

Michael erwartete, Anne und Lord Scudamore direkt hinter ihm zu sehen. Aber während die Sekunden quälend langsam verstrichen, tauchten sie ... nicht auf.

»Oh, das sieht schlecht aus, Morsley«, sagte Harrington und holte tief Luft. »In der Tat sehr schlecht.«

»Danke, dass du das erwähnen musstest«, murmelte Michael. Er versuchte, eine ruhige Miene aufzusetzen, aber er fühlte Übelkeit aufsteigen. Wenn er seine Chance bei Anne wieder verpassen sollte ...

Der Gedanke war so furchtbar, dass er ihn nicht einmal denken konnte.

»Halt die Klappe, Harrington«, sagte Fauconbridge. »Der nächste Tanz wird gerade erst vorbereitet. Sie werden jeden

Moment durch diese Türen kommen. Du wirst schon sehen.«

Michael starrte fast ohne mit der Wimper zu zucken auf die Türen, als die Musiker mit dem Einstimmen fertig waren. Er riss seinen Blick gerade lange genug los, um zu sehen, dass sich die Tänzerinnen und Tänzer in Quadraten für einen Kotillon aufstellten.

Er fuhr fast aus der Haut, als das Orchester eine flotte Einleitung spielte und Anne und Scudamore immer noch nicht erschienen.

Kaltes Grauen durchdrang seine Brust und vertiefte sich, während die Sekunden qualvoll verstrichen.

Sie kehrten nicht zu ihrem Tanz zurück. Scudamore schien sie gebeten zu haben, stattdessen eine Runde über den Balkon zu drehen.

Scudamore würde ihr einen Antrag machen. Er würde das tun, bevor Michael zu Wort kommen konnte. *Er war dabei, sie wieder zu verlieren.*

»Morsley, jetzt hör schon auf!« Fauconbridge klammerte sich an seinen Arm; Michael stellte erschrocken fest, dass er seinen Freund quer durch den Ballsaal gezerrt hatte.

»Ich gehe da raus und spiele den überfürsorglichen großen Bruder«, sagte Fauconbridge und richtete seinen Mantel. »Wenn sie also auf jemanden wütend ist, dann auf mich.«

»Das wirst du nicht tun«, sagte Ceci. Michael, Harrington und Fauconbridge drehten sich alle zu ihr um und starrten sie an. »Sie ist Witwe«, fuhr Ceci fort, »sie braucht keinen überfürsorglichen großen Bruder. Sie wird sofort wissen, dass Morsley dich dazu angestiftet hat.« Sie spähte über Harringtons Schulter in Richtung der Balkontüren. »Es wird viel überzeugender sein, wenn ich es mache.«

»*Beeilung,*« war die einzige Antwort, die Michael aufbringen konnte.

»Ich brauche ein Messer«, sagte Ceci.

Harrington holte ein Taschenmesser hervor. Michael sah mit offenem Mund zu, wie Ceci die Naht, die ihren Ärmel mit ihrem Mieder verband, aufschnitt. Der Schnitt war nur einen Zentimeter lang, aber hätte sie ihre Hand von der Naht genommen (was sie nicht tat), wäre ihr Mieder aufgegangen.

»*Ceci*«, zischte Fauconbridge.

Sie warf ihm einen abwehrenden Blick zu. »Es muss ein Notfall sein.« Sie drückte Harrington das Messer wieder in die Hand und nahm die Schultern zurück. »Wünscht mir Glück.«

Anne und Scudamore waren seit mindestens fünf Minuten allein dort draußen, und da das Tanzen in vollem Gange war, musste Ceci ganz am Rande des Ballsaals vorbeigehen. Michael konnte kaum atmen, während er sie beobachtete, wie sie sich ihren Weg durch die dicht gedrängten Gruppen von Matronen und Mauerblümchen bahnte, die den Raum umgaben.

Jemand drückte ihm ein Getränk in die Hand. Es handelte sich um Harrington. Michael kippte es hinunter, ohne überhaupt nachzusehen, was es war.

Fauconbridge legte ihm eine Hand auf die Schulter, und sie standen schweigend da, während Michael sich auf die quälendsten Minuten seines Lebens vorbereitete.

»Sie verstehen also«, sagte Anne, »das Wappen an der Kutschentür weist auf Lord Gladstone hin.«

Lord Scudamore kniff die Augen zusammen. »Ich weiß, es sieht schlimm aus. Aber ein Wagen allein ist noch kein Beweis. Es könnte sein Kutscher sein, der mit diesen Schurken unter einer Decke steckt.«

»Es gibt noch mehr. Es gelang mir, den Offizier ausfindig

zu machen, der einen der Jungen vom Kontinent zurückbrachte, einen Leutnant Avery. Er bestätigte, dass die Stelle, an die er schrieb, um Unterstützung zu erbitten, die R.M.A. war.«

Lord Scudamore strich sich mit der Hand durch das Haar. »Die R.M.A. nimmt noch keine Bewerbungen an.«

»Nein«, stimmte Anne zu. »Aber wenn jemand trotzdem schon eine Bewerbung schicken würde, an wen würde der Brief gehen?«

Der Viscount schluckte. »An den Sekretär. Gladstone.«

Anne nickte. »Das habe ich mir schon gedacht. Leutnant Avery erinnerte sich, dass der Mann, der seinen Brief beantwortet hatte, ein Lord war. Sie trafen sich nachts, und obwohl er sein Gesicht in der Dunkelheit nicht erkennen konnte, erinnerte er sich, dass er einen goldenen Siegelring mit einem dunkelroten Stein trug.«

»Verdammter ...« Lord Scudamore drehte sich weg und gab einen frustrierten Laut von sich. »Ich entschuldige mich, Mylady. Ich habe nur ... Gladstone ist mein bester Freund gewesen. Mein liebster Freund, seit unserer Schulzeit. Das muss ein Irrtum sein, denn ich kann mir nicht *vorstellen*, dass er ... dass er ...« Er ballte die Hände zu Fäusten, während er an der Brüstung stand und nach unten sah.

Anne stellte sich neben ihn. Lord Scudamore schien aufrichtig beunruhigt zu sein, und natürlich musste es niederschmetternd sein, eine solche Nachricht über seinen besten Freund zu erhalten. »Ich verstehe das sehr gut. Es tut mir sehr leid, dass ich Ihnen das sagen musste.«

Er seufzte. »Es ist besser, dass ich es weiß.«

Anne schluckte. »Ich muss Sie jetzt noch um etwas bitten, Mylord. Etwas, von dem ich weiß, dass es gegen Ihr Gefühl der Loyalität gegenüber Ihrem Freund verstößt. Aber ich hoffe, dass Sie mir angesichts dessen, was ich Ihnen gesagt habe, zustimmen, dass es größere Loyalitäten gibt. Auf Recht und Unrecht und auf den grundlegenden menschlichen Anstand.«

»Sie werden mich bitten, Gladstone nichts zu sagen.« Die Fingerknöchel des Viscounts waren weiß am steinernen Geländer des Balkons.

»Ja«, sagte Anne. »Mr. Branton ist in diesem Moment auf dem Weg zur Bow Street. Sie werden Lord Gladstone heute Abend verhaften.«

Er drückte die Augen zu. »Ich weiß, dass es das Richtige ist. Ich weiß, dass es getan werden muss. Es fällt mir einfach schwer zu glauben, dass Gladstone so etwas tun könnte. Das muss doch ein Irrtum sein.«

»Wir werden es früh genug erfahren. Wenn der Augenzeuge bestätigt, dass er es war, gibt es keinen Zweifel mehr.«

»Augenzeuge?«, sagte Lord Scudamore langsam und hob seinen Kopf, um Annes Blick zu begegnen. »Ich dachte, Sie hätten gesagt, dass dieser Leutnant Avery keinen Blick auf sein Gesicht werfen konnte.«

»Leutnant Avery hat das nicht getan«, sagte Anne. »Aber einer der Jungen, die ich gerettet habe ...«

»Anne?«,

Als eine Stimme von den Türen zum Ballsaal her ertönte, drehten sich beide um.

Es war Ceci, die sich die Schulter hielt und unglücklich aussah. »Tut mir leid, dass ich störe. Es ist nur ... ich konnte deine Mutter nicht finden, und ich habe einen kleinen Notfall.« Sie bewegte ihre Hand gerade so weit, dass man sehen konnte, dass die Seitennaht, die das Mieder ihres Kleides an Ort und Stelle hielt, aufgegangen war.

»Ach, du meine Güte!«, sagte Anne und eilte zu ihr. Sie lachte nervös. »Wir können dich nicht so herumlaufen lassen.«

»In der Tat, nein«, sagte Ceci.

Anne legte einen Arm um Cecis Schultern und wandte sich dann an Lord Scudamore, der immer noch an der Balkonbrüstung stand. »Kann ich darauf vertrauen, dass Sie dies vertraulich behandeln, Mylord?«

Der Viscount legte seine Hand auf sein Herz. »Sie haben mein Ehrenwort.«

»Danke«, sagte Anne.

Sie lenkte Ceci durch die Flügeltür zurück und ließ Lord Scudamore allein auf dem Balkon stehen, wo er in die Dunkelheit hinausstarrte.

KAPITEL 17

*A*nne tauchte aus dem Rückzugsraum der Ladys auf und stieß fast mit Michael zusammen, der wie eine Tanne einen Meter vor der Tür stand, groß und unbeweglich.

Sie lachte, während sie eine Hand auf ihre Brust drückte. »Michael, ich wollte gerade zu dir kommen.«

Er sagte nichts, als er ihre Hand nahm und sie in seine Ellenbeuge legte. Er verbeugte sich tief vor Ceci, die Anne dicht auf den Fersen war, drehte sich dann um und schritt auf den Ballsaal zu.

Anne musste fast laufen, um Schritt zu halten. Gute Güte, warum war sie so nervös? Dies war *Michael*. Sie hatte im Laufe der Jahre Dutzende Male mit ihm getanzt. Hunderte, wenn man die Tanzstunden mitzählte, die sie als Kinder gemeinsam bewältigt hatten!

Dann blickte er zu ihr herunter, und seine grünen Augen waren von einer solchen Sehnsucht erfüllt, dass Anne über ihren eigenen Fuß stolperte. Sehnsucht - das konnte unmöglich richtig sein. Was hatten sie in die Bowle getan, dass sie glaubte, der Mann, der ihr unausweichlich klargemacht hatte, dass er in ihr nicht mehr als eine Freundin sah, könnte *Sehnsucht* nach ihr haben?

Sie erreichten den Ballsaal. Anstatt sie nach oben zu führen, hastete er schnellen Schrittes über das Parkett.

»Ähm, Michael.« Sie drückte seinen Arm. »Sollten wir nicht dorthin gehen?«

»Ich dachte, wir könnten uns unterhalten«, sagte er, und seine tiefe Stimme ließ ihr eine Gänsehaut über den Rücken laufen. »Wenn es dir nichts ausmacht?«

»Es macht mir nichts aus. Das klingt eigentlich ganz nett.« Nach den Strapazen der letzten Stunde, als sie zuerst Lord Gladstone befragen musste und dann von Lord Scudamore belauscht worden war, konnte sie eine Pause gebrauchen.

Für einen Abend hatte sie schon genug Aufregung gehabt.

Michael führte sie durch die Flügeltür und direkt in den Garten hinunter. Die Nacht war kühl, angenehm kühl nach dem Gedränge im Ballsaal. Der Vollmond tauchte die Gärten in ein wunderschönes Licht. Das Mondlicht stand Michael heute Abend ausgezeichnet, mit seinem glänzenden schwarzen Haar und dem makellosen weißen Hemd. Selbst im Mondlicht konnte sie das Grün seiner Augen erkennen, so intensiv war die Farbe.

Er führte sie bis in die hinterste Ecke des Gartens zu einer abgelegenen Steinbank. Sie setzten sich, und Michael nahm ihre Hand in seine. Er schloss die Augen.

Anne legte ihren Kopf zurück und genoss die leisen Nachtgeräusche des Gartens. Sie nahm einen Hauch von Jasmin in der Brise wahr und schloss die Augen, um den süßen Duft einzuatmen. *Köstlich.* Nach dem Gespräch mit Lord Scudamore war sie immer noch angespannt, und sie zwang sich, die Schultern zu lockern und zu senken. Es war ein wunderschöner Sommerabend, und sie war hier, mit ihrem Lieblingsmenschen auf der ganzen Welt. Sie sollte es genießen.

»Also«, sagte sie, »worüber wolltest du mit mir sprechen?« Sie öffnete ihre Augen und drehte sich zu Michael auf der Bank um.

Nur dass Michael nicht mehr neben ihr auf der Bank saß. Er hielt immer noch ihre Hand, aber während sie die Nachtluft genossen hatte, hatte er sich bewegt.

Er befand sich nun direkt vor ihr.

Kniend.

Ihr Herz begann zu rasen wie ein führerloser Wagen.

»Anne«, begann er und drückte ihre Hand. Er sah ihr in die Augen, die seinen waren intensiv und aufrichtig, und sie spürte, wie ihr die Farbe in die Wangen stieg.

Er drückte erneut ihre Hand. »Es gibt etwas, das ich dich fragen möchte.«

»Ja?«, flüsterte sie.

Er schluckte. »Willst du mich heiraten?«

Sie spürte, wie ihr der Mund offen stand. Sie ... sie hatte sich die Dinge doch nicht nur eingebildet. Michael wollte sie. Er - er wollte sie heiraten!

Doch dann erinnerte sie sich an ihr Gespräch vom früher am Abend.

»Oh! Das ist sehr nett von dir, Michael. Aber ... *du* willst *mich* nicht heiraten.«

Er blinzelte sie ein paar Mal an. »Ich versichere dir, dass ich das tue.«

»Es war das, was ich vorhin gesagt habe, nicht wahr? Darüber, dass ich mich vielleicht mit einem Glücksjäger zufrieden geben muss.« Sie schüttelte den Kopf. »Ich hätte nichts darüber sagen sollen. Ich hätte wissen müssen, dass ich dir leid tue, aber du musst nicht ...«

»Mir *leid tun*? Ich habe kein Mitleid mit dir ...«

»Oh, Michael, du bist der liebste Freund, dass du mich

das fragst. Aber ich könnte niemals zulassen, dass du die Chance auf eine glückliche Zukunft mit jemandem, den du wirklich lieben könntest, wegwirfst, nur um mir aus meiner misslichen Lage zu helfen.«

Er blinzelte sie wieder an. »Hast du noch andere Einwände«, begann er langsam, »außer dieser absurden Annahme, dass ich dich nicht wirklich heiraten will?«

»Natürlich nicht. Es gibt nicht eine Sache, die an dir zu beanstanden wäre. Aber meine Gefühle sind nicht absurd. Du bist der Sohn eines Marquess, und du bist freundlich und intelligent und ehrenhaft und ... und ...« Anne spürte, wie sie noch tiefer errötete, als sie eine ausladende Geste machte. »Sieh dich nur an!«

Sein Gesichtsausdruck wurde ein wenig selbstgefällig. »Du findest mich also gutaussehend?«

»Natürlich finde ich das. Wie jede andere Frau in diesem Ballsaal auch. Aber das ist nicht wichtig. Der Punkt ist, dass du ein wunderbarer Mann bist. Alles an dir ist wunderbar. Warum solltest *du* jemanden wie *mich* heiraten wollen?«

Er antwortete nicht, sondern stellte selbst eine Frage. »Du würdest mich also heiraten, wenn du glaubst, dass ich das wirklich will?«

Jetzt war sie an der Reihe, ihn anzublinzeln. »Nun ... ähm ... ja.«

Seine Augen waren sehr intensiv. »Dann lass es mich dir beweisen.« Er rutschte auf die Bank, und seine großen, kräftigen Hände wanderten nach oben, um ihr Gesicht zu umrahmen.

Er drückte seine Stirn gegen ihre. Seine Stimme war ein raues Flüstern. »Darf ich?«

Ihr ganzer Körper flatterte vor Erwartung. Sie war sich nicht sicher, ob sie sprechen konnte, aber sie nickte und murmelte ein leises »Ja.«

Und das nächste, was sie wusste, war ...

Dass Michael Cranfield sie küsste.

Das Stöhnen, das er in dem Moment ausstieß, als seine Lippen die ihren berührten, hallte durch seinen Körper, bevor es in den ihren überging. Er küsste sie so sanft, als wäre sie aus Glas, und die Weichheit seiner Lippen bildete einen verlockenden Kontrast zu dem Kratzen seines Kiefers, als er ihren berührte.

Er brach den Kontakt ab, und seine grünen Augen öffneten sich wie benommen. Seine Fingerspitzen fuhren über ihr Gesicht, als wäre sie der kostbarste Schatz auf dieser Erde, und Anne merkte, dass seine Hände zitterten.

»Gott, Anne«, stöhnte er, bevor sich seine Lippen wieder auf ihre legten. Diesmal war sein Kuss nicht sanft, was nicht heißen sollte, dass er grob war. Er war ... eindringlich. Sofort tauchte er mit seiner Zunge in ihren Mund ein, und Anne war so erschrocken, dass sie ihre Lippen mit einem Quietschen öffnete.

Michael stöhnte wieder und schien ihr Unbehagen nicht zu bemerken, aber Anne spürte eine Spur von Panik. Ihr Mann hatte sie nie auf diese Weise geküsst. Lord Wynters hatte im Allgemeinen nicht viel für Küsse übrig gehabt, er hatte es vorgezogen, direkt zur Sache zu kommen, und sie fühlte sich verlegen, da sie eine Witwe war und dennoch nicht wusste, wie man solche Küsse erwiderte.

Aber das spielte offenbar keine Rolle, denn Michael übernahm das Kommando, fuhr mit seiner Zunge über die Innenseite ihrer Lippen und ließ dann seinen Mund mit dem von Anne tanzen. Es fiel ihr erstaunlich leicht, seiner Führung zu folgen, und nach dem genussvollen Grollen in seiner Brust zu urteilen, fand Michael ihre Versuche nicht unzureichend.

Anne begann sich zu entspannen. Sie schlang ihre Arme um Michaels Hals und verschränkte ihre Finger in seinem glänzenden schwarzen Haar. Diese Art des Küssens war neu für sie, aber ... Sie stellte fest, dass es ihr ganz gut gefiel. Ihr wurde schwindlig, als hätte sie ein Glas Wein zu viel getrunken. Ein summendes Gefühl breitete sich in ihrem Körper aus, und vor allem ihre Brustwarzen begannen zu kribbeln. Sie stellte sich vor, wie Michael diese großen, starken, warmen Hände auf ihre Brüste legte, ein Bild, das ihrem Körper offensichtlich gefiel, denn ihre Brustwarzen zogen sich fast schmerzhaft zusammen und sehnten sich nach seiner Berührung.

Plötzlich war der Kuss nicht mehr genug, und Michael schien das genauso zu sehen, denn er hob sie hoch und setzte sie auf seinen Schoß. Jetzt waren ihre Köpfe auf gleicher Höhe, und Anne hatte einen viel besseren Zugang zu seiner schönen, stahlharten Brust. Unter ihrem Bein, das in seinem Schoß ruhte, spürte sie eine stahlharte Beule, dieselbe, die sie an jenem Nachmittag auf dem Boot gespürt hatte. Jetzt waren es nicht mehr nur ihre Brustwarzen, die sich nach seiner Berührung sehnten - Anne spürte einen ungewohnten Puls zwischen ihren Beinen, der mit jedem Schlag stärker wurde. Sie wand sich in seinem Schoß und sehnte sich nach ... etwas.

Michael küsste sie jetzt ernsthaft, küsste sie nicht nur, sondern fuhr mit seinen Händen über ihren Körper. Er streichelte ihre Arme hinauf und dann ihren Rücken hinunter und hielt inne, um ihre Taille zu streicheln. Er streichelte sogar ihren Po und drückte sie immer enger an sich. Anne wünschte sich immer mehr, er würde ihre Brüste mit diesen großen, warmen Händen berühren ...

Inzwischen verschlang sein Mund den ihren geradezu, und sie zitterte so stark, dass sie weder atmen noch denken konnte. Sie konnte sich nur noch an seine Schultern klammern und um ihr Leben kämpfen, denn dieser Kuss war ebenso frustrierend wie magisch.

Gerade als sie glaubte, sie würde aus ihrer Haut fahren,

zog er seinen Kopf zurück. Sie keuchten beide, und Michael sah aus, als ob er um Selbstbeherrschung kämpfte. Er sah ihr in die Augen, nahm dann ihre Hand und zog sie langsam zu seiner Brust, wo er sie mit der Handfläche nach unten auf sein pochendes Herz legte.

»Spürst du das?«, fragte er mit tiefer Stimme.

»Ja.«

Er ließ seine Hüften kreisen und drückte seine Erregung gegen ihr Bein. »Und fühlst du *das*?«

Diesmal war ihre Stimme ein Quietschen. »Ja!«

»*Gut*. Und glaubst du immer noch nicht, dass ich dich wirklich will?«

»Nein«, antwortete sie schwer atmend. »Ich glaube dir.«

Dann warf er ihr einen seiner charakteristischen Michael-Blicke zu, den sie als seine altbekannte *starrköpfige Miene* erkannte. Immer, wenn sie diesen Gesichtsausdruck sah, wusste sie, dass sie entweder nachgeben oder sich auf einen sehr langen Streit einstellen musste, denn er würde nie aufgeben, bis er seinen Willen bekam. »Dann wirst du mich heiraten?«, fragte er.

Sie schluckte. »Ja.«

»Aber sieh mal, Anne ... Moment mal, du *willst*?«

»Natürlich will ich das. Solange es das ist, was auch du wirklich willst ... Und obwohl ich nicht so tue, als würde ich verstehen, warum, scheint es ja so zu sein. Du bist genau die Art von Mann, den ich immer zu heiraten gehofft habe.« Sie schüttelte den Kopf. »Sogar mehr als das. Sie, Michael Cranfield, sind der allerbeste Mann, den ich kenne.«

Anne wusste, dass sie nie das Lächeln vergessen würde, das sich auf seinem Gesicht breit machte, als sie das sagte. In den vielen Jahren, seit sie Michael kannte, hatte sie ihn noch nie so glücklich gesehen wie in diesem Moment.

Sie hatte nicht lange Zeit, diesen Ausdruck zu betrachten, denn im nächsten Moment küsste er sie wieder. Dieser Kuss war weniger erfolgreich als ihr erster Versuch, was vor allem daran lag, dass keiner von ihnen beiden aufhören konnte zu lächeln. Und dann warf Michael den Kopf zurück und lachte. Er rappelte sich auf, packte sie um die Taille und begann sie im Kreis zu drehen. Sie warf ihre Arme um seinen Hals, und ihr Lachen hallte von den Steinmauern des Gartens, der sie umgab, wider.

Schließlich setzte er sie beide auf die Bank, sie wieder auf seinen Schoß. Sie lehnte ihren Kopf an seinen.

»Ich bin so glücklich«, murmelte er.

»Das bin ich auch.«

»Ich wünschte, wir könnten für immer hier bleiben, einfach so.«

Anne war sich da nicht so sicher. Ihre Haut kribbelte. *Überall.* Und die Stelle zwischen ihren Beinen pochte immer noch. Mit Lord Wynters hatte der Liebesakt nie länger als fünf Minuten gedauert, nicht einmal in ihrer Hochzeitsnacht. Anne hatte sich noch nie so gefühlt wie in diesem Moment, aber sie vermutete, dass sie wusste, was vor sich ging. Nachdem sie eine verheiratete Frau geworden war, war es fast so gewesen, als wäre sie in einen Club aufgenommen worden, und die Frauen um sie herum filterten ihre Gespräche nicht mehr so wie früher. Es waren nur kleine Kommentare und Scherze, die im Vorbeigehen gemacht wurden, aber sie reichten aus, um Anne zu dem Schluss zu bringen, dass sie etwas ... verpasste. Und sie begann zu ahnen, dass es mit Michael anders sein könnte.

So schön das hier also auch war, wenn sie daran dachte, für den Rest ihres Lebens zusammen auf einer *Bank* zu sitzen?

Plötzlich fiel ihr ein Ort ein, an dem sie *viel* lieber sein würde.

»Ich nicht«, murmelte sie, fast ohne nachzudenken.

Er seufzte. »Da hast du wohl Recht. Zweifellos ist unsere

Abwesenheit bereits bemerkt worden. Wir sollten wohl wieder reingehen.«

Anne biss sich auf die Lippe. Sie könnte genauso gut ehrlich sein. Schließlich würden sie heiraten. Und nach der immer noch vorhandenen Ausbeulung in Michaels Hose zu urteilen, ging es ihm mehr oder weniger genauso. »Das habe ich eigentlich nicht gemeint.«

Michael legte den Kopf schief. »Oh?«

»Es ist nur ...« Anne schluckte. »Ich bin doch Witwe, und wir werden heiraten, und ... ähm ...«

Michaels Augen wurden immer intensiver. »Ja?«

»Und ich sehe ein Tor hinter uns, und mein Haus ist eigentlich gleich um die Ecke, und ... Und ...« Sie neigte den Kopf.

Seine Augen waren glasig geworden, sein Kiefer schlaff. Als er sprach, war seine Stimme ungläubig. »Lass mich nur eben ganz sicher gehen, dass ich das richtig verstehe. Schlägst du gerade vor, dass wir diesen Ball jetzt sofort verlassen, zu dir nach Hause gehen und ... miteinander schlafen?«

Oh, lieber Gott, *warum* hatte sie das vorgeschlagen? Sie fragte sich, ob sie unter die Bank passen würde. Es schien ein guter Platz zu sein, um sich zusammenzurollen und vor Kummer zu sterben. »Ich ... äh ... ja?«

Er stand so schnell auf, dass Anne nicht einmal Zeit hatte, ihr Gleichgewicht zu finden, bevor er ihre Hand ergriff und sie zum Gartentor zog. »Das«, sagte er über seine Schulter, »ist der beste Vorschlag, den ich je gehört habe.«

KAPITEL 18

Offenbar war das Gartentor seit einiger Zeit nicht mehr geöffnet worden, denn seine Fugen waren von Moos überwuchert, und es gab nicht nach, als Michael es kräftig anstieß. Anne wollte gerade vorschlagen, dass sie durch das Haus zurückgehen sollten, als Michael seine Schulter senkte, drei Schritte Anlauf nahm und das Törchen rammte.

Anne starrte immer noch auf die Moosbüschel, die an den Kanten des Tores hängenblieben, als Michael ihre Hand ergriff und sie hindurchzog. Er begann zu rennen.

»Michael«, protestierte Anne und stolperte über ihre Röcke, »so kann ich nicht laufen.«

Er nahm sie auf halber Strecke in seine Arme und ging in seinem gewünschten Tempo weiter.

Ihr Haus war wirklich gleich um die Ecke, so dass er sie nicht weit tragen musste. Oben auf der Treppe gab Anne ihm ein Zeichen, sie abzusetzen, und hielt einen Finger an ihre Lippen. Vielleicht könnten sie sich unbemerkt hineinschleichen.

Sie hatten kein solches Glück. Ihr Lakai Hugh trat aus

dem Schatten hervor. Seine Augen wurden groß, und sein Mund stand offen.

Anne straffte ihre Schultern. Eine Witwe konnte sich so viele Liebhaber nehmen, wie sie wollte, und die Gesellschaft würde nicht einmal mit der Wimper zucken. Sie hatte ein Jahr lang treu um ihren Mann getrauert, und nun wollten sie und Michael heiraten. Sie hatte nichts, wofür sie sich schämen musste. »Hugh, ich weiß, du wirst dich daran erinnern, dass ich erwähnt habe, dass mein Freund, Lord Morsley, wieder in England ist.«

»Natürlich, Mylady«, antwortete Hugh.

»Du darfst der erste sein, der uns gratuliert. Lord Morsley hat mir einen Antrag gemacht, und ich habe ihn angenommen.«

Ein echtes Lächeln erschien auf Hughs Gesicht. »Glückwunsch, Mylady. Mylord«, sagte er und verbeugte sich.

»Vielen Dank. Wir sind nicht bis zum Abendessen auf dem Ball der Sunderlands geblieben. Wenn du also so freundlich wärest, jemanden zu beauftragen, uns ein Tablett zu machen und es im Flur vor meinem Zimmer abzustellen.«

»Sofort, Mylady«, antwortete Hugh und zog sich zurück.

Anne zerrte an Michaels Hand und führte ihn die Treppe hinauf zu ihren Zimmern. Erst als sie ihr Wohnzimmer betreten hatten, bemerkte sie, dass er lachte.

»Was?« fragte sie verwirrt.

»Jemand soll uns ein Tablett zusammenstellen. Lass es im Flur *vor* meinem Zimmer stehen«, sagte er und ahmte ihre Stimme nach. »Wenn die Welt die makellose Lady Anne Astley jetzt sehen könnte ...«

Sie gab ihm einen Klaps auf die Schulter. »Nun, das können sie nicht. Aber ich nehme an, dass sie das genausogut tun könnten. Jeder wird merken, dass wir beide verschwunden sind. Aber ich will mich nicht mit leerem

Geschwätz beschäftigen. Wir werden ja schließlich heiraten.«

»Ja. Ja, das werden wir.«

»Außerdem bin ich nicht mehr Lady Anne Astley. Das war ich schon seit Jahren nicht mehr. Ich bin Anne ...«

»Du wirst Anne Cranfield sein, das wirst du sein. Die Gräfin von Morsley. Und dann eines Tages die Marchioness of Redditch.«

»Hoffentlich noch lange nicht, denn ich mag den derzeitigen Lord Redditch wirklich sehr gern. Anne Cranfield, Lady Morsley, reicht mir völlig aus.«

Er schloss die Augen und gab einen Laut von sich, der zwischen einem Seufzen und einem Stöhnen lag. Sein Lächeln, als er die Augen öffnete, war ein wenig unsicher. »Das hört sich doch gut an.«

Dann zog er sie in seine Arme und begann sie zu küssen. Doch diesmal küsste er sie nicht nur - ein kühler Luftzug auf ihrem Rücken kündigte an, dass er ihr Kleid geöffnet hatte.

Michael benutzte seine großen, starken, warmen Hände, um Anne bis auf ihr Hemd und ihre Strümpfe auszuziehen, und warf alles auf einen Haufen auf den Teppich. Sie schenkte ihm ein schüchternes Lächeln, als sie begann, seinen Mantel aufzuknöpfen.

Kurz darauf lagen Michaels Kleidungsstücke zusammen mit den ihren auf dem Boden. Anne spürte, wie ihr der Mund trocken wurde, als er sein Hemd auszog und sein Oberkörper zum Vorschein kam. Seine Arme waren so dick wie ihre Oberschenkel und strotzten vor Muskeln. Seine Brust schien unendlich zu sein, so breit war sie, und sie war mit reichlich schwarzem Haar bedeckt. Sein Bauch war mit Muskelsträngen bedeckt. Anne hob ihre Hand und fragte sich, ob dieser Bauch so hart war, wie er aussah.

Sie erstarrte, als ihr klar wurde, was sie da tat, und blickte schuldbewusst auf. Bevor sie ihre Hand zurückziehen konnte, ergriff Michael sie und drückte ihre Handfläche gegen seine Brust.

»Ja«, sagte er.

»J-ja?«, quietschte sie. Seine Brust war wirklich so hart, wie sie aussah, und seine Haut war erstaunlich glatt, fast seidig unter ihren Fingern ...

Er schloss sie in seine Arme. »Ja, du sollst mich anfassen«, sagte er, als er sie durch die Tür zu ihrem Schlafgemach trug und sie auf das Bett legte. »Glaub mir, ich werde dich jedenfalls auch anfassen.« Er zog seine Schuhe aus und setzte sich neben sie. »Du hast auch meine Erlaubnis, mich weiter anzuglotzen.«

Sie tat so, als würde sie sich ärgern, konnte aber ihr Lächeln nicht verbergen. »Ich weiß nicht, ob *anglotzen* der richtige Ausdruck dafür ist.«

»Glotzen«, beharrte er und zog ihr einen ihrer Strümpfe aus. »Das ist ein wunderbares Gefühl. Wurdest du schon mal angeglotzt?«

»Das kann ich nicht sagen.«

»Nun, in jedem Fall wird es gleich soweit sein«, antwortete er und warf ihren anderen Strumpf auf den Boden. Anne errötete, als sie ihre nackten Beine unter sich verschränkte. Sie trug jetzt nur noch ihr Hemd aus hauchdünnem weißem Leinen. Das Rosa ihrer Brustwarzen war durch den zarten Stoff gerade noch sichtbar. Sie senkte ihr Kinn, um ihm nicht in die Augen sehen zu müssen.

Michael griff nach dem Saum ihres Hemdes, dann hielt er inne. »Würdest du deine Haare aufmachen?«, fragte er. »Ich möchte sehen, wie es dir bis zur Taille herunterhängt, so wie ...«

Sie griff bereits nach oben, um die Haarnadeln zu lösen. »So wie ...?«, fragte sie erstaunt.

Er räusperte sich. »Nichts, nur ... Ich würde dich gerne mit offenem Haar sehen.«

Sie hatte keine Zeit, weiter darüber nachzudenken, denn sobald ihr Haar herunterfiel, begann Michael, ihr das Hemd hochzuziehen. Er drückte sie mit dem Rücken auf das Bett, während er es ihr über den Kopf zog, so dass sie schließlich nackt vor ihm lag, die Arme über dem Kopf verschränkt, die Haare auf dem Kissen. Bis zu diesem Zeitpunkt war Anne erstaunt gewesen, wie natürlich sich das Zusammensein mit Michael anfühlte. Michael zu küssen. Michael auszuziehen, sogar. Aber jetzt, so ganz nackt vor ihm, fühlte sie sich plötzlich sehr verletzlich. Sie drückte ihre Augen zu.

»Anne. Sieh mich an.«

Sie öffnete ihre Augen nur einen Spalt. Und was sie sah, war ... Ein Glotzen. Es gab wirklich kein anderes Wort dafür. Sie konnte in Michael Cranfields Gesicht lesen, und was sie in diesem Moment in seinen Augen sah, war Erregung. Unbändige Freude. Staunen. Und *Verehrung*. Alles für sie. Sie begann sich zu entspannen.

»Du bist perfekt«, murmelte er und strich mit seinen Händen ihre Beine hinauf, als könne er nicht anders.

»Das bin ich nicht«, protestierte sie.

»*Perfekt*«, beharrte er und stöhnte, während er ihre Hüften liebkoste.

»Nein, bin ich nicht. Ich bin zu groß. Es ist ... unweiblich.«

»Zu groß.« Er schnaubte. »Du siehst aus wie eine *Göttin*. Sieh dir nur deine Beine an ...« Er brach ab, als er sie von den Knöcheln bis hinauf zu den Hüften streichelte, was ihnen beiden ein Stöhnen entlockte. »Ich habe immer gedacht, dass du die schönste Frau der Welt bist.«

Anne konnte die Sehnsucht in seiner Stimme hören, und in seinen Augen lag nichts als Aufrichtigkeit. Was schockierend war, denn ... Michael fand sie schön? Und was meinte er damit, dass er das schon immer gedacht hatte? Das ... Das ergab keinen Sinn ...

Sie hatte keine Zeit, darüber nachzudenken, denn Michael legte sich neben sie und nahm sie in seine Arme, und alles, was an einen zusammenhängenden Gedanken erinnerte, verschwand, als sich seine nackte Brust gegen ihre drückte. Sie stellte sich vor, dass es sich genauso anfühlen würde, vom Blitz getroffen zu werden, wenn es das angenehmste Gefühl auf der Welt wäre, vom Blitz getroffen zu werden. Sie begann zu zittern.

Dann fing er wieder an, sie zu küssen, und dieses Mal waren seine Hände überall. Damals auf der Bank hatte sie geglaubt, dass ihre Haut nach seiner Berührung hungerte, aber das war nichts im Vergleich zu dem Verlangen, das sie jetzt verspürte. Er nahm ihre Brüste in seine Hände, und die Lust war so stark, dass ihr ganzer Körper zuckte. »Ja - oh Gott, Michael! B-bitte-«

Er küsste ihren Kiefer, dann arbeitete er sich an ihrem Hals und ihrem Schlüsselbein entlang. Anne lag keuchend da und fragte sich, ob es möglich war, vor Sehnsucht zu sterben, während er die weiche Wölbung ihrer Brust küsste. Gerade als sie glaubte, es nicht mehr aushalten zu können, saugte er eine Brustwarze in seinen Mund.

Es war genau so gut, wie sie es sich immer vorgestellt hatte. Sie schrie auf, und ihre Hüften stießen sich vom Bett ab. Ihre Antwort schien Michael zu gefallen, denn er knurrte und verdoppelte seine Anstrengungen.

Ihr wurde klar, dass sie ihn noch nicht berührt hatte, was ihr wie eine Verschwendung vorkam, da diese breiten, wunderschönen Schultern zum Greifen nahe waren. Also begann sie, mit ihren Händen über ihn zu streichen. Zugegebenermaßen war das, was sie tat, wenig kunstvoll, denn sie war ja nur noch halb bei Sinnen, aber Michael schien das nicht zu stören. Er hatte seine Lippen auf ihre andere Brust gelegt, und seine Hände strichen über ihren Bauch. Sie wusste, dass es an der Zeit war, dass er jeden

Moment nach unten greifen, seine Hose ausziehen und sie nehmen würde. Zum ersten Mal in ihrem Leben freute sie sich auf das, von dem sie wusste, dass es passieren würde. Sie spreizte ihre Beine für ihn.

Doch anstatt nach seinem Hosenbund zu greifen, stöhnte Michael und ließ seine Hand zwischen ihren Schenkeln verschwinden. Anne versteifte sich. Was tat er da? Seine Finger suchten zwischen ihren Falten, bis er fand, wonach er gesucht hatte. Und er fing an, sie zu reiben, zunächst sanft, dann aber mit langsam zunehmender Geschwindigkeit. Und ... Oh, *Gott* ... das fühlte sich gut an, das fühlte sich wirklich, *wirklich* gut an. Aber ... warum zitterten ihre Beine? Ihre Lust stieg so schnell an, dass sie fast alle ... alle Selbstbeherrschung verlor. Sollte ... sollte das wirklich passieren?

»Michael?«, fragte sie.

»Ja, Liebling?«

»Ich ... Ich glaube, da stimmt etwas nicht.«

Er erstarrte sofort. »Willst du, dass ich aufhöre?«

Ihr Körper protestierte bereits. »Nein! Bitte hör nicht auf. Es ist nur ... Ich glaube, mit mir stimmt etwas nicht. Ich bin besorgt, dass ich ... Ich habe das Gefühl, dass ich explodieren werde. So habe ich mich noch nie gefühlt.«

Sein Gesichtsausdruck wurde plötzlich zu einem Ausdruck reiner männlicher Zufriedenheit. »Gut«, knurrte er. Er glitt an ihrem Körper hinunter und vergrub sein Gesicht zwischen ihren Beinen. Und oh, oh, *oh* ... wenn sie geglaubt hatte, dass seine *Hand* sich gut anfühlte, war das nichts, *nichts* im Vergleich zu dem Vergnügen seiner *Zunge*, die über diese süße kleine Stelle wirbelte! Sie hatte nicht einmal Zeit, darüber nachzudenken, was er tat, bevor ihre Welt um sie herum auseinanderbrach. Ihre Hüften hoben sich vom Bett, und sie begann sich zu winden, während alles zwischen ihren Beinen zu pulsieren begann. Sie hörte sich selbst schreien, als Michael ihr die reinste, unverfälschte Lust verschaffte,

Empfindungen, die so schön waren, dass sie sich nie hätte vorstellen können, dass es sie überhaupt geben könnte.

Als sie wieder herunterkam, rutschte er neben sie und nahm sie in seine Arme. Sie war sprachlos, aber sie gab einige zufriedene Laute von sich, während sie sich an seine Brust schmiegte und ihre Hände über seinen warmen, glatten Rücken bis hinunter zum Bund seiner Reithose gleiten ließ.

Seine Reithosen?

In diesem Moment wurde Anne klar, dass sie sich so sehr in das Vergnügen vertieft hatte, das er ihr bereitete, dass sie absolut nichts für ihn getan hatte. Er hatte bis jetzt noch nicht einmal seine Reithose ausgezogen!

Sie begann, an den Knöpfen herumzufummeln. Er rollte sich auf den Rücken und lächelte, er schien den Anblick zu genießen, wie sie sich an ihm abmühte.

Oder zumindest den Versuch unternahm, das zu tun. Sie kam mit den Knöpfen nicht sehr weit. Um ehrlich zu sein, es war schwierig - die Hose saß wegen der extrem großen Ausbuchtung vorne ziemlich eng.

»Vielleicht könntest du mir ja auch helfen«, murmelte sie.

Er stieß ein Lachen aus. »Das wäre wahrscheinlich klug. Noch eine Minute, in der du mich so streichelst, und ich bin vermutlich erledigt, bevor wir überhaupt angefangen haben.«

Sie errötete. Er löste seine Knöpfe, stemmte die Hüften in die Höhe, schob Hose und Unterhose zusammen hinunter und warf sie zur Seite.

Sie starrte ihn an. Er war ... er war *riesig*, anders konnte sie das nicht sagen. Er war lang, und er war so *dick*, und obwohl sie schon seit Jahren keine Jungfrau mehr war, war sie sich nicht sicher, ob das funktionieren würde.

»Anne, sieh mich an.« Das tat sie, und sie sah eine solche

Zärtlichkeit in seinen Augen. Er nahm sie in seine Arme und begann sie wieder zu küssen, und es fühlte sich so schön an, so mit Michael zusammen zu sein, es fühlte sich mehr als schön an, es fühlte sich ...

Richtig an.

Er hob den Kopf. »Besser?«

»Ja«, sagte sie, und sie meinte es ernst. »Michael, ich ... ich will dich.«

Er rollte sie auf den Rücken und richtete sich über ihr ein. »Du hast keine Ahnung, wie sehr ich dich will, Anne. *Keine Ahnung.*« Er schnappte sich ein Kissen und schob es unter ihre Hüften.

Sie spürte, wie er sich an ihrem Eingang ausrichtete. Er hielt inne, die Stirn an die ihre gelehnt, die Augen geschlossen. Dann öffnete er sie, und der Blick in Michael Cranfields Augen, kurz bevor er sie zum ersten Mal nahm ... Sie erkannte es als das unergründliche Gesicht, das er nach diesem schrecklichen Picknick gemacht hatte, kurz bevor er ihr gesagt hatte, dass sie ihm alles bedeute. Nur in diesem Moment, als er kurz davor war, sie zu seiner Frau zu machen, war es noch tausendmal ergreifender. Tränen stiegen ihr in die Augen und drohten überzulaufen. Langsam begann er in sie einzudringen. Sie spreizte ihre Beine und versuchte, sich zu entspannen. Und ehe sie sich versah, war er vollständig in ihr.

Als er sich zu bewegen begann, spürte Anne, wie sich ihr Nacken und ihre Schultern, von denen sie gar nicht gemerkt hatte, dass sie verkrampft waren, entspannten. Sie hatte halb damit gerechnet, dass ihre Vereinigung wegen Michaels außergewöhnlicher Größe schmerzen würde, aber es gab keinen Schmerz, überhaupt keinen.

Sie blickte zu Michael auf. Er musterte sie aufmerksam, sein Kiefer angespannt. »Vielleicht eher so?«, sagte er und verschob das Kissen, um den Winkel von Annes Hüfte zu verändern.

»Oh! Was immer du willst.«

»Ich mache mir mehr Sorgen darüber, was *du* möchtest«, murmelte Michael.

Er setzte seine sanften Stöße eine Minute lang fort, dann griff er nach unten, um das Kissen wieder zu verschieben. »Wie fühlt sich das an?«

Anne schluckte. Ein Teil von ihr wollte ihm sagen, dass er sich nicht zu bemühen brauchte, dass sie einfach nicht zu den Frauen gehörte, die Freude am Liebesakt hatten. Sie konnte sich nicht dazu durchringen, so offen zu sein, und sagte stattdessen: »Mach dir keine Sorgen, Michael. Es ist in Ordnung.«

»Nein, ist es nicht.« Sie sah, wie eine Vene an seinem Hals hervortrat. Seine Schultern unter ihren Händen hätten aus Eisen sein können. »*In Ordnung* ist nicht in Ordnung.« Er griff nach unten und fummelte wieder an dem Kissen herum. »Ich meine, vielleicht ist es das, aber ich werde wenigstens *versuchen*, es für dich gut zu machen.«

»Wirklich, Michael, es ist - oh!«

Er erstarrte und hielt sie genau in dem Winkel, den er gerade gefunden hatte. »Oh?«

Die Stelle, an der er sich jetzt rieb, fühlte sich ... interessant an. »Oh ... Oh *je*.«

Michael studierte aufmerksam ihr Gesicht. »Fühlt sich das gut an?«

Es fühlte sich mit jedem weiteren Stoß immer besser an. »Das tut es. Ich muss nur ... ich brauche ...« Anne hatte keine Ahnung, was sie brauchte, aber plötzlich wurde ihr klar, dass sie *etwas* brauchte.

»Wie wäre es damit?«, fragte Michael und begann, seine Hüften leicht kreisen zu lassen, anstatt nur hin und her zu stoßen. »Fühlt sich das gut an? Oder bin ich zu groß?«

»*Oh, Michael!*« Und einfach so hatte sie das entdeckt, was sie brauchte, nämlich dass Michael Cranfield diese magische Stelle in ihr reiben würde. Einfach. Genau. *So.* »Du bist nicht zu groß. Du hast genau die richtige Größe. Du bist absolut *perfekt.*« Sie stöhnte auf und ließ ihren Kopf zurück auf das Kissen fallen.

Über ihr grinste Michael, obwohl er die Stirn in Falten gelegt hatte. »Gut.«

Anne wurde sich der Dinge bewusst, die sie kurz zuvor noch nicht bemerkt hatte. Michaels Körper, herrlich unter ihren Händen, rieb sich an ihren besten und empfindlichsten Stellen. Das köstliche Gefühl, seine ganze Haut an die ihre gepresst zu fühlen. Wie sehr sie es liebte, dass sein Gewicht auf ihr lag und sie in die Matratze drückte. Die Bewunderung in seinen Augen, als er auf sie herabsah.

Oder vielleicht war es eine mysteriöse Kombination all dieser Dinge. Aber was auch immer es war, Anne spürte, wie ihre Schenkel erneut zu zittern begannen, und dieses Gefühl kehrte zurück, das Gefühl, dass sie kurz vor der Explosion stand. Sie hörte, wie sie seinen Namen murmelte, und dann begann er seine Hüften schneller zu kreisen, und dann ... Oh ... Oh ... *ohhhhhhhh!*

Ihre Welt zerbrach ein zweites Mal, und irgendwie war das Vergnügen noch süßer als zuvor. Michael fing ihren Blick ein, und sie konnte die Augen nicht von der unbändigen Freude in seiner Miene abwenden, als er sah, wie sie ihren Höhepunkt erreichte.

Er wechselte von der kreisenden Bewegung zu Stößen, mit denen er begonnen hatte, und Augenblicke später wurde auch er vom Vergnügen übermannt. Seine Stöße wurden immer heftiger, dann wurde sein ganzer Körper hart wie Stein über ihr, und dann war es an ihm, zu zittern und ihren Namen zu rufen. Sie spürte, wie er in ihr zuckte, und sie sah ein Gesicht, das sie bei Michael noch nie gesehen hatte, ein

Gesicht, das sagte, dass er die reinste, überwältigende Freude erlebte.

Schwer atmend brach er auf ihr zusammen. Sie wiegte seinen Kopf in ihrem Nacken und fuhr mit den Fingern über seinen Rücken. »Mmmmmm«, murmelte er.

Nach ein paar Minuten hob er den Kopf. »Wie geht es dir?«, fragte er mit einem schiefen Lächeln. Seine Haare waren völlig zerzaust. Er sah *hinreißend* aus.

»Mir geht es wunderbar. Ich ... ich mochte das«, sagte sie und biss sich auf die Lippe.

Er lachte, rollte sich von ihr herunter und ließ ihren Kopf auf seiner Schulter ruhen. »Das habe ich mir schon gedacht.«

»Was hat mich verraten?«

»Vor allem die Art, wie du geschrien hast: ‚Ja, Michael! Ja, Michael! Ja, Michael!'«

Sie errötete. »Mir war nicht klar, dass ich das getan habe.«

Er fuhr mit den Fingern durch ihr Haar. »Oh, aber das hast du.«

Sie lächelte und strich mit ihren Fingern über seine Brust. »Dann hat es wohl keinen Sinn, es zu leugnen. Aber darauf habe ich mich nicht bezogen, als ich sagte, dass ich es mag.«

»Oh?« Er hob den Kopf und sah sie an.

»Ich meine«, beeilte sie sich zu erklären, »natürlich hat mir das mit dem ‚Ja, Michael! Ja, Michael!' Teil auch gefallen.«

»Du meinst die ‚Ja, Michael! Ja, Michael!' *Teile*, Plural«, sagte er, und wieder legte sich dieser Ausdruck höchster männlicher Zufriedenheit auf seine Züge.

Sie kitzelte ihn an der Seite, und er wand sich neben ihr. »Teile, Plural. Da hast du wohl Recht. Aber was ich meinte, war, dass ich es mochte, als du ... Als du ...« Sie spürte, wie sich ihre Wangen wieder erhitzten, und blickte nach unten.

Er legte einen Finger unter ihr Kinn und hob ihren Kopf

wieder an, damit sie seinem Blick standhielt. »Du meinst den Teil, wo ich in dir gekommen bin?«

»Ja. Dieser Teil«, antwortete sie und lachte. »Ich mochte es, zu wissen, dass ich dir ein gutes Gefühl gegeben habe. Es in deinem Gesicht zu sehen.«

Er küsste sie zärtlich. »Das hat mir auch gefallen.«

»Der Teil, in dem du in mir gekommen bist?«

Er lachte. »Nein, Dummerchen. Obwohl du mir gerade das intensivste Vergnügen bereitet hast, das ich je empfunden habe. Mit Abstand. Aber meine Favoriten waren die *Ja, Michael! Ja, Michael!*-Stellen. Zu wissen, dass ich *dir* ein gutes Gefühl gegeben habe. Es auf *deinem* Gesicht zu sehen.«

Sie lächelte, schloss die Augen und genoss das Gefühl seiner Arme um sie. Nach ein paar Minuten spürte sie das Grollen seines Kicherns an ihrem Ohr. Sie stützte ihren Kopf auf. »Was?«

»Ich habe gute Nachrichten für dich.«

»Oh?«

»Du hast gesagt, dass es dir am besten gefällt, wenn ich in dir komme. Was für ein Gentleman wäre ich denn, wenn ich dir nur einmal im Laufe des Abends deine Lieblingsstelle gönnen würde?«

Sie schaute nach unten und sah, dass er bereits wieder hart geworden war. *Er wollte sie wieder.*

Es gefiel ihr in der Tat, wie sie sich *dabei* fühlte.

Sie lächelte und rollte sich auf den Rücken. »Ja, bitte. Ich hoffe nur, dass ich dir auch wieder deine Lieblingsstelle geben kann.«

Er lächelte zärtlich und strich ihr eine Haarsträhne aus der Stirn. »Stellen, im Plural, meine liebe Anne. Stellen im Plural.« Er rutschte nach unten und vergrub sein Gesicht zwischen ihren Beinen.

Und tatsächlich, Michael hatte Recht. Es waren Stellen, Plural.

KAPITEL 19

*M*ichael wachte am nächsten Morgen mit einem Lächeln im Gesicht auf.

Unnötig zu sagen, dass es die beste Nacht seines Lebens gewesen war. Alles daran war perfekt gewesen. Anne sollte *seine Frau* werden. Er hatte mit ihr geschlafen. Er war gerade mit ihr in seinen Armen aufgewacht. Und es war alles besser gewesen, als er es sich hätte vorstellen können.

Michael hatte in den letzten vier Jahren einige Frauen kennen gelernt. Nicht *sehr* viele - unverheiratete Frauen waren an der kanadischen Grenze rar. Aber nachdem er erfahren hatte, dass Anne einen anderen geheiratet hatte, hatte es keinen Sinn mehr gehabt, sich für sie aufzusparen. Als eine Witwe in der nächstgelegenen Stadt ihm also angeboten hattet, ihn von seiner Jungfräulichkeit zu befreien, nahm er an. Diese Frau, Mrs. Fitzherbert, hatte es sich zur Aufgabe gemacht, ihm beizubringen, wie man einer Frau Vergnügen bereitete.

Er fühlte sich in diesem Moment äußerst dankbar gegenüber Mrs. Fitzherbert.

Diese Begegnungen hatten ihm nichts bedeutet, aber er

hatte damals geglaubt, sie seien alles, was er jemals haben würde.

Aber die letzte Nacht ... das war etwas ganz anderes gewesen. Er hatte immer gewusst, dass es etwas Besonderes sein würde, mit Anne zu schlafen. Er hatte erwartet, dass die Freude und das Vergnügen alles übertreffen würden, was er bisher erlebt hatte.

Er war jedoch nicht auf das Ausmaß seiner Gefühle vorbereitet gewesen. Er hatte es ernst gemeint, als er sagte, dass sie ihm das intensivste körperliche Vergnügen seines Lebens bereitet hatte. Aber er hatte es auch ernst gemeint, als er gesagt hatte, dass es ihm am besten gefiel, ihr beim Liebesspiel zuzusehen, wie sie ihren Höhepunkt erreichte. Wenn er an ihr Gesicht dachte, in jenem Moment, in dem er ihr den ersten Geschmack der Lust verschafft hatte, den sie je erlebt hatte ...

Einfach ... Freude. Herzzerreißende, weltbewegende, Freude.

Und er hatte einige Gelegenheiten in die Wege geleitet, Anne beim Höhepunkt zuzusehen. Nach ihrem fünften Orgasmus hatte sie ihren Morgenmantel angezogen und sich in den Flur geschlichen, um das Abendbrottablett zu holen. Er zwang sie, den Morgenmantel vor dem Essen wieder auszuziehen, was sich als Geniestreich erwies, denn nachdem sie sich durch die Fleisch- und Käsesorten durchgeschlagen hatten, entdeckte Anne einen Teller mit Erdbeertörtchen. Das veranlasste Michael zu dem Geständnis, dass er den Duft von Erdbeeren immer geliebt hatte, weil er ihn an sie erinnerte.

Das führte dazu, dass sie ihn neckte, was dazu führte, dass er sie kitzelte, was dazu führte, dass sie ihn zurückkitzelte, was in kurzer Zeit dazu führte, dass sie beide extrem erregt gewesen waren. Das wiederum führte dazu, dass er erklärte, es gäbe nur eine Sache, die er sich vorstellen könne, die noch köstlicher sei als Erdbeertörtchen. Er bestrich anschließend diese Stellen von Annes Körper mit der Creme, die die erwähnten Törtchen zierte, und demonstrierte, wie köstlich er diese Teile von ihr fand. All das gipfelte in den Orgasmen Nummer sechs und sieben für Anne. Und was für ein Gentleman wäre er gewesen, wenn er ihr nicht erlaubt hätte, ihre Lieblingsstelle zu genießen?

Danach war Anne langsam eingeschlafen, und er hatte sie festgehalten. Aber er konnte sich nicht verkneifen, darauf hinzuweisen, dass sie nie wieder einen Teller mit Erdbeertörtchen ansehen könnte, ohne sich vorzustellen, wie er seinen Kopf zwischen ihren Beinen vergrub - ein großes Problem, wenn man bedachte, wie sehr sie Erdbeertörtchen mochte. Sie war sehr hübsch rot geworden, als er das sagte.

Als er ganz wach wurde, sah Michael, dass gerade Licht durch die Fenster drang. Anne lag immer noch in seinen Armen, aber sie hatte sich in der Nacht so gedreht, dass ihr Rücken zu seiner Vorderseite zeigte.

Das bedeutete, dass ihm einige ihrer besten und empfindlichsten Stellen buchstäblich in die Hände fielen, und es war verlockend, sich diesen Zugang zu verschaffen. Aber sie hatten eine lange Nacht hinter sich, und er wollte sie nicht wecken.

Als er so dalag und der Versuchung nicht widerstehen konnte, stöhnte sie und murmelte etwas, das er nicht verstand.

»Anne?«, fragte er. »Bist du wach?«

Sie antwortete mit einem weiteren Wortschwall, aber nur zwei Worte konnte er verstehen.

Sie waren *Mmmmmmmmm* und *Michael*.

Er strich ihr das Haar zur Seite und küsste ihren Nacken in der Hoffnung, dass sie aufwachte. Sie stöhnte und wölbte ihren Rücken, was zur Folge hatte, dass sie ihren Hintern gegen seinen gierigen Schwanz drückte. Dabei streifte sein

Arm, der über sie gelegt war, auch ihre Brüste. Sie schnurrte und fasste ihn am Handgelenk, um seine Hände dort fester zu halten. Er kam dem gerne nach und begann, erst die eine, dann die andere Brustwarze zu necken.

Er genoss die unzusammenhängenden Lustlaute, die sie von sich gab, als sie erneut nach seinem Handgelenk griff, um seine Hand über ihren Bauch nach unten zu ziehen. Selbst im Halbschlaf zuckte sie vor Erwartung, und dann spreizte sie sich für ihn und positionierte seine Hand genau dort, wo sie sie haben wollte. Er stellte fest, dass sie feucht war, nicht, dass ihn das überraschte. Er fing an, sie langsam und sanft zu reiben und zu necken. Innerhalb weniger Minuten krümmte sie sich in seinen Armen und stöhnte seinen Namen. Seine Berührung war bewusst sanft. Ihre Augen blinzelten auf, und er sah den Moment, in dem sie erkannte, dass es kein Traum war.

»Michael«, sagte sie mit gehauchter Stimme, »das fühlt sich sooooo gut an! Ich brauche ... Ich brauche ...«

Er streichelte absichtlich langsam und sanft. »Was brauchst du, Anne?«

»Dich ...« Sie brach ab, als er ihre süße Stelle besonders köstlich verwöhnte. »Oh, Michael!«

»Vielleicht etwas hiervon?«, fragte er und streichelte sie weiterhin genau dort, wo sie es am meisten brauchte.

Die Geräusche, die sie als Nächstes von sich gab, konnten nicht als englische Worte bezeichnet werden, aber für Michael waren sie die süßeste Musik der Welt.

»Was willst du, Anne? Willst du so kommen?«, fragte er und beschleunigte kurzzeitig das Tempo seiner Hand. »Oder willst du meinen Schwanz?«

»Oh, Michael, ich will beides!«, rief sie. »Aber ich nehme an, dass ich das nicht haben kann. Ich will ... Ich will deinen Schwanz«, gestand sie und senkte ihr Kinn, als sie dieses Wort zum ersten Mal aussprach.

Sie versuchte, sich auf den Rücken zu drehen, aber Michael hatte eine Idee. »Bleib so, Liebling. Dein Wunsch ist mir Befehl.«

Er hob ihr oberes Bein an, spreizte es und neigte ihren Oberkörper ein wenig nach vorne. Mit der freien Hand streichelte er sie weiter zwischen ihren Beinen. Aber aus diesem Winkel könnte er es vielleicht ...

Anne stöhnte auf, als ihr klar wurde, was er vorhatte. Als er seine Hüften beugte, um seinen Schwanz in sie zu schieben, drückte sie zurück, bis er vollständig in ihr war, während sie beide auf der Seite lagen. »Oh, Michael!«, rief sie aus. »Das fühlt sich so gut an!«

Er fing an, in sie zu pumpen, zunächst ganz sanft, während er mit seiner Hand ihren kleinen süßen Punkt bearbeitete. Sein Schwanz und seine Hand erwiesen sich für Anne als eine hervorragende Kombination. Innerhalb von Sekunden verlor sie jede Selbstbeherrschung, und bei seinem fünften Stoß brach ein Orgasmus aus ihr heraus.

Das genoss er, er genoss es sogar sehr. Gab es etwas Schöneres, als der Frau, die er liebte, dabei zuzusehen, wie sie sich an seinem Schwanz gütlich tat? Aber nachdem er in den letzten acht Stunden viermal gekommen war, brauchte er ein bisschen länger, um seine eigene Befreiung zu erreichen. Er stieß weiter sanft in sie hinein, bewegte aber seine Hände zu ihren Brüsten, weil er befürchtete, dass ihre kleine Rosenknospe so kurz nach ihrem Höhepunkt zu empfindlich sein könnte. Er hätte sich keine Sorgen machen müssen, denn obwohl sie es sichtlich genoss, dass er sich um ihre Brüste kümmerte, griff sie nach ein paar Minuten nach seiner Hand und zog sie zwischen ihre Beine zurück.

Er *liebte* das. Er liebte es, dass sie so begierig auf seine Berührung war, dass sie seine Hand verlangte. Und so rieb er sie mit erneuter Anstrengung, pumpte von hinten in sie hinein und konnte ihr zu seiner großen Befriedigung die Orgasmen neun und zehn bescheren. Seine eigene Erlösung folgte bald, und sie war genauso kraftvoll wie seine vier vorherigen.

Sie drehte sich um und kuschelte sich an ihn. »Guten Morgen«, sagte sie.

»Das ist er ganz sicher.« Sie verfielen in ein kameradschaftliches Schweigen. Nach ein paar Minuten sagte er: »Darf ich dich etwas fragen?«

»Natürlich.«

»Hattest du bis letzte Nacht wirklich noch nie einen Höhepunkt?«

Sie errötete. »Nein, hatte ich nicht.«

Er fuhr mit dem Daumen über ihre erröteten Wangen. »Es ist nur so, dass ... Du bist so gut darin.«

Sie lachte. »Ich denke, du bist derjenige, der gut darin ist, wie du es ausdrückst.«

»Glaub mir, du kannst das auch richtig gut. Sehr gut. Du hast mich mich selbst vergessen lassen. Ich habe keine Vorsichtsmaßnahmen getroffen, keine Schutzhülle getragen und nicht einmal daran gedacht, mich zurückzuziehen. Du könntest schwanger werden«, sagte er vorsichtig.

Sie setzte sich auf und legte ihre Hände auf ihren Bauch. Sie *strahlte*. »Daran habe ich gar nicht gedacht! Glaubst du wirklich?«

»Man kann nie wissen.« Er lächelte. »Du scheinst ja geradezu begeistert von dieser Möglichkeit - ich dachte, du hättest Angst vor einem Skandal.«

Sie lachte. »Welcher Skandal? Ich habe heute Morgen einen Termin, aber wir können heute Nachmittag mit einer Sondergenehmigung heiraten, wenn es nach mir geht.«

»Ich liebe es, wie du denkst«, antwortete er. »Aber vielleicht sollten wir uns ein paar Tage Zeit lassen, damit wir unsere Familien benachrichtigen können. Ich weiß, dass mein Vater enttäuscht wäre, wenn er die Hochzeit seines einzigen Sohnes verpassen würde.«

»Du hast Recht, unsere Familien müssen dabei sein. Ich weiß allerdings nicht, ob wir auf Caro warten sollten. Ich möchte ihr fast gar keine Nachricht schicken. Sie hätte das Gefühl, zurückkommen zu *müssen*, und ich möchte ihre Hochzeitsreise nicht stören.«

»Das kriegen wir schon hin«, sagte er und zog Anne zu sich herunter, so dass ihr Kopf auf seiner Brust lag. »Wir werden die Zeremonie irgendwann in der nächsten Woche abhalten. Dann können wir eine Woche später nach Kanada aufbrechen.«

ANNE BLINZELTE und hob ihren Kopf von Michaels Brust. Sicherlich hatte sie sich verhört. »Kanada? Was meinst du damit, nach Kanada aufbrechen?«

Er grinste sie an. »Es wird dir dort gefallen, Anne - es ist so schön, und jeder Tag ist ein Abenteuer. Ich kann es kaum erwarten, dir alles zu zeigen, was ich gebaut habe.«

Gott sei Dank - er wollte ihr nur zeigen, was er in den letzten vier Jahren gemacht hatte. »Du meinst als Hochzeitsreise?«

Er lachte. »Wir werden dort etwas länger bleiben als bei einer normalen Hochzeitsreise.«

Natürlich dauerte allein die Überquerung des Atlantiks so lange, dass es nur sinnvoll wäre, einige Monate zu bleiben. Eine so lange Reise würde eine umfangreiche Planung erfordern. Sie würde Freunde finden müssen, die die verschiedenen Aufgaben ihrer Wohltätigkeitsorganisation während ihrer Abwesenheit überwachen könnten.

Sie würde mindestens einen Monat brauchen, um sich vorzubereiten.

»An wie viel Zeit hattest du gedacht?«, fragte sie.

»Das hängt natürlich von mehreren Dingen ab, aber ich hoffe, dass wir erst in dreißig oder vierzig Jahren zurückkommen.«

»Dreißig oder vierzig *Jahre?*«, rief sie und setzte sich auf. »Was meinst du, dreißig oder vierzig Jahre?«

»Mein Vater ist gesund wie ein Pferd, und ich danke Gott dafür. Ich habe es nicht eilig, in die Markgrafschaft aufzusteigen. Aber natürlich müssen wir nach England zurückkehren, sobald ich das getan habe.«

»Aber Michael, du kannst doch nicht nach Kanada ziehen, bevor du geerbt hast? Du bist der Erbe. Du gehörst nach England. Dein Vater braucht dich. Ich brauche dich - wir alle brauchen dich!«

Er lächelte liebevoll und strich ihr eine Haarsträhne hinters Ohr. »Und ich brauche dich auch, Anne. Aber du wirst mich immer haben. Darüber brauchst du dir niemals Sorgen zu machen. Wir werden immer zusammen sein. In Kanada.«

»ABER ICH KANN NICHT nach Kanada ziehen!«, rief sie.

Michael war so aufgeregt gewesen bei der Vorstellung, was die nächsten Wochen bringen würden, dass er Annes Reaktion kaum Beachtung geschenkt hatte. Jetzt erst sah er sie an und war überrascht, dass sie wirklich verstört war. Er setzte sich auf, nahm ihre Hände und sagte vorsichtig: »Ich sehe, dass dies eine Überraschung ist. Es wird eine große Umstellung sein, wenn man von seiner Familie und seinen Freunden wegzieht. Das sehe ich jetzt. Aber gib dir sich ein paar Tage Zeit, dich an den Gedanken zu gewöhnen, und es wird dir dann nicht mehr so entmutigend vorkommen.

Schließlich ist das Einzige, was zählt, dass wir beide zusammen sind.«

»Nein, Michael, das ist nicht das Einzige, was zählt!«, rief sie aus. »Es geht nicht nur um meine Familie, obwohl ich mir nicht vorstellen kann, sie für *dreißig oder vierzig Jahre* zu verlassen. Meine Gesellschaft ist hier. Es gibt so viele Menschen, die von mir abhängig sind.«

»Nun, Anne, ich weiß, dass dir deine Gesellschaft wichtig ist. Aber ich muss in Kanada sein. Also wirst du auch nach Kanada gehen.«

Anne schluckte und sah so traurig aus, wie er sie noch nie gesehen hatte. »Wenn das der Fall ist, Michael, dann kann ich dich nicht heiraten«, sagte sie mit brüchiger Stimme.

Michael konnte nicht glauben, was er gerade gehört hatte. Es war ein Gefühl, das er nur ein einziges Mal zuvor verspürt hatte, damals, als er erfuhr, dass Anne einen anderen geheiratet hatte - ein Vorschlaghammer in der Mitte seiner Brust. Plötzlich konnte er nicht mehr atmen, er konnte nicht mehr denken, er konnte nicht - sie konnte nicht - sie musste doch ...

»Du musst mich heiraten«, sagte er, und die Worte kamen gröber heraus, als ihm lieb war.

»Ich kann nicht. Nicht, solange du darauf bestehst, nach Kanada zu ziehen.«

»Du *musst*«, wiederholte er, da sein panisches Gehirn nicht gut genug für Strategie oder Finesse funktionierte. »Du hast es versprochen.«

»Das war, bevor ich wusste, dass du mich nach Kanada verschleppen würdest!«

»Du *musst*, Anne«, sagte er wieder. »Du könntest bereits mein Kind in dir tragen! Wenn du nur vernünftig denken würdest ...«

Er sah, wie ihre Augenbraue zuckte, und erkannte, dass *das* nicht das Richtige gewesen war, was er gesagt hatte.

»Ich denke vernünftig!«, zischte sie. »Du bist derjenige, der nicht rational denkt! So viele Menschen zählen auf meine Gesellschaft, zählen auf mich. Ich kann sie nicht im Stich lassen, ich kann nicht ...«

»Ich kann nicht glauben«, schnappte er, »dass du auch nur in Erwägung ziehst, mich zurückzuweisen, damit du hier bleiben kannst, und ... und ...« Er schnippte verächtlich mit dem Handgelenk. »... damit du Schals für die Armen stricken kannst!«

Sie erstarrte, dann hob sie langsam den Kopf. Ihr Gesichtsausdruck enthielt den Zorn, der in einem einzigen Augenbrauenzucken enthalten war, vervielfacht um das Zehntausendfache. Obwohl er sie um die Länge eines Kopfes überragte, wich Michael zurück.

»Schals für die Armen stricken?«, sagte sie langsam. *»Schals für die Armen stricken?«*

Oh, Gott. Er hatte sich immer vorgestellt, dass er im Alter von neunzig Jahren in seinem eigenen Bett sterben würde. Vielleicht würde er auch vom Pferd geworfen oder von einem Bären zu Tode gebissen werden. Etwas Männliches.

Aber nein. Nach Annes Gesichtsausdruck zu urteilen, stand er kurz davor, ermordet zu werden.

Von der gütigsten, heiligsten Frau in ganz England.

Er versuchte, einen Rückzieher zu machen. »Ich wollte nicht andeuten, dass es keine wichtige Arbeit ist ...«

»Ich habe noch nie *einen Schal* gestrickt, in meinem *ganzen Leben nicht!*«, explodierte sie. »Hältst du so wenig von mir? Schals für die Armen stricken!«

Sie schoss aus dem Bett und begann, durch das Zimmer zu rennen. Er brauchte eine Sekunde, um zu begreifen, dass sie seine achtlos hingeworfenen Kleidungsstücke zusammensuchte. Sie schritt durch die Tür, die zu ihrem Wohnzimmer führte.

Er stürzte aus dem Bett, als er ihre Absicht erkannte. Er

erreichte die Tür, als sie sie aufstieß, um seine Kleidung in den Flur hinauszuwerfen.

»Anne!«, donnerte er und beeilte sich, alles wieder einzusammeln. »Sei vernünftig! Wir müssen das in Ruhe besprechen.« Er drehte sich zurück zur Tür. Sie stand in der Tür, nackt und wütend, und hielt seine Unterhose in der Hand. Als er einen Schritt auf sie zu machte, warf sie sie ihm direkt ins Gesicht.

Er riss sie von seinen Augen, aber es war zu spät. Sie schlug ihm die Tür vor der Nase zu, und er hörte das verräterische Klicken eines Schlüssels, der sich im Schloss drehte.

Er hämmerte an die Tür. »Anne Astley, du machst jetzt sofort die Tür auf!«

»Geh weg!«, war die gedämpfte Antwort, die er erhielt.

»Wir sind noch nicht fertig miteinander!«, donnerte er, nur um von einem Räuspern unterbrochen zu werden.

Er blickte auf und sah den Diener, den er gestern Abend kennengelernt hatte, Hugh, den Flur entlang schreiten, flankiert von vier seiner Kollegen. Michael schob eilig seine Unterhose vor seine Leistengegend.

»Äh ... Mylord ...« Hugh blinzelte, und Michael konnte fast sehen, wie er darum kämpfte, den richtigen Ton zu finden, um einen wütenden Earl anzusprechen, der nackt auf dem Flur stand. »Ihre Ladyschaft hat heute Morgen einen Termin.«

»Verflucht sei ihre Verabredung«, schnauzte Michael. »Ich muss mit ihr sprechen.«

Hugh begann mit den Schultern zu rollen, als ob er sich lockern wollte. In diesem Moment bemerkte Michael, dass Annes Lakaien ... Ungewöhnlich waren. Lakaien wurden in der Regel wegen ihrer Größe, ihrer guten Figur und ihrer eleganten Haltung ausgewählt. Diese Burschen erfüllten vielleicht die Anforderungen an die Körpergröße, aber *elegant* war nicht das Wort, mit dem Michael sie beschrieben hätte. Es waren riesige, bullige Männer. Drei der fünf sahen aus, als hätte man ihnen schon die Nase gebrochen, wahrscheinlich sogar mehr als einmal. Und nach der Art zu urteilen, wie sie ihn anstarrten, waren sie nicht abgeneigt, einen Adeligen zu verprügeln, wenn es das war, was Lady Anne wollte.

Michael schätzte sie ein. Er könnte wahrscheinlich jeden einzelnen von ihnen in einem Kampf besiegen, aber nicht alle fünf zusammen. Er seufzte und erkannte die Niederlage, als er sie sah.

Hugh nickte zustimmend, als er Michaels Kapitulation bemerkte. »Kommen Sie, Mylord. Dort ist ein leeres Schlafzimmer. Ich werde als Ihr Kammerdiener fungieren.«

Einer seiner Kameraden schnaubte, und Hugh wandte sich ihm hochmütig zu. »Was? Das schaffe ich schon!«

Michael nahm Hughs Angebot nur widerwillig an, und eine Viertelstunde später stand er auf der Straße und blickte zu Annes Fenster hinauf.

Nun, das war ein Rückschlag. Er hatte diese Schlacht verloren.

Das bedeutete aber nicht, dass er den Krieg verlieren würde. Er machte auf dem Absatz kehrt und ging zurück nach Cranfield House, um seinen nächsten Schritt zu planen.

KAPITEL 20

*E*ine Stunde später erklomm Anne die Stufen zum Herrenhaus von Nettlethorpe-Ogilvy, einem großen gotischen Haufen aus grauem Stein mit Zinnen und falschen Türmen, der sich wie ein Pfau im Hühnerstall von den behäbigen palladianischen Stadthäusern in der Umgebung abhob.

Sie hatte keine Ahnung, wie sie dieses Treffen überstehen sollte, wenn ihr die Gedanken in tausend verschiedene Richtungen flogen. In einem Moment war sie wütend (natürlich auf Michael), im nächsten war sie zutiefst enttäuscht (dass sie Michael doch nicht heiraten würde). Dann ging sie zum Schrecken über (dass sie jetzt schwanger sein könnte und keine Aussicht auf eine Hochzeit bestand), und schließlich arbeitete sie sich wieder zu brennender Wut vor.

Wie konnte er es wagen, ihre Arbeit herabzusetzen. Wie *konnte* er es *wagen*. Es hätte sie nicht überrascht, wenn ein anderer Mann so etwas gesagt hätte. In der Tat hörte sie jede Woche, wenn nicht sogar jeden Tag, bissige Bemerkungen über ihre »kleine Wohltätigkeit«, und ihr gelassenes Lächeln wich keinen Millimeter von der Stelle.

Aber von Michael, der wusste, wie hart sie arbeitete, der wusste, dass die Ladies' Society alles für sie bedeutete, hatte sie das nicht erwartet.

»Lady Wynters.« Der Butler der Nettlethorpe-Ogilvys verbeugte sich, als er ihr die Tür aufhielt. »Bitte folgen Sie mir.«

Annes Schritte hallten von den Steinplatten wider, als sie dem Butler durch den geräumigen Eingangsbereich folgte. Das Foyer der Nettlethorpe-Ogilvy-Villa entsprach dem gotischen Äußeren des Gebäudes, mit Spitzbögen über den Fenstern und Kreuzrippengewölben an der hohen Decke. An den Wänden waren Rüstungen mit Hellebarden aufgereiht, und ... Anne blinzelte auf das Glanzstück, das auf einem quadratischen Sockel in der Mitte des Raumes stand. Es war eine teilweise zerstörte Statue aus schwarzem Marmor, die ... das nackte Hinterteil eines Mannes darstellte? Anne spähte über ihre Schulter, als sie die Treppe hinaufstiegen, und dachte, sie müsse sich irren, aber nein, es war eindeutig das Hinterteil eines Mannes. Wie ausgesprochen seltsam ...

Anstatt sie in einen der prächtigen öffentlichen Räume zu führen, führte der Butler sie zwei Treppen hinauf in den hinteren Teil des Hauses.

Der Raum, auf den er zustrebte, wirkte unübersichtlich, mehr Werkstatt als Bibliothek, mit zwei langen Werkbänken, die mit seltsamen Vorrichtungen aus Messing bedeckt waren und sich über die gesamte Länge des Raumes erstreckten. Als sie die Reihe hinunterging, spürte sie das Knirschen von Metallspänen unter ihren Pantoffeln.

Außerdem war der Raum, wie Anne irritiert feststellen musste, mit einer feinen Schicht von etwas bedeckt, das wie Ruß aussah.

Ein Dienstmädchen eilte herbei. »Sie können sich dort

hinsetzen, Mylady«, sagte sie und deutete auf einen kunstvoll geschnitzten Stuhl mit Schildrücken, der vor dem Schreibtisch aufgestellt war. »Den habe ich aus einem anderen Zimmer hierhergebracht, nur um sicherzugehen, dass er ganz sauber ist.«

»Äh ... danke«, sagte Anne und setzte sich. Das Dienstmädchen wuselte weiter und wischte alles im Zimmer ab. Nach einem Moment fragte Anne: »Ist Mr. Nettlethorpe-Ogilvy auf dem Weg hierher?«

Aus dem Zimmer nebenan ertönte ein lautes Klappern, gefolgt von dem Geräusch von zerbrechendem Porzellan. Das Dienstmädchen gab einen Laut von sich, der halb Kichern und halb Seufzen war. »Ich möchte garantieren, dass er das ist.«

Und tatsächlich, Mr. Nettlethorpe-Ogilvy betrat eilig den Raum. Er war ungefähr in Annes Alter, aber er war kein frivoler junger Dandy. Er hatte seine Jacke abgelegt und war nur mit einem Hemd und einer schlichten grauen Weste bekleidet. Sein braunes Haar stand auf eine Weise vom Kopf ab, die nicht so sehr dem modischen windzerzausten Stil entsprach, sondern eher dem einer Eulenfamilie, die sich in seinen Haaren ein Nest gebaut haben könnte. Und genau wie seine Werkstatt, war auch er leicht mit Ruß bedeckt.

Doch trotz dieser Eigenheiten war es der Gegenstand, den er in seinen Armen hielt, der Annes Aufmerksamkeit erregte.

Sie hatte nicht die leiseste Ahnung, was es war, aber es hatte einen großen buschigen Pinsel, fast wie vier Besen, die in Form einer Blume zusammengesteckt waren, verbunden mit einer Reihe von kurzen Rohren, jedes so lang wie ihr Unterarm und an einem Ende leicht ausgestellt. Durch die Rohre war ein Seil gespannt worden, das sie mit den Bürsten verband. Mr. Nettlethorpe-Ogilvy hatte etwa ein Dutzend der Rohre unter den Arm geklemmt, aber ein weiteres

Dutzend schleppte sich klirrend hinter ihm her, als er die Länge seiner Arbeitstische abschritt.

»Ah, Lady Wynters«, sagte er und drehte sich um, um das mysteriöse Gerät mit einem kakophonischen Klappern auf seinem Schreibtisch abzulegen. Er wollte ihre Hand ergreifen, wich dann aber zurück, weil er sich daran zu erinnern schien, dass er mit Ruß bedeckt war. »Entschuldigen Sie«, sagte er und wischte sich mit seinem Taschentuch Gesicht und Hände ab.

Als er fertig war, sagte er: »Ich entschuldige mich für die Unordnung. Wahrscheinlich hätte ich den Termin verschieben und mich vorzeigbar machen sollen. Aber ich war so aufgeregt über ...« Er deutete auf den unordentlichen Haufen auf seinem Schreibtisch. »... und da ich weiß, wie aufgeregt *Sie* darüber sein werden, konnte ich keinen Aufschub dulden.«

Anne war ratlos, aber sie zwang sich zu einem Lächeln. »Ich ... ich bin sicher, dass ich es sein werde.«

»Die Idee kam mir, als ich den Artikel in der *Times* las«, sagte er und ließ sich auf dem Stuhl hinter seinem Schreibtisch nieder. »Das war großartig, was Sie für diese Kletterjungen getan haben.« Er schüttelte den Kopf. »Das hat mich zum Nachdenken gebracht - warum benutzen Schornsteinfeger überhaupt Kletterjungen? Ich dachte, dass es doch einen besseren Weg geben muss, ein Gerät, das einen Kamin genauso gut reinigen kann, ohne Kinder in eine so gefährliche Situation zu bringen.«

Er begann, einen Stapel Papiere auf seinem Schreibtisch zu durchforsten und zog einen Architekturplan heraus. »Ich habe ein wenig nachgeforscht und herausgefunden, dass das eigentliche Problem darin besteht, dass unsere Schornsteine so verdreht sind. Sehen Sie sich das nur an«, sagte er und drehte die Zeichnung um, damit Anne sie sehen konnte. »Sehen Sie, wie der Schornstein dreimal um neunzig Grad gedreht wird *und* eine U-Biegung hat?« Er schüttelte den Kopf, aufrichtig beleidigt. »Schreckliches Design. Ich sollte es wissen - wenn man mit der Herstellung von Eisen zu tun hat, weiß man, wie sich die Luft um ein Feuer bewegt. Tatsache ist jedoch, dass die Hälfte der Gebäude in London einen ungeraden Schornstein hat, und niemand ist bereit, die Hälfte der Gebäude in London abzureißen, um sie zu reparieren. Mir wurde klar, dass wir einen sehr langen Besen brauchen«, sagte er und griff nach einem Rohr, »mit einem Stiel, der sich durch diese Ecken biegen lassen könnte.«

Mr. Nettlethorpe-Ogilvy zog das Seil straff, und Anne sah erstaunt zu, wie sich der verhedderte Haufen auf dem Schreibtisch in einen langstieligen Besen verwandelte. »Es kann sich biegen?«, fragte sie.

»Es kann.« Er demonstrierte, wie der Griff je nach der Spannung des Seils gerade oder biegsam sein konnte. »Ich war so aufgeregt, dass ich die ganze Nacht aufblieb, um meinen Prototyp zu bauen.«

»Funktioniert es?« Anne beugte sich vor, um das Gerät genauer zu untersuchen. Wenn dieser Apparat wirklich den Platz eines kleinen Jungen einnehmen könnte, der sich in einen Schornstein zwängen musste ...

»In der Tat. Nun, für die schlimmsten Abzüge, wie diesen hier«, sagte Mr. Nettlethorpe-Ogilvy und tippte auf das Diagramm, das er ihr gezeigt hatte: »Das allein wird da noch nicht reichen. Dazu müsste man noch eine kleine Tür genau hier an der Biegung einfügen. Aber das sollte dann für neunzig Prozent der Schornsteine in London ausreichen. Ich habe es den ganzen Morgen getestet.«

»An vierzehn verschiedenen Kaminen!«, rief das Dienstmädchen aus der Ecke, wo sie immer noch schrubbte.

»Ja, daher die Unordnung.« Mr. Nettlethorpe-Ogilvy rieb sich den Hinterkopf. »Mir war ja nicht klar, dass man vor dem Putzen des Kamins eine Abdeckung darüber legen sollte. Das tut mir leid, Maggie.«

Maggie schüttelte den Kopf, aber sie lächelte liebevoll. »Das ist schon in Ordnung, Mr. Nettlethorpe-Ogilvy.« Sie wandte sich an Anne. »Es ist eine Ehre, für einen wirklich großen Mann zu arbeiten. Da nehmen wir gelegentliche Unannehmlichkeiten doch hin.«

»Ich finde Ihre Erfindung großartig«, sagte Anne. »Sie können sich nicht vorstellen, vor welch erbärmlichen Bedingungen sie Hunderte von Jungen retten wird. Werden Sie in der Lage sein, sie in den Fabriken Ihrer Familie zu produzieren? Oder müssen wir einen Hersteller finden?«

»Das war es, was ich in erster Linie mit Ihnen besprechen wollte«, sagte Mr. Nettlethorpe-Ogilvy und kramte in seinem Schreibtisch herum. Anne erbleichte, als er ein Exemplar ihres alten Pamphlets herauszog. »Nachdem ich den Artikel in *The Times* gelesen hatte, war ich so beeindruckt, dass ich mehr über Ihre Ladies' Society erfahren wollte, und ich fand heraus, dass Sie diese Broschüre geschrieben hatten.« Er schüttelte den Kopf. »Ich schäme mich, sagen zu müssen, dass ich noch nie darüber nachgedacht habe, welche Auswirkungen die Bezahlung von niedrigeren Löhnen auf Witwen mit Kindern haben muss. Ich dachte, das wäre die perfekte Gelegenheit, es auszuprobieren.«

»Ausprobieren?«, fragte Anne und blinzelte ihn an. »Was ausprobieren?«

»Ihren Plan, natürlich«, sagte Mr. Nettlethorpe-Ogilvy und blätterte auf die entsprechende Seite der Broschüre. »Witwen, die sich in der Rolle des Ernährers befinden, einzustellen und ihnen einen existenzsichernden Lohn zu zahlen. Ich sehe keinen Grund, warum eine Frau so etwas hier nicht herstellen könnte.« Er blickte zu Anne auf, seine Augen waren arglos. »Meinen Sie, Sie könnten ein Dutzend

Frauen finden, die bereit wären, im Laden meiner Familie zu arbeiten?«

Anne war nicht in der Lage zu sprechen. Nach all den Jahren, nach all den gescheiterten Versuchen, jemanden zu überzeugen, ihrem Vorschlag eine Chance zu geben, hatte sie sich damit abgefunden, dass dieser Moment nie kommen würde. Jetzt, wo er da war, sollte sie sich freuen. Und das tat sie auch, aber sie blinzelte auch gegen die Tränen.

Ach du gute Güte - sie konnte doch nicht vor Archibald Nettlethorpe-Ogilvy anfangen zu weinen.

Sie blickte auf und sah, dass er sie mit gerunzelter Stirn ansah. Er zog sein Taschentuch aus der Tasche und wollte es ihr anbieten, wurde dann aber bleich, als er bemerkte, dass es mit Ruß bedeckt war. »Es tut mir leid«, sagte er und fummelte am Taschentuch herum, »ich ...«

Anne kicherte und holte ihr eigenes Taschentuch aus der Tasche. »Sie haben absolut nichts, wofür Sie sich entschuldigen müssten. Ich bin diejenige, der es leid tut. Es ist nur ...« Sie schluckte. »Es ist tatsächlich das erste Mal, dass sich jemand bereit erklärt, meinen Vorschlag in die Tat umzusetzen.«

Mr. Nettlethorpe-Ogilvy stützte sich mit der Hüfte auf seinen Schreibtisch. »Sie machen Scherze.«

»Ich fürchte nicht.« Anne tupfte sich die Augen ab. »Es scheint, dass viele Männer es nicht schätzen, wenn eine Frau ihnen Vorschläge macht, wie sie ihr Unternehmen führen sollen.«

Er betrachtete sie einen Moment lang. »Mit Verlaub, Lady Wynters, ich habe den Eindruck, dass die Welt voll von dummen Menschen ist. Nicht, weil sie keine Ingenieure sind«, sagte er und deutete auf seine Werkstatt, »sondern weil sie nicht einmal dann wüssten, was wichtig ist, wenn es auftauchen und sie in die Nase beißen würde.« Er hielt ihren Blick fest. »Sie teilen nicht dieses Versagen. Und ich hoffe, Sie lassen sich von diesen Angebern nicht entmutigen.«

Anne schenkte ihm ein wässriges Lächeln. »Sie können sich nicht vorstellen, wie viel mir das bedeutet. Wie viel mir *das* bedeutet«, sagte sie und deutete auf den gebogenen Besen. »Und um Ihre Frage zu beantworten: Ja, ich bin mir sicher, dass ich ein Dutzend respektabler Witwen finden kann, die gerne in Ihrem Laden arbeiten würden.«

Mr. Nettlethorpe-Ogilvy begleitete sie in das Foyer. Er erschauderte, als sie sich der Statue eines Männerhinterns näherten. »Bitte entschuldigen Sie die ... äh ...« Er räusperte sich. »Vor ein paar Monaten hat Lord Ardingly einige Gegenstände aus seiner ägyptischen Sammlung verkauft, und meine Eltern haben diese, ähm ... beeindruckende Statue gekauft.«

»Ah.« Anne erinnerte sich gut daran, denn der Verkauf war von ihrer Schwester Caro eingefädelt worden, um das Anwesen von Ardingly wieder zahlungsfähig zu machen, damit sie den Sohn des Grafen heiraten konnte. »Das erklärt es.«

Sie verabredeten sich für die folgende Woche zur gleichen Zeit, um die Einzelheiten der Arbeitsplätze für ihre Bewohnerinnen zu besprechen.

Als sie in ihrer Kutsche saß, sackte Anne in den Plüschpolstern zusammen, überwältigt von einer Welle von Gefühlen. Endlich hatte sich jemand bereit erklärt, ihren Plan in die Tat umzusetzen. Und es bestand die reale Hoffnung, dass Mr. Nettlethorpe-Ogilvys Erfindung es überflüssig machen könnte, dass sich kletternde Jungen in brennende Schornsteine quetschen mussten. Sie fühlte sich, als könnte sie *fliegen*.

Doch gleichzeitig stand sie kurz davor, zu weinen oder zu schreien oder auf die Samtpolster zu schlagen, auf denen sie saß, sie war sich nicht ganz sicher, was davon. *So* hatte sie es verdient, behandelt zu werden. Genau so sollte es sein, und doch war heute der erste Tag, an dem ein Mann ihr diesen Respekt erwiesen hatte. In der Regel wurde sie abgewiesen, sie wurde herablassend behandelt, sie wurde belehrt, als ob diese Schwätzer auch nur ein Zehntel dessen wüssten, was sie über die harte Realität der Armen wusste.

Sie hatte sich so sehr daran gewöhnt, solche Bemerkungen über sich ergehen zu lassen, dass sie dies tun konnte, ohne dass ihr Lächeln ins Wanken geriet. Schließlich diente es nichts und niemandem, wenn sie ihre Wut zeigte. Niemand würde für einen Verein spenden, der von einer wütenden Schlampe geleitet wurde. Sie musste immer das große Ganze im Auge behalten.

Alle hielten sie für unterwürfig bis hin zu feige. Sie hätten sich nicht mehr irren können. Ihr öffentliches Auftreten war eine kalkulierte Entscheidung, eine, die sie jeden Tag treffen musste. Es gehörte schon viel Rückgrat dazu, dieses ganze Gefasel mit einem gelassenen Lächeln im Gesicht zu ertragen.

Aber Mr. Nettlethorpe-Ogilvy respektierte sie. Er hielt ihre Arbeit für wichtig. Und wenn schon, dass hundert Angeber nur über sie lachten? Mr. Nettlethorpe-Ogilvy war schlauer als sie alle. Er war einer der größten Denker ihrer Zeit, und wenn *er* sie schätzte ...

»Verzeihung, Mylady«, rief ihr Kutscher durch das Fenster, »aber wir werden verfolgt.«

Anne erstarrte. Obwohl die meisten sie für sanftmütig und freundlich hielten, war sie nicht ohne Feinde. Es gab einen Grund, warum sie nicht ohne mindestens zwei ihrer bulligen Leibwächter zum Beispiel nach St. Giles fuhr. Und die jüngsten Vorkommnisse mit Lord Gladstone waren eine hässliche Angelegenheit. Wenn er keine Skrupel hatte, Vierjährige unter den schlimmsten Bedingungen zu verkaufen, wer wusste dann, zu welchen Taten der Baron bereit war, um die Konsequenzen seines Handelns zu vermeiden?

»Wie sieht er aus, Harold?«, fragte Anne.

»Ungewöhnlich großer Kerl. Schwarzes Haar. Gekleidet wie ein Gentleman. Er hat sich einen großen Blumenstrauß besorgt.«

Anne rümpfte die Nase und wagte einen Blick aus dem Fenster. Und natürlich war es Michael, etwa dreißig Meter hinter ihnen, der ihnen auf seinem Pferd folgte.

»Versuchen Sie, ihn abzuschütteln«, sagte sie und lehnte sich gegen die Rückenlehne.

Sie hatten das Wohnheim der Ladies' Society fast erreicht. Anne war sich immer noch nicht ganz sicher, was dieser neu entdeckte Strudel von Gefühlen bedeutete, aber eines wusste sie.

Sie hatte nicht vor, sich von Leuten wie Michael Cranfield noch weiter runtermachen zu lassen.

KAPITEL 21

Sobald er nach Cranfield House zurückgekehrt war, schmiedete Michael einen Plan. Der Plan war recht einfach: sich vor Anne niederwerfen und sie um Vergebung bitten. Offensichtlich hatten Scudamore und Gladstone ihn mit dem ganzen Unsinn über das Stricken von Schals für die Armen veralbert; sie hätten sich wahrscheinlich nie vorstellen können, dass es so gut funktionieren würde, dass er sofort loszog und sich so dermaßen zum Pudding machte. Aber was genauso schlimm war, wenn er an die Worte dachte, die er benutzt hatte ... sein Verhalten war beklagenswert gewesen, und es war kein Wunder, dass Anne wütend auf ihn war. Der Gedanke, dass sie ihn nicht heiraten würde, hatte ihn so mitgenommen, dass er nicht mehr klar denken konnte.

Er hatte die ganze Sache vermasselt. Er hatte es so eilig gehabt, ihr einen Heiratsantrag zu machen, bevor ein anderer sie sich schnappte, dass er nicht viel darüber nachgedacht hatte, was er sagen wollte. Verdammt, er hatte ihr nicht einmal gesagt, dass er seit neun Jahren in sie verliebt war, noch hatte er seinen vereitelten Heiratsantrag erwähnt, die Tatsache, dass er keinen ihrer Briefe gelesen hatte, oder - sein persönlicher Favorit - dass ihr früherer Ehemann ein wertloses, lügendes Stinktier gewesen war.

Er hatte wirklich vorgehabt, ihr das alles zu sagen, auch wenn er sich vor dem letzten Punkt gefürchtet hatte.

Aber dann hatte Anne vorgeschlagen, dass sie miteinander schlafen sollten.

Er musste ihr auch noch erklären, welche wichtige Arbeit er in Kanada geleistet hatte. Wenn Anne erst einmal verstanden hatte, was er getan hatte und dass er der nächste Generalgouverneur sein würde, würde sie verstehen, warum ihre Zukunft in Kanada liegen musste.

Denn ihre Rückkehr nach Kanada war nicht verhandelbar.

Und so zog er sich in aller Eile um, schickte einen Lakaien los, um den größten Blumenstrauß zu besorgen, den er finden konnte, lieh sich ein Pferd aus dem nahe gelegenen Marstall und kam gerade noch rechtzeitig vor Annes Stadthaus an, um ihre Kutsche wegfahren zu sehen.

Es hatte ihm nichts ausgemacht, sich abzukühlen, während sie ihren Termin hatte. Er musste sich überlegen, was er sagen wollte. Aber er hatte nicht vor, sie entkommen zu lassen.

Als sie wieder in ihre Kutsche stieg und losfuhr, bestieg er sein Pferd und folgte ihr in einigem Abstand.

Sie fuhren in Richtung Osten. Michael schaute sich die umliegenden Gebäude an. Er kannte London nicht gut, aber die Gegend wurde immer schlimmer. Als er an einer Kirche vorbeikam, rief Michael ein paar Mädchen zu, die einen Reifen über den Bürgersteig rollten: »Sagt mal, wie heißt denn diese Kirche?«

Sie sahen erschrocken auf, und der vergessene Reifen

klapperte auf die Seite. »Es ist St. Giles in the Fields, Mylord«, rief eine von ihnen.

St. Giles? St. Giles war eine der gefährlichsten Gangstergegenden in London. Was in Gottes Namen hatte Anne in *St. Giles* zu schaffen?

Der Zustand des Viertels verschlechterte sich weiter. Michael versuchte, seine rasenden Gedanken zu unterdrücken, aber überall, wo er hinsah, entdeckte er eine neue Gefahrenquelle. Die drei Hunde, die sich in der Gasse über einen Knochen hermachten, waren wahrscheinlich tollwütig. Dieser Metzger sah ein wenig *zu* effizient mit seinem Beil aus. Und es gab keinen Mangel an Missetätern und Raufbolden, von dem wütenden Betrunkenen, der aus einem Gin-Keller geworfen wurde, bis zu dem zwielichtigen Kerl, der an einer Gebäudeecke lehnte und tatsächlich *ein Messer* schwenkte, während er die Menge überblickte, zweifellos auf der Suche nach seinem nächsten Ziel.

Michael konnte sie nicht wieder verlieren. Er stellte sich die letzten vier Jahre seines Lebens vor, wie sich der unerträgliche Schmerz der ersten Monate nach ihrer Heirat mit Wynters langsam in einen dumpfen Schmerz an der Stelle seines Herzens verwandelt hatte, der nie ganz verschwand. Er dachte an den schrecklichen Moment, der ihn jeden Morgen beim Aufwachen heimsuchte, wenn er im Bett lag und nach einem Grund suchte, um aufzustehen, um ohne sie weiterzumachen. Er wusste, wie es war, ohne Anne zu leben, und er *wollte das nicht noch einmal tun.* Das konnte er nicht. Es spielte keine Rolle, was er tun musste, er wollte sie in Sicherheit wissen, und er wollte damit beginnen, sie aus dieser traurigen Gegend herauszuholen, die so etwas wie eine schlechte Ausrede für ein Wohnviertel war.

Annes Kutsche hielt vor einem großen Backsteingebäude, und einer ihrer Lakaien öffnete die Tür. Michael stürzte von seinem Pferd, drückte dem Lakaien die Zügel in die Hand und schob den Mann aus dem Weg, um ihr Aussteigen zu verhindern.

»Was, zum Teufel, machst du hier, Anne?«, forderte er zu wissen.

Ihre Augenbraue zuckte heftig. »Ich leite meine Gesellschaft. Wenn Sie so freundlich wären, zur Seite zu gehen.«

Auf keinen Fall. »Du wirst nicht aussteigen. Hier nicht. Du hast es wohl noch nicht bemerkt, aber das hier ist kein Viertel für eine Dame.«

Sie verdrehte die Augen und drängte sich an ihm vorbei. »Wie kommst du denn auf diesen Gedanken? Wegen dem Bordell auf der anderen Straßenseite? Oder den drei Betrunkenen, die in der Gasse herumliegen und schlafen?«

Er packte sie am Arm. »Du magst es für einen Witz halten, aber dieser Ort ist gefährlich.«

Es hatte sich eine Menschenmenge gebildet, die zweifellos durch die lauten Stimmen angezogen wurde, und als Michael sie am Arm ergriff, trat ein schwergewichtiger, schwarzbärtiger Mann vor, der wahrscheinlich als *Pirat* tätig war. Michael stellte sich sofort vor Anne, aber der Mann überraschte ihn mit den Worten: »Du wirst Lady Wynters loslassen!«

Michael starrte den Kerl finster an. »Das geht Sie nichts an ...«

»Das geht uns alle etwas an«, sagte ein hagerer Mann mit einem Gesicht voller Sommersprossen und trat zu den ersten hinzu.

»Ich bin kein Landstreicher, der ihr etwas antun wird«, fuhr Michael fort und betrachtete die zerlumpte Hose des zweiten Mannes, die an Dutzenden von Stellen geflickt war. »Ich bin der Graf von ...«

»Glaubst du, das kümmert mich einen Dreck?«, unterbrach Schwarzbart ihn.

Michael biss die Zähne zusammen. »Ich versuche nur, ihr zu helfen. Sie scheint sich verirrt zu haben und weiß nicht, wo sie ist.«

Die kleine Menschenmenge brach in Gelächter aus.

»Armes Lämmchen«, gluckste eine weißhaarige Frau. »Hat sich verlaufen und keine Ahnung, wo sie ist.«

»Gestern war sie definitiv nicht hier«, fügte eine Frau hinzu, deren Korb sie als Blumenverkäuferin auswies. »Auch nicht am Tag davor, auch nicht am Tag davor.«

Michael spähte an dem Gebäude hoch. Was um alles in der Welt könnte Anne ausgerechnet hierher führen? Obwohl die Nachbarschaft heruntergekommen war, war dies ein ziemlich imposantes Gebäude: sechs Erker breit, in einem schlichten, aber brauchbaren roten Backstein. Er runzelte die Stirn. »Anne, hast du ... hast du Räume in diesem Gebäude gemietet?«

»Nein, Michael, ich miete keine Räume in diesem Gebäude.« Sie riss ihren Arm aus seinem Griff. »Dieses Gebäude gehört mir.« Sie machte auf dem Absatz kehrt und schritt die Treppe hinauf.

Michael wollte ihr folgen, aber ihm wurde sofort der Weg versperrt. »Und wo wollt Ihr hin, Mylord Earl?«, fragte Schwarzbart gespielt hochnäsig.

»Ich muss mit Anne sprechen. Lassen Sie mich vorbei.«

»Oh«, rief Sommersprosse, »*Anne*, nicht wahr? Sie sind wohl ein bisschen zu vertraut mit Ihrer Ladyschaft, was?«

Michael stellte mit Erschrecken fest, dass diese ... diese *Landstreicher* offenbar nicht darauf aus waren, Anne etwas anzutun. Ganz im Gegenteil, sie schienen sie beschützen zu wollen. »Ganz und gar nicht, wenn man bedenkt, dass sie meine Verlobte ist.«

Dies brachte die beiden in Verlegenheit. Schwarzbart musterte ihn von oben bis unten. »Der Verlobte Ihrer Ladyschaft, sagten Sie?«

»Ja«, antwortete er knapp.

»Also nur ein kleiner Streit unter Liebenden?«, fragte Sommersprosse.

»In der Tat«, murmelte Michael und deutete auf die Blumen.

Die beiden Männer tauschten einen Blick aus. »Ich nehme an, dann ist das in Ordnung«, sagte Schwarzbart und trat zurück, damit Michael passieren konnte.

Er ging auf das Gebäude zu und drehte sich dann um. »Darf ich fragen, warum Sie mich aufgehalten haben? Was geht Sie das an?«

Schwarzbart bewegte sich unbehaglich von einem Fuß auf den anderen. »Mein alter Vater war immer ein Arbeiter. Er verbrachte seine Tage mit dem Entladen von Schiffen von der Morgendämmerung bis zur Abenddämmerung. Doch letztes Jahr fiel ihm ein Fass Wein direkt auf das Handgelenk. Der Bruch ist nicht richtig verheilt, und jetzt kann er sein eigenes Glas nicht mehr anheben, zumindest nicht mit der rechten Hand. Wir versuchen, für ihn zu tun, was wir können, meine Brüder und ich, aber das ist nicht viel. Irgendwie hat Ihre Ladyschaft von ihm erfahren, und jetzt bekommt er zweimal in der Woche Fleisch und Kartoffeln von ihr. Und er käme nicht ohne sie aus.«

Sommersprosse nickte neben ihm. »Ihre Ladyschaft nahm meine Schwester mit ihren vier Kindern auf, nachdem ihr Mann gestorben war.« Er nickte in Richtung des Gebäudes. »Sie sind jetzt gerade da drin. Meine Schwester näht ein bisschen. Ihre Ladyschaft hat gerade den ältesten Jungen zu einem Schiffszimmermann in die Lehre geschickt. Und die drei Kleinen sind in der Schule und lernen Buchstaben und so weiter. Ich möchte nicht daran denken, wo sie gelandet wären, wenn Ihre Ladyschaft nicht eingeschritten wäre.«

»Ich verstehe«, sagte Michael.

Zumindest begann er zu verstehen.

Er betrat das Gebäude. Anne stand immer noch im Eingangsbereich und kniete inmitten einer Schar von Kindern, die lautstark um ihre Aufmerksamkeit buhlten. Er sah, wie sie die Schleife im Haar eines kleinen Mädchens zurechtrückte. Eine andere drückte ihre Stoffpuppe für einen Kuss vor ihr Gesicht; Dolly erhielt einen Kuss, ebenso wie Dollys Besitzerin. Ein kleiner Junge überreichte Anne einen Blumenstrauß. Um ehrlich zu sein, war es nur ein Bündel Unkraut, aber das hätte man nie gemerkt, so wie Anne es anerkennend beschnupperte.

»Danke, Charles«, sagte sie. »Ich werde sie in meine Tasche stecken, damit ich sie für den Rest des Tages genießen kann ...« Sie erblickte Michael, und ihr Lächeln verschwand. »Oh. Bist du immer noch hier?«

»Ja. Ich bin hier, um mich zu entschuldigen.«

»Du machst das ganz *hervorragend*«, zischte sie und stand auf.

»Ich würde es gerne besser machen«, sagte er und bot ihr seinen Strauß aus Iris an. Sie machte keine Anstalten, sie anzunehmen. »Können wir irgendwo hingehen und reden?«

»Lady Wynters!« Eine Frau in einem schlichten grauen Kleid betrat das Foyer und verbeugte sich tief.

»Mrs. Godfrey«, sagte Anne und erwiderte den Knicks. »Wie geht es Ihnen heute Morgen?«

Die Frau rang die Hände. »Oh, Mylady, ich bin so froh, dass Sie hier sind. Mr. Branton ist gerade angekommen, und - oh!«, sagte sie, weil sie Michael jetzt erst bemerkte. »Ich entschuldige mich, ich wusste nicht, dass wir einen Besucher haben. Ein neuer Gönner, Mylady?«

»Nein«, antwortete Anne, »er ist kein Gönner. Er wollte gerade gehen ...«

»Erlauben Sie mir, dass ich mich vorstelle, Mrs. Godfrey«, unterbrach Michael sanft. »Ich bin Lord

Morsley. Ich habe die Ehre, der Verlobte von Lady Anne zu sein.«

Mrs. Godfrey schnappte nach Luft. »Verlobt! Ich hatte ja keine Ahnung, Lady Wynters.«

Anne starrte ihn an. »Ich weiß nicht, ob *verlobt* das Wort ist, das ich verwenden würde.«

»Das ist das Wort, das man im Allgemeinen benutzt, *Liebling*, wenn man versprochen hat, einen Mann zu heiraten«, antwortete er fröhlich, nahm Annes Hand und verschränkte sie in seinem Arm. »Wie du es gestern Abend getan hast.«

»Das war, bevor ich wusste, dass du vorhast, mich nach Kanada zu verschleppen«, sagte Anne mit zusammengebissenen Zähnen.

Im Raum wurde es still. »Kanada?«, sagte Mrs. Godfrey leise. »Aber wollen Sie denn wirklich nach Kanada ziehen, Mylady?«

Bevor Anne antworten konnte, stürzte sich ein kleines Mädchen mit einem lauten Heulen auf Annes Beine. »Nein, Lady Wynters! Das dürfen Sie nicht, das dürfen Sie nicht!«

»Aber, aber, Eliza«, sagte Mrs. Godfrey und versuchte, das Mädchen von Anne wegzuziehen, »so geht das nicht. Es ist an Lady Wynters, ihre eigene Entscheidung zu treffen, und ...«

»Aber ohne Lady Wynters«, schrie das Mädchen, »müssen Mama und ich zurück in die Pye Street, wo wir zu zehnt in einem Zimmer waren, das Dach undicht war und es nie etwas zu essen gab. Ich werde nicht dorthin zurückkehren. Das werde ich nicht. *Ich will nicht*!«

Michael sah Dutzende von Paaren großer, wässriger Augen, die Anne flehend anstarrten. Anne kniete nieder und schloss die kleine Eliza in ihre Arme. »Na, na, Eliza. Nicht weinen. Lord Morsley hat sich nur einen Scherz erlaubt.« Sie blickte über Elizas Schulter zu ihm auf.

211

Nach ein paar Minuten beruhigte sich das kleine Mädchen, und Anne stand auf. »Also, was wollten Sie mir sagen, Mrs. Godfrey?«

Sie biss sich auf die Lippe. »Am besten, ich lasse Mr. Branton das selbst erklären. Er wartet in Ihrem Büro.«

KAPITEL 22

*A*nne schritt in ihr Büro und ärgerte sich darüber, dass Michael ihr dicht auf den Fersen folgte. Sie fand Samuel an ihrem Schreibtisch sitzend vor. »Mr. Branton, guten Morgen.«

Samuel zerknüllte seine halbfertige Notiz. »Lady Wynters, Gott sei Dank. Ich hatte gehofft, dies nicht in einem Brief mitteilen zu müssen. Ich habe gerade erfahren, dass ...«

Samuel hielt inne, als Michael sich in den Raum drängte. Sie seufzte. »Mr. Branton, erlauben Sie mir, Ihnen Lord Morsley vorzustellen, meinen Jugendfreund, den ich, wie ich weiß, bereits erwähnt habe. Michael, das ist Mr. Samuel Branton, der nicht nur mein Anwalt ist, sondern auch ein guter Freund.«

Michael schüttelte Samuels Hand. »Mr. Branton, ein Vergnügen. Was Anne *sagen wollte*, ist, dass ich ihr Jugendfreund bin und seit gestern Abend ihr Verlobter.«

Anne drehte sich um und funkelte ihn an. »Ich habe dir schon gesagt, dass die Hochzeit abgesagt ist. Musst du das immer noch allen erzählen?«

Michael zeigte ihr sein bestes störrisches Gesicht. »Auf jeden Fall allen.«

Sie verdrehte die Augen und drehte sich wieder zu Samuel um. »Welche Neuigkeiten wären das, Mr. Branton?«

Samuel zog die Augenbrauen hoch, verzichtete aber auf einen Kommentar. »Gestern Abend war ich in der Bow Street. Der Runner, mit dem ich zusammenarbeite, Charles Hoskins, ist der Meinung, dass es genügend Beweise gibt, um Lord Gladstone zu verhaften.«

»Gladstone?«, fragte Michael. »Was will die Bow Street mit ...«

Anne brachte ihn mit einem Blick zum Schweigen und drehte sich dann wieder zu Samuel um. »Bitte fahren Sie fort.«

»Ich habe heute Morgen in der Bow Street vorbeigeschaut, um zu erfahren, ob die Verhaftung erfolgt ist. Das ist nicht der Fall. Als Hoskins auf dem Ball eintraf, war Gladstone bereits abgereist, und er ist noch nicht in sein Haus zurückgekehrt.«

»Vielleicht ist er zu einer zweiten Unterhaltung übergegangen«, sagte Anne. Es machte sie zwar nervös, dass Gladstone noch auf freiem Fuß war, aber es war üblich, dass Männer seiner Klasse die ganze Nacht unterwegs waren. »Eine Spielhölle oder so etwas. Hat Bow Street eine Wache vor seinem Haus aufgestellt?«

»Das haben sie, und zuerst dachte ich, das würde reichen. Ich wollte gerade aufbrechen, als die Nachricht kam, dass heute Morgen eine Leiche aus der Themse gezogen wurde. Es handelt sich dabei um Nicks und Johnnys früheren Herrn, Mr. Smithers.«

»Wer«, fragte Michael, »sind Nick und Johnny, und wer ist ...«

Anne hob eine Hand, um ihn zum Schweigen zu bringen.

Ihr Herz schlug wie wild in ihrer Brust. »Könnte es ein Unfall gewesen sein?«, fragte sie Samuel.

Samuel schüttelte den Kopf. »Der Bericht des Gerichtsmediziners steht noch aus. Aber ich habe gehört, dass es Stichwunden gab.«

Anne begann, im Zimmer auf und ab zu gehen. »Er weiß es. Er weiß, dass das Netz um ihn herum immer enger wird. Lord Scudamore muss ihn gewarnt haben ...« Sie drehte sich um und bemerkte, dass Michael sich ihr in den Weg stellte. »Was?«, fragte sie irritiert.

Er sah leicht verwirrt aus; Anne hatte dieses Augenzucken bei ihm ganz sicher noch nie gesehen. »Ich will wissen, in was zur Hölle du verwickelt bist, das mit Bow Street und einer Messerstecherei und Leichen, die aus der Themse gezogen werden, zu tun hat, das ist *was*!«

Anne seufzte. Er würde das nicht auf sich beruhen lassen. »Gut. Was passiert ist, ist Folgendes ...«

Als Annes Geschichte damit begann, dass sie sich in Holborn mit einem Verbrecher angelegt hatte, der Vierjährige kaufte, um sie in brennende Schornsteine zu schicken, und mit dem prinzipienlosen Abschaum, der einen solchen Mann beschäftigte, begann Michaels Blut zu köcheln.

Als sie zu dem Punkt kam, an dem sie beschlossen hatte, dass es das Beste sei, den Hauptverdächtigen selbst zu befragen, begann sein Blut zu kochen.

Als sie zu der nicht gerade verblüffenden Schlussfolgerung kam, dass ein Mann, der Kinder in den sicheren Tod verkaufte, nicht davor zurückschreckte, einen Mord zu begehen, um seine eigene wertlose Haut zu retten, kam ihm der Dampf schon fast aus den Ohren.

»Also«, sagte Anne, »unsere erste Sorge gilt der Sicherheit von Johnny und Nick. Wenn Lord Gladstone Zeugen eliminiert, wird er sie sicher als nächstes ins Visier nehmen.«

»Unsere erste Sorge«, schnappte Michael, »ist deine Sicherheit und dass wir dich aus diesem Schlamassel herausholen.«

Anne ignorierte ihn. »Es wäre verlockend, sie an einen unbekannten Ort zu bringen, aber wir müssen davon ausgehen, dass dieses Gebäude überwacht wird. Wir müssen uns überlegen, wie wir sie rausschmuggeln können. Dann stellt sich die Frage nach dem Standort. Ich würde sie zu mir nach Hause bringen, aber ich fürchte, das wäre zu offensichtlich.«

»Mach dich nicht lächerlich, Anne! Sie können nicht zu dir nach Hause gehen.«

Anne drehte sich zu ihm um, die Hände zu Fäusten geballt. »Und wohin sollen sie deiner geschätzten Meinung nach dann gehen?«

»Du hast gesagt, die Bow Street ist schon an der Sache dran. Dann bringst du sie in die Bow Street. Sie werden wissen, was sie mit ihnen machen sollen.«

»Bow Street? Was soll die Bow Street mit zwei kleinen Jungen machen?«

»Sie werden eine geeignete Situation für sie finden.«

Annes Augenbraue zuckte. »Vielleicht bei einer Wohltätigkeitsorganisation, die ein Wohnhaus für Witwen und Waisen betreibt. Wenn wir nur so eines finden könnten!«

Michael lehnte sich vor. »Jetzt hör mal zu, Anne ...«

»Ich sehe das ähnlich«, mischte sich Mr. Branton ein, »dass Ihr Haus ein zu offensichtlicher Ort ist und dass wir davon ausgehen sollten, dass dieses Gebäude beobachtet wird. Bis ein Unterschlupf gefunden ist, müssen die Jungs hier bleiben.«

»Ich glaube, da haben Sie Recht«, sagte Anne. Sie durchquerte das Zimmer und lehnte sich in den Flur hinaus. »Ralph, Joseph«, rief sie den beiden Lakaien zu, die sie begleitet hatten, »würdet ihr bitte hereinkommen?«

Anne informierte ihre Lakaien über die Situation. »Bis auf Weiteres müssen die Jungs rund um die Uhr bewacht werden.«

»Ich werde es tun«, bot Joseph an. »Ich bin das älteste von sieben Kindern. Es wird mir keine Mühe machen, auf ein paar Jungs aufzupassen.«

»Du darfst sie nie unbeaufsichtigt lassen«, sagte Anne.

»Joseph kann sich hier einquartieren«, schlug Ralph vor, »im selben Zimmer wie die Jungs. Ein anderer von uns wird nachts vor der Tür Wache halten, wenn er eingeschlafen ist. Wir können es abwechselnd machen.«

»Perfekt. Wir brauchen auch eine zusätzliche Wache für die Eingangstür.«

»Ich kenne ein paar gute Leute«, sagte Ralph.

»Sind sie vertrauenswürdig?«, fragte Anne.

»Ja, Ma'am. Die meisten von ihnen sind meine Cousins.«

»Gut. Bring sie so schnell wie möglich in Stellung.« Anne wandte sich an Mrs. Godfrey. »Bitte sprechen Sie mit Nick und Johnny. Sie müssen verstehen, dass sie nicht nach draußen gehen dürfen, bis die Sache erledigt ist, nicht einmal zum Spielen auf der Straße.«

»Ich werde sofort mit ihnen reden, Mylady.« Mrs. Godfrey stand auf, und Joseph folgte ihr hinaus.

Mr. Branton erhob sich. »Ich sollte auch gehen. Sie erwähnten, dass Johnny und Nick dachten, das Haus, zu dem sie gebracht wurden, sei in der Nähe eines Brennofens. Ich habe einen Kontakt im Finanzministerium - ich werde ihn fragen, ob er ein wenig nachforschen kann, um herauszufinden, ob Gladstone eine Immobilie besitzt, die auf diese Beschreibung passt.«

»Ein ausgezeichneter Gedanke«, sagte Anne.

»Wahrscheinlich eine Nadel im Heuhaufen, aber wir werden nichts unversucht lassen.« Mr. Branton beugte sich über Annes Hand, hielt inne, packte dann Michaels Arm und zog ihn zur Tür. »Begleiten Sie mich nach draußen, Morsley.«

Sobald sie ein Stück des Flurs hinter sich hatten, hielt Mr. Branton an und drehte sich zu Michael um. »Ich habe schon so viel Gutes über Sie gehört, dass ich versuche, Ihnen einen Vertrauensvorschuss zu geben«, zischte er. »Aber Sie machen es uns außerordentlich schwer.«

Michael warf ihm einen bösen Blick zu. »Sie dürfen doch wohl nicht erwarten, dass ich mich darüber freue, dass meine zukünftige Frau mit einer Bande von Mördern zu tun hat.«

»Ich kann Ihnen nur so viel sagen: Sie wird in der Zukunft nicht Ihre Frau werden, wenn Sie ihr weiterhin Befehle erteilen und sie wie ein Kind behandeln. Sollten Sie nicht die Person sein, die sie besser kennt als jeder andere? Glauben Sie wirklich, dass sie auf einen solchen Ansatz gut reagieren wird?«

Michael stellte sich vor, wie Annes Augenbraue wütend zuckte. »Nein«, brummte er.

»Nein, in der Tat. Ich schlage also vor, Sie gehen da jetzt wieder rein und lenken Ihre Wut in eine bessere Richtung.«

»Und welche Richtung soll das sein?«

Mr. Branton warf ihm einen strengen Blick zu. »Helfen Sie ihr, zu gewinnen. Und um Himmels willen, atmen Sie ruhig durch, wenn Sie das nächste Mal versucht sind, den Mund aufzumachen.« Er drehte sich auf dem Absatz um und schritt den Flur hinunter. »Guten Tag, Lord Morsley.«

Michael kehrte ins Zimmer zurück und fand Anne vor, wie sie gerade einem Brief den letzten Schliff gab. Sie stand auf, ignorierte Michael, während sie den Brief faltete, und wandte sich dann an ihren Lakaien. »Ralph, solltest du dich nicht um die zusätzliche Wache kümmern?«

Ralph bewegte sich unruhig. »Es ist nur so, dass ich Sie nicht gerne unbeaufsichtigt lasse, Mylady. Nicht, wenn da draußen jemand Leichen in der Themse versenkt.«

Michael entschied, dass Ralph sein Favorit unter Annes Lakaien war. Anne hingegen schien seine angemessene Sorge um ihre Sicherheit nicht zu teilen. »Harold wird für ausreichenden Schutz sorgen.«

Ralph runzelte die Stirn. »Bitte, Mylady.«

»Ich werde über Lady Anne wachen«, sagte Michael.

Ralph wollte etwas entgegnen, hielt dann aber inne, als er den vernichtenden Blick bemerkte, den Anne auf Michael richtete. »Das wird nicht nötig sein«, sagte sie.

Es war schlimmer, als er gedacht hatte, wenn Anne so wütend auf ihn war, dass sie sich lieber in Gefahr begab, als eine Viertelstunde seiner Gesellschaft zu ertragen. Michael beschloss, auf Mr. Brantons Rat zu hören, und atmete langsam und tief ein. Er durchquerte den Raum und nahm Annes Hand. »Lass mich dich wenigstens nach Hause bringen«, sagte er leise. »Ich weiß, du bist wütend auf mich. Ich verstehe sogar, warum. Ehrlich gesagt, kann ich es dir nicht verdenken.«

Sie runzelte immer noch die Stirn, aber er konnte sehen, dass sie sich beruhigte. »Ich weiß es nicht, Michael.«

»Ich meinte, was ich vorhin gesagt habe, dass ich mich entschuldigen möchte. Bitte, Anne?« Er hielt ihren Blick fest und hob eine Hand, um ihr Gesicht zu umrahmen, als sie den Blick abwenden wollte. »Du weißt doch sicher, dass ich nie zulassen würde, dass dir etwas Schlimmes zustößt.«

Er beobachtete die widerstreitenden Gefühle in ihren Augen und hielt den Atem an.

∽

ANNE STARRTE MICHAEL FASZINIERT AN. Es war geradezu unsportlich von ihm, sie so anzuschauen, mit diesen jadegrünen Augen und diesem flehenden Blick. Welche Chance hatte ein Mädchen da?

Und so ärgerlich es auch war, das zuzugeben, so war sein Vorschlag, sie nach Hause zu begleiten, wahrscheinlich der richtige Weg. Außerdem würde sie früher oder später mit Michael sprechen müssen. Es war ja nicht so, dass sie ewig wütend auf ihn sein würde.

Immerhin war er ihr bester Freund.

»In Ordnung«, sagte Anne.

Anne führte ihn zum Wagen hinaus. Es war klar, dass sie es austragen würden, und sie machte sich keine großen Hoffnungen, dass Michael damit warten würde, bis sie die relative Privatsphäre ihres Stadthauses erreicht hatten. Und ja, noch bevor Ralph die Kutschentür geschlossen hatte, nahm Michael ihre beiden Hände. »Es tut mir leid, Anne. Es tut mir sehr, sehr leid. Ich weiß, ich klang heute Morgen abweisend und ... und ... ganz allgemein furchtbar. Das wollte ich nicht, es ist nur ... als du gesagt hast, du würdest mich doch nicht heiraten, konnte ich nicht mehr klar denken, und es kam alles falsch rüber.«

Der Wagen setzte sich ruckartig in Bewegung. »Ich weiß, dass du verärgert warst, Michael. Dennoch kann ich nicht glauben, dass du meine Arbeit auf diese Weise verunglimpft hast. Du weißt doch, wie viele Stunden ich investiert habe und wie viel mir die Ladies' Society bedeutet. Das ist fast alles, worüber ich in meinen Briefen geschrieben habe ...«

»Ich habe sie nie gelesen«, platzte es aus Michael heraus.

Anne keuchte. Und dabei hatte sie ihn für ihren besten Freund gehalten! Sie versuchte, ihre Hände loszureißen, aber Michael weigerte sich, sie loszulassen.

»Was soll das heißen, du hast meine Briefe nie gelesen?«
Sie spürte, wie eine Träne ihre Wange hinunterlief.
»Schlimm genug, dass du nie zurückgeschrieben hast, aber
die Tatsache, dass du dir nicht einmal die Mühe machen
konntest ...«

»Ich konnte es nicht ertragen, sie zu lesen«, sagte Michael
und klammerte sich an ihren Händen fest. »Ich ...« Er gab
einen Laut des Abscheus von sich. »Ich erkläre das alles
falsch. Ich mache das immer noch genauso schlecht wie
heute Morgen.«

Ihre Stimme brach, als sie antwortete: »Es ist nicht nötig,
fortzufahren, denn ich kann mir nicht vorstellen, dass du
irgendetwas sagen könntest, das entschuldigen würde ...«

»*Ich liebe dich.*«

Annes Mund blieb offen stehen. Ihre Augen flogen zu
seinem Gesicht und ... und er sah aufrichtig aus. Aber das
konnte doch nicht stimmen, wie konnte er nur ...

»Ich liebe dich, Anne«, sagte Michael mit zitternder
Stimme. »Das habe ich immer getan. Seitdem wir vierzehn
sind.«

»Nein, das hast du nicht«, stotterte Anne.

»Das habe ich. Ich schwöre, das habe ich. Ich ...«

»Aber ... Aber ...«, Anne schüttelte den Kopf. »Es ist etwas
passiert. Als wir fünfzehn Jahre alt waren. Es war der Tag,
bevor du nach Eton zurückkehrtest. Wir haben gepicknickt,
und ...« Sie rieb sich die Stirn. »Du erinnerst dich
wahrscheinlich nicht einmal daran.«

Michaels Kinnlade klappte herunter. »Hast du gerade
behauptet, dass ich mich nicht an den erotischsten Moment
meines Lebens erinnere, zumindest bis vor der letzten
Nacht?«

Anne starrte ihn an. Ihr Gehirn war völlig verwirrt. Er
hätte genauso gut Urdu sprechen können, denn nichts davon
ergab einen Sinn, überhaupt keinen Sinn. »Aber du ... du bist

von mir runtergesprungen und hast gesagt, dass du es bereust! Dass du mich niemals küssen willst ...«

»Das habe ich nie gesagt!« Er sah beleidigt aus.

Jetzt war Anne verärgert. »Das hast du ganz sicher! Du hast gesagt, du würdest niemals, nicht in einer Million Jahren ...«

»Ich sagte, dass ich dich niemals beleidigen wollte! Dass ich dich nicht mitten auf einem Feld *vergewaltigen* wollte, obwohl in meiner Hose die Hölle los war!«

Anne blinzelte ihn wieder an. »Deine ... deine Hose? Wovon sprichst du überhaupt?«

»Ich wollte nicht so grob reagieren. Aber ich war fünfzehn, Anne. Auch heute noch ... nun ... du warst ja mit im Boot. Du hast gesehen, wie gut ich dir widerstehen kann. Ich bin sicher, du kannst verstehen, dass ich mit fünfzehn absolut keine Chance hatte, auf dem Mädchen zu liegen, das ich verzweifelt liebte, ohne eine ... unhöfliche Reaktion zu zeigen.«

Annes Wirbelsäule wurde kerzengerade. »Oh! Du sagst, du hattest ein ... ein ...« Sie deutete vage auf ihre Leistengegend.

Er starrte sie an. »Du willst mir sagen, dass du es nicht einmal *bemerkt hast?*«

Annes Wangen standen förmlich in Flammen. »Ich war auch fünfzehn, Michael. Eine sehr unschuldige Fünfzehn. Ich habe nicht verstanden, dass es etwas zu *bemerken* gab. Ich meine ...« Sie schluckte. »Mit fünfzehn Jahren hätte ich selbst dann nicht verstanden, was in deiner Hose vor sich geht, wenn jemand gekommen wäre und direkt drauf gezeigt hätte. Ich dachte, du wolltest mir erklären, dass du nie an mir interessiert sein würdest. Auf diese Art und Weise.«

»Oh je ...« Michael warf den Kopf zurück und gab ein wortloses Knurren von sich. »Ich habe nach unten geschaut, und du hattest die Augen zugedrückt. Du bist zusammengezuckt, warst steif wie ein Brett, und mir wurde plötzlich klar, dass ich dich am Boden festhielt. Ich dachte, ich hätte dich bestimmt erschreckt, vor allem nach dem, was mit Bridget passiert ist.«

Eine weitere Träne rann über ihre Wange. »Ich hatte keine Angst. *Nervös* könnte man das nennen. Ich habe meine Augen geschlossen, weil ... weil ich dachte, du würdest mich küssen.«

Ein Blick des Schmerzes ging über sein Gesicht, der so heftig war, dass sie ihn kaum ertragen konnte. »Gott, wie gerne hätte ich das getan.«

Schweigen trat ein. Anne fühlte sich ungefähr so verwirrt, als wäre die Kutsche in einen Graben gerutscht und auf die Seite gekippt. Michael liebte sie? Und das schon, seit sie vierzehn Jahre alt gewesen waren? Das widersprach allem, woran sie geglaubt hatte.

Anne runzelte die Stirn. »Warte, Michael, wenn du in mich verliebt warst, warum hast du nichts gesagt, bevor du nach Kanada gegangen bist?«

»Das habe ich. Ich habe dir einen Antrag gemacht ...«

»Nein, das hast du nicht!« Plötzlich war sie wütend. Es fiel ihr schon schwer genug, ihm zu glauben, aber jetzt hätte Michael ihr genauso gut sagen können, dass links gleich rechts ist, oben gleich unten und eins plus zwei gleich vier. »Ich bin mir ziemlich sicher, dass ich mich daran erinnern würde.«

Er drückte die Augen zu. »Ich erkläre das alles falsch. Ich *habe versucht*, dir einen Antrag zu machen, das wäre genauer.«

»Was soll das heißen, du hast versucht, mir einen Antrag zu machen? Es ist doch wohl so, dass man entweder einen Antrag macht oder nicht. Es gibt keinen Mittelweg!«

»Ich ...« Michael brach ab und schaute aus dem Fenster. Er ließ Annes Hand los und klopfte von unten gegen das

Dach des Wagens. »Harold, biegen Sie da vorne rechts ab. Bringen Sie uns nach Astley House.«

»Ja, Mylord«, sagte Harold.

Anne spähte aus dem Fenster. Sie waren am Cavendish Square vorbeigefahren, und Astley House war bereits in Sichtweite. »Michael, warum müssen wir das Haus meiner Eltern besuchen?«

Die Kutsche kam zum Stehen. Michaels Gesicht war in grimmige Falten gelegt. »Du wirst sehen.«

KAPITEL 23

*M*ichael fühlte sich schwindelig, als er Anne die Treppe zum Haus ihrer Eltern hinaufführte. Er war seit dem Tag seines vereitelten Heiratsantrags nicht mehr hier gewesen - nicht gerade eine beruhigende Erinnerung.

Und nun war er im Begriff, Anne mitzuteilen, dass ihr früherer Ehemann, der Mann, den sie gelobt hatte zu lieben und zu ehren und zu dessen Gunsten sie versprochen hatte, alle anderen zu verlassen, ein ausgesprochener Schurke gewesen und dass ihre Ehe auf einer Lüge aufgebaut worden war. Und obwohl alles darauf hindeutete, dass Wynters sie nicht besonders gut behandelt hatte und dass sie keine tiefe Zuneigung zu ihm hegte, war Michael, der Mann, der einen angreifenden Bären ohne mit der Wimper zu zucken zur Strecke gebracht hatte, völlig verängstigt.

Yarwood bewachte die Tür, und sobald er Michael erblickte, verzogen sich seine strengen Gesichtszüge zu einem Bild des Jammers. »Lord Morsley, ich bin so froh, dass Sie gekommen sind. Ich habe neulich mit Lord Fauconbridge und Master Harrington gesprochen, und ich bitte Sie, mir zu erlauben, Ihnen zu sagen, wie entsetzlich leid es mir tut. Ich dachte wirklich, ich hätte Ihren Brief an Lady Anne zugestellt. Aber ich habe es offensichtlich versäumt, mich dessen auch zu vergewissern.«

Annes Mund stand offen, als sie den sonst so schweigsamen Butler der Astleys mit großen Augen anstarrte. »Yarwood?«, sagte sie leise. »Was in aller Welt?«

Yarwood schien sie nicht gehört zu haben, denn er redete immer noch weiter und rang mit den Händen. »Ich hatte ganz vergessen, dass er an jenem Tag hier gewesen war. Erst einige Monate später wurde uns klar, dass Lady Anne Ihren Antrag nie erhalten hatte. Und im Vergleich zu Ihrer unerwarteten Ankunft, war seine Anwesenheit so unbedeutend, dass sie kaum der Rede wert war. Erst als Lord Fauconbridge und Master Harrington mich befragten, erinnerte ich mich daran, dass Sie nicht der einzige Gast gewesen sind, den wir an jenem Morgen hatten.«

Michael nickte verzeihend. »Es ist alles in Ordnung, Yarwood.«

»Das ist nicht in Ordnung.« Yarwoods Stimme zitterte. »Es ist nicht in Ordnung und wird es auch nie sein. Ich glaube ...« Er kniff die Augen zusammen. »Er bat mich, ihm etwas zu trinken zu holen. Ich bin mir dessen fast sicher. Und ich verließ den Raum. Ich habe das Zimmer verlassen und Ihren Brief auf dem Schreibtisch liegen lassen, und er muss ...«

Michael klopfte ihm auf die Schulter. »Sie sind nicht schuld daran. Die Schuld liegt allein bei dem Mann, der so unehrenhaft gehandelt hat.«

»Es tut mir unsagbar leid«, sagte Yarwood und ließ den Kopf hängen.

»Das ist nicht nötig.« Michael drückte ihm die Schulter. »Wir sind hierher gekommen, um mit Ihnen zu sprechen, also erwähnen Sie bitte niemandem gegenüber unsere Ankunft. Ich muss mit Lady Anne sprechen.«

»Natürlich, Mylord.«

Anne war verstummt. Michael drückte Yarwoods Arm ein letztes Mal, dann führte er Anne in denselben Salon, in dem er vor all den Jahren seinen Antrag niedergekritzelt hatte.

»Michael«, sagte Anne, sobald sich die Tür schloss, »soll ich wirklich davon ausgehen, dass du vor vier Jahren hier warst? Und du ...« Sie schüttelte den Kopf, als würde sie dem eben Gehörten misstrauen. »... du hast mir einen Brief mit einem Antrag geschrieben?«

»Das habe ich.« Er ging zum Schreibtisch hinüber. »Die ganze Angelegenheit mit meinem Onkel war so dringend, dass ich mit dem ersten Schiff, das auslief, abreisen musste. Aber ich habe hier angehalten, in der Hoffnung, dir noch vorher einen Antrag zu machen. Du warst mit deiner Mutter unterwegs, und die Lakaien konnten dich nicht ausfindig machen. Als es so weit war, dass ich gehen musste, weil ich sonst mein Schiff verpasst hätte, habe ich mich hier hingesetzt und meinen Antrag in einem Brief aufgeschrieben.«

»Ein Brief, den jemand anders an sich genommen hat«, sagte Anne. Sie hatte in den Kamin gestarrt, drehte sich aber langsam um. Ihre Augen waren wachsam, als sie flüsterte: »Wer war es?«

Jetzt war er da, der Moment, den er gefürchtet hatte. »Ich denke, das weißt du«, sagte er vorsichtig. »Denk nach, Anne. Kamst du etwa zu der Zeit, als ich nach Kanada ging, nach Hause und fandest einen Brief, den jemand für dich hiergelassen hatte?«

»Ja, so war es.« Sie gab ein düsteres Kichern von sich. »Ich wage zu behaupten, dass ich mich nur deshalb daran erinnere, weil mir im Laufe der Jahre so viele Leute eine ähnliche Frage gestellt haben.« Sie kniff kurz die Augen zusammen und öffnete sie dann. »Es war eine Nachricht von Lord Wynters. Das ist der, dem du hier begegnet bist. Stimmt's?«

»Genau so war es.«

Annes Stimme zitterte. »Lass mich sicherstellen, dass ich das richtig verstehe. Du kamst am Tag deiner Abreise hierher und schriebst mir einen Brief mit einem Heiratsantrag. Lord Wynters war zufällig auch anwesend. Nachdem du aufgebrochen bist, schickte er Yarwood auf einen Botengang, nahm deinen Brief an sich und ersetzte ihn durch seinen eigenen. Ist es das, was du mir erzählst, was passiert ist?«

Michael schluckte. Sein Herz klopfte heftig, so heftig, dass er das Gefühl hatte, sich gleich übergeben zu müssen, aber er zwang sich zu sagen: »Das ist es, was ich glaube, dass es passiert sein muss, ja.«

Eine schreckliche Ewigkeit lang, wahrscheinlich nicht länger als fünf Sekunden, stand Anne völlig still. Dann gab sie einen erbärmlichen Laut von sich, wie ein verletztes Tier, eine Mischung aus Elend und Wut. Sie wirbelte herum und blickte auf den Kamin. Ihr Kopf war gesenkt, und ihre Schultern bebten und zuckten.

»Anne«, sagte er und durchquerte den Raum mit drei Schritten. Er streckte zaghaft die Hand aus, unsicher, ob sie vor Schmerz, Wut oder etwas anderem weinte, und stellte fest, dass sie gar nicht weinte. Stattdessen ... Wühlte sie in ihrem Täschchen herum? »Was machst du ...«

»Hier!«, sagte sie und holte einen Taschenspiegel mit einem Porzellangehäuse hervor. Sie zog ihren Arm zurück, als wolle sie ihn gegen die Wand werfen.

»Anne!« Er umfasste ihre Hand und versuchte, sanft zu sein, während er ihr den Spiegel aus der Hand riss. In all den Jahren, in denen er sie kannte, hatte er Anne noch nie so gesehen. Sie zitterte körperlich vor Wut. Er hatte keine

Ahnung, was es bedeutete, keine Ahnung, was er tun, was er sagen sollte. »Ich weiß, dass dich das gerade sehr aufregen muss. Aber du wirst es bereuen, dass du deinen Spiegel zerschlägst.«

Sie blickte zu ihm auf. »Das war ein Geschenk von Lord Wynters.«

»Oh. In diesem Fall.« Michael schleuderte das Ding direkt in den Kamin, wo es mit einem sehr befriedigenden Geräusch zersprang.

Er drehte sich wieder zu Anne um, die mit zitternden Händen versuchte, ihre Granatohrringe zu öffnen.

»Hat er dir die auch gegeben?«

»*Ja.*« Sie atmete schwer.

»Mach die nicht kaputt«, sagte Michael, als sie ihren Arm wieder zurückzog. Als Anne ihn anstarrte, sagte er: »Die sind etwas wert. Die könntest du verkaufen und den Erlös an die Ladies' Society spenden.«

Ihre Stimme war gereizt. »*Gut.*« Sie rümpfte die Nase und hielt sie zwischen Daumen und Zeigefinger, so wie man einen Ball aufhebt, den ein Hund fallen gelassen hat und der vor Sabber trieft, und legte sie in ihr Täschchen.

Als sie ihren Blick auf Michael richtete, waren ihre Augen wachsam. »Warum hast du mir nichts gesagt?«

Er seufzte, ergriff ihre Hand und zog sie zum Sofa. »Weil ich mir nicht sicher war, nicht bis vor zwei Tagen. Das ist eine ernste Anschuldigung, die man nicht auf die leichte Schulter nehmen sollte.« Er strich mit dem Daumen über ihren Handrücken. »Ich war an jenem Tag so aufgewühlt, dass ich den Namen des Mannes vergessen hatte, kaum dass er ihn mir genannt hatte. Das Einzige, woran ich mich erinnern konnte, war sein ungewöhnlicher Spazierstock, mit einem Griff in Form eines ...«

»Eines Eiszapfens«, beendete Anne für ihn und blickte nach unten.

»Ja. Es hat Jahre gedauert, bis ich es zusammensetzen konnte, und ich war mir immer noch nicht sicher. Erst als deine Brüder bestätigten, dass es Wynters war, der den Spazierstock trug.« Sie verstummten, Anne starrte ausdruckslos in den Kamin. Nach einem Moment sagte Michael: »Darf ich fragen, was auf dem Zettel stand, den du tatsächlich erhalten hattest?«

»Es waren nur ein oder zwei Sätze, in denen er erklärte, dass er in der Hoffnung vorbeigekommen war, mich zu sehen, und dass er sich darauf freute, mit mir auf irgendeinem Ball zu tanzen, der an jenem Abend stattfand.« Anne wischte eine verirrte Träne mit der Rückseite ihres Handschuhs weg. »Es war nichts von Bedeutung, und das waren genau die Worte, die ich zu Mama sagte, als sie hier hereinplatzte und fragte, was in meinem Brief stand.«

Michael drückte ihre Hand, sagte aber nichts.

Anne fuhr fort: »Ich verstehe jetzt, warum sie so aufgeregt war. Yarwood musste ihr wohl gesagt haben, was in deinem Brief stand. Sie bat darum, den Brief zu sehen, aber ich war an jenem Nachmittag ein wenig verärgert und lehnte ab. Sie hatte mich ermutigt, selbstbewusster zu sein, mich nicht mehr in der Damentoilette zu verstecken. Und ich wusste, dass sie es als ein Zeichen dafür interpretieren würde, dass Lord Wynters an mir interessiert ist.« Sie sah nach unten. »Ich nehme an, so sollte es auch aussehen. Aber ich drückte den Brief an meine Brust und sagte: *Bitte, Mama. Lass mich einfach in Ruhe.* Und ich verließ den Raum.«

»Und sie dachte, du hättest mich abgewiesen«, sagte Michael leise.

»Das muss sie wohl gedacht haben, ja.« Annes Gesicht verzog sich, und Tränen liefen ihr über die Wangen. »Ich hätte dich heiraten können«, sagte sie mit brüchiger Stimme. »Ich hätte jeden einzelnen Tag mit dir verbringen können.

Mit meinem besten Freund. Mein Lieblingsmensch auf der ganzen Welt. Und stattdessen habe ich ... ich ...«

Er zog sie auf seinen Schoß. »Ich weiß, Anne. Glaub mir, ich weiß.«

Sie blieben eine Weile so, und Michael streichelte Annes Rücken, während sie sich an seiner Schulter ausweinte. Schließlich ließ das Schluchzen nach, und sie setzte sich auf und nahm Michaels Taschentuch entgegen. »Komm schon«, sagte sie und rutschte von seinem Schoß. »Lass uns nach Hause gehen.«

KAPITEL 24

Sie fuhren die kurze Strecke zurück zu Annes Haus größtenteils schweigend. Anne empfand den Arm, den Michael ihr um die Schultern gelegt hatte, als tröstlich. Sie hatte immer noch Mühe, alles zu verarbeiten, was er ihr gesagt hatte. Es war wahrscheinlich eine Sünde, das zu denken, aber ein Teil von ihr war froh, dass Wynters tot war. Sie konnte sich nicht vorstellen, wie sie mit ihm als Ehemann weitergemacht hätte, wenn sie von seinem Betrug erfahren hätte, als sie noch verheiratet gewesen waren. Er hatte sie ausgetrickst. Er hatte ihr die Wahlmöglichkeiten genommen. Dieser *Schurke*.

Und dann war da noch die Tatsache, dass Michael sie liebte! Anne blickte zu ihm auf. Er schenkte ihr ein reumütiges halbes Lächeln. Sie begann, die Wahrheit über seine Gefühle zu akzeptieren. Es kam ihr immer noch unwirklich vor, aber sie kannte Michael Cranfield fast so gut wie sich selbst, und sie konnte erkennen, dass er es ernst meinte.

Was Anne noch schwerer fiel, war, sich über ihre eigenen Gefühle klar zu werden. Liebte ... Liebte sie Michael ebenfalls? Natürlich tat sie das, er war ihr bester Freund. Aber könnte sie ...

Die Kutsche kam zum Stehen, und Anne schüttelte den Kopf, um ihn zu klären. Sie konnte sich im Moment nicht mit diesen Dingen beschäftigen.

Sie informierte ihre beiden anderen Lakaien, Hugh und John, über den Tod von Nicks und Johnnys früherem Herrn und führte Michael dann in den vorderen Salon. Sofort holte sie Papier und Tinte hervor. Sie musste ein paar ihrer Kontakte anschreiben und fragen, ob sie etwas gehört hatten ...

Ihr Gedankengang wurde durch ein Räuspern unterbrochen. Sie blickte auf und sah Michael vor ihrem Schreibtisch stehen. »Also. Anne.« Er holte tief Luft. »Jetzt, wo ich mich besser erklärt habe, werde ich eine Sondergenehmigung beantragen, damit wir so schnell wie möglich heiraten können.«

Anne seufzte und legte ihre Feder weg. »Ich hoffe, wir können das, Michael. Aber es gibt noch einige Dinge, die wir vorher besprechen müssen.«

»Welche zum Beispiel?«

Sie stählte sich. »Zum Beispiel, wo wir wohnen würden. Jetzt, wo du die Ladies' Society gesehen hast, verstehst du doch sicher, wie notwendig meine Arbeit ist. Dass es Frauen und Kinder gibt, die von mir abhängig sind.«

»Ich verstehe.«

Annes Blick flog zu ihm. Sie spürte, wie die Hoffnung in ihr aufkeimte. »Heißt das dann also, dass du nicht vorhast, zurückzugehen? Nach Kanada?«

Sein Kiefer verkrampfte sich. »Ich plane nach wie vor, dass wir nach Kanada zurückkehren.«

Sie stieß einen Atemzug aus, von dem sie gar nicht wusste, dass sie ihn angehalten hatte, und wandte sich wieder ihrem Brief zu. »Dann befinden wir uns in einer Sackgasse.«

»Hör mir zu, Anne«, sagte er, kam um den Schreibtisch herum und nahm ihre Hand, »ich weiß, wie wichtig deine Wohltätigkeitsarbeit ist. Aber auch meine Arbeit in Kanada ist wichtig. Ich werde ...«

»Lady Wynters.« Hugh erschien in der Tür und trug einen Brief auf einem silbernen Tablett. »Das wurde für Sie abgegeben, während Sie unterwegs waren.«

Anne entfaltete den Zettel.

ICH HABE GEHÖRT, dass Sie Fragen über die RMA stellen. Die Fäulnis geht tiefer, als Ihnen bewusst ist. Wenn Sie mehr erfahren wollen, treffen Sie mich heute um Mitternacht in der Gasse hinter dem Red Lion Inn. Ich werde mit niemandem außer Lady Wynters reden, und sollte irgendwas passieren, das Aufmerksamkeit erregt, werde ich mich nicht zeigen.

»ES HAT sich ein Informant gemeldet.« Anne zeigte Hugh den Zettel. »Wer hat das abgegeben?«

»Es war ein Junge«, sagte Hugh. »Nicht in Livree. Ein ganz normaler Lieferjunge. Es tut mir leid, ich habe ihn nicht befragt, Mylady. Ich habe mir nichts dabei gedacht.«

»Das ist in Ordnung, Hugh. Würden Sie bitte gehen und Sarah holen?«

Hugh verbeugte sich. »Sofort, Mylady.«

Michael kam zu ihrem Schreibtisch herüber und nahm den Zettel in die Hand. Anne stand auf und begann, in der Bibliothek auf und ab zu gehen, während sich in ihrem Kopf Pläne bildeten. »Ich brauche etwas sehr Schlichtes zum Anziehen. Sarah kann etwas für mich finden.«

»Warte«, sagte Michael, »sag mir bitte nicht, dass du das auch nur in Erwägung ziehst.«

Sie erreichte ein Ende des Raumes und drehte sich auf dem Absatz um. »Sie sagen, sie hätten Informationen über die ‚Fäulnis‘ bei der R.M.A. Natürlich ziehe ich es in Betracht.«

»Anne«, wetterte Michael, »sie haben gerade die Leiche eines Menschen aus der Themse gezogen! Es könnte eine Falle sein.«

»Offensichtlich. Aber es könnte auch legitim sein. Außerdem, warum sollten sie mir etwas antun wollen?«

»Weil du gegen sie ermittelst.«

»Bow Street ermittelt gegen sie, und sie haben bereits alle Informationen, die ich habe. Ich kann den Wert der Beseitigung eines Zeugen erkennen. Deshalb haben sie Mr. Smithers getötet, und deshalb sind Nick und Johnny in so großer Gefahr. Aber welche Auswirkungen hätte es, mir zu schaden, außer dass die gesamte Bow Street über sie herfällt?«

»Ja, also, wo ist dieses ... *Red Lion Inn*?«, fragte Michael und sah auf den Zettel.

»Holborn«, sagte Anne, als sie an ihm vorbeischritt. »Nicht weit von Lincoln's Inn Fields. Mal sehen, ich sollte wohl mit einer Droschke fahren ...«

»Holborn?«, sagte Michael. »Das allein sollte ausreichen, um dich davon abzubringen. Du hast in Holborn um Mitternacht nichts zu suchen.«

»Es ist nicht weit von meinem Wohnheim entfernt«, entgegnete Anne, »und liegt in einer sehr ähnlichen Gegend.«

»Das bringt mich zu meinem nächsten Punkt. Dein Wohnheim befindet sich in einem ungeeigneten Viertel.«

Anne verengte ihre Augen. »Es wird vermutlich ein großer Schock sein, das zu erfahren, aber am Grosvenor

Square gibt es in der Regel keine Wohltätigkeitsunterkünfte.«

»Dein Wohnheim befindet sich in *St. Giles*,« schnappte er. »St. Giles ist eine *Räuberhöhle*!«

»Und das von dem Mann, mit dem ich früher die besten Abenteuer erlebt habe.« Anne musterte ihn von oben bis unten. »Seit wann bist du so ein Langweiler?«

Sein Mund blieb offen stehen. »Hast du mich gerade einen Langweiler genannt?«

Sie reckte ihr Kinn hoch. »Ich glaube, das habe ich gerade getan. Und welches Recht hast du überhaupt, Kritik zu üben? Bist du nicht derjenige, der sich in Kanada mit wütenden Bären angelegt hat?«

»Es ist etwas ganz anderes, wenn *ich* es bin, der sich in riskante Situationen ...«

Anne spürte, wie ihre Augenbraue heftig zuckte, und Michael hielt mitten im Satz inne und betrachtete ihr Gesicht. Er schien (richtigerweise) zu spüren, dass er dieses spezielle Argument aufgeben musste.

»Anne«, begann er wieder, »du bist mir einfach wichtig, und ich will nicht, dass du verletzt wirst. Das ist doch wohl nicht so schwer zu verstehen.«

Sie winkte ab. »Deine Sorge ist unangebracht. Die Gegend ist nicht so schlimm, wie du glaubst, und ich gehe dort nie ohne mindestens zwei meiner Lakaien hin.«

»Das ist besser als nichts, vor allem, wenn alle deine Lakaien der brutalen Truppe ähneln, die mich heute Morgen hinausgeworfen hat. Guter Gott, Anne, wo findest du solche Männer?«

Anne beschloss, dies als rhetorische Frage zu betrachten, da Michael die Antwort nicht gefallen würde. Die Männer, die in St. Giles die schlimmsten Verbrecher waren, hatten keine makellose Vergangenheit. »Ich bin in den letzten vier

Jahren jeden Tag dorthin gegangen und es ist nie etwas Schlimmes passiert.«

»Nun, das wird sich ändern, wenn wir verheiratet sind.«

Anne drehte sich zu ihm herum, die Hände in die Hüften gestemmt. »*Wenn* wir heiraten sollten.«

»Wenn wir verheiratet *sind*«, beharrte Michael, als er sich über sie beugte und ihr sein bestes hartnäckiges Gesicht zeigte. »Wenn du glaubst, dass ich dich in St. Giles herumstolzieren la...«

»Und wenn du glaubst, dass ich es dulde, dass du mir Befehle entgegenbrüllst und mich wie ein Kind behandelst ...«

»Mein Gott, Frau! Ich versuche nur, dich zu beschützen!«

Anne spürte, wie etwas in ihr zerbrach. »Nun, ich will deinen Schutz nicht! Was ich will, ist dein Respekt!«

MICHAEL FÜHLTE SICH, als wäre er gerade geohrfeigt worden. Vor wenigen Sekunden hatten sie noch geschrien, aber seine Stimme war leise, als er sie wieder gebrauchte. »Wie kannst du das nur sagen, Anne? Ich respektiere dich. Ich respektiere dich mehr als jeden anderen Menschen auf dieser Welt.«

Ihre Stimme zitterte. »Du hast eine komische Art, das zu zeigen. Ich erwarte von meinem zukünftigen Ehemann, dass er mich bei meiner Wohltätigkeitsarbeit unterstützt und mich nicht einschränkt. Wenn du dazu nicht bereit bist, gibt es keine Möglichkeit, dass wir heiraten.«

Bei diesen Worten legte sich ein vertrauter roter Schleier über Michaels Gehirn, der jeden Versuch eines rationalen Gedankens verdeckte. Er wusste, dass dies genau das Gegenteil von dem war, was er im Moment brauchte. Er atmete langsam ein, bevor er antwortete. »Ich habe vor, dich bei deiner Wohltätigkeitsarbeit zu unterstützen, indem ich dir helfe, am Leben zu bleiben, um sie zu tun. Und das bedeutet auch, dass ich dich daran hindern muss, um Mitternacht nach Holborn zu fahren, weil das mit Sicherheit eine Falle ist.«

Anne verschränkte ihre Arme. »Nenn mir drei Fakten über Holborn.«

Michael lotete die Tiefen seines Gehirns aus. Es kam nicht viel an die Oberfläche. »Es ist in London. Es ist eine schlechte Gegend. Und ... du wirst nicht dorthin gehen.«

»Zufällig war ich vor vier Tagen dort. Außerdem weiß ich tausendmal mehr über Holborn und darüber, ob es ein gefährliches Viertel ist oder nicht, als du es tust. Und doch stehst du da und hältst mir Vorträge!«

Michael neigte den Kopf zur Seite und schüttelte ihn, in der Hoffnung, dass eine brauchbare Erwiderung herausfallen würde. Leider geschah das nicht. »Es ist die Pflicht eines Ehemannes, seine Frau zu beschützen.«

»Nun, du bist nicht mein Ehemann. Und das wirst du auch nicht sein, wenn du so wenig Respekt vor meiner Urteilskraft hast. Aber weißt du, wer mich respektiert?« Anne richtete sich zu ihrer vollen Größe auf. »Archibald Nettlethorpe-Ogilvy.«

Michael hatte keine Ahnung, was sie gerade gesagt hatte. »Gesundheit?«, wagte er eine Antwort.

Anne verengte ihre Augen. »Was meinst du mit *Gesundheit*? Ich habe nicht *geniest*, Michael.«

»Hast du nicht? Wer in Gottes Namen ist denn Archiwhat Kettlecorp Overtree?«

»Archibald Nettlethorpe-Ogilvy«, sagte sie hochmütig, »ist einer der brillantesten Erfinder unserer Zeit, berühmt für die Herstellung von Präzisionswerkzeugmaschinen ...«

»Oh, Nettlethorpe. Von Nettlethorpe Eisen, wie ich annehme. Das wäre dann der Enkel. Ja, ich habe etwas über ihn gelesen.«

»In der Tat. *Er* hält meine Wohltätigkeitsarbeit für wichtig. Und nicht nur das, er will auch mit mir zusammenarbeiten, und zwar bei einer Reihe von Initiativen.« Sie hob ihr Kinn. »Man sollte meinen, dass mein vermeintlich bester Freund, der Mann, der behauptet, er wolle mich heiraten, eine ähnliche Unterstützung bieten würde.«

»Nun, es ist mir egal, was Archibald Nettlethorpe-Ogilvy denkt. Wenn du glaubst, ich würde dir erlauben, um Mitternacht durch Holborn zu latschen ...«

Hugh tauchte wieder in der Tür auf. Er sah Michael an und begann den Kopf zu schütteln, mit den Händen zu fuchteln und das Wort *Nein* mit den Lippen zu formen.

Offensichtlich war Hughs Analyse richtig, denn Anne rief: »Erlauben! Nein, Michael, du wirst mir nichts *erlauben*, denn ich brauche deine Erlaubnis nicht. Du bist nicht mein Mann und ich bin dir keine Rechenschaft schuldig.«

Michael begann zu erbleichen, erholte sich aber schnell wieder. »Nun, mal sehen, was deine Brüder dazu sagen.«

Anne beugte sich vor, ohne ein Zeichen von Einschüchterung. »Im Gegensatz zu manchen Leuten versuchen meine Brüder nicht, mich einzuschränken. Harringtons Antwort auf meine *harte Arbeit in harten Vierteln unter harten Männern*, wie er es neulich ausdrückte, ist, mir das Schießen beizubringen.«

»Das ist Harrington, aber ich weiß, dass Fauconbridge niemals dulden würde, dass du dich in Gefahr begibst.«

Anne schnaubte. »Wenn du meine Briefe gelesen hättest, wüsstest du, dass ich ohne Edwards Hilfe niemals in der Lage gewesen wäre, die Ladies' Society zu gründen.« Auf Michaels ausdruckslosen Blick hin fuhr sie fort: »Erinnerst du dich an die Übersetzung, die er während seines letzten Jahres in Cambridge fertiggestellt hat? Von Aischylos' *Prometheus Ungebunden*?«

»Natürlich.«

»Er veröffentlichte es und spendete den Erlös an die Ladies' Society. Auf diese Weise konnte ich meinen Einstieg finden. Meine Brüder wissen genau, was ich tue, und sie unterstützen mich. Aber selbst wenn sie es nicht täten, hätten sie keine Autorität über mich. Als Witwe treffe ich meine eigenen Entscheidungen, und wenn ich heute Abend nach Holborn gehen will, dann bist du der letzte, der mich daran hindern könnte.«

Michael blinzelte Anne an und stellte entsetzt fest, dass sie Recht hatte.

Anne, seine geliebte Anne, konnte geradewegs in die schlimmsten Ganovenviertel Londons marschieren, und es gab nichts, was er hätte tun können, um sie aufzuhalten. Und wenn ihr etwas zustoßen würde ...

Diese Vorstellung war so schrecklich, dass sein Gehirn davor zurückschreckte, auch nur daran zu denken. Er hatte sie schon einmal verloren, an Lord Wynters.

Er durfte sie nicht wieder verlieren. Er würde es nicht ertragen.

Er würde lieber sterben.

»Michael?« Anne hatte eine Hand auf seinen Unterarm gelegt. Ihre Wut schien verflogen zu sein, und in ihren Augen stand nichts als Sorge.

Ohne nachzudenken, hob er seine Hand, um ihre Wange zu streicheln. »Ich kann den Gedanken nicht ertragen, dass dir etwas zustoßen könnte«, sagte er mit kehliger Stimme.

Hugh räusperte sich an der Tür. »Und deshalb brauchen wir einen guten Plan.«

Anne, die mit dem Rücken zur Tür gestanden hatte, erschrak, als Hugh, gefolgt von einem Dienstmädchen, den Raum betrat. Sie trat hastig einen Schritt von Michael zurück.

»Ich bin in Holborn aufgewachsen«, fuhr Hugh fort, »und

man muss wissen, dass es nicht überall gleich ist. Es gibt dort Straßen, die ich am helllichten Tag nicht betreten würde und die in ein respektables Einkaufsviertel münden. Der Red Lion ist ein wohlhabendes Unternehmen. Die Eigentümer werden diese Gegend nicht verwahrlosen lassen.«

Michael bemerkte Annes Ausdruck und stellte fest, dass sie ihm einen sehr »*Ich hab's dir ja gesagt*«-Blick zuwarf. »Trotzdem«, sagte Michael, »gibt es wohl keinen Plan, der mich zufrieden stellen würde.«

»Sie sollten mit ihr gehen, Mylord«, sagte Hugh.

»Ich?« Michael riss seinen Blick von Anne los und sah Hugh an. »Aber auf dem Zettel steht, dass sie allein gehen muss.«

»Der Schreiber sagt, dass er nur mit Lady Wynters sprechen wird«, entgegnete Hugh, »und dass sie nicht auffallen darf. Nun, Sie können ein paar Meter zurücktreten und Wache halten, wenn er darauf besteht. Und ein Mann und eine Frau, die um diese Zeit zusammen spazieren gehen, werden überhaupt nicht auffallen, vor allem, wenn man sich ein bisschen, äh, freundlich zueinander verhält.«

»Das ist eine gute Idee«, sagte das Dienstmädchen. »Zu viele Leute werden Ihre Ladyschaft erkennen, aber niemand kennt Sie, Mylord. Wenn es nicht richtig aussieht, können Sie sie einfach mit dem Rücken zur Wand stellen und ihr Gesicht verdecken. Es ist gut, dass Sie bereits verlobt sind, denn Sie müssten es so aussehen lassen, als würden Sie ...«

»Danke, Sarah«, warf Anne ein. »Wir haben eine grobe Vorstellung.«

»Ich werde etwas zum Anziehen für Sie finden, Mylady«, sagte Sarah. Sie drehte sich um, um Michaels Mantel zu inspizieren, der einer seiner neuen Mäntel war. »Sie werden sich nicht so schick anziehen wollen, Mylord. Das fällt zu sehr auf. Sie sollten ein bisschen schäbig aussehen wollen.«

»Ich glaube, ich habe genau das Richtige«, murmelte Michael.

»Gut.« Sarah strahlte. »Ich werde mit den Vorbereitungen beginnen, Mylady.«

Nachdem sich Hugh und Sarah verabschiedet hatten, kehrte Anne an ihren Schreibtisch zurück und begann einen Brief zu verfassen, ohne Michael zu beachten. Er beäugte sie, wie man einen Tiger beäugt, und räusperte sich dann. »Also. Anne. Bist du immer noch sauer auf mich?«

Sie stieß einen großen Seufzer aus und sah dann auf. »*Verärgert* wäre vielleicht ein besseres Wort. Die Art und Weise, wie du mich heute Morgen behandelt hast, war grauenhaft ...«

»Ja«, stimmte er hastig zu. »Und es tut mir sehr leid.«

»... aber ich werde nicht ewig wütend auf dich sein.«

»Wirst ... Wirst du nicht?« Hoffnung flammte in seiner Brust auf.

»Natürlich nicht«, sagte sie und wandte sich wieder ihrem Brief zu. »Schließlich bist du mein bester Freund.«

»Gut.« Er kam mit drei schnellen Schritten um den Schreibtisch herum und nahm ihre beiden Hände in die seinen. »Weil ich es nicht ertragen kann, dass du böse auf mich bist.«

Sie verengte ihre Augen. »In diesem Fall schlage ich vor, dass du es in Zukunft besser machst. Denn ich habe das Recht, mich über dich zu ärgern, Michael. *Schals für die Armen stricken!*«

»Ich wünschte, du würdest damit aufhören, Argumente vorzubringen, die so schwer zu widerlegen sind«, brummte er.

»Auf keinen Fall.«

Er seufzte. »Also, was machen wir heute Nachmittag?«

»*Ich* werde damit beschäftigt sein, Briefe an meine verschiedenen Kontakte zu schreiben und mich auf den heutigen Abend vorzubereiten. Ich schlage vor, du tust dasselbe.«

»Ich hatte befürchtet, dass das deine Antwort sein würde«, murmelte er.

»Du kannst um halb zwölf wiederkommen.«

»Halb zwölf«, stimmte Michael zu. Er beugte sich vor, um Anne zu küssen, und sie reichte ihm demonstrativ ihre Hand. Er begnügte sich damit, ihr einen lang anhaltenden Kuss auf die Handfläche zu drücken, und verabschiedete sich.

EINE STUNDE nachdem Michael gegangen war, erschien Hugh in der Tür zu Annes Büro. »Lord Scudamore«, verkündete er.

Anne rappelte sich auf. »Lord Scudamore. Was für ein ... unerwartetes Vergnügen.«

Das war natürlich eine Lüge. In Anbetracht davon, dass Mr. Smithers' Leiche gerade in die Themse herabgeschippert war, war davon auszugehen, dass jemand Lord Gladstone einen Tipp gegeben hatte, und alles deutete auf Lord Scudamore hin.

»Lady Wynters«, sagte er und beugte sich über ihre Hand, »ich wollte Sie über eine Entwicklung seit unserem Gespräch gestern Abend informieren. Eine unglückliche Entwicklung, fürchte ich.«

»Ich ... ich verstehe.« Anne bedeutete ihm, den Stuhl vor ihrem Schreibtisch zu nehmen, und wandte sich dann an Hugh, der gerade zur Tür hinausging. »Hugh, willst du nicht *bleiben* und Lord Scudamore einen Drink einschenken?«

Hughs Augen wurden groß, als er nickte und ihre unausgesprochene Bitte verstand. Er durchquerte den Raum und ging zur Karaffe.

Lord Scudamore schenkte ihr ein herablassendes

Lächeln. »Sie sind sicher nervös, weil Sie von dem über Nacht ermordeten Kehrmeister gehört haben.«

Anne erbleichte. »Woher wissen Sie das?«

»Ich habe vor einer Stunde in der Bow Street vorbeigeschaut, um mich zu erkundigen, ob sie Gladstone verhaftet haben, und um meine Hilfe bei allen Fragen bezüglich der R.M.A. anzubieten.« Er drückte die Augen zu. »Die Nachricht, die ich erhalten habe, war äußerst schrecklich, und ich fürchte, es ist alles meine Schuld.« Er öffnete seine Augen und hielt ihrem Blick stand. »Ich wollte, dass Sie es direkt von mir hören.«

Anne hielt sich an der Kante ihres Schreibtisches fest. »Was ist es?«

Er mahlte mit dem Kiefer. »Gladstone ist geflohen.«

»Geflohen? Was soll das heißen, geflohen?«

»Bow Street lässt sein Haus von Streifenpolizisten überwachen. Er ist weder gestern Abend noch heute Morgen zurückgekommen. Als sie heute seine Bediensteten befragten, sagten sie, er sei gegen zwei Uhr morgens durch den Hintereingang gekommen, habe hastig einen Koffer gepackt und sei dann gegangen. Sie haben keine Ahnung, wo er hingegangen ist.«

Anne versuchte, ihre Stimme ruhig zu halten, aber es gelang ihr nicht, das Zittern zu verbergen. »Lord Gladstone ist also untergetaucht, und ein wichtiger Zeuge ist tot. Ich würde gerne wissen, wie er gemerkt hat, dass sich das Netz um ihn herum schließt.«

»Sie denken natürlich, dass ich Gladstone von unserem Gespräch gestern Abend erzählt haben muss.«

Genau. »Und? Haben Sie das?«

»Ich schwöre, das habe ich nicht.« Er starrte auf den Teppich. »Ich fürchte, es ist trotzdem meine Schuld.«

»Und warum ist das so?«

Lord Scudamore stellte sein Glas auf ihren Schreibtisch.

»Ich schwöre Ihnen bei meinem Ehrenwort, dass ich Gladstone nichts gesagt habe.« Er betrachtete sie mit festem Blick. »Aber ich habe mich Lord Aylsham anvertraut.«

»Der Earl of Aylsham?«, fragte Anne erschrocken. »Wozu?«

»Ich dachte, er sollte es wissen. Lord Aylsham ist immerhin Vizepräsident der R.M.A.. Und ich wusste, dass er nichts damit zu tun haben konnte. Nach dem, was Sie mir erzählt haben, geht das schon seit einiger Zeit so, und da er bei den Royal Marines war, ist er erst vor sechs Monaten in das Land zurückgekehrt. Ich dachte, dass ihm vielleicht ein Beweisstück einfallen würde, das ich übersehen hatte. Obwohl, wenn ich ehrlich bin ...« Er strich sich mit der Hand durch sein hellbraunes Haar. »Ein Teil von mir wollte glauben, dass das alles ein schrecklicher Irrtum sein musste. Dass Gladstone wirklich unschuldig war, und dass Lord Aylsham auf etwas hinweisen würde, das ihn von der Schuld freisprechen würde.«

Der Viscount erhob sich und trat vor den Kamin. »Ich sprach mit Lord Aylsham in einem leeren Wohnzimmer im Erdgeschoss. Von dort hatte ich einen Ausblick über die hinteren Gärten. Das Fenster war offen, und irgendwann hörte ich, wie in der Nähe Äste brachen. Ich ging hin und schloss das Fenster, aber ich dachte mir nicht viel dabei. Wahrscheinlich nur ein Liebespaar, das sich im Garten traf. Aber angesichts dessen, was seither passiert ist ...«

»Sie denken, es war Gladstone.«

Lord Scudamore drehte sich zu Anne um. »Das muss er wohl gewesen sein. Welche andere Erklärung könnte es für Smithers' Tod geben?«

Anne betrachtete den Viscount. Er schien aufrichtig in seiner Bestürzung zu sein, und es konnte durchaus sein, dass er die Wahrheit sagte.

Es war aber auch möglich, dass er seinen Freund

vorgewarnt hatte und dann ein Gespräch mit Lord Aylsham inszenierte, um seine Spuren zu verwischen.

Lord Scudamore räusperte sich. »Das Wichtigste und der Grund, warum ich hier bin, ist, dass, wenn Gladstone Zeugen eliminiert, Ihre beiden kletternden Jungen in große Gefahr geraten. Sie sagten, einer von ihnen hat einen Blick auf sein Gesicht erhascht, richtig?«

»Ja, das ist richtig.«

Lord Scudamore setzte sich wieder. »Ich nehme an, dass sie in Ihrer Unterkunft wohnen. Sie benötigen zusätzliche Wachen. Ich wäre Ihnen dankbar, wenn Sie mir gestatten würden, sie zur Verfügung zu stellen.« Er rieb sich die Stirn. »Gladstones Flucht ist allein meine Schuld. Ich hätte vorsichtiger sein sollen, aber ich ... ich habe einfach nicht klar gedacht. Dass ich diesen Jungen zusätzliche Wachen zur Verfügung stelle, ist das Mindeste, was ich angesichts der Umstände tun kann.«

»Danke, aber ich habe bereits zusätzliche Männer vor Ort.«

Lord Scudamore beugte sich vor. »Sind Sie sicher, dass Sie genug davon haben? Welche Vorsichtsmaßnahmen treffen Sie?«

»Ich habe eine Wache zu jeder Zeit bei ihnen platziert, eine weitere an der Eingangstür, und ein dritter Mann hält die ganze Nacht Wache.«

»Sind Sie sicher, dass ich nicht noch ein paar Männer zur Hilfe schicken kann? Durch meine Verbindungen mit der R.M.A. Ich kann auf ein Netzwerk ehemaliger Soldaten zurückgreifen. Gute, aufrechte Männer, die Erfahrung im Wachdienst haben.«

»Nein, danke. Ich bin mit den bereits getroffenen Vereinbarungen zufrieden.«

»Nun gut«, sagte der Viscount und stand auf. »Schicken

Sie mir aber die Rechnung für die zusätzlichen Wachen zu. Es wäre eine Erleichterung für mein Gewissen.«

»Wie Sie wünschen, Mylord.«

Anne begleitete ihn zur Tür, und Hugh folgte ihnen in einem diskreten Abstand. »Ich nehme an, Morsley hat Ihnen gestern Abend einen Antrag gemacht?«, fragte Lord Scudamore, während er seine Handschuhe anzog.

Anne spürte, wie sich ihre Wangen röteten, als sie über ihre Antwort nachdachte. »Äh ... ja. Ja, das hat er.«

Scudamore seufzte. Er nahm Annes Hand in beide Hände, aber anstatt sich darüber zu beugen, drückte er ihre Finger. »Morsley ist ein Glückspilz«, sagte er mit reumütiger Miene. »Ein sehr glücklicher Mann.«

Dann beugte er sich doch noch über ihre Hand, seine Lippen streiften die Rückseite ihrer Knöchel. »Guten Tag, Mylady.«

KAPITEL 25

$\mathcal{A}$nne war bereit, als Michael an diesem Abend an ihre Tür klopfte. Er war in einer Droschke gekommen und trug seine alte Jacke. Das schlichte graue Gewand, das Sarah für Anne gefunden hatte, saß einigermaßen gut, und die Klappen der Stoffmütze waren groß genug, um ihr Gesicht zu verbergen. Das letzte Accessoire zu Annes Ausstaffierung wurde in ihrer Tasche verstaut. Neben der Steinschlosspistole, die sie für Schießübungen benutzte, besaß sie auch eine winzige Queen-Anne-Pistole, die man lud, indem man den Lauf abschraubte. Das Ding war nur fünfzehn Zentimeter lang, was es perfekt machte, wenn sie etwas Unauffälliges brauchte.

Als sie aus der Droschke ausstiegen, nahm Anne Michaels Arm und führte ihn in die Gasse hinter dem Red Lion Inn. Michael war in höchster Alarmbereitschaft, suchte die Umgebung nach Anzeichen von Problemen ab und drehte sich gelegentlich um, um hinter ihnen nachzusehen.

Anne seufzte. »Michael«, sagte sie und zog seinen Kopf

nach unten, damit sie ihm ins Ohr flüstern konnte, »du darfst dich nicht so umsehen. Das ist zu auffällig.«

Er ignorierte sie und drehte seinen Kopf nach links, um etwas zu begutachten, das sich als Straßenkatze herausstellte. »Jemand könnte sich an uns heranschleichen.«

»Ich verstehe das, aber du kannst nicht so offensichtlich sein.«

»Was schlägst du also vor?«

»Tu so, als hättest du zu viel getrunken. Taumel ein wenig, und wenn du den Kopf drehen musst, dann so, als seist du betrunken.«

Michael starrte sie an, bemühte sich aber sichtlich, sich zu fügen.

Bald erreichten sie die angestrebte Gasse. Die Nacht war klar, und obwohl der Mond fast voll am Himmel stand, war die Gasse so schmal, dass nur wenig Licht bis zu ihnen durchdrang. Anne drängte Michael, sich mit einer Schulter an eine Wand zu lehnen, und stellte sich ihm gegenüber, um ein kokettes Gespräch zwischen einem Straßenmädchen und einem potenziellen Kunden zu mimen.

Michael überprüfte wieder wie besessen ihre Umgebung. »Entspann dich«, flüsterte sie und strich ihm das Revers glatt, in der Hoffnung, kokett zu wirken. »Tu so, als würdest du dich amüsieren.«

»Ich kann mich nicht amüsieren, solange du in Gefahr bist«, sagte er mit belegter Stimme.

»Du musst es versuchen. Komm«, sie zerrte an seinem Mantel, »sieh mich an, als ob du mich willst.«

Er drehte seinen Kopf und tat genau das, indem er eine Hand hob, um ihr Gesicht zu umrahmen. Es war dunkel, aber Anne konnte sein Gesicht gut erkennen. Er hatte einen bewundernden Gesichtsausdruck, der jedoch mit einer Wildheit vermischt war, die Anne den Atem raubte. Es war ein Blick, der sagte, dass er bereit war, für sie zu töten, bereit, für sie zu sterben, bereit, alles zu tun, was nötig war, um sie zu beschützen. Es war ein Ausdruck, der bei seinen Vorfahren, die vor fünfhundert Jahren Cranfield Castle erbaut hatten, nicht fehl am Platz gewesen wäre.

Sie lachte zittrig. »Jetzt übertreibst du es aber. Ich glaube nicht, dass ein Mann die Frau, die er gerade für den Abend bezahlt hat, so ansieht.«

»Das ist die einzige Art, wie ich dich ansehen kann«, stieß er hervor.

Annes Wangen wurden warm, und sie versuchte, sich eine Antwort auszudenken, als sie hörten, wie sich ein Mann räusperte.

Michael drehte sich um und trat vor Anne, beide Fäuste erhoben. Ein kleiner Mann mit dunklem Haar und breiten Schultern stand da und schaute sie unsicher an, den Hut in beiden Händen vor sich haltend.

»Lady Wynters?«, sagte der Mann und beugte sich um Michael herum, um Anne anzuschauen. »Oh, gut, Sie sind es.« Er schüttelte kichernd den Kopf. »Verdammt, Sie sind noch hübscher als in der Karikatur.«

Anne schenkte ihm bei der Erwähnung der Zeichnung ein knappes Lächeln. Sie nahm Michaels Arm und versuchte, ihn aus dem Weg zu räumen. Als er sich nicht einen Zentimeter rührte, trat sie um ihn herum. »Vielen Dank, dass Sie sich mit mir treffen, Mr. äh ...«

»Price. Arnold Price.« Er sah Michael von oben bis unten an. »Wer ist denn das?«

»Ein guter Freund«, antwortete Anne. »Man kann ihm vertrauen.«

Mr. Price runzelte die Stirn. »Was ich zu sagen habe, ist nur für Ihre Ohren bestimmt.«

Oh je. Michael würde sich auf keinen Fall auch nur einen Meter von ihr entfernen. Was sollte sie ...?

»Ich bin der Verlobte von Lady Anne«, sagte Michael leise.

Mr. Price' Kopf hob sich, und er sah Michael an. »Ihr Verlobter, sagten Sie?«

»Ja«, sagte Michael. »Ich bin sicher, Sie verstehen, dass ich meine zukünftige Braut um diese Zeit nicht ungeschützt lassen möchte.«

Der Gesichtsausdruck von Arnold Price wurde etwas weicher. »Ist das wahr, Ihre Ladyschaft? Er soll Ihr Ehemann werden?«

Anne wusste nicht, was sie antworten sollte. »Ich ... äh ... ja.«

Mr. Price überlegte einen Moment und zuckte dann mit den Schultern. »Dann ist das wohl in Ordnung.« Er blickte die Gasse auf und ab - viel subtiler, als Michael es getan hatte, konnte Anne nicht umhin zu bemerken - und sagte dann mit leiser Stimme: »Ich bin Maurer von Beruf. Im Moment arbeite ich im Hauptquartier der RMA. »

»Ist das so?«, sagte Anne.

»Ja.« Er senkte seine Stimme auf ein Flüstern. »Jemand von der Bow Street kam heute auf die Baustelle und stellte Fragen. Ob wir jemanden gesehen hätten, der kleine Jungen auf die Baustelle bringt, oder einen glänzenden schwarzen Wagen, der sie abholt? Dann fingen sie an, nach einem Kerl zu fragen, den sie heute Morgen aus dem Fluss gezogen hatten. Sie sagten, es sei derselbe Kehrmeister, mit dem Sie neulich zusammengestoßen sind.«

»Mr. Smithers«, ergänzte Anne.

»Smithers, ja. Sie fragten uns, ob wir ihn auf der Baustelle gesehen hätten oder ob wir etwas anderes Verdächtiges gesehen hätten.«

»Ich verstehe«, sagte Anne. »Und hatten Sie der Bow Street etwas zu melden?«

»Ich habe keine Jungs gesehen, die zur Baustelle gebracht

wurden, oder eine glänzende schwarze Kutsche oder so etwas. Aber ich kann Ihnen sagen, dass bei der R.M.A. etwas im Argen liegt.« Er schüttelte den Kopf. »Ich wollte es schon immer mal jemandem erzählen.«

»Warum«, fragte Michael mit rauer Stimme, »haben Sie dem Läufer aus der Bow Street, der genau diese Informationen wollte, dann nichts gesagt? Warum sollte Lady Anne in diese schmutzige Angelegenheit verwickelt werden?«

»Das ist das Problem mit Wachtmeistern, nicht wahr? Drei von ihnen sind in Ordnung, aber der vierte wird von jemandem bezahlt. Sie können sich eine Menge Ärger einhandeln, wenn Sie dem falschen Mann etwas sagen. Aber da sie nach dem Verkauf von kleinen Jungen und dann nach Smithers fragten, dachte ich mir, dass es sich um die gleiche Sache handeln muss, in die Sie neulich verwickelt waren, Mylady. Und ich dachte mir so, Ihnen sollte ich es sagen. Lady Wynters. Denn ich weiß, dass Sie sich von niemandem bestechen lassen.«

Anne war froh, dass es dunkel war, denn sie war sich ziemlich sicher, dass ihre Wangen rosa waren. »Also, was genau ist bei der R.M.A. vorgefallen?«

»Jemand stiehlt das Baumaterial. Ich weiß, das klingt nicht nach viel, aber sie tun es nicht im Kleinen.« Er lehnte sich vor. »Offenbar sind Ziegelsteine im Wert von etwa fünftausend Pfund verschwunden.«

»Ist diese Art von Veruntreuung bei einem Bauprojekt nicht ziemlich üblich?«, fragte Michael.

»Verstehen Sie mich nicht falsch«, sagte Mr. Price. »Das ist durchaus der Fall. Allerdings nicht in Höhe von fünftausend Pfund. Außerdem ist Alexander Copeland der Aufseher. Die Armee stellt ihn immer wieder ein, weil es auf einer Alexander Copeland-Baustelle immer mit rechten Dingen zugeht. *Der Kaiser der Kasernenbauer*, so nennen sie ihn. Ich weiß, dass Mr. Copeland zur Befragung vor den Vorstand der R.M.A. Geladen wurde. Er ging das Fundament selbst ab und berechnete genau, wie viele Ziegelsteine es enthielt, und er konnte sich nicht erklären, wo der Rest geblieben war. Er sah richtig verärgert darüber aus.« Mr. Price schüttelte den Kopf. »Ich glaube, dass sich jemand mit diesen Ziegeln davongemacht hat, aber ich glaube nicht, dass es Alexander Copeland war.«

»Haben Sie eine Ahnung, wer es gewesen sein könnte?«, fragte Anne.

»Das tue ich nicht, Mylady. Allerdings sind Ziegelsteine im Wert von fünftausend Pfund eine Menge, die verloren gegangen sind. Ich bezweifle, dass jemand so viel wegschleppen kann, ohne gesehen zu werden, selbst wenn er es mitten in der Nacht tut. Und wir hätten bemerkt, dass die Hälfte des Ziegelstapels weg ist.« Er hielt inne und warf einen Blick über seine Schulter. »Deshalb denke ich, dass die Abschöpfung auf der Vorderseite stattfand. Ich glaube nicht, dass diese Ziegel überhaupt geliefert wurden.«

Anne bemerkte Michaels Blick und fragte sich, ob er dasselbe dachte wie sie.

Jemand aus dem Vorstand der R.M.A..

Jemand wie Lord Gladstone.

»Gibt es weitere verdächtige Aktivitäten?«, fragte Anne.

»Nein, Mylady. Nicht mehr, seit sie angefangen haben, Fragen zu den Ziegeln zu stellen. Was vielleicht nicht so überraschend ist.«

»In der Tat«, sagte Anne. »Sie waren eine große Hilfe. Ich weiß das mehr zu schätzen, als ich sagen kann.«

Mr. Price winkte ab. »Ich leiste nur meinen Beitrag. Ein paar Ziegelsteine abzuschöpfen ist eine Sache. Aber wenn jemand wirklich kleine Jungs als Kehrlehrlinge verkauft - das ist ein übles Geschäft.« Er grinste. »Aber sie werden den Tag bereuen, an dem sie unserer Virago in die Quere kamen.«

Jetzt war sich Anne sicher, dass sie knallrot geworden sein dürfte. »Oh ... äh ...«

Mr. Price schaute sich um. »Nun, das ist alles, was ich zu sagen hatte. Es hat keinen Sinn, noch länger zu verweilen.«

Er verschmolz mit der Dunkelheit.

Michael schleppte Anne bereits zur Hauptstraße, wo er eine Droschke anhielt.

Sobald die Tür geschlossen war, zog Anne ihre Stoffhaube herunter. »Es passt alles. Es passt alles perfekt zusammen. Es ist jemand aus dem Vorstand der R.M.A. Wer sitzt im Vorstand der R.M.A. und befindet sich gleichzeitig in einer schwierigen finanziellen Lage? Gladsto... huch!«

Anne quietschte, als Michael sie auf seinen Schoß hob und versuchte, sie zu küssen. Sie hielt ihn schulterbreit auf Abstand. »Michael! Ich habe geredet.«

»Hab Mitleid mit mir. Du hast dich die letzte halbe Stunde an mir gerieben und so getan, als wolltest du mich verführen. Es hat die vorhersehbare Wirkung gehabt.«

Und ja, da konnte sie eine vertraute Ausbuchtung an ihrem Bein spüren. »Das kann warten«, sagte sie, und Michael stöhnte auf. Anne räusperte sich. »Wie ich bereits sagte, deuten die Beweise auf Gladstone hin.«

Michael, der sich damit begnügte, ihren Hals zu küssen, hielt lange genug inne, um zu sagen: »Ich dachte, Gladstone sei der Sekretär. Ist Veruntreuung nicht eher die Aufgabe des Schatzmeisters?«

Anne schauderte. Es fühlte sich wunderbar an, was er da tat. »Das sollte man meinen«, sagte sie schließlich. »Aber Wohlfahrtsverbände sind speziell so aufgebaut, dass sich das verhindern lässt.«

»Wie das?«, fragte Michael und näherte sich Annes Ohr.

»Sie - *Gott, Michael* - sie verlangen, dass der Schatzmeister eine ... eine Kaution hinterlegt. In der Regel für fünfhundert Pfund, als Garantie. Wenn es

Unregelmäßigkeiten in den Büchern gibt, wird das von ihrer Kaution abgezogen. Das nimmt die Versuchung, denn sie würden nur von sich selbst stehlen.«

Michael küsste sich an ihrer Kieferpartie entlang. »Wer ist eigentlich der Schatzmeister der R.M.A.?«

Anne keuchte inzwischen. »Lord ... Lord Scudamore. Und das ist die Sache ...« Sie stöhnte und verlor mitten im Satz ihren Gedankengang, als Michael seine Hände an ihrem Oberkörper hinaufgleiten ließ und begann, ihre Brustwarzen mit seinen Daumen zu streicheln.

Sie spürte, wie ein Glucksen durch Michaels Brust hallte. »Was ist die Sache?«

»M-Motiv«, keuchte sie. »Lord Gladstone ist - *Gott, das fühlt sich so gut an* - bis über beide Ohren verschuldet. Lord Scudamore hingegen - *oh, Michael* - hat es vor Jahren geschafft, sein Anwesen zu sanieren. Lord Gladstone ist derjenige, der ein Motiv hat.«

»Eine wichtige Überlegung.« Jetzt war Anne diejenige, die sich vorbeugte, um Michael zu küssen, und er war derjenige, der verrucht grinste, während er sie ein paar Zentimeter auf Abstand hielt. »Ich dachte, du wolltest reden.«

Anne beschloss, dass es fair war, den Spieß umzudrehen, und griff nach unten, um die Beule zu streicheln, die ihr immer noch ins Bein piekte. Das hatte genau den gewünschten Effekt, und Michaels Kopf neigte sich mit einem Stöhnen zur Seite. Als sie sich dieses Mal zu ihm hinunterbeugte, um ihn zu küssen, erwiderte er ihren Vorstoß begierig.

Anne lächelte in den Kuss hinein. Obwohl sie sich immer noch über ihn ärgerte, begann sie, sich zu beruhigen. Immerhin hatte er ihr heute Abend geholfen. Sie musste zugeben, dass ihr gemeinsamer Weg eine gute Tarnung gewesen war, und obwohl sie bereit gewesen wäre, die Gasse allein entlang zu gehen, war sie froh, Michael an ihrer Seite gehabt zu haben. Er hatte zwar kein großes Talent zur Täuschung gezeigt, aber er hatte es versucht.

Die Erinnerung daran, wie angenehm es war, Michael zu küssen, tat auch nicht weh, und sie schmolz an seiner Brust dahin und schlang ihre Arme um seinen Hals.

In der Dunkelheit der Droschke wanderten Michaels Hände ungehindert über ihren Körper und verweilten an ihren besten und empfindlichsten Stellen. Als sie Mayfair erreichten, summte Annes Körper angenehm, als sie einen kalten Luftzug an ihren Beinen spürte.

»Michael«, lachte sie, »was machst du da?«

Seine Hand wanderte ihren Oberschenkel hinauf und kam der Stelle zwischen ihren Beinen, die bereits für ihn pochte, verlockend nahe. Er drückte ihr einen Kuss auf die Kehle. »Dich daran erinnern, wie sehr du mich einladen willst, bei dir zu übernachten.«

Seine Finger durchwühlten ihre Locken auf der Suche nach dem empfindlichen kleinen Nippel, und sie bewegte sich auf seinem Schoß, spreizte ihre Beine, um ihm Zugang zu gewähren. »Mmmmmmm«, stöhnte sie bei dem exquisiten Vergnügen des ersten Kontakts. »Das klingt wirklich ... sehr verlockend. Aber ich sollte - *oh!* - wahrscheinlich nein sagen.«

»Nein? Warum *nein*, mein Schatz?«

Ihr Kopf rollte gegen seine Schulter. »Nach der letzten Nacht gibt es - *oh, Michael!* Es besteht bereits die Möglichkeit, dass ich schwanger sein könnte. Um ehrlich zu sein, habe ich mir den ganzen Tag Gedanken darüber gemacht«, gab sie zu. »Ich kann nichts tun, was diese Chancen erhöht.«

Er runzelte die Stirn. »Mach dir darüber keine Sorgen, Anne. Wir werden heiraten. Ob du nun ein Kind von mir bekommst oder nicht.«

»Das lässt sich leicht sagen.« Sie warf ihren Kopf keuchend zurück, als er mit seinem Daumen an *genau* der richtigen Stelle herumwirbelte. »Aber ... aber unsere Zukunftspläne sind immer noch völlig gegensätzlich.«

»Dafür werden wir ganz sicher eine Lösung finden«, betonte er.

»Ich hoffe es. Aber was, wenn nicht? Ich kann nicht noch einmal so ein Risiko eingehen wie gestern Abend.« Er öffnete seinen Mund, um zu protestieren, und sie legte ihre Hand sanft über seine Lippen. »Und bitte, streiten wir uns nicht. Ich kann unmöglich klar denken, während du ... während du ...« Sie konnte nicht anders, als sich gegen seine Hand zu stemmen. Was mit ein paar trägen Liebkosungen begonnen hatte, wurde schnell immer dringlicher. *Gott*, sie wollte kommen ...

»Wie wäre es damit: Wir machen nur Dinge, von denen du nicht schwanger werden kannst.«

»Besteht nicht trotzdem ein Risiko? Selbst wenn du eine Hülle benutzt oder dich zurückziehst oder ...«

»Ein kleines Risiko, ja. Aber das ist nicht das, was ich im Sinn hatte.«

Das machte sie neugierig. »Oh? Was schlägst du dann vor?«

Er begann, ihr Ohr zu küssen. »Mehr von dem, was ich letzte Nacht mit dir gemacht habe. Und was ich jetzt gerade mit dir mache. Ich werde dich mit meinen Händen und meinem Mund berühren.«

Das klang ... verlockend. Sehr verlockend, vor allem, als er das Tempo steigerte, mit dem sein Finger über die kleine Rosenknospe zwischen ihren Beinen wirbelte. Oh, das fühlte sich gut an, das fühlte sich göttlich an, und plötzlich war sie kurz davor, zum Höhepunkt zu kommen, genau hier in der Droschke.

Zu Annes Bedauern kam die Kutsche in eben diesem

Moment vor ihrem Haus zum Stehen. Michael zog ihr die Röcke herunter und setzte sie eilig auf den Sitz neben sich, kurz bevor der Kutscher die Tür öffnete. Anne war sich nicht sicher, ob ihre Beine sie halten würden, als sie aus dem Wagen kletterte, aber irgendwie taten sie es, und das nächste, was sie wusste, war, dass sie mit Michael allein auf dem Bürgersteig stand.

»Und?«, fragte er mit leuchtenden Augen. Der Stress des Tages - ihr Streit, der Mord an Mr. Smithers, die vielen Enthüllungen, die Michael ihr aufgedrängt hatte, die Ungewissheit, die ihre Zukunft belastete - all das war wie weggeblasen, und er sah jungenhaft und glücklich aus.

Sie traf ihre Entscheidung. »Komm mit rein«, sagte sie und nahm seine Hand.

KAPITEL 26

Michael wusste, dass er dümmlich grinste, als Anne ihn durch die Eingangstür ihres Stadthauses zerrte.

Offen gesagt, es war ihm egal. Nichts konnte dieses dumme Grinsen aus seinem Gesicht wischen.

Hugh, der die Tür öffnete, versuchte, keine Miene zu verziehen. Das gelang ihm gerade einmal zwei Sekunden lang. »Guten Abend, Mylady. Lord Morsley«, sagte er mit einer Verbeugung.

Sie begaben sich zu Annes Zimmern. Draußen auf dem Flur untersuchte Michael demonstrativ das Schloss. »Was machst du da?«, fragte Anne.

»Mal sehen, ob ich das Schloss knacken kann, falls du mich wieder aussperrst. Ich bin mir nicht sicher, ob ich das kann, aber das macht nichts. Das nächste Mal ramme ich einfach die Tür ein.«

»Das wird eine schöne Vorstellung für das Hauspersonal«, sagte Anne, nahm ihre Haube ab und legte sie auf den Frisiertisch. »Die Hausmädchen waren verzweifelt, als sie hörten, dass der prächtige Lord Morsley nackt im Flur stand, und sie es alle verpasst hatten.«

Er schloss die Tür und drehte den Schlüssel um. »Wie schade für die Hausmädchen, denn eine Wiederholung wird es nicht geben.«

»Das hängt davon ab, ob du in meiner Gunst bleibst oder nicht«, sagte Anne, während sie Nadeln aus ihrem Haar zog.

Michael durchquerte den Raum mit drei schnellen Schritten, fasste sie um die Taille und zog ihren Körper dicht an seinen. »Nach dem, was ich dir jetzt antun werde, meine liebe Anne, garantiere ich dir, dass ich in deiner Gunst stehen werde.« Er griff um sie herum und begann, die Bänder ihres Kleides zu öffnen.

»Jetzt klingst du aber sehr von dir überzeugt.«

»Das bin ich.« Er schob ihr Kleid zu Boden und begann, mit ihrem Korsett zu arbeiten. »Nichts gibt einem Mann so viel Selbstvertrauen wie das Wissen, dass er seine Liebste am Abend zuvor zehnmal zum Höhepunkt gebracht hat.«

Sie errötete sehr hübsch. »War es zehn Mal? Wer hat eigentlich gezählt?«

»Ich habe gezählt, und es waren ganz sicher zehn. Möglicherweise haben auch deine Nachbarn mitgezählt, denn du hast jedes Mal meinen Namen laut geschrien. Mal sehen, ob wir das heute Abend noch verbessern können.« Er senkte seinen Kopf zu ihrem, um sie zu küssen.

Sie schmiegte sich sofort an seine Brust. Gott, er liebte es, wenn sie das tat.

Er warf ihr Korsett zu Boden und nahm sich einen Moment Zeit, um den Anblick von Anne in ihrem Unterhemd zu genießen. In dem hauchdünnen weißen Musselin sah sie gleichermaßen süß und verführerisch aus. Als er nach der Schleife am Halsausschnitt griff, bemerkte er, dass die gestickte Verzierung das Muster von Erdbeeren hatte. Das brachte ihn zum Lächeln.

So sehr er die Erdbeeren auch mochte, sie mussten weg. Er zog ihr das Hemd über den Kopf, so dass Anne nur noch ihre Seidenstrümpfe und Strumpfbänder trug. Diese, so beschloss er, konnten bleiben. Er nahm sie in seine Arme und trug sie zum Bett, wo er sie sanft hinlegte. Schnell entledigte er sich all seiner Kleidung bis auf die Hose und legte sich neben sie.

Sofort begann sie, seine Brust zu streicheln. In ihrem Gesicht lag ein Hauch von Verlegenheit, als wäre sie sich nicht sicher, ob sie ihn berühren durfte, aber auch ein starker Unterton von Ehrfurcht, als sie auf seine Brust starrte. Könnte er doch irgendwie in der Zeit zurückgehen und seinem dürren, fleckigen vierzehnjährigen Ich sagen, dass seine geliebte Anne eines Tages nackt vor ihm liegen und seine nackte Brust streicheln würde, mit *diesem* Gesichtsausdruck. Ohne Frage wäre dies die beste Nachricht, die der vierzehnjährige Michael je gehört hatte.

Er küsste sie wieder und fuhr mit seinen Händen an ihrer Vorderseite auf und ab, und schon bald zappelte und schnurrte sie wieder nach ihm. Er rollte eine Brustwarze zwischen Daumen und Zeigefinger und freute sich, als sie sich vor Vergnügen nach hinten wölbte und ihre Beine öffnete.

Das schien ein hervorragender Vorschlag zu sein, und während er eine Brustwarze in den Mund nahm, strich er mit seiner Hand über ihren Bauch und dann tiefer, um ihre Falten zu teilen. Sie war feucht, was er liebte, und sobald seine Hand ihre kleine Rosenknospe berührte, stöhnte sie vor Vergnügen auf.

»Ooooh, Michael! Ja! Genau da - oh, das fühlt sich so gut an!«

Er spielte ein paar Minuten lang mit ihr, widmete sich erst der einen, dann der anderen Brust und hielt seine Hand absichtlich sanft zwischen ihren Beinen. Jedes Mal, wenn sie ihre Hüften nach vorne schob, wich er subtil zurück und hielt seine Berührungen weich und spielerisch.

Nach einigen Minuten wurde ihr klar, was er da tat. »Michael!«, wimmerte sie protestierend.

»Ja, Liebling?«

»Das machst du doch mit Absicht.«

»Was mache ich mit Absicht?«

»Mich ärgern. Seit wir in der Kutsche saßen, wollte ich unbedingt kommen! Warum willst du mich nicht lassen?«

Er kicherte, als er an ihrem Körper hinunterglitt. »Weil ich, meine liebe Anne, dich hochtreibe. Auch wenn du mich jetzt gerade erdrosseln willst, verspreche ich dir, wenn du endlich deinen Höhepunkt erreichst, wird er so hoch sein und dein Vergnügen so intensiv, dass du mir für die quälende Art und Weise, wie ich dich dahin gebracht habe, danken wirst.«

Sie sah teils beschwichtigt, teils fasziniert aus, als er begann, ihren Bauch zu küssen, während er sie immer noch ganz sanft mit seinen Fingern streichelte. Er verbrachte einige Minuten damit, die Innenseiten ihrer Schenkel zu liebkosen, während ihre Beine unter seinen Lippen in Erwartung zuckten. Nach mehreren Küssen, die kaum den kleinen rosa Nippel streiften, der geschwollen war und um seine Aufmerksamkeit bettelte, schrie sie frustriert auf, griff dann nach unten, packte seinen Kopf und positionierte seinen Mund genau dort, wo sie ihn haben wollte.

Michael lächelte. Er beschloss, dass er sie genug gequält hatte, und gab ihr, was sie so offensichtlich wollte, obwohl er seine Zunge absichtlich sanft hielt, als er ihre kleine süße Stelle neckte.

Er blickte auf und genoss den Anblick der glasigen Freude in Annes Augen. Er hielt seine Liebkosungen leicht, aber als ihre Schreie immer verzweifelter wurden, beschloss er, dass es an der Zeit war. Er hielt inne und presste seinen Mund wieder auf ihren süßen kleinen Nippel.

Und dann begann er zu saugen.

Er tat es zunächst sanft, aber die Wirkung war sofort da. Anne erstarrte, ihre Lider flatterten hoch. Er konnte in ihrem Gesicht lesen, und ihr Gesichtsausdruck verriet ihm, dass sie ein solches Vergnügen empfand, wie sie es sich nie hätte vorstellen können.

»Michael?«, flüsterte sie unsicher. Er antwortete nicht, sondern verstärkte sein Saugen nur ein klein wenig.

»*Michael*«, stöhnte sie, und er merkte, dass sie kurz davor war. Er steigerte das Saugen noch um ein Haar und sah zu ihr auf, woraufhin sie zu schreien begann.

»Michael ... Michael ... *Michael!* Oh, mein Gott, ja, Michael! Oh, mein *Gott*, das fühlt sich so gut an, bitte hör nicht auf, hör niemals, niemals auf! Oh, mein *Gott*, oh, mein ... Michael. Michael! *Michael!*«

Dann überkam sie die Lust, und sie explodierte. Es gab kein anderes Wort dafür. Ihr Rücken wölbte sich wie ein Bogen und hielt sich so für einige Herzschläge, bevor sie wieder auf das Bett zurücksackte. Er saugte weiter an ihr, während sie schrie und sich auf dem Bett wand und ihre Beine zitterten und sich alles zwischen ihnen in wilden Impulsen der Lust bewegte. Sie schrie weiter seinen Namen und strampelte und pulsierte und zitterte eine ganze Minute lang, bevor sie auf dem Bett zusammenbrach.

Erst dann verließ er sie, aber gerade lange genug, um sich an ihr entlang emporzuschieben und sie in seine Arme zu nehmen. Sie war völlig entkräftet, atmete schwer und hatte die Augen geschlossen.

Er hätte erwartet, sie würde nach einem so starken Höhepunkt einschlafen, aber nach ein paar Minuten öffnete sie benommen und voller Staunen die Augen. »Was hast du gerade mit mir gemacht?«

Er lächelte. »Ist das eine Beschwerde?«

Sie stupste seinen Hintern an. »Du weißt genau, dass es das nicht ist. Das war großartig.« Sie lachte und rieb sich die Seite. »Ich bin so heftig gekommen, ich glaube, ich habe mir etwas gezerrt.«

»Gut«, lachte er und streichelte ihren Rücken.

»Gib mir nur eine Minute, damit der Raum aufhört, sich zu drehen, und ich werde versuchen, das Gleiche für dich zu tun.«

Er erstarrte. »Aber Anne«, sagte er vorsichtig, »weißt du noch, was wir besprochen haben? Du willst nicht das Risiko einer Schwangerschaft eingehen. Du kannst also nichts für mich tun, mein Schatz.«

Ihr Kopf hob sich vom Kissen. »Oh, aber natürlich kann ich das!«, sagte sie strahlend. »Wusstest du das nicht? Es gibt eine Möglichkeit, wie ich meinen Mund auch bei dir einsetzen kann.« Michaels Erstaunen musste sich auf seinem Gesicht abgezeichnet haben, denn sie neigte den Kopf und fügte hinzu: »Ich meine, ich habe es noch nie gemacht, aber ich habe andere Frauen gehört, die, ähm, beiläufige Kommentare und kleine Witze gemacht haben, und ...« Sie lachte nervös. »Auf jeden Fall verstehe ich, dass es möglich ist. Komm schon«, sagte sie und griff nach seiner Knopfleiste, »ich bin sicher, dass wir es herausfinden können.«

»Anne«, sagte er mit halb erstickter Stimme, »ich erwarte nicht, dass du ...«

»Oh!« Sie hielt nach der Hälfte der Knöpfe seiner Hose inne. »Würde dir das etwa nicht gefallen?«, fragte sie schüchtern.

Michael ächzte. »Natürlich würde mir das *gefallen*.« Er deutete auf seinen strammen Schwanz. »Schau ihn doch nur an. Ich bin kurz davor, zu explodieren. Aber du bist eine

Lady, adelig erzogen, und ich würde nie erwarten, dass du so etwas für mich tust.«

Annes Stirn legte sich in Falten. »Du benutzt deinen Mund auf mir. Was ist hier anders?«

»Aber ich mache das gerne für dich. Ich liebe es, dich zu verehren und dir Freude zu bereiten.«

Sie lächelte und krabbelte an seinem Körper hinauf, drückte dabei ihr nacktes Fleisch an seins und gab ihm einen zärtlichen Kuss. Er streichelte ihr Gesicht und küsste sie zurück. Er war so abgelenkt, dass er einen Moment brauchte, um zu bemerken, dass ihre Hände zur Knopfleiste seiner Hose zurückgekehrt waren, wo sie weiterhin seine Knöpfe öffnete.

»Anne?«, fragte er und versuchte, sich ein Stöhnen zu verkneifen, als ihre Finger seinen Schaft durch die Stoffschichten hindurch neckten.

Sie lächelte. »Du genießt es, mich zu verwöhnen. Ich wette, es wird mir auch Spaß machen, dich zu befriedigen.« Sie begann, seinen Hals zu küssen, und arbeitete sich an seinem Körper hinunter, so wie er es vorhin bei ihr getan hatte. Ihre Hände arbeiteten weiter an der Knopfleiste, und als sich der letzte Knopf löste, begann sie, seine Hose und Unterhose hinunterzuschieben.

Michael stöhnte auf. Er wusste, dass er sich als Gentleman wehren sollte. Aber die Chance, dass das passieren würde, war gleich null. Als Anne eine seiner Brustwarzen in den Mund nahm, gab sein Schwanz ein zustimmendes Pulsieren von sich, und der letzte Faden seiner Entschlossenheit riss. Er hob die Hüften, schob seine restlichen Kleidungsstücke von sich und warf sie auf den Boden.

Ihre Nase kräuselte sich vor Vergnügen, als sie seinen strammen Schwanz betrachtete. Sie begann, ihn zaghaft zu berühren, nur mit ihren Fingerspitzen - eine köstliche Form der Folter, wo er doch so viel mehr wollte. Ihre Hand zuckte zurück, als sie den Tropfen Feuchtigkeit entdeckte, der sich an seiner Spitze gebildet hatte, aber sie merkte schnell, wie klebrig er war, und begann, ihn über seinen Schwanz zu streichen. Michael hatte sich auf seine Ellbogen gestützt, um sie beobachten zu können, aber als sie begann, ihn dort zu reizen, ließ er seinen Kopf zurückfallen und stöhnte.

»Ist das in Ordnung?«, fragte sie.

Er sah auf, damit sie die Antwort in seinen Augen lesen konnte. Sie sah begeistert aus, als sie ihre sanften Berührungen fortsetzte.

»Mache ich das richtig?«, fragte sie nach ein paar Minuten.

»Du machst das großartig«, antwortete er sofort.

»Ich meine, machst du das auch so, wenn du ... ähm ... Du weißt schon.« Sie errötete, fügte aber hastig hinzu: »Wenn du dich selbst berührst.« Er erstarrte fassungslos, aber auch unerträglich erregt von der Richtung, in die sich das Gespräch entwickelte.

Sie jedoch deutete sein Schweigen falsch. »Aber was ich damit sagen will - du tust das wahrscheinlich nicht - ich wollte nicht andeuten, dass du ...«

Er stieß ein Lachen aus. »Natürlich tue ich das. Ich berühre mich jeden gottverdammten Tag. Oftmals mehr als einmal. Was dachtest du denn, was ich mache, nachdem ich während des verhängnisvollen Picknicks in den Wald geflüchtet bin?«

Sie lachte erschrocken auf. Jetzt wurde sie wirklich rot, aber sie sah sehr erleichtert aus. »Ich glaube, wir haben bereits festgestellt, dass ich keine Ahnung hatte, was während dieses Picknicks tatsächlich geschah. Hast du wirklich ...«

»Das habe ich. Ich stand damals kurz davor, gleich in meine Hose zu kommen. Das war der andere Grund, warum ich unbedingt von dir runter musste.«

»Ach, du meine Güte! Und ich hatte nicht die geringste Ahnung.« Sie hielt inne und biss sich auf die Lippe. »Würdest du mir zeigen, wie du das machst?«

Er griff nach unten, umschloss ihre Hand mit seiner und demonstrierte ihr, wie er gestreichelt werden wollte. »Und weißt du, an wen ich dabei denke?«

»An wen?«, fragte Anne mit leiser Stimme.

»An dich«, antwortete er und sah ihr in die Augen. »Immer an dich.«

Sie schaffte es, sowohl verlegen als auch zufrieden auszusehen, und streichelte ihn weiter, als er seine Hand wegnahm und sich in die Kissen zurücklehnte. »Genau so«, ermutigte er sie. »Gott, das fühlt sich gut an. Ja - drück mich fester. Du kannst nicht *zu* fest drücken.«

Bald hatte sie den Rhythmus gefunden. »Jetzt will ich es mit dem Mund probieren«, sagte sie eifrig und rutschte zu ihm hinunter.

»Du musst das nicht tun, wenn du nicht willst, Anne«, beeilte er sich zu sagen. »Was du tust, fühlt sich sehr gut an. Es wird mich zum Kommen bringen.«

»Aber wird es sich mit meinem Mund nicht noch besser anfühlen?«

»Ähm.« Er sollte lügen. Als Gentleman sollte er verdammt nochmal lügen. Er öffnete den Mund, um zu widersprechen, und es kam doch nur das Wort *Ja* heraus.

So viel zu diesem Plan.

»Dann will ich meinen Mund benutzen«, sagte sie und senkte ihre Lippen auf seinen Schaft.

Sie küsste die Spitze seines Schwanzes mit diesen vollen, breiten, blütenweichen Lippen, und er konnte ein Stöhnen der Lust nicht unterdrücken. Er war so groß, dass sie einige Versuche unternehmen musste, bevor sie ihn ganz in den Mund nehmen konnte, und jeder dieser Versuche gab ihm einen verlockenden Vorgeschmack auf das Vergnügen, das er gleich erleben würde.

Er verlor die Kontrolle, und zwar schnell. »Es ist nur - *Gott, Anne* - wenn du das tust, dann werde ich kommen.«

Sie lachte und sah zu ihm auf. »Das ist der Grundgedanke.«

»Ich werde *in deinem Mund* kommen, Anne.«

Sie betrachtete ihn einige Augenblicke lang schweigend und studierte sein Gesicht. »Und das würde dir gefallen«, sagte sie langsam.

Er wand sich. »Ich ... Ähm ...«

»Mach dir gar nicht erst die Mühe, mich zu belügen, Michael Cranfield«, sagte sie mit einem süffisanten Lächeln. »Ich kann dein Gesicht lesen. Du hast darüber nachgedacht, wie ich dich in meinen Mund nehme. Und das schon seit einer sehr langen Zeit, wenn ich mich nicht irre.«

Ein Mann sollte nicht erröten, aber er spürte, wie sich sein Gesicht erhitzte. »Ich ... äh ...«

»Hier«, sagte sie, ließ seinen Schaft los und legte sich neben ihn. Sie sammelte alle Kissen zusammen und richtete ihn auf, so dass er halb saß. »Na also!«, sagte sie voller Freude. »Ich merke schon, dass es dir gefällt, mir dabei zuzusehen, wenn ich dich berühre. Vor allem, wenn ich deinen Schwanz berühre.« Sie betrachtete ihn erneut. »Das gefällt dir doch auch, oder? Wenn ich über deinen *Schwanz* rede?« Sie legte sich neben ihn, drückte ihren Körper an seinen, legte ihre Hand um ihn und streichelte seine Länge, wie er es ihr gezeigt hatte, und brachte ihre Lippen direkt an sein Ohr. »Dein Schwanz ist so groß, Michael. Dein Schwanz hat sich letzte Nacht so wunderbar angefühlt, Michael. Wenn ich nur daran denke, wie viel Freude du mir mit deinem Schwanz bereitet hast, möchte ich wieder kommen, Michael.«

Er antwortete mit einer verstümmelten

Aneinanderreihung von verzweifeltem Gebrabbel, das Anne zum Lachen brachte. »Verdammt noch mal, Frau! Du bringst mich noch dazu, auf die Laken zu kleckern.«

»Nachdem du mich so gequält hast, tut es mir nicht im Geringsten leid.« Aber sie hatte Mitleid mit ihm und hielt seinen Blick fest, während sie an seinem Körper hinunterglitt und ihren Mund über seinem Schwanz positionierte. »Jetzt lehn dich doch einfach entspannt zurück und genieß die Aussicht.« Und endlich, *endlich*, schob sie ihre Lippen um die Spitze seines Schwanzes.

Oh, Scheiße. Sie hatte ihn kaum berührt, und schon war er am Rande des Wahnsinns. Anne hatte Recht. Seit er vierzehn Jahre alt gewesen war, hatte er davon geträumt, dass sie genau das tun würde.

Er hatte natürlich auch von anderen Dingen geträumt, aber eine seiner Lieblingsfantasien war, dass sie ihn an der Hand nahm und ihn an einen etwas abgelegenen Ort führte - vielleicht in eine leere Stube oder um die Ecke des Stalls. Oder am liebsten mochte er die Vorstellung von dem Picknick im Alter von fünfzehn, aber so, dass sie ihm in die Baumgruppe gefolgt war und ihm schließlich bei seinem *Problem* half. In seinen Tagträumen ging sie auf die Knie und öffnete seine Hose. Er stellte sich immer vor, dass sie ihn mit diesem verschmitzten Nasenkräuseln anlächelte, wenn sie seinen Schwanz herausholte, und vielleicht einen kleinen gurrenden Laut von sich gab, wenn sie ihn steinhart fand, nur für sie. Und dann würde sie ihn mit diesen wunderschönen braunen Augen ansehen, während sie seinen Schwanz in den Mund nahm.

Tief drinnen wusste er, dass es dumm war. Die vierzehnjährige Anne hatte sich nie so verhalten, und selbst wenn sie eines Tages heiraten sollten, wusste er, dass man solche Dinge nicht mit seiner Frau tat. Es war nur eine schmutzige, köstliche Fantasie, an die er denken konnte, während er es sich selbst machte. Ihm war immer klar gewesen, dass es nie dazu kommen würde.

Außer ... Dass es passierte. Hier und Jetzt. Und, *Gott*, ihre Lippen um seinen Schwanz fühlten sich tausendmal besser an, als er es sich je hätte vorstellen können.

Sie war ein kluges Mädchen und hatte bereits herausgefunden, wie er es mochte. Ihre Hände waren so weich und süß, und sie streichelte mit beiden Händen seinen Schaft auf und ab. Und oh, Gott, das Gefühl ihres Mundes! Gute Güte, sie wirbelte mit ihrer Zunge direkt um seine Spitze, wo es sich so, so gut anfühlte! *Gott*, er wollte kommen.

Während er beobachtete, wie Anne ihren Mund an seinem Schwanz auf und ab gleiten ließ, sah sie ihm in die Augen, und er sah, wie sich ihre Nase vor Vergnügen rümpfte, weil sie mitansehen durfte, wie er so ein unglaubliches Vergnügen empfand.

Das war die Erfüllung aller seiner Fantasien. Seine Eier zogen sich zusammen, und er spürte das bekannte Stechen, als er den Punkt ohne Wiederkehr erreichte. Er wusste, dass er kommen würde, jede Sekunde konnte es so weit sein, und er spürte das ungetrübte Vergnügen, kurz vor dem Höhepunkt zu stehen. Er hörte, wie er ihren Namen rief, und seine Hände legten sich um ihren Hinterkopf, um sie anzutreiben. Dann spürte er einen weißglühenden Ausbruch von Lust, als er in ihrem Mund zum Höhepunkt kam.

Er sah, wie sich Annes Augen weiteten, als sein Samen ihren Mund füllte, aber sie hörte nicht auf, so verspielt wie sie war. Nein, sie streichelte ihn weiter, zog seine Lust in die Länge, bis es plötzlich zu viel wurde und er seine Finger in ihr Haar grub und sie sanft wegzog.

Ihr Mund löste sich mit einem Schmatzen von seinem Schwanz. Ihre Wangen waren gerötet, und ihre Augen hatten diesen glasigen Ausdruck, den er so gerne sah. Er küsste sie tief, und sie stöhnte und wand sich gegen ihn.

Als er sich an ihre Worte erinnerte, dass sie allein bei dem Gedanken an seinen Schwanz in ihr wieder kommen wollte, zog er sie hoch, so dass sie auf seinem Mund saß, und begann, ihre kleine Perle mit seiner Zunge zu bearbeiten, während er zwei Finger in sie hineinschob und diese besondere Stelle an der Vorderseite ihrer Innenwand massierte. Offenbar waren ihre Worte über den Wunsch nach einem weiteren Höhepunkt nicht nur so daher gesagt, denn ihre Antwort war ein verzweifeltes »Gott, Michael, bitte!« und sie begann, ihre eigenen Brüste zu berühren. Es dauerte nur eine Minute, bis sie seinen Namen schrie und über ihm pulsierte, während er den süßen Nektar ihrer Lust genoss.

Als ihr Zittern nachließ, zog er sie zu sich herunter, so dass sie sich gemeinsam in die Kissen lehnten und sie ihren Kopf an seine Schulter legte.

»Mmmmmmm«, murmelte er und beugte sich vor, um die Kerzen auf ihrem Nachttisch auszublasen. Nur eine Spur von Mondlicht, das durch das Fenster brach, erhellte den Raum.

Anne kicherte, als sie sich in seine Wärme kuschelte. »Das hat mir Spaß gemacht. Dich zu quälen«, stellte sie klar, als er eine Augenbraue hochzog.

»Nun, da es dir so gut gefallen hat, werde ich es gnädigerweise noch einmal durchmachen, so oft du willst.«

»Wie großmütig von dir«, murmelte sie und machte es sich an seiner Schulter bequem.

Er küsste sie auf die Wange. »Ich liebe dich, Anne. Gott, ich liebe dich so sehr.«

Er spürte, wie sie sich in seinen Armen versteifte.

KAPITEL 27

»*Ich liebe dich, Anne. Gott, ich liebe dich so sehr.*«
Anne erstarrte, unsicher, wie sie reagieren
sollte. Nach einem Moment drückte Michael
sie sanft an sich. »Ist alles in Ordnung?«

Sie schluckte. Sollte sie es erwidern? Weil sie Michael
liebte. Natürlich tat sie das, er war ihr bester Freund. Sie war
sich nur nicht sicher, ob sie in ihn *verliebt* war. Was nicht
heißen sollte, dass sie es nicht war, es war nur so, dass ... ihre
Welt in den letzten vierundzwanzig Stunden auf den Kopf
gestellt und dann noch einmal umgedreht und
durchgeschüttelt worden war. Sie versuchte immer noch, die
Tatsache zu verarbeiten, dass Michael sie liebte, ganz zu
schweigen von der Nachricht, dass ihr früherer Mann sie
hinters Licht geführt hatte. Und dann war da noch die
Tatsache, dass Michael zurück nach Kanada gehen würde.

Anne konnte nicht nach Kanada ziehen. Das war
unmöglich. Und es schien, dass ihr Gehirn sich davor
sträubte, auch nur in Erwägung zu ziehen, ob Michael, der
sowohl ihr Lieblingsmensch auf der Welt war als auch der

Mann, der sie verlassen wollte, auch die Liebe ihres Lebens sein könnte.

Manche Dinge waren zu schrecklich, um sie auch nur zu erwägen.

Michael wartete immer noch auf eine Antwort. »Das ist es, Michael. Ich ... ich kann nur einfach nicht glauben, dass du so empfindest. Für mich. Es ist ... ein bisschen überwältigend, um ehrlich zu sein.«

Er stützte seinen Kopf auf einen Ellbogen, um sie ansehen zu können. »Ich weiß, dass ich dich heute Nachmittag damit überfallen habe. Damit, und mit allem anderen. Ich hoffe, es ist dir nicht unangenehm, mich das sagen zu hören. Seit fast einem Jahrzehnt sehne ich mich danach, dir diese Worte zu sagen, und ich kann sie nicht mehr zurückhalten. Ich möchte dir tausendmal am Tag sagen, dass ich dich liebe.«

Er streckte die Hand aus und strich ihr eine Locke hinters Ohr. »Wenn du dich dann besser fühlst, lass mich dir sagen, ich erwarte nicht, dass du es auch sagst. Ich kann die Unsicherheit auf deinem Gesicht sehen. Und ehrlich gesagt, wäre es mir lieber, wenn du jetzt noch gar nichts sagst. Denn *wenn* du mir sagst, dass du mich liebst ...«, sagte er mit einem spitzen Blick, einem sehr *Michael*-artigen Blick, »... und ich weiß, dass du das eines Tages tun wirst, will ich nicht, dass du das nur sagst, weil du weißt, wie sehr ich das hören will. Ich will nicht, dass es bedeutet, dass du mich wie deinen besten Freund auf der ganzen Welt liebst. Ich möchte sicher sein, dass du es ernst meinst, ohne einen einzigen Zweifel daran zu haben. Dass du es genau so meinst, wie ich es meine, wenn ich es zu dir sage.«

Anne seufzte. Wie typisch für ihn, dass er sie so gut lesen konnte. »Du redest, als ob wir den Rest unseres Lebens zusammen verbringen würden. Aber ich kann trotzdem nicht nach Kanada gehen. Nach allem, was du heute gesehen hast, musst du das doch verstehen. Mehrere Hundert Menschen verlassen sich auf mich, weil ich ihnen ein Dach über dem Kopf und das Brot auf dem Tisch biete. Waisen, Witwen und Kinder, Michael! Ich kann sie nicht im Stich lassen, ich ...«

»Das verstehe ich.«

Etwas, das sich deutlich wie Hoffnung anfühlte, brodelte in Annes Brust auf. »Dann hast du also deine Meinung geändert? Darüber, dorthin zurückzukehren?«

Er seufzte, legte sich zurück aufs Bett und starrte an die Decke. »Nein. Ich habe immer noch vor, zurückzugehen.«

Anne senkte den Kopf, bis sie sich an seiner Schulter anlehnte, und versuchte, ihre Enttäuschung zu verbergen. »Dann ist es unmöglich.«

Sie schwiegen einen Moment lang, dann sagte Michael: »Erinnerst du dich an die Hungersnot vor drei Jahren?«

Anne schauderte. »Die Ladies' Society wurde mit Bewerbungen überhäuft. Es war schrecklich, Michael - Schnee auf den Feldern im Mai, Frost im Juni und Überschwemmungen im Juli. Die Felder waren so durchnässt, dass nichts mehr wachsen konnte. Die Menschen verhungerten buchstäblich zu Tausenden.«

»Ich bin derjenige, der das Elend durchbrochen hat«, sagte Michael leise.

Anne erschrak in seinen Armen. »Du ... du hast was?«

»Natürlich nicht ganz«, sagte Michael und starrte immer noch an die Decke. »Nach allem, was ich gehört habe, war es trotzdem furchtbar. Aber es wäre zehnmal schlimmer gewesen, wenn ich nicht auf Geheiß von William Pitt durch ganz Kanada gereist wäre, um so viel Weizen aufzukaufen, wie ich konnte, und ihn hierher verschiffen zu lassen.«

Anne schluckte. Es war erschütternd, wie viel sie verpasst hatte, wie wenig sie von Michaels Leben in den letzten vier Jahren wusste. »Das ... das habe ich nicht gewusst.«

»Es gab auch Aufträge von der Armee und der Royal Navy.« Er grinste reumütig. »Ich bekam einen Dankesbrief von Lord Nelson, als ich der Royal Navy zum ersten Mal eine Schiffsladung Maststangen schickte. Aber die Überwindung der Hungersnot ist die Aufgabe, auf die ich am meisten stolz bin.« Michael sah sie dann mit eindringlichen Augen an. »Ich weiß, dass du hier wichtige Arbeit leistest, Anne. Ich habe mit eigenen Augen gesehen, was für einen Unterschied du machst. Aber bitte glaube niemals, dass die Rückkehr nach Kanada für mich ein Witz ist. Auch ich leiste dort wichtige Arbeit. Deshalb möchte Lord Hobart, dass ich eines Tages Generalgouverneur werde.«

»Gen... Generalgouverneur!«, rief Anne aus und setzte sich auf. »Von *Kanada*?«

Er nickte. »Das wäre erst in einigen Jahren der Fall, aber ich bin bereits Mitglied des Legislativrats von Oberkanada. Und ich soll eine formelle Ausbildung beginnen, damit ich bereit bin, wenn Sir Robert Milnes zurücktritt.«

»Ach du meine Güte, Michael. Ich ... ich hatte keine Ahnung.« Plötzlich blinzelte sie die Tränen zurück. »Ich bin so stolz auf dich.«

Er zog ihren Kopf zurück auf seine Schulter. »*Deshalb* ist es für mich wichtig, nach Kanada zurückzukehren. Nicht nur, damit ich ein Abenteuer an der Grenze erleben kann.«

Anne strich über eine Träne, die sich zu lösen drohte. »Ich verstehe, Michael. Aber du musst doch einsehen, dass unsere Zukunft, so sehr wir auch heiraten wollen, nicht vereinbar ist. Du musst jemand anderen finden, eine Frau, die mit dir nach Kanada gehen kann.«

Er schüttelte den Kopf. »Nein, Anne. Es gibt keine andere für mich. Ich habe dich geliebt, seit ich vierzehn Jahre alt war. Und das wird sich nie ändern. Ich habe nicht aufgehört, dich zu lieben, als du einen anderen geheiratet hast. Ich habe nicht aufgehört, dich zu lieben, als du auf der anderen Seite der Welt warst. Ich habe nicht aufgehört, dich zu lieben, als ich es nicht ertragen konnte, deine Briefe zu öffnen, weil ich Angst hatte, sie würden mit Geschichten darüber gefüllt sein, wie glücklich ein anderer Mann dich macht. Ich habe dich immer noch mit jeder Faser meines elenden, erbärmlichen, gebrochenen Herzens geliebt.« Er schenkte ihr ein trauriges Lächeln. »Ich glaube nicht, dass wir Cranfield-Männer in der Lage sind, mehr als eine Frau im Leben zu lieben. Sieh dir doch nur meinen Vater an - vierzehn Jahre nach dem Tod meiner Mutter ist sie immer noch die einzige Frau auf der Welt für ihn. Und das ist genau das, was ich für dich empfinde. Also bitte, schlag mir nicht vor, jemand anderen zu finden. Es gibt keine andere für mich als dich. Und die wird es auch nie geben.«

Annes Herz klopfte durch die Kraft von Michaels Erklärung, die Aufrichtigkeit in seinen Augen. »Aber Michael, was sollen wir denn tun? Es ist unmöglich«, sagte sie, wobei sie einen Hauch von Verzweiflung in ihrer Stimme nicht verbergen konnte.

»Ich weigere mich, das zu akzeptieren. Ich werde mich nicht von dir trennen lassen. Niemals.« Er legte sich zurück und starrte wieder an die Decke. »Es gibt eine Lösung. Und ich werde sie finden.«

»Du meinst, du wirst versuchen, mich zu zermürben«, sagte Anne ein wenig verärgert, »bis ich meinen Traum aufgebe und du alles bekommst, was du willst?«

»Nein.« Er schnaubte. »Als ob das überhaupt funktionieren würde.«

»Was dann?«

»Ich weiß es nicht.« Er gähnte und zog die Bettdecke hoch, um sie zuzudecken. »Aber ich werde eine Lösung finden.«

Anne war nicht überzeugt, aber sie war erschöpft und

fühlte sich an Michael gekuschelt so wohl, dass sie nicht lange über ihre Probleme nachdenken musste, denn sie fiel in einen traumlosen Schlaf.

KAPITEL 28

*D*as erste, was sie am nächsten Morgen taten, war, eine Nachricht an Mr. Branton zu schreiben, in der sie schilderten, was Arnold Price ihnen über die veruntreuten Gelder bei der R.M.A. erzählt hatte.

Nun ja, dachte Michael mit einem wölfischen Grinsen, genau genommen war das die *zweite* Sache, die sie am nächsten Morgen machten. Er spürte, wie sich sein Schwanz regte, als er sich mit Begeisterung an die erste Sache erinnerte, die sie getan hatten.

Michael schickte eine weitere Nachricht an Cranfield House, in der er um die Zusendung frischer Kleidung bat. Nach einem informellen Frühstück in Annes Zimmer zog er sich an und machte sich auf den Heimweg, denn Anne hatte einen vollen Tag vor sich. Alles, was Michael zu tun hatte, um den Tag herumzukriegen, war ein weiterer Besuch beim Schneider, obwohl Anne versprochen hatte, am Abend mit ihm zu essen.

Es war ein schöner, sonniger Morgen, und Michael entschied sich, zu Fuß nach Hause zu gehen. Er dachte immer am besten, wenn er in Bewegung war, und er musste nachdenken, wenn er eine Lösung für seine und Annes missliche Lage finden wollte. Er war ganz in Gedanken versunken, als er die Treppe zum Cranfield House hinaufsprang, so dass er einen Schreck bekam, als die Haustür aufflog.

Sein Vater stürmte heraus.

»Michael!«, donnerte der Marquess. »Da bist du ja, mein Sohn.«

Michael grinste. »Vater!« Er rannte die letzten Stufen hinauf, und beide kamen zum Stillstand.

Das erste, was Michael bemerkte, war, dass er jetzt größer war als sein Vater, und zwar um gut fünfzehn Zentimeter. Natürlich hatte er gewusst, dass dies der Fall sein würde, aber es war eine Sache, so etwas theoretisch zu wissen, und eine andere, das seltsame Gefühl zu erleben, auf den Mann hinabzublicken, zu dem er immer aufgesehen hatte. Es war auch erschütternd zu sehen, wie vier Jahre in einem Augenblick vergehen können. Sein Vater sah immer noch robust aus, aber er war wahrscheinlich ein paar Zentimeter geschrumpft. Er hatte auch viel mehr graues Haar, als Michael in Erinnerung hatte, und dazu mehr Falten um die Augen.

Das Zweite, was ihm auffiel, war der Ausdruck auf dem Gesicht seines Vaters. Er sah zwar erfreut aus, aber Michael erkannte auch eine Spur von Feuchtigkeit in den Augen seines Vaters. Es gab einen Moment der Unentschlossenheit, als sie schließlich zusammenkamen und Michael den Eindruck hatte, dass sein Vater darüber nachdachte ... ihn zu umarmen?

Der Marquess sagte nichts dazu und begnügte sich mit einem kräftigen Händedruck, begleitet von ein paar Schlägen auf Michaels Schulter. Trotzdem war das mehr an Emotionen als alles, was Michael von seinem Vater seit dem

Tod seiner Mutter gesehen hatte. Das brachte ihn ziemlich aus der Fassung.

Sein Vater führte ihn den Flur hinunter in die Bibliothek, wo er direkt zu der Karaffe in der Ecke ging. »Es ist mir egal, ob es erst halb zehn ist, wir trinken einen.« Er reichte Michael ein Gläschen Brandy. »Ich werde nicht fragen, warum du zurückgekommen bist, denn die Antwort ist offensichtlich. Glaub nur nicht, dass ich nicht bemerkt habe, dass du nicht hier warst, als ich ankam.«

Michael zupfte an seiner Krawatte, als sie sich in einem der ledernen Ohrensessel niederließen. »Ja, ich hatte heute früh etwas zu erledigen.«

»Ha! Ich bin sicher, dass dem so ist, aber ich bezog mich nicht auf heute Morgen. Ich bin gestern Abend spät hier angekommen, und ich weiß genau, dass du gerade erst jetzt nach Hause gekommen bist. Ganz zu schweigen von der faszinierenden Nachricht, die vor einer Stunde eintraf und in der darum gebeten wurde, ins Haus einer gewissen Lady frische Kleidung zu schicken.«

Michael war sich ziemlich sicher, dass er errötete. »Ich ... nun ... weißt du ...« Gute Güte, jetzt brauchte er wirklich einen Drink. Er nahm einen stärkenden Schluck aus seinem Glas.

»Ich nehme an, du hast die Sache diesmal erledigt?«, fragte sein Vater im Plauderton.

Natürlich verschluckte er sich und war beängstigend nahe daran, sein Getränk zum dritten Mal in drei Tagen durch den Raum zu spucken. Oh, Gott, musste er das wirklich mit seinem *Vater* besprechen? »Ich ... ähm ... das heißt ...«

Sein Vater lachte über sein offensichtliches Unbehagen. »Ich will keine Details hören, mein Sohn. Sag mir nur eins: Hat Lady Anne eingewilligt, deine Frau zu werden?«

»Ja.« Michael konnte sich ein Lächeln nicht verkneifen,

als er sich an den Moment erinnerte, in dem Anne *Ja* gesagt hatte. »Ich habe ihr einen Antrag gemacht, und sie hat ihn angenommen.«

Sein Vater schlug mit der Faust auf die Armlehne. »Gut gemacht, mein Junge.«

»Nun«, ergänzte Michael schnell, »es gibt ein paar Probleme, die wir noch zu lösen versuchen. Anne hat einige Bedenken, wie sie ihre Gesellschaft leiten soll, wenn ...«

»Ja, natürlich, das ist auch gut so. Unsere liebe Lady Anne hat sich zu einer wichtigen Schutzpatronin entwickelt, wie du zweifellos schon mitbekommen hast. Wir werden die Bedingungen, die sie stellt, in den Ehevertrag aufnehmen. Die Anwälte müssen sich nur noch um den genauen Wortlaut kümmern.«

Michael beschloss, seinen Vater nicht darüber aufzuklären, dass die Dinge ein wenig angespannter waren. Schließlich war er dabei, Anne zu heiraten. Das stand nicht in Frage.

»Wir werden anlässlich eurer Hochzeit eine Spende an Lady Annes Wohltätigkeitsorganisation leisten müssen.« Sein Vater hielt inne und tippte mit dem Finger gegen sein Glas. »Glaubst du, dass zwanzigtausend Pfund ausreichen würden?«

Michael hob die Augenbrauen. »Ich bin mir sicher, dass zwanzigtausend Pfund ganz schön viel sind und dass Anne das Geld bestmöglich einsetzen wird.« Er lachte. »Ich hätte nicht gedacht, dass ich derjenige sein würde, der zwanzigtausend Pfund in meine Ehe einbringt. Mir war nicht klar, dass ich eine *Mitgift* habe.«

Sein Vater lachte. »Das ist der einzige Vorteil, wenn man nur einen von euch hat. Keine Töchter zum Mitgiftgeben und keine jüngeren Söhne, die auch was erben müssen. Es gibt also reichlich Geld zum Verteilen.« Sein Vater sah zu Boden, und Michael wusste, dass er an die Tochter dachte, die er fast gehabt hätte, und an Michaels Mutter. Aber er sprach es nicht aus. Das tat er nie.

Michael räusperte sich. »Und wie läuft es in Ravenswell?«

Sie verbrachten den Vormittag damit, Neuigkeiten über den Familienbesitz in Gloucestershire und Oberkanada auszutauschen. Es war so schön, seinen Vater wiederzusehen, dass Michael kaum merkte, wie die Zeit verging.

Sein Magen hingegen kündigte schließlich mit einem lauten Knurren die Ankunft des Mittags an.

Sein Vater lachte und schaute auf seine Taschenuhr. »Schon mittags?« Der Marquess stand auf. »Komm, lass uns zu White's gehen und was essen. Ich möchte ein bisschen mit dir angeben.«

Das White's war weitgehend leer. Die mondäne Abendessenszeit war erst in ein paar Stunden, und so wurde der Marquess in seiner Hoffnung enttäuscht, seinen strammen jungen Sohn vor seinen Freunden zu präsentieren. Doch als sie den Speisesaal betraten, sahen sie die Astley-Brüder an einem Ecktisch sitzen.

Fauconbridge stand sofort auf und verbeugte sich. »Lord Redditch, wie schön, Sie in der Stadt zu sehen.«

»Guten Tag, Fauconbridge, Harrington«, sagte sein Vater. »Es war gut, dass Sie mir diese Nachricht geschickt haben, Fauconbridge, um mich wissen zu lassen, dass Michael zurückgekehrt ist.«

»Es war mir ein Vergnügen«, antwortete der Viscount. »Wollen Sie sich nicht zu uns setzen?«

Sie nahmen das Angebot gerne an. Es wurden weitere Getränke geholt, und Michael bestellte seine üblichen drei Beefsteaks. Fauconbridge wandte sich an den Marquess. »Lord Redditch, wie kommen Sie mit Ihrem neuen Apfelbaumhain voran?«

»Ganz gut, ganz gut, vor allem wenn man bedenkt, was

für ein trockenes Frühjahr wir hatten. Ich denke, sie werden gut anwachsen.«

»Ich weiß nicht, wie Sie es schaffen, dass auf dem lehmigen Boden, den Sie in Ihrem Unterland haben, etwas wächst«, antwortete Fauconbridge. »Wir haben auch etwa zwei Dutzend Hektar davon, und außer Raps kann ich dort nichts anbauen.«

»Das Geheimnis«, antwortete sein Vater, »ist, die richtige Apfelsorte zu wählen. Ein Dymock Red wächst im Lehm. Mit Foxwhelp oder Councillor verschwenden Sie nur Ihre Zeit.«

»Wie wäre es mit einem Longney Russet?«, fragte Fauconbridge.

Sein Vater überlegte. »Ein Longney Russet könnte gehen, aber die taugen natürlich nicht für Apfelwein. Sie könnten es mit Hen's Turd versuchen, aber nur, wenn der Boden gut entwässert wurde.«

»Wie froh bin ich in diesem Moment«, sagte Harrington, »der zweite Sohn zu sein. Ich habe absolut keine Ahnung, wovon Sie beide reden, und ich habe auch keine Lust, es herauszufinden. Habe ich wirklich etwas getrunken, das man *Hühnerkacke* nennt?«

Der Marquess lachte. »Ich bedaure, Ihnen mitteilen zu müssen, dass dies der Fall ist. Zumindest schmeckt es besser als es klingt. Es ist ein Rätsel, wie die Sorte zu diesem Namen gekommen ist.«

»Verstehst du denn das alles, Morsley?«, fragte Harrington. »Du musst daran denken, Hühnerkot in all den lehmigen, gut durchlässigen Boden zu pflanzen, den du eines Tages erben wirst.«

»Vielleicht sollte ich mir ein paar Notizen machen«, sagte Michael. Er machte diese Bemerkung leichtfertig, aber in Wahrheit war er überfordert. Die Landwirtschaft, die er in Kanada betrieben hatte, war relativ einfach: etwas Land roden, etwas Weizen anbauen, dann noch mehr Land roden und noch mehr Weizen anbauen. Er hatte gewusst, dass die Landwirtschaft in England nicht so einfach war, aber er hatte nicht gedacht, dass sie so komplex sein könnte.

All das würde er lernen müssen, bevor er das Gut übernehmen könnte. Die Menschen waren schließlich auf ihn angewiesen.

»Ich bitte um Entschuldigung«, sagte Fauconbridge. »Ich muss euch beide wohl langweilen. Lassen Sie uns über etwas anderes sprechen. Ich glaube, du hast doch viel aufregendere Neuigkeiten, Morsley.«

»Ja, die hat er.« Sein Vater stieß ihn mit dem Ellbogen an. »Sag es ihnen, Michael.«

Michael grinste. »Anne hat meinen Antrag akzeptiert.«

Es folgte eine Runde von Glückwünschen. »Großartig, Morsley, großartig«, sagte Harrington. »Allerdings würde ich nicht sagen, dass es sich um eine Neuigkeit handelt.«

»Ich nehme an, nein. Du wusstest immerhin, dass ich sie fragen wollte«, gab Michael zu.

»Ich habe mich eher darauf bezogen, dass ich gesehen habe, *wie* du ihr einen Antrag gemacht hast.« Harrington schüttelte den Kopf. »Vom Balkon aus konnte ich nichts sehen, aber ich habe ein Zimmer im zweiten Stock gefunden, von dem aus man ungehindert nach unten sehen kann.«

Michael wurde weiß. »Du ... du hast uns ausspioniert?«

»Mein Lieblingsteil«, fuhr Harrington fort, »war, als sie *Ja* sagte und du sie hochgehoben und herumgewirbelt hast. Ich hatte keine Ahnung, dass du so ein Romantiker bist, Morsley! Obwohl ich auch den Teil genossen habe, der kurz darauf folgte, als du beschlossen hast, den Garten *sofort zu verlassen*, und du das Tor mit deiner Schulter aufgerammt hast. Irgendein besonderer Ort, wo du unbedingt hinwolltest?«

»Ich entschuldige mich für meinen Bruder«, sagte Fauconbridge. »Wie immer.« Er wandte sich an Michaels

Vater. »Keine Sorge, Mylord, Morsley hat alles richtig gemacht. Ist auf die Knie gegangen und alles.«

Michael seufzte. »*Et tu, Fauconbridge?*«

»Natürlich habe ich zugeschaut«, antwortete der Viscount. »Das ist meine kleine Schwester, die du in den Garten geführt hast. Ich war ziemlich zuversichtlich, dass Anne akzeptieren würde, aber wenn sie auch nur das geringste Zeichen von Unbehagen gezeigt hätte angesichts deiner Aufmerksamkeiten, hätte ich, so sehr ich unsere Freundschaft schätze, bereit sein müssen, dort hinunterzustürmen und dich mit einer Klinge zu durchbohren.« Fauconbridge überbrachte diese Drohung mit einem freundlichen Lächeln.

»Am Anfang war es ein bisschen spannend«, erzählte Harrington seinem Vater. »Zuerst dachte ich, sie hätte ihn abgewiesen! Aber er fing an, sie zu küssen, und dann zog er sie auf seinen Schoß, und offenbar konnte er sie von der Größe seiner, sagen wir mal, *Hochachtung* überzeugen.«

Fauconbridge wandte sich an Michael. »Du bist ein mutiger Mann, Morsley. Wenn du Anne heiratest, hast du Harrington als Schwager.«

»Ich hätte es nicht einmal in Erwägung gezogen«, sagte Michael, »wenn uns nicht ein ganzer Ozean von Harrington trennen würde.«

»*Was?*«, rief sein Vater, dessen Stimme vor Schreck ganz rau war. Alle am Tisch erstarrten und sahen in das fassungslose Gesicht des Marquess. »Du ... du hast vor, dorthin zurückzukehren?«, sagte sein Vater nach ein paar Takten des Schweigens. »Nach Kanada?«

Oh, verdammt. »Ich ... äh ... ja. Anne und ich, wir werden uns in Kanada niederlassen. Du weißt von allem, was ich dort für die Armee, die Marine und die Krone getan habe. Und erst neulich bat Lord Hobart darum, mich zu sehen. Er möchte, dass ich die Nachfolge von Sir Robert Milnes antrete. Als Generalgouverneur.«

Sein Vater sagte: »Generalgouverneur. Was für eine Ehre. Ich bin stolz auf dich, mein Sohn. Ich ... mir war nur nicht klar, dass du wieder weggehen würdest.« Aber die Stimme des Marquess war völlig flach, und sein Gesichtsausdruck konnte nur als ...

... *geknickt* bezeichnet werden.

Fauconbridge gab dem Kellner ein dringendes Zeichen, dem Marquess einen weiteren Drink zu bringen. Harrington hingegen beäugte Michael skeptisch. »Morsley, hat meine Schwester wirklich zugestimmt, ihre Wohltätigkeit aufzugeben und nach Kanada zu ziehen?«

»Nun«, antwortete Michael und nickte dem Lakaien, der ihm seine drei Beefsteaks hinstellte, dankend zu, »... nicht direkt. Wir versuchen derzeit herauszufinden, wie sie ihre Wohltätigkeitsorganisation weiterführen kann, während wir in Kanada sind.«

Harrington schnaubte. »Nun, das ist ein *Nein*, wie ich es noch nie gehört habe.«

Michael schluckte einen Bissen Rindfleisch herunter. »Wir werden uns etwas einfallen lassen.«

»Ich kenne meine Schwester«, sagte Harrington, »und sie wird ihre Wohltätigkeit nicht aufgeben. Das kann ich dir jetzt schon sagen. Unter ihrem zuckersüßen Äußeren ist sie genauso dickköpfig wie du. Du hast selbst gesehen, wie viel Zeit sie aufwenden muss, um den Betrieb aufrechtzuerhalten. Das kann sie von Kanada aus unmöglich tun.« Harrington betrachtete Michaels Gesicht einige Augenblicke lang. »Ich bin sicher, dass sie dir gesagt hat, dass sie dich eben doch nicht heiraten kann, sobald du ihr diese ganze *Kanada*-Sache aufgetischt hast.«

Michael verschluckte sich fast. Es machte ihm nichts aus, dass Anne sein Gesicht lesen konnte; das war gestern Abend sehr praktisch gewesen. Aber dass Harrington Astley ihn wie ein Buch las, war eine höchst unerfreuliche Entwicklung. »Wir werden eine Lösung finden«, wiederholte Michael. »Und wir werden in Kanada leben. Weil ich es sage. Ich bin der Mann, und der Mann hat das Sagen.«

»Oh je«, sagte sein Vater. »Rede dir das nur ein, mein Sohn.« Er lachte über Michaels finsteren Blick. »Ich weiß ein oder zwei Dinge darüber, wie es ist, eine Ehefrau zu haben. Und ich kann euch dreien sagen, dass eine Frau selbst die besten Pläne durchkreuzen kann.«

»Harrington und ich wissen auch ein wenig darüber«, sagte Fauconbridge. »Wir haben schließlich vier Schwestern.«

»Ja, das tun Sie«, erwiderte der Marquess. »Im Gegensatz zu Michael hier, der es gewohnt ist, das Sagen zu haben. Aber glauben Sie mir, wenn ich Ihnen sage, dass die Frau, wenn man denn das Glück einer Verbindung aus Liebe hat, hundertmal besser darin sein wird, Sie ihrem Willen zu unterwerfen, als irgendeine Schwester.« Die Augen des Marquess nahmen einen fernen Blick an. »Aber es wird sich lohnen.«

»Sehen Sie, Mylord?«, sagte Harrington ermutigend. »Sie brauchen sich keine Sorgen zu machen. Er wird nicht nach Kanada zurückkehren. Er würde Anne auf keinen Fall zurücklassen. Er ist in sie vernarrt, seit er zwölf Jahre alt ist.«

»Das ist nicht wahr«, sagte Michael.

Er versuchte, einen weiteren Bissen Fleisch aufzuspießen, musste aber feststellen, dass seine Teller bereits leer waren. Mit finsterer Miene blickte er auf und sah, dass alle am Tisch ihn mit unverhohlener Skepsis betrachteten.

»Erst seit ich vierzehn bin«, brummte Michael und griff nach seinem Glas.

»Oh«, sagte Harrington und verdrehte die Augen. »Nun, in *diesem* Fall ...«

Michael warf einen Blick auf seine Taschenuhr. »So sehr ich diese angenehme Unterhaltung auch genieße, ich muss zum Schneider. Ihr müsst euch so gut wie möglich amüsieren, indem ihr euch hinter meinem Rücken über mich lustig macht, anstatt es mir ins Gesicht zu sagen.«

»Das wird uns sehr gelegen kommen«, sagte Harrington fröhlich.

Michael stand auf und wandte sich dann an seinen Vater. »Ich habe versprochen, heute Abend mit Anne zu speisen. Ich hoffe, das wird kein Problem sein.«

Sein Vater winkte ab. »Ganz und gar nicht, mein Junge, ganz und gar nicht. Mach dir keine Sorgen um mich.«

»Ich hoffe, dass Sie heute Abend mit uns speisen werden, Lord Redditch«, sagte Fauconbridge sofort. »Wir haben nur ein ruhiges Familienessen, aber Sie sind herzlich willkommen.«

»Ich wäre hocherfreut«, erwiderte der Marquess.

»Mutter plant für morgen Abend etwas Aufwändigeres, und ich hoffe, dass Sie uns auch dabei Gesellschaft leisten werden«, sagte Fauconbridge. »Du und Anne auch, Morsley.«

Michael nickte. »Ich werde es Anne sagen.«

Er verabschiedete sich. Das letzte, was er sah, bevor er den Raum verließ, war Harrington, der sich nach vorne beugte und etwas sagte, das seinen Vater und Fauconbridge in Gelächter ausbrechen ließ.

Michael eilte nach draußen, um sich aus der Schusslinie von Harringtons messerscharfem Verstand zu befreien.

Er erschauderte.

Er freute sich darauf, zum Schneider zu gehen. Sicherlich war dies eines der ersten Anzeichen der Endzeit.

KAPITEL 29

*A*nne verbrachte den Vormittag mit Besuchen bei potenziellen Wohltätern und kam erst kurz nach Mittag in ihrem Wohnheim an. Kaum hatte sie sich an ihrem Schreibtisch niedergelassen, kam Samuel durch die Tür gestürmt.

»Mr. Branton«, sagte sie und stand auf. »Guten Tag. Möchten Sie einen Tee oder ...«

»Sie haben die Ermittlungen eingestellt«, erklärte er.

»Einge... - wer hat die Ermittlungen eingestellt? Sie meinen doch nicht etwa die Bow Street?«

»Ich meine die Bow Street«, sagte er, nahm seinen Hut ab und legte ihn auf den Teetisch. Er begann, im Zimmer auf und ab zu gehen. »Ich habe Ihre Nachricht erhalten, und als ich am Vormittag eine Pause hatte, ging ich hinunter, um mit dem Läufer zu sprechen, mit dem ich zusammenarbeite, Charles Hoskins.« Er lachte bitter auf. »Und siehe da, Mr. Hoskins war gerade mit einer privaten Mordermittlung beauftragt worden und wurde noch vor Sonnenaufgang in eine Postkutsche nach Cumberland verfrachtet.«

»Aber ... aber sicher kann jemand anderes für Mr.

Hoskins übernehmen.« Anne hielt inne und bemerkte Samuels grimmige Miene. »Können sie das nicht?«

»Das könnte man meinen, aber der Beamte hat sich geweigert, mich mit jemand anderem sprechen zu lassen. Ein anderer Läufer, den ich kenne, George Higginbotham, kam herein, während ich mich mit dem Angestellten stritt.« Samuel schüttelte den Kopf. »Ich dachte, Higginbotham sei einer der Guten, aber als er mich sah, errötete er und eilte vorbei.« Samuel hielt in seinem Herumlaufen inne und drehte sich zu Anne um. »Jemand hat sie bestochen. Darauf würde ich alles wetten.«

Anne ließ sich in ihren Sitz zurücksinken. »Bestochen? Aber ... wenn die Bow Street nicht ermittelt, wie können wir dann ...«

Die Tür flog auf, und Mrs. Godfrey stürzte herein. »Mylady, verzeihen Sie, dass ich störe, aber ich habe Ihre Ankunft erwartet.«

Anne rieb sich die Schläfe. »Ist es dringend? Mr. Branton hat mir gerade von einem schweren Rückschlag bei unseren Ermittlungen berichtet.«

Mrs. Godfreys Fingerknöchel waren weiß, als sie ihre Schürze zu einem Knoten verdrehte. »Es könnte nicht dringender und ernster sein.«

Anne blinzelte zu ihr auf. Sie war wirklich verzweifelt, der Mund verzogen, ihre Schultern zitterten. »Geht es Nick und Johnny gut?«

»Johnny geht es gut. Er ist oben in seinen Zimmern mit Mrs. Briggs. Aber Nick ...« Mrs. Godfrey tupfte sich eine Träne mit ihrer Schürze ab. »Nick wurde heute Morgen kurz vor Sonnenaufgang auf offener Straße entführt.«

～

ES WAR SPÄTER NACHMITTAG, als Michael die Stufen zu Annes Stadthaus hinaufstieg. Er trug eine flaschengrüne Jacke, die ihm gerade angepasst worden war, kombiniert mit einer grauen Weste und einer hellbraunen Hose. Normalerweise war er nicht der Typ, der sich aufspielen wollte, aber er freute sich über Annes Reaktionen auf seine neue Kleidung und hoffte, dass sie seine neue Garderobe auch schön finden würde.

Als er die Hand zum Klopfen hob, schwang die Tür auf. Anne stand da und sah gehetzt aus; Michael hatte eher den Eindruck, dass sie gerade vor der Tür zum Stehen gekommen war.

»Guten Tag, Anne ...«

»Gott sei Dank bist du endlich da«, unterbrach sie ihn, als sie ihn am Arm packte und ins Haus zog. »Hugh, lass die Kutsche vorfahren«, rief sie, während sie begann, ihn in den vorderen Salon zu zerren.

»Ich freue mich auch, dich zu sehen«, sagte er und amüsierte sich darüber, wie sie ihn herumschubste.

»Wo bist du gewesen? Ich habe dir vor Stunden eine Nachricht geschickt.«

»Ich war beim Schneider«, sagte er und deutete auf seine neue Jacke.

»Oh. Das erklärt es.«

»Warum denn die Eile? Das Abendessen wartet doch sicher noch nicht.«

»Nein. Wir werden später in meinen Gemächern etwas essen.«

Das klang *vielversprechend*. »Ich freue mich darauf, vor allem, wenn wir *au naturel* essen werden.«

»Was?« Anne sah zu ihm auf und verdrehte angesichts seines lasziven Gesichtsausdrucks die Augen. »Nicht *so*, Michael.«

»Das ist ein sehr guter Vorschlag«, brummte er.

»Dafür wird später noch genug Zeit sein. Im Moment haben wir einiges zu besprechen.«

Einiges zu besprechen - Worte, die das Herz eines jeden Mannes mit Schrecken erfüllten. Er versuchte, das Unvermeidliche hinauszuzögern. »Wie ich sehe, hast du meine neue Jacke noch nicht bemerkt.«

»Deine *Jacke*? Wen interessiert schon deine Jacke? Du siehst darin absurd gut aus. Wie immer!«

»Ähm. Danke?«

Sie betraten die Stube. Michael sah, dass Mr. Branton darin saß. Zusammengesunken auf der gelb gestreiften Couch, die Beine vor sich ausgestreckt. Er sah bis auf die Knochen erschöpft aus.

»Er ist hier«, sagte Anne.

»Gott sei Dank«, antwortete Mr. Branton und fuhr sich mit der Hand über das Gesicht.

Michael runzelte die Stirn. »Anne, was ist hier los?«

»Lord Gladstone hat jemanden bestochen, und jetzt hat die Bow Street die Ermittlungen eingestellt.«

»Eingestellt?« Michael runzelte die Stirn. »Aber wie können die das tun? Ein Mann ist ermordet worden, um Gottes Willen!«

»Ja, aber es kommt noch schlimmer - heute Morgen wurde Nick entführt.«

»Entführt?« Michael schrie fast. »Wie konnte er entführt werden? Er hätte das Gebäude nicht verlassen dürfen.«

Anne marschierte zu ihrem Schreibtisch hinüber. »Es war eine Falle, ganz einfach. Joseph hatte Leibwächterdienst, aber Johnny - der Kleine - dachte, er müsse warten und rannte hinunter zum Frühstück, während Joseph seine, äh, Morgentoilette machte.«

Michael legte den Kopf schief. »Seine Morgentoilette? Joseph kommt mir nicht gerade wie ein *Morgentoiletten-Mann* vor.«

»Er war zum Pinkeln«, sagte Mr. Branton vom Sofa aus, offenbar weit über den Punkt hinaus, an dem er die Mühe auf sich nehmen wollte, sich an die gesellschaftlichen Gepflogenheiten zu halten.

»Ah«, sagte Michael. »Ich verstehe.«

Anne räusperte sich. »Sobald Nick merkte, dass Johnny weg war, rannte er die Treppe hinunter, um sicherzugehen, dass der sich nicht vergaß und nach draußen ging. Leider tappte Johnny direkt in Gladstones Falle. Als er im Speisesaal ankam, waren alle Kleinen ganz aufgeregt, weil draußen ein Mann war, der Toffees verteilte. Johnny ist ohne zu zögern da rausgegangen.«

Michael runzelte die Stirn. »Ich dachte, jemand sollte die Tür bewachen.«

»Das taten sie auch«, stimmte Anne zu. »Die meisten von ihnen waren Ralphs Cousins, aber ein paar waren es nicht, also kannten sie sich nicht alle untereinander. Jemand war eine Stunde zuvor aufgetaucht und hatte Ralphs Cousin Anthony gesagt, er sei da, um ihn abzulösen. Anthony dachte sich nichts dabei und ging. Es war der angebliche Leibwächter, der Johnny in der Sekunde packte, in der er zur Tür hinausging.«

Anne ging nun im Zimmer auf und ab. »In der Zwischenzeit kam Nick nach unten und war sofort misstrauisch gegenüber dieser Geschichte über einen Mann, der Süßigkeiten verschenkt. Er ging nach draußen, um nach Johnny zu sehen, und siehe da, er fand den falschen Leibwächter und den Toffee-Mann, die versuchten, ihn in eine Droschke zu quetschen!«

»Was hat Nick dann getan?«, fragte Michael, dem übel werden wollte.

Anne drehte sich um. Ihre Hände zitterten. »Ich sage dir, was Nick getan hat: Er stürmte hinein und biss einen von ihnen in den Arm. Johnny ist es gelungen zu entkommen.

Aber sie ... sie haben sich stattdessen Nick geschnappt. Johnny rannte hinein und schlug Alarm. Doch als Joseph und Mrs. Godfrey rauskamen, war Nick weg.«

Michael lehnte sich gegen den Kaminsims. »Wir müssen nachdenken. Nick ist entführt worden, und Bow Street weigert sich, Nachforschungen anzustellen. Die regulären Wachtmeister sind wahrscheinlich noch korrupter als die in der Bow Street ...«

»*Viel* korrupter,« merkte Mr. Branton an.

Michael presste die Lider zusammen. »Es muss doch jemanden geben, an den wir uns um Hilfe wenden können.«

Anne kam auf ihn zu. »Vergiss aber nicht, dass Lord Gladstone nicht nur Nick entführt hat und Mr. Smithers ermorden ließ. Außerdem stahl er fünftausend Pfund an Baumitteln von der Armee. Deshalb ist seine Verhaftung von großem Interesse für ...«

»Horse Guards!«, sagte Michael. »Hauptquartier der Armee.« Er legte den Kopf schief. »Warum bist du nicht hingegangen und hast jemandem erzählt, was passiert ist?«

Anne warf einen Blick zum Himmel, als würde sie den Herrn bitten, ihr Geduld zu schenken. »Ich war dort«, stieß sie hervor. »Wir waren beide dort. Aber der Beamte weigerte sich, uns mit jemandem sprechen zu lassen.«

Michael runzelte die Stirn. »Warum hat er das getan?«

»Zum einen, weil sie Frauen im Hauptquartier der Armee keine Audienz gewähren, Michael«, sagte Anne und sprach dabei langsam wie zu einem kleinen Kind.

»Aber ...«, Michael schüttelte den Kopf und rang darum, alles zu verstehen. »Aber das ergibt doch keinen Sinn. Du bist eine Person des öffentlichen Lebens, mit deiner Wohltätigkeit - du wurdest immerhin sogar in *The Times* vorgestellt. Du bist hochintelligent. Du bist die Tochter eines Grafen. Und du hast ihnen wichtige Informationen geliefert. Informationen, die sie wissen mussten. Es ist idiotisch, das ist es.« Er hielt inne und runzelte die Stirn. »Aber warte - du hast gesagt, ihr seid beide gegangen. Haben sie sich geweigert, Mr. Branton einzulassen, weil ... äh ...«

»Weil ich schwarz bin?« Mr. Branton erhob sich vom Sofa. »Dieses Mal nicht. Diesmal glaube ich, dass es daran lag, dass ich letzten Monat ein Verfahren gegen den älteren Bruder des Beamten angestrengt habe. Er wurde wegen Veruntreuung von Geldern der Royal Navy verurteilt und segelt in diesem Moment nach New South Wales.« Er schüttelte den Kopf. »In gewisser Weise war es erfrischend, für etwas, das ich tatsächlich getan hatte, schlecht behandelt zu werden.«

»Es ist wohl kaum Ihre Schuld, dass sein Bruder prinzipienloser Abschaum ist«, begann Michael.

Anne stellte sich direkt vor ihn hin. »Da hast du ganz Recht, aber was wir jetzt brauchen, ist jemand, der uns eine Audienz bei den Horse Guards verschaffen kann.«

Michael richtete sich auf. »Sag mal, was ist mit mir? Ich bin mit Lord Hobart bekannt. Ich bin ...«

»... der nächste Generalgouverneur von Kanada, ja«, sagte Anne und nahm seinen Arm.

»Ich gehe sofort dorthin«, sagte Michael, als Anne ihn zur Tür lenkte. »Wir sollten die Kutsche bereitmachen lassen.«

Hugh erschien in der Tür. »Die Kutsche ist bereit, Mylady.«

»Ah. Was für ein Glücksfall«, sagte Anne.

Sie machten sich auf den Weg ins Foyer. »Ich werde diesen schafsköpfigen Angestellten anschreien«, sagte Michael und nahm seinen Hut von Hugh entgegen, »bis er die Furcht vor Gott in sich trägt. Dann kannst du Lord Hobart sagen, was los ist.«

»Das wird schön«, sagte Anne, »bis auf eine Kleinigkeit. Mr. Branton wird das Reden übernehmen.«

»Das ist gut, aber warum nicht du, Anne?«

Anne strahlte ihn an, während sie ihre Handschuhe zurechtzog. »Weil Mr. Branton Menschen sogar davon überzeugen könnte, inmitten einer biblischen Plage Frösche und Heuschrecken zu kaufen.«

Mr. Branton nickte feierlich. »Damit verdiene ich meinen Lebensunterhalt.«

»Ausgezeichnet«, sagte Michael. »Wir haben also einen Plan.«

Als sie in Annes Kutsche saßen, lehnte sich Mr. Branton vor. »Jetzt müssen Sie mir alles erzählen, was Sie über Lord Hobart wissen.«

KAPITEL 30

Obwohl sie sich Sorgen um Nick machte, konnte Anne nicht anders, als sich über das zu freuen, was geschah, als sie bei den Horse Guards ankamen.

Es war nicht nur die Tatsache, dass er sechseinhalb Fuß groß und stämmig war; Michael hatte wirklich ein besonderes Talent für das Auffallen. Er setzte dieses Talent mit voller Wirkung auf den unglücklichen Angestellten ein.

»Lord Morsley!«, sagte der Beamte, als sie eintraten, und sein Gesicht hellte sich auf. »Wie kann ich Ihnen behilflich sein?« Anne erkannte den Augenblick, als der Beamte feststellte, dass Michael von genau den beiden flankiert wurde, die er zuvor abgewiesen hatte. Sein Lächeln erstarrte, und er begann körperlich zu erschlaffen.

»Ist das der Mann, mit dem du heute Nachmittag gesprochen hast, Liebling?«, fragte Michael und sprach in voller Lautstärke. »Derjenige, der sich geweigert hat, dir zu helfen?« Im Raum blickten mehrere Männer von ihrer Arbeit auf und reckten ihre Hälse, um alles mitzubekommen.

»Genau der«, bestätigte Anne. »Mr. Thackery.«

Mr. Thackery schluckte. »Gibt ... gibt es ein Problem, Mylord?«

Michael baute sich noch ein wenig größer auf. »Das kommt darauf an. Halten Sie es für ein Problem, dass meine Verlobte weggeschickt wurde und daher nicht in der Lage war, die benötigte Hilfe zu erhalten?«

»Ich ... ich wusste nicht, dass sie Ihre Verlobte ist ...«

»Nicht, dass es darauf ankäme«, schnauzte Michael. »Jemandem mit dem untadeligen Charakter von Lady Anne sollte immer die grundlegende Höflichkeit einer Anhörung gewährt werden. Ganz zu schweigen von ...« Er legte seine Hand in die Mitte von Samuels Rücken und zog ihn zu sich. »... von meinem persönlichen Anwalt.«

Mr. Thackery sah Samuel aus zusammengekniffenen Augen an und wandte sich dann an Michael. »Ihr persönlicher Anwalt? Ich wusste nicht, dass Eure Lordschaft mit der Admiralität zu tun hat.«

Michael erstarrte für eine Sekunde, erholte sich aber schnell wieder. »Zufällig habe ich der Royal Navy geholfen, indem ich ihr Rohstofflieferungen von der kanadischen Grenze geschickt habe.«

Anne legte ihre Hand mit gewichtiger Miene auf Michaels Oberarm, während sie ihn liebevoll anlächelte. »Hast du mir nicht erzählt, dass du nach der ersten Lieferung von Maststangen einen Dankesbrief von Lord Nelson selbst erhalten hast?«

»Ja, natürlich. Ja, das habe ich.«

Samuel drückte eine Hand auf sein Herz. »Es ist mir eine Ehre, als Lord Morsleys Verbindungsmann zu fungieren.«

Das Gesicht des Beamten hatte einen grünlichen Schimmer angenommen. »Ich ... ich verstehe.«

»Aber kommen wir zurück zur Sache, um die es hier und heute geht«, sagte Michael, der seine Präsenz noch ein wenig mehr verstärkte. »Haben Sie etwas zu Ihrem Vorgehen zu sagen?«

Mr. Thackerys Haltung war inzwischen so, dass Anne sie als *kauernd* bezeichnen würde. »Es tut mir furchtbar leid, Mylord ...«

»Nicht *ich* bin es, dem Sie eine Entschuldigung schulden.«

»Das heißt ... Mylady. Und Mr. Branton. Ich ... ich hätte Sie mit ... äh ... mit jemandem reden lassen sollen.« Anne fühlte sich noch nicht ganz bereit, ihre Absolution zu erteilen, und Samuel schien das Gleiche zu denken, denn beide schwiegen eisern. Nach einem kurzen Moment räusperte sich Mr. Thackery unbeholfen. »Soll ich Lord Hobart also sagen, dass Sie hier sind?«

»Das hätten Sie schon vor vier Stunden tun sollen«, sagte Michael. »Also ja.«

Der Beamte führte sie nach hinten in das Büro von Lord Hobart. Der Baron blickte mit finsterer Miene von den Papierstapeln auf, die sich auf seinem Schreibtisch tummelten. »Ich hoffe, es ist wichtig, Morsley.«

»Das ist es«, antwortete Michael. »Erlauben Sie mir, Ihnen meine Verlobte vorzustellen, Lady Anne Astley ...«

Lord Hobart stieß ein Lachen aus. »Sie arbeiten schnell, Morsley. Deshalb sind Sie also zurückgekommen.«

Michael schenkte Anne ein kurzes Lächeln. »In der Tat. Und das ist Mr. Samuel Branton, ein Anwalt, der hauptsächlich an den Admiralitätsgerichten tätig ist. Er wird es erklären.«

»Nun gut«, brummte Lord Hobart. »Ich schätze, ich sollte nach Tee klingeln.«

Samuel hielt beide Hände hoch. »Das ist sehr freundlich von Ihnen, Mylord, aber es ist nicht nötig. Wir werden keine Minute mehr von Ihrer Zeit in Anspruch nehmen als unbedingt nötig.«

Samuel begann sofort mit dem Fall und legte die Fakten klar, aber knapp dar. Anne wusste, dass Samuel ein Händchen dafür hatte, Menschen zu lesen und seinen Ansatz auf die Person, zu der er sprach, zuzuschneiden, aber sie war es gewohnt, dass er sich zu Beginn mehr darum bemühte, sein Publikum zu bezaubern. Während Lord Hobart mit steinerner Miene zuhörte, konnte sie nicht umhin, sich zu fragen, ob Samuels Taktik richtig war.

Nachdem Samuel seinen Bericht über die Missstände bei der R.M.A. beendet hatte, stand Lord Hobart auf und ging zur Tür. »Kommen Sie rein, Thackery.«

Annes Herz schlug eine Spur schneller, als der Beamte den Raum betrat. »Ich werde einen Brief diktieren«, teilte Lord Hobart ihm mit.

»Jawohl, Mylord«, erwiderte Mr. Thackery, eilte zu einem Schreibtisch in der Ecke und holte ein Blatt Papier hervor. »An wen soll ich das Schreiben richten?«

»An den Obersten Richter in der Bow Street«, sagte Lord Hobart.

»Gibt ... Gibt es ein Problem?«, fragte Mr. Thackery.

Lord Hobart stürzte sich auf ihn. »Fünftausend Pfund sind der Armee gestohlen worden. Halten Sie das für ein Problem?«

Anne hütete sich, sich die Sorge des Barons um das veruntreute Geld anmerken zu lassen, aber nicht um die Kinder, die in Gefahr waren. Aber ihr Lächeln war angespannt. Lord Hobart schien es bemerkt zu haben, denn er fügte eilig hinzu: »Und die Kinder. Es ist absolut ungeheuerlich, was diesen Kindern angetan wird.«

Lord Hobart diktierte eine Notiz, die trotz ihrer Länge von nur vier Sätzen unausweichlich klar war: »Wenn ich herausfinde, dass Sie nicht alle Ihnen zur Verfügung stehenden Mittel eingesetzt haben, um der Sache auf den Grund zu gehen, werde ich nicht zögern, die fragwürdigen

Umstände, unter denen Ihre Ermittlungen durchgeführt wurden, gegenüber Mr. Addington zur Kenntnis zu bringen«, schloss er.

Es gab ein kratzendes Geräusch, als die Schreibfeder vom Rand des Blattes abrutschte. »Mr.... Mr. Addington?«, fragte er mit großen Augen. »Sie meinen doch nicht etwa den Premierminister?«

»Natürlich meine ich den Premierminister«, schnauzte Lord Hobart. »Und wenn das nächste Mal jemand kommt und uns erzählt, dass fünftausend Pfund der Armee gestohlen wurden, schicken Sie ihn nicht weg. Und jetzt raus aus meinem Büro, ihr alle.«

Samuel wartete zufrieden im Vorzimmer, dass der Schreiber den Brief fertig schrieb. »Ich kann es kaum erwarten, ihre Gesichter zu sehen, wenn ich mit einem Brief des Außenministers persönlich in die Bow Street komme«, sinnierte er.

»Wir werden alle zusammen hingehen«, sagte Anne und drückte Michaels Arm. »Auf diese Weise kannst du noch ein bisschen mehr aus der Menge ragen. Du bist so gut darin.«

Michael blähte seine Brust auf. »Auf die Gefahr hin, wie ein unverschämter Angeber zu klingen, habe ich auch ein angeborenes Talent, zu glänzen und zu schreien, wenn die Situation es erfordert.«

Ein solch kurzes Schreiben ließ sich in kürzester Zeit noch einmal kopieren, und innerhalb einer Viertelstunde stiegen sie in der Bow Street aus Annes Wagen. Die Reaktion in der Bow Street entsprach weitgehend der des Beamten in der Horse Guards. Nach der Verlesung des Schreibens von Lord Hobart wich das Zusammenkauern einer regelrechten Panik.

»Tausendmal Verzeihung, Lord Morsley«, sagte der Gerichtsschreiber, dessen Name Mr. Hewitt lautete. »Wir werden dafür sorgen, dass dies ab sofort gründlich untersucht wird.«

Mr. Hewitt begann, in einigen Papieren zu blättern, offenbar in der Annahme, dass diese Zusicherung ausreichend und das Gespräch damit beendet sei.

Samuel lehnte seinen Ellbogen auf den Tresen. »Ausgezeichnet. Wann wird diese gründliche Untersuchung beginnen, und was wird sie beinhalten?«

Mr. Hewitt runzelte die Stirn. »Was haben Sie mich gerade gefragt?«

Es stellte sich heraus, dass Michael auch dann noch recht effektiv aufragen konnte, wenn er durch einen Tresen von seiner Beute getrennt war. »Was mein *persönlicher Anwalt* gerade gefragt hat, ist, was Sie gegen Lord Gladstone unternehmen werden. Und zwar heute noch. Denn, falls das noch nicht in Ihren Dickschädel eingedrungen ist, das Leben eines Jungen ist in Gefahr.«

»Das ist derselbe Junge, der einen Blick auf das Gesicht des Barons erhascht hat?«, fragte Mr. Hewitt.

»Genau der«, sagte Anne.

Mr. Hewitt schüttelte den Kopf. »Dann ist er wahrscheinlich schon tot. Gladstone hat ihn nur deshalb entführen lassen, um einen Zeugen auszuschalten.«

Anne spürte, wie sich ihre Brust zusammenzog. Genau das war ihre Befürchtung, dass sie bereits zu spät kommen würden.

Aber sie konnte sich dieser Verzweiflung nicht hingeben. Sie hob ihr Kinn. »Wir müssen es versuchen. Es besteht immer noch die Möglichkeit, dass Nick ...«

Mr. Hewitt unterbrach sie. »Obwohl ein zartes Herz einer Frau zur Ehre gereicht ...«

Michael beugte sich vor. »Haben Sie gerade Lady Anne unterbrochen?«, schrie er geradezu.

Mr. Hewitt schreckte körperlich zurück. »Ich ... Es tut mir leid, Mylady.«

»Sie behaupten also«, fuhr Michael fort, »dass es keinen Grund gibt, heute Abend zu handeln, weil Nick bereits ermordet wurde. Helfen Sie mir auf die Sprünge: Welche Stelle ist dafür zuständig, Kindermörder aufzuspüren und zu fassen?«

»Das sind die Bow Street Runners«, warf Samuel gelassen ein.

»Das habe ich mir gedacht«, sagte Michael. »Also. Was ist Ihr Plan?«

Mr. Hewitt sah verblüfft aus. »Es wird Zeit brauchen, einen Plan auszuarbeiten, die nötigen Kräfte zu finden ...«

»Was waren Lord Hobarts genaue Worte?«, fragte Michael.

Samuel setzte sich mit großer Geste sein Augenglas auf die Nase, um den Brief zu lesen. »Schauen wir mal. Ah, ja, hier steht es. *Wenn ich herausfinde, dass Sie nicht alle Ihnen zur Verfügung stehenden Mittel eingesetzt haben ...*«

Michael schüttelte den Kopf. »Wie schade, dass ich Lord Hobart sagen muss, dass seine Anweisungen ignoriert wurden.«

Mr. Hewitt schaute finster drein. »Seien Sie vernünftig. Der derzeitige Aufenthaltsort von Lord Gladstone ist unbekannt. Wir wissen nicht einmal, wo wir anfangen sollen zu suchen.«

»Wie wunderbar praktisch«, sagte Samuel. »In unserem früheren Gespräch berichteten sowohl Nick als auch Johnny, dass das Haus, in dem Lord Gladstone die Jungen festhielt, dem Geruch nach, in der Nähe eines Brennofens lag.«

Mr. Hewitt warf seine Hände in die Luft. »Wer weiß schon, wie viele Brennöfen es in London gibt oder wo sie stehen!«

Samuel griff in seine Brusttasche. »Vierzehn. Das sagt

mein Freund beim Exchequer. Ich habe eine Liste von ihnen hier.«

Der Beamte starrte ihn an. »Sie schlagen also vor, dass wir Männer zu diesen vierzehn Öfen schicken und die umliegenden Gebäude auf entführte Waisenkinder überprüfen?«

»Ganz genau«, sagte Michael. »Endlich haben wir uns verstanden.«

»Und wer wird diese Öfen kontrollieren?«, fragte Mr. Hewitt.

»Verzeihen Sie mir, wenn ich falsch informiert bin, denn ich habe die letzten vier Jahre in Kanada verbracht«, sagte Michael, »aber gibt es in der Bow Street keine Fußpatrouille? Wozu, wenn nicht für Aufgaben dieser Art?«

»Das ist eine Schnitzeljagd«, begann der Beamte.

Michael warf ihm einen strengen Blick zu. »Besser als herumsitzen und nichts tun.«

Anne trat vor und nahm Michaels Arm. »Hat Lord Morsley erwähnt, dass er der nächste Generalgouverneur von Kanada sein wird?«

»Handverlesen von Lord Hobart selbst«, bemerkte Samuel.

Mr. Hewitt stieß einen gequälten Seufzer aus. »*Also gut.*«

Schließlich wurden zehn Männer der Fußpatrouille zusammengetrommelt, um die Suche einzuleiten. »Ich nehme die Pottery Lane in Notting Hill«, bot Samuel an.

»Den Rest übernehme ich«, sagte Anne. »Ich werde es unter meinen Lakaien aufteilen.«

Als sie das Büro in der Bow Street verließen, war Anne immer noch krank vor Sorge um Nick.

Aber wenigstens hatte sie jetzt einen winzigen Funken Hoffnung.

KAPITEL 31

*D*ie Sonne war bereits untergegangen, als sie Annes Haus erreichten. Ein Dienstmädchen brachte ein Tablett mit Wurst und Käse in die Bibliothek, und Michael aß davon, während Anne ihren Lakaien Aufträge erteilte.

Anne kam erst zwanzig Minuten später zurück. Michael hatte es geschafft, ihr etwas Hühnchen und einen Teil des Schinkens zu retten, und natürlich ein Erdbeertörtchen.

Das erste, was ihm auffiel, als sie den Raum betrat, war, dass sie dasselbe schlichte graue Kleid angezogen hatte, das sie gestern Abend getragen hatte, als sie in Holborn gewesen waren.

Das Zweite, was ihm auffiel, war, dass sie seinen alten Mantel über dem Arm trug, den er am Morgen hiergelassen hatte.

»Gut, du hast mir was aufgehoben.« Anne reichte ihm seine Jacke. »Zieh das an, und wir fahren in fünf Minuten los.«

Michael runzelte die Stirn. »Losfahren? Was meinst du mit *losfahren*? Und warum bist du so angezogen?«

Anne schluckte ihren Bissen Schinken hinunter. »Mit den

zusätzlichen Wachen, die bei meinem Wohnheim aufgestellt wurden, hatte ich nur genug Lakaien, um zwei der drei verbleibenden Öfen zu kontrollieren. Wir beide werden uns also in der Nähe der Coade Stone Manufaktur in Lambeth umsehen.«

Michael verschränkte die Arme. »Den Teufel werden wir tun.«

Anne, die gerade dabei war, eine Scheibe Brot mit Butter zu bestreichen, blickte zu ihm auf. Als sie seinen Gesichtsausdruck sah, stieß sie einen verärgerten Seufzer aus. »Nicht schon wieder dieser überfürsorgliche Unsinn.«

Unsinn? Er wollte nicht, dass die Frau, die er liebte, *starb*, und sie nannte es Unsinn? »Das ist kein Unsinn.«

»Lambeth ist keine so schlechte Gegend. Die Coade Stone Manufaktur ist nur ein kleines Stück flussaufwärts von Vauxhall, und jeder geht dorthin.«

»Trotzdem, es gibt keinen Grund für dich, dorthin ...«

»Natürlich gibt es den!« Anne stellte ihren Teller ab und stand auf, wobei eine Augenbraue zuckte. »Hast du heute Nachmittag nicht aufgepasst? Nick ist *entführt worden*. Ich werde nichts unversucht lassen.«

»Ich werde gehen. Allein«, sagte Michael mit seiner *Stimme, die keinen Widerspruch duldete.*

Offensichtlich war Anne allerdings gegen die *Stimme, die keinen Widerspruch duldete*, gefeit, denn sie schoss zurück: »Wenn du glaubst, dass ich mich in meinem Salon verkrieche und die wichtige Arbeit den Männern überlasse, dann kennst du mich überhaupt nicht.«

»Ich verlange ja nicht, dass du dich verkriechst ...«

»Wir waren gleichberechtigte Partner, als wir aufwuchsen, Michael. *Gleichberechtigt*.« Ihre Hände waren zu Fäusten geballt, und sie blinzelte gegen die Tränen an. »Wir haben alles *zusammen gemacht*. Ich bin über jede Stange geklettert, über die du geklettert bist. Ich bin auf jeden Baum geklettert. Ich bin tausendmal über die Lücke in den Zinnen von Cranfield Castle gesprungen. Du hast nie behauptet, ich sei weniger fähig als du, nur weil ich ein Mädchen bin.« Sie rieb sich mit dem Handrücken über die Wange. »Das ist es, was ich *an dir mag*. Oder vielleicht sollte ich sagen *mochte*. Denn offensichtlich empfindest du nicht mehr so.«

Es war wie ein Messerstich ins Herz, als sie das sagte. Und sie hatte nicht unrecht, was ihre Kindheit anging. Aber der Junge, mit dem sie über diese Zäune geklettert war, diesen Jungen gab es nicht mehr. Der Schmerz, sie zu verlieren, hatte ihn gezeichnet. Er konnte nicht einfach mit den Fingern schnippen und zu jenen unbeschwerten Tagen zurückkehren, bevor er gewusst hatte, was es hieß, ohne sie leben zu müssen.

Michael durchquerte den Raum in zwei Schritten und strich mit einer Hand über ihre Wange. »Ich weiß, wie fähig du bist, Anne. Aber Gladstone und seine Gefolgsleute sind gefährlich. Sie haben Smithers getötet und würden wieder töten, um sich selbst zu retten. Ich will einfach nicht mit ansehen, wie die einzige Frau, die ich je geliebt habe, vor meinen Augen erstochen wird.«

»Was ist der Unterschied, wenn du allein gehst? Glaubst du nicht, dass ich mir genauso viele Sorgen um dich machen würde?«

Michael verkrampfte seinen Kiefer. »Das ist etwas anderes. Das ist etwas ganz anderes.«

»Ich würde gerne wissen, inwiefern!«

Michael stöhnte auf. Er würde es jedoch sehr vorziehen, keine Erklärung abzugeben. Über seine inneren Narben, seine Ängste zu sprechen - das war nichts, was ein Engländer tat. Das widersprach allen Grundsätzen, nach denen sein Vater ihn erzogen hatte. »Es ist einfach so.«

»Komm mir nicht so, Michael Cranfield.« Sie stach ihm einen Finger in die Brust. »Ich versuche, dir einen

Vertrauensvorschuss zu geben und anzunehmen, dass mein bester Freund, die Person, die mich respektiert, noch irgendwo da drin ist. Ich sehe ihn ab und zu, zum Beispiel, als du Mr. Hewitt die Meinung gesagt hast. Aber eine halbe Stunde später bist *du* derjenige, der mich wegschickt und darauf besteht, dass ich mich in meinem Wohnzimmer verstecken und die wichtige Arbeit dir überlassen soll. Ich weiß nicht, was ich davon halten soll.«

Er neigte seinen Kopf ganz zur Decke und kniff die Augen zusammen. Als er es wagte, zu Anne hinunterzublicken, sah sie ihn erwartungsvoll an. »Du willst mich doch nicht wirklich zwingen, es zu sagen, oder?«

»Anscheinend schon, denn ich habe absolut keine Ahnung, was *es* ist.«

Michael schluckte und richtete seinen Blick auf die Wand hinter Anne. »Meine ... meine Mutter ist gestorben, Anne. Sie ist gestorben, und ...« Er brach ab.

Er spürte, wie sie eine seiner Hände nahm und sie drückte. »Ich erinnere mich, Michael. Ich weiß noch, wie furchtbar es für dich war.«

»Es war furchtbar für mich, aber ich spreche nicht von mir. Ich spreche von meinem Vater.«

Er wagte einen Blick zu ihr hinunter und sah, dass der Zorn aus ihr gewichen war, dass in ihren Augen nichts als Mitleid stand.

Er schaute weg. Es war schon schwer genug für ihn, das zu überstehen. »Es war, als wäre seine halbe Seele gestorben. Meine Mutter war seine Welt. Er liebte sie genauso, wie ich dich liebe. Die Cranfield-Methode, so scheint es. Und ein Mann soll seine Frau beschützen. Aber er ... er musste einfach dasitzen und ihre Hand halten, während sie verblutete.« Er schluckte. »Er hat sich nie wirklich davon erholt. Ich bezweifle, dass er das jemals tun wird.«

Irgendwann während seiner Rede hatte Anne ihre Arme

um seine Taille geschlungen und ihren Kopf an seine Brust gedrückt.

»Deshalb kann ich dich nicht in Gefahr bringen, Anne. Denn ich hätte nie gedacht, dass mir das einmal passieren würde. Aber dann habe ich dich *verloren*, Anne.« Seine Stimme brach, und er musste einen Moment innehalten. »Oder zumindest dachte ich das. Als du Wynters geheiratet hast. Und ich ...« Er brach ab und versuchte, die Schwärze zu verdrängen, die diese Erinnerung begleitete. Als er wieder sprach, zitterte seine Stimme. »Ich kann das nicht noch einmal tun. Ich *kann nicht*. Bitte verlang das nicht von mir. Es gab nichts, was mein Vater tun konnte, um meine Mutter zu retten. Aber das hier können wir verhindern.«

Er streichelte ihr schönes Gesicht. »Dass ich nicht will, dass du gehst, hat *nichts* damit zu tun, dass ich dich für unfähig halte, sondern nur damit, dass ich ohne dich nicht leben kann. Ich werde nach Nick suchen. Ich mache das gerne. Es ist mir egal, ob ich sterbe, solange ich nicht ohne dich leben muss. Bitte, Anne, lass mich allein gehen. Bitte lass mich dich einfach beschützen.«

»Oh, Michael.« Anne streichelte seinen Rücken, und sie standen einen Moment lang so da und hielten sich einfach nur aneinander fest.

Anne lehnte sich zurück und sah ihm in die Augen. »Nur um das klarzustellen: Deine Meinung, ich sollte heute Abend nicht nach Lambeth gehen, auch nicht in deiner Begleitung, kommt daher, weil es zu gefährlich ist.«

»Richtig.«

»Aber dennoch willst du, dass ich dich nach Kanada begleite. Ich werde die Erste sein, die zugibt, dass meine Teilnahme an dieser Untersuchung eine gewisse Gefahr darstellt, auch wenn du mich beschützt. Aber ich garantiere, dass das Risiko vergleichbar ist mit einer Überfahrt über den Ozean.«

Michael starrte sie an und hatte Mühe, ein Gegenargument zu formulieren. In Wahrheit hatte sie wahrscheinlich recht.

»Und dann«, fuhr Anne fort, »wenn wir Kanada erreichen, gibt es eine Reihe potenzieller Gefahren. Krankheit. Frostbeulen. Ich habe gehört, dass es eine ziemlich spektakuläre Geschichte gibt, in der du von einem Bären angegriffen wurdest, die ich noch nicht gehört habe.«

»Ich kann dich vor Bären schützen.«

»Du kannst nicht jede Sekunde des Tages bei mir sein. Und du kannst mich auch nicht in Baumwolle einwickeln und auf ein hohes Regal stellen, um mich sicher aufzubewahren.«

»Ich wünschte, ich könnte genau das tun«, brummte er.

Sie drückte seine Taille. »Ich weiß, dass du das tust. Aber ich weigere mich, mich den ganzen Tag in meiner Stube zu verstecken, Tee zu trinken und Blumen zu sticken. Du willst das Risiko auf dich nehmen, mich nach Kanada zu bringen, weil deine Arbeit dort wichtig ist. Für mich ist es dasselbe. Ich habe ein gewisses Risiko in Kauf genommen, um meine Gesellschaft zu führen. Denn die Arbeit, die ich mache, ist auch wichtig.«

Sie lehnte sich zurück und sah zu ihm auf. »Ich weiß, du meinst es nicht böse. Aber du musst einen Weg finden, dies zu überwinden. Das ist sehr wichtig. Für *uns*. Denn das ist ein ebenso großes Hindernis für unsere gemeinsame Zukunft wie die Frage, wo wir wohnen werden.«

Michael neigte den Kopf. »Es ist schwer für mich, Anne. Aber ...« Er schluckte. »... wenn es wirklich das ist, was du willst ...«

»Das ist es.«

Er blickte auf sie hinab. »Und es gibt keine Möglichkeit, dass du etwas anderes wollen könntest?«

»Auf keinen Fall.«

Er seufzte. »Ich hatte das Gefühl, dass dem so sein würde. Ich werde es versuchen, Anne.«

»Vielen Dank dafür. Und schau dir die Situation an, in der ich mich heute Abend befinde. Ich muss nach Lambeth fahren und Nick suchen, aber um ehrlich zu sein, will ich das nicht alleine machen.« Sie schlang ihre Arme um seinen Hals. »Du bist der Einzige, der mir helfen kann. Würdest du das bitte tun, Michael?« Sie sah flehend zu ihm auf. »Für mich?«

In einem einzigen Augenblick hatte sie ihn besiegt. Besiegt mit einem Paar wunderschöner brauner Augen.

Das hieß aber nicht, dass es ihm gefallen musste. »Das ... das ist nicht fair!«

»Heißt das, es funktioniert?«, fragte sie strahlend.

»Du weißt genau, dass es so ist«, brummte er. »Ich hätte gedacht, dass solche Methoden unter deiner Würde sind. Wo hast du überhaupt gelernt, einen Mann so zu manipulieren?«

»Von meiner Mutter. Sie macht das ständig mit meinem Vater.«

»Lieber Gott, du hast vom Meister gelernt.«

Sie wickelte ihre Finger in das Haar in seinem Nacken. »Komm schon, schau nicht so mürrisch drein. Denn wenn du mir hilfst, bin ich dir bestimmt sehr *dankbar*, wenn wir wieder zu Hause sind.«

Das erregte seine Aufmerksamkeit. »Dankbar, sagst du? Was glaubst du, wieviel Dankbarkeit du wirst aufbringen können?«

Sie lächelte, beugte sich vor und drückte ihre Brüste an seine Brust. »Ganz, ganz, ganz viel Dankbarkeit. Ich wäre so dankbar, dass ich zweifellos nach einem geeigneten Mittel suchen würde, um meine Dankbarkeit zum Ausdruck zu bringen.«

»Ich habe ein paar Vorschläge, falls du sie brauchst«, sagte er, bevor er ihre Lippen mit seinen eigenen einfing.

KAPITEL 32

*E*ine halbe Stunde später stiegen sie auf der Ostseite der Westminster Bridge aus einer Droschke aus.

Michael spürte einen Funken Hoffnung, als sie sich einem eleganten Gebäude mit vier Säulen näherten, die jeweils von einer Statue im klassischen Stil gekrönt wurden. In die Steinfassade war der Schriftzug »Coade and Sealy's« eingemeißelt. Obwohl die Fenster zu dieser Stunde verdunkelt waren, handelte es sich eindeutig um eine angesehene Nachbarschaft. »Das ist es also?«, flüsterte er Anne zu.

Sie schüttelte den Kopf. »Das ist die Galerie. Der Brennofen ist fünfhundert Meter flussabwärts.«

Er grunzte. Natürlich. Wie er sein Glück kannte, befand er sich wahrscheinlich zwischen einer Reihe von Gin-Kellern und einem Hahnenkampf-Ring.

Sobald sie die Handvoll Häuser in der Nähe der Brücke hinter sich gelassen hatten, öffnete sich die Landschaft. Um ehrlich zu sein, war es nicht so schlimm, wie Michael befürchtet hatte. Es war zwar industriell, aber nicht besonders schäbig, mit verlassenen Holzlagerplätzen zu ihrer Linken und offenen Feldern zu ihrer Rechten.

Nicht, dass er daraufhin seine Wachsamkeit vernachlässigen würde. Jemand rief etwas vom nahe gelegenen Holzlagerplatz herüber, und Michael wirbelte mit erhobenen Fäusten herum.

Es handelte sich um eine Eule.

Anne warf ihm einen Seitenblick zu, sagte aber nichts. »Wir fangen damit an, die Gegend um den Ofen herum abzusuchen«, flüsterte sie, »um nach allem Verdächtigen Ausschau zu halten. Wir sollten jeden, dem wir begegnen, befragen, solange er nicht anrüchig aussieht. Einige Leute werden mich wahrscheinlich wiedererkennen, also werde ich mich zurückhalten und dir die Befragung überlassen, zumindest für den Anfang. Wenn jemand misstrauisch ist, werden wir die Tarnung benutzen, die Sarah neulich vorgeschlagen hat, nämlich dass du ein junger Mann bist, der in der Stadt unterwegs ist, und ich bin deine ...«

Er unterbrach sie, da er nicht wollte, dass Anne sich selbst so bezeichnete. »Ich erinnere mich.« Er hob den Kopf. »Es riecht, als kämen wir näher.«

»Ja«, stimmte Anne zu.

Als sich zu ihrer Rechten eine Reihe eng beieinander stehender Häuser auftürmte, wurde nicht nur der Geruch von Holzkohle intensiver, Michael nahm auch ein schwaches Glühen wahr, das von einem Gebäude in der Ferne ausging.

Die offenen Felder endeten, und sie kamen in ein kleines Viertel mit ein paar Häuserstraßen und einer Brauerei. Sie kamen an etwas vorbei, das aussah wie einer dieser Gin-Keller. Ein paar Frauen, die an der Ecke verweilten, warfen Michael ein anzügliches Lächeln zu, das er jedoch ignorierte.

»Das müsste es sein, zu unserer Linken«, flüsterte Anne.

Sie umrundeten den Ofen schnell und fanden schließlich den Eingang zum Hof auf der anderen Seite des Gebäudes.

Michael hatte erfahren, dass die Firma von Eleanor Coade aus einer Art Keramik (die genaue Zusammensetzung war ein streng gehütetes Geheimnis), die wie Marmor aussah und absolut wetterfest war, maßgeschneiderte Statuen für Wohlhabende herstellte. Er sah Beispiele von Mrs. Coades Arbeiten auf dem Hof verstreut, als sie sich dem Brennofen näherten - hier ein liegender Löwe, dort eine Urne, eine Poseidon-Statue, die für einen Brunnen in der hinteren Ecke bestimmt zu sein schien. Es war beunruhigend, Statuen so im Schlamm herumliegen zu sehen, die aussahen, als könnten sie antike Schätze sein, aber sie waren da.

»Oy«, rief eine scharfe Stimme, »was macht ihr zwei da?«

Michael drehte sich um und sah einen Nachtwächter auf sich zukommen. Er stellte sich sofort vor Anne. Sie drückte seinen Arm. »Befrag ihn«, flüsterte sie.

Michael nickte. »Guten Abend. Entschuldigen Sie, dass ich Sie erschreckt habe ...«

»Du kannst aber nicht mit ihr hier rummachen«, sagte der Mann und kam direkt zur Sache. »Sucht euch einen anderen Ort.«

Michaels Hände ballten sich zu Fäusten. Er zwang sich, sich zu beruhigen. Auch wenn er die Andeutung des Wachmanns nicht gutheißen konnte, so war es doch ihre Tarnung. »Deshalb sind wir nicht hier. Wir suchen einen kleinen Jungen, der entführt wurde. Wir haben Grund zu der Annahme, dass er in diese Gegend gebracht worden sein könnte. Haben Sie etwas Verdächtiges gesehen? Sagen wir, Männer, die zu jeder Stunde junge Burschen zu einem der nahe gelegenen Häuser bringen?«

Der Wachmann schnaubte. »Ein weiser Mann sieht nichts, was er nicht sehen soll. Und jetzt raus hier.«

Anne zerrte bereits an seinem Arm. Michael ließ sich von ihr wegführen. »Wir werden nichts von ihm erfahren«, flüsterte sie, als sie wieder auf die Straße traten.

Sie gingen weiter nach Norden, vorbei an weiteren Häusern und Industriegeländen. Weiter vorn hörte Michael plötzlich Schritte auf dem Kopfsteinpflaster, und eine kleine alte Frau, die sich einen Korb an die Brust drückte, trat aus dem Schatten hervor.

Noch bevor er sich ihrer Absicht bewusst wurde, hatte Anne ihre Hand von seinem Arm gelöst und überquerte die schmale Straße. »Anne!«, zischte er und eilte ihr nach.

Sie stellte sich der Frau direkt in den Weg und schob die übergroßen Klappen ihrer Haube zurück. »Verzeihen Sie, dass ich Sie aufgehalten habe, aber ich habe mich gefragt, ob Sie mir helfen können. Ich bin Lady Wynters ...«

»Lady Wynters?« Die Augen der Frau wanderten zu Annes Gesicht. »Du liebe Güte, Sie sind es wirklich.«

»Darf ich Ihnen ein paar Fragen stellen?«, fragte Anne.

Die Frau gluckste nervös. »Ich kann mir nicht vorstellen, was ich der großen Lady Wynters nützen könnte, aber fragen Sie ruhig.«

»Ich suche einen Jungen, der entführt worden ist. Ich versuche, einen Mann aufzuspüren, der kleine Waisenkinder als Lehrlinge an Schornsteinfeger verkauft hat. Haben Sie gesehen, dass ein Junge in ein bestimmtes Haus gebracht wurde? Wir glauben, dass sie in einer glänzenden schwarzen Kutsche mit einem Wappen hergebracht werden, zu dem Wappen gehören zwei Wildschweine.«

Die Miene der Frau wurde steinern. »Davon weiß ich nichts«, sagte sie und wankte einen Schritt zurück, bevor sie an Anne vorbeilief. »Ich bitte um Verzeihung, Mylady«, rief sie noch zurück, als sie bereits zehn Meter die Straße hinuntergerannt war.

»Können wir einfach gehen?«, murmelte Michael. »Wir werden hier nichts erfahren.«

»Ich frage mich, ob wir das gerade getan haben.« Auf Michaels fragenden Blick hin fügte Anne hinzu: »Sie hat sich gefreut, mit mir zu reden. Sie schien uns durchaus helfen zu wollen ... bis ich Lord Gladstones Kutsche erwähnte. Ich frage mich, ob das nicht bedeutet, dass sie sie in der Tat gesehen hat.«

»Trotzdem können wir nicht an jede Tür klopfen, die sich in Riechweite des Ofens befindet.« Er lenkte Anne um einen Mann herum, der an einem Gebäude lehnte, nach Gin stank und vor sich hinmurmelte. »Und das ist nicht die beste Gegend.«

»Wir suchen nur noch ein bisschen weiter«, sagte Anne und wandte sich einer engen Gasse zu. »Lass uns hier mal nachsehen.«

»Ich gehe zuerst«, murmelte Michael.

Nach ein paar Metern öffnete sich die Seitenstraße in einen kleinen Backsteinhof. Wegen der vielen Wäsche, die zwischen den Häuserreihen aufgehängt war, drang nur wenig Licht bis zum Boden. Die meisten Fenster waren entweder mit Brettern vernagelt oder mit Papier und Lumpen beklebt. Michael wusste, dass dies eine gängige Praxis war, um die Fenstersteuer zu umgehen, aber die Allgegenwärtigkeit dieser Praxis bot auch eine bequeme Tarnung für diejenigen, die nicht wollten, dass jemand das Innere sah.

Sie hatten fast das Ende des Hofes erreicht, als sich eine Tür öffnete. Ein dünner, blonder Mann, der nur ein oder zwei Zentimeter kleiner war als Michael, kam die Treppe heruntergeschlendert.

Der Mann erschrak über ihre Anwesenheit. »Wer seid ihr? Was wollt ihr hier?«, knurrte er.

Anne vergrub ihr Gesicht an Michaels Schulter. Ihr Griff um seinen Arm war stählern. Er wusste, woran sie ihn erinnern wollte - lässig zu sein und sich an ihren Plan zu halten. Gott, wie sehr er es hasste, dies zu tun, wie sehr er es hasste, Anne mit den Begriffen anzusprechen, die er gleich verwenden würde.

»Nicht viel«, sagte er und versuchte, beschwipst und unbeteiligt zu klingen. »Ich suche nur nach einem Ort, an dem ich mir dieses erstklassige Stück hier vornehmen kann.« Er drückte Anne an sich.

Der Mann wandte sich an Anne. »Sag mal, ich habe sie noch nie gesehen. Ich mag eine Long Meg, wirklich, aber sie sind schwer genug zu finden. Die meisten Huren sind nicht groß genug für eine Runde im Stehen. Ich nehme an, du weißt, was ich meine, da du selbst ein langer Lulatsch bist.«

Es kostete Michaels ganze Selbstbeherrschung, ihn nicht zu erwürgen. Anne drückte seinen Arm. *Bleib ruhig.* Er bemühte sich um einen heiteren Tonfall, als er antwortete: »Das tue ich in der Tat.« Es klang halb erwürgt, aber der Mann schien das nicht zu bemerken.

»Warum gehst du nicht mit ihr um diese Ecke?« Der Mann nickte in Richtung des Gebäudes hinter ihnen. »Da ist eine kleine Gasse, schön und privat. Ich habe Lust, mit ihr zu spielen, wenn du fertig bist. So groß, wie sie ist, wird sie auch an der Wand stehend gut für mich sein.«

»Die gehört mir«, schnauzte Michael. »Warum suchst du dir nicht jemand anderen und bringst sie rein?« Er nickte in Richtung der Tür, durch die der Mann gekommen war.

»Weil mein Boss ein richtiges Arschloch ist, und er lässt mich niemanden mit reinnehmen.«

»Aber es stört ihn nicht, dass du in der Gasse herumlungerst und nach einem schicken Stück suchst?«

Der Mann sah beleidigt aus. »Nun, *jetzt* ist er ja nicht da.«

Michael ging langsam rückwärts zur Hauptstraße und ignorierte Annes Versuche, ihn auszubremsen. »Du kannst doch jemanden finden, den du reinbringen kannst, oder?«

»Ich sage dir, ich kann nicht. Wenn sie ihm verraten, dass

ich ein Flittchen mitgebracht habe, wird er mich bei lebendigem Leib häuten.«

Michael starrte ihn an. »*Sie?* Wer genau sind *sie?*«

Für den Bruchteil einer Sekunde weiteten sich die Augen des Mannes, bevor er seine Gesichtszüge wieder unter Kontrolle hatte. »G-geht dich ja nichts an. Der Punkt ist, dass ich seit drei Tagen keine Runde mehr hatte, und wenn ich keine Katze finde, die groß genug ist, um es an der Wand zu tun, werde ich auch keine bekommen.«

»Na, dann musst du eben weitersuchen«, schnauzte Michael.

»Hey, jetzt. Sei doch nicht so. Wie ich schon sagte, ich warte, bis du mit ihr fertig bist. Geh da um die Ecke. Da findest du ein lauschiges Plätzchen. Guter Kerl.«

Michael überlegte gerade, ob er den Mann mit bloßen Händen erwürgen sollte, als er ein scharfes Zwicken an der Innenseite seines Arms spürte. Er blickte zu Anne hinunter.

Ihr Gesichtsausdruck war unverkennbar, selbst in der nahen Dunkelheit. *Wage es nicht.* Er warf ihr einen bissigen Blick zu, und sie schüttelte ganz dezent den Kopf.

Er holte noch einmal tief Luft. »Um die Ecke, sagst du?« Er führte Anne in die Richtung, die der Mann angegeben hatte, und war froh, dass er sie wenigstens von diesem Kretin wegbringen konnte.

Anne zog ihn in eine Ecke, schlang ihre Arme um seinen Hals und begann, seinen Kiefer zu küssen. »Das war gut, Michael«, flüsterte sie. »Sehr überzeugend.«

»Wir müssen hier weg«, murmelte er.

»Noch nicht. Ich frage mich, wer sich da drin versteckt, der ihn bei seinem Boss verraten würde? Mal sehen, ob wir ihn zum Reden bringen können.«

»Das könnte jeder sein. Es sind wahrscheinlich nur seine Kumpane. Ich will nicht, dass du in seine Nähe kommst. Wir müssen ...«

»Ich sage«, sagte der Mann und lugte um die Ecke, »da komm ich her, um zu sehen, ob du fast fertig bist, und was finde ich, du hast noch nicht einmal angefangen! Ich habe einen engen Zeitplan, also jetzt mach schon.«

Anne vergrub ihren Kopf an Michaels Brust, um ihr Gesicht zu verbergen. »So ist es schon besser«, sagte der schlaksige Mann. »Ich bin in ein paar Minuten zurück, um zu gucken, wie weit du bist.« Er verschwand wieder.

»Anne!«, zischte Michael. »Wir gehen jetzt. Jetzt!«

»Aber Michael ...«

»Jetzt!« Er ergriff Annes Hand und zog sie tiefer in die Gasse, doch der Weg war durch einen Stapel zerbrochener Kisten versperrt.

Fluchend führte Michael Anne den Weg zurück, den sie gekommen waren. »Also alles erledigt?«, fragte der schlaksige Mann. Michael antwortete nicht, sondern hielt sich zwischen ihn und Anne, als sie an ihm vorbei eilten.

Michael spürte, wie der Mann ihn von hinten am Arm packte. »Was glaubst du, wo du hingehst? Ich habe gesagt, dass ich sie auch haben will.«

Michael schüttelte ihn ab. »Ich habe beschlossen, dass ich sie für die ganze Nacht haben will.«

Unfähig, den Hinweis zu verstehen, begann der Mann, ihnen hinterherzulaufen. »Das ist schön und gut, aber lass mich doch zuerst bei ihr ran.« Er betrachtete Annes Figur anerkennend. »Bist du nicht ein Sahnestückchen? Heb deine Röcke für mich hoch, kleines Eichhörnchen, es wird nur eine Minute dauern.«

In diesem Moment machte der schlaksige Mann einen entscheidenden Fehler. Nach einem weiteren vergeblichen Versuch, Michaels Vorankommen zu stoppen, packte er Anne am Arm und brachte sie ruckartig zum Stehen. Ihre Augen wurden groß.

»Lass sie los«, knurrte Michael. »*Jetzt.*«

Ein finsterer Blick ging über das Gesicht des blonden Mannes, und dieses Mal zog er an Annes Arm. »Den Teufel werde ich tun! Nicht bevor ich ...«

Michaels Faust traf den Mann genau ins linke Auge. Der Schlag hätte ausgereicht, um die meisten Männer außer Gefecht zu setzen, aber der einzige Vorzug dieses Mannes schien zu sein, dass er wusste, wie man einen Schlag einsteckte.

Diese Eigenschaft war nur deshalb erlösend, weil sie Michael das Vergnügen bereitete, ihn ein zweites Mal schlagen zu können. Ein Haken an die rechte Schläfe, gefolgt von einem Aufwärtshaken unter das Kinn, und der Körper des Mannes wurde schlaff und sackte dann in sich zusammen.

Anne starrte fassungslos auf die zusammengesunkene Gestalt des Mannes. Michael packte sie an der Taille und hob sie über den leblosen Körper des Mannes hinweg. »Gehen wir«, knurrte er und zerrte sie zurück zur Hauptstraße.

KAPITEL 33

Sie liefen zurück zur Westminster Bridge, wo es Michael gelang, eine Droschke anzuhalten. Drinnen stellte er fest, dass seine Hände zitterten. Er hatte im Grenzgebiet gelebt. Er war von einem Bären angegriffen worden. Situationen, in denen es um Leben und Tod ging, waren ihm nicht fremd.

Aber Anne in Gefahr zu sehen, war etwas ganz anderes.

Zu sehen, wie dieser Kretin Hand an sie legte, zu wissen, dass dieses wertlose Stück Dreck sie wahrscheinlich vergewaltigt hätte, wenn er nicht da gewesen wäre ... Michael verstand endlich die wahre Bedeutung von Dingen, die vorher nur Worte gewesen waren. Worte wie *Blutrausch* und *Kampfeswut*. Er war wütend, aber in diesem Moment hatte er eine Angst verspürt, wie er sie noch nie zuvor erlebt hatte. Die Gefahr, von einem Bären zu Tode gebissen zu werden, war nichts, *nichts*, neben der Angst, dass Anne etwas Schlimmes zustoßen könnte.

Und obwohl sie sich nicht länger in unmittelbarer Gefahr befand, fühlte sich Michael wie ein Schießpulverwagen, der über die Straße rumpelte, bereit zu explodieren, wenn ein Rad einen einzigen Funken warf. Er traute sich im Moment nicht, auch nur ein Wort zu Anne zu sagen. Er war nicht wütend auf sie, aber es gab keine Möglichkeit für ihn zu sprechen, ohne zu schreien.

Auf dem Sitz ihm gegenüber zog Anne ihre Haube herunter, und ihr Haar fiel aus dem Knoten. Gott, sie sah wunderschön aus im Mondlicht, mit ihren Haaren, die ihr um die Ohren fielen, und der kräftigen Farbe auf ihren Wangen. Sie sah aus, als ob ... als ob jemand sie gerade richtig gut beglückt hätte.

Einfach so verwandelten sich all die heftigen Gefühle, die in ihm herumschwirrten, in pure, unverfälschte Lust. Er wollte seine Hände in ihrem Haar, sein Gesicht in ihrem Nacken und dann seinen Schwanz in ihrer Mitte vergraben. Er wollte sich vergewissern, dass sie lebte, dass es ihr gut ging und dass sie *ihm* gehörte.

Er krümmte seine Finger um die Kante des Sitzes, um sich selbst davon abzuhalten, sie zu packen und auf seinen Schoß zu zerren. Er sollte sie in diesem Moment nicht berühren; sie verdiente sanfte Liebkosungen, und im Moment wollte er nur wie ein brünstiges Tier in sie stoßen. Verdammt, er wagte es nicht einmal, sie anzuschauen.

Doch als sie ihre Haube zur Seite warf, bemerkte er, dass ihre Finger zitterten. Er ergriff ihre Hand. »Was ist das?«, forderte er mit zitternder Stimme. »Bist du verletzt? Aufgeregt? Überdreht?«

Anne warf ihm einen Blick zu. »Überreizt?«

»Deine Hände zittern.«

»Das tun deine auch!«

Er ließ sie los, als wäre er versengt worden. »Du willst gar nicht wissen, warum meine Hände zittern«, sagte er düster.

»Doch, das will ich«, sagte Anne, und in diesem Moment bemerkte er, dass sie keuchte.

»Dräng mich jetzt nicht, Anne.«

»Kennst du mich denn gar nicht? Wenn man mir sagt, ich solle nicht fragen, will ich es umso mehr wissen. Du kannst also genausogut einfach ...«

Mit einem Knurren packte er sie und zog sie auf seinen Schoß, so dass sie auf ihm rittlings saß. Seine Lippen prallten auf ihre, und dann verschlang er sie. Seine Hände waren nicht sanft, auch wenn sie zitterten, als er mit ihnen über ihren Körper strich.

Gott, er musste sich unter Kontrolle bringen. Das war Anne, *seine* Anne, seine zukünftige Frau, und hier war er und zerfleischte sie wie ein tollwütiges Tier. Auch wenn sie es stoisch hinnahm. Sie erwiderte seinen Kuss, legte ihre Arme um seinen Hals, ihre Hände strichen über seine Schultern, und wenn er es nicht besser wüsste, würde er sagen, dass ihre Hüften ... dass ihre Hüften ...

Dass ihre Hüften sich an seinem steinharten Schwanz rieben.

Er löste seine Lippen von ihren, seine Hände fuhren hoch und umrahmten ihr Gesicht vor Schreck. »Anne?«

Er konnte in ihrem Gesicht lesen, selbst im Halbdunkel, und was er dort sah, war *Lust*. Ohne den Blickkontakt zu unterbrechen, griff sie nach unten und streichelte seine steife Erektion durch seine Hose. »Zittern deshalb deine Hände, Michael?«, fragte sie atemlos.

»Ja«, antwortete er mit kehliger Stimme.

Sie lachte zittrig. »Dann habe ich gute Nachrichten für dich. Das ist auch der Grund, warum meine Hände zittern.«

Es war, als würde man Öl auf eine Flamme gießen. Er hatte keinen Grund, sich jetzt zurückzuhalten. Er forderte ihren Mund in einem brennenden Kuss, während er mit zitternden Händen versuchte, ihre Röcke hochzuziehen. Es gelang ihm nicht, sie zu entwirren, und doch gab der gebündelte Stoff nach, und Anne schmiegte sich tiefer an ihn. Mit einem Schock der Freude stellte er fest, dass sie ihm half.

Er griff ihr zwischen die Beine und fand sie bereits feucht. Sie schrie auf, als er sie berührte, und er merkte, dass sie bereits nahe dran war. Er fing an, sie mit seinem Daumen zu streicheln, und ...

Sie wurde fast von seinem Schoß geschleudert, als die Droschke ruckartig vor ihrem Haus zum Stehen kam. Sie wimmerte protestierend, als Michael seine Hand zurückzog. Er riss die Tür auf und kletterte mit Anne in seinen Armen hinaus.

Er setzte sie gerade lange genug ab, um dem Kutscher eine Münze zuzuwerfen. Es war wahrscheinlich das Zehnfache des Fahrpreises, denn der Kutscher pfiff leise und sagte begeistert: »Danke, Mylord!« Aber Michael hätte sich nicht weniger dafür interessieren können. Er hatte Anne bereits wieder auf den Arm genommen und sprintete die Treppe hinauf.

Hugh öffnete die Tür, und Michael hatte den Eindruck, dass sich sein verwirrter Gesichtsausdruck in Belustigung auflöste, als Michael auf die Treppe zustürmte und drei Stufen auf einmal nahm.

Sobald Michael die Schwelle zu Annes Wohnzimmer überschritt, strampelte sie ihre Beine frei. Sie schlang ihre Arme um seinen Hals und streckte sich nach einem Kuss aus, und Michael war sofort bei ihr und fiel über sie her wie ein Verhungernder. Sie zerrten sich gegenseitig an den Kleidern; er hörte, wie sich ein Knopf von seiner Jacke löste und gegen die Wand prallte. Als Michael Anne bis auf ihr Unterhemd entkleidet hatte, hatte sie ihn bereits bis zur Taille ausgezogen.

Er wollte sie hochheben und in ihr Schlafgemach tragen, aber sie schlug seine Hände beiseite und begann, mit den Knöpfen an der Knopfleiste seiner Hose zu kämpfen.

»Ich brauche dich jetzt, Michael«, keuchte sie.

»*Ja*. Ich bringe dich in ...«

»*Jetzt*«, sagte sie wieder, zog seine Hose auf und schob sie herunter. »Genau hier. In diesem Moment. Gegen diese Wand, wenn es sein muss.«

»Anne«, sagte er mit erstickter Stimme.

Sie drehte das Gesicht zu ihm, die Augen weit. »Oh - bin ich zu schwer? Schaffst du das nicht?«

Er warf ihr einen Blick zu.

Sie lächelte verschmitzt. »Natürlich kannst du das.« Sie hob den Saum ihres Unterhemdes an, sprang dann an ihm hoch und schloss ihre Beine um seine Taille. Instinktiv fing er sie auf, als sie ihre Arme um seinen Hals schlang.

Er hatte Mühe, einen zusammenhängenden Satz zu formulieren, als sie begann, seinen Hals zu küssen. »Es ist einfach ... schwanger. Du willst doch nicht schwanger werden. Und - *Gott, Anne* - ich ...«

»Das ist mir egal. Ich werde das Risiko eingehen. Ich brauche dich. *Jetzt sofort, Michael.*« Sie versuchte, über ihn zu rutschen.

»Ich kann nicht sanft sein ...«

»*Sanft* will ich auch nicht!«

Ihre suchenden Versuche, seinen Schwanz zu ihrem Eingang zu führen, hatten schließlich Erfolg, und Michael erschauderte vor Wohlbehagen, als er in sie eindrang. Er hörte, wie ein wildes Stöhnen aus seiner eigenen Kehle drang. Sie war nass und glitschig und heiß und eng und *perfekt*, und mehr als das, sie war lebendig und sie *gehörte ihm*, und nichts hatte sich je so gut angefühlt.

Er wirbelte sie herum, so dass sie mit dem Rücken an der Wand lehnte, und dann stieß er in sie hinein, wobei seine letzten Fäden der Kontrolle zerstört wurden. Er dachte nur noch daran, dem Höhepunkt entgegenzustreben, der auf ihn zukam, aber das Gefühl von Annes Fingernägeln, die sich in seine Schultern gruben, durchbrach seinen lustvollen Dunst. Er blickte nach unten und sah einen Ausdruck von Ekstase, der so rein war, dass er fast wie Schmerz aussah, und dann schrie sie seinen Namen, während er das köstliche Gefühl erlebte, wie ihr Inneres pochte und bebte und seinen Schwanz zusammenpresste.

Der Anblick ihres Höhepunkts versetzte Michael in einen Rausch. Er hätte nicht geglaubt, dass er noch schneller oder härter hätte stoßen können, aber plötzlich tat er es doch. Gott, nichts hatte sich je so gut angefühlt, er wollte unbedingt seinen eigenen Höhepunkt finden, er war ...

Er wurde von Anne unterbrochen, die erneut seinen Namen schrie und einen weiteren Orgasmus erlebte, der ihrem ersten schnell folgte. Michael stieß einen erstickten Laut aus, und dann war er an der Reihe, ihren Namen zu schreien, während er von der Intensität seines eigenen Höhepunkts fast geblendet wurde.

Mit einem Schaudern hielt er schließlich inne, hielt Anne immer noch in der Luft und stützte seine Stirn direkt über ihrem Kopf an der Wand ab. Er atmete so schwer, als wäre er den ganzen Weg von Lambeth bis hierher gerannt.

Als sich das Zimmer nicht mehr drehte, lächelte er Anne an, hob sie hoch und bereitete sich darauf vor, sie zum Bett zu tragen, ihre Beine noch immer um seine Taille geschlungen.

Er schaffte genau einen einzigen Schritt, bevor er zu stolpern begann, da seine Hose ihm um die Knie hing. Seine Entdeckung wurde von Anne mit einem hellen Kichern quittiert.

Er nahm sie auf einen seiner Arme, um mit dem anderen seine Hose hochzuziehen, machte sich aber nicht die Mühe, sie zuzuknöpfen. Die würde er ohnehin gleich ausziehen.

»Du findest das lustig, was?«, fragte er und trug sie ins Schlafgemach.

»Ja, in der Tat, das tue ich.« Ihr Lächeln war schüchtern, als er sie auf das Bett legte.

Er versuchte, seine strenge Miene beizubehalten, was ihm nicht gelang. »Bring mich nicht zum Lachen.« Er zog Anne das Hemd über den Kopf und stöhnte, als der schöne Anblick ihres nackten Körpers zum Vorschein kam. »Ich bin immer noch sauer auf dich, weil du dich in Gefahr begeben hast.«

Sie wimmerte, als sie begann, seine Brust zu streicheln. »Du scheinst nicht böse zu sein. Wenn ich es nicht besser wüsste, würde ich sagen, dass du bei bester Laune bist.«

»Es ist physisch absolut unmöglich, dass ein Mann nach einem solchen explosiven Orgasmus nicht in bester Stimmung ist.«

Sie lachte. »Das werde ich mir merken.«

»Ich hoffe, du wirst noch *viele* Gelegenheiten haben, diese Informationen in Zukunft zu nutzen. Aber lass dich von meinem äußerst zufriedenen Grinsen nicht täuschen. Ich bin verärgert, sehr verärgert. Ich hätte den Mann umbringen können, so wütend war ich, als er dich gepackt hat.«

»Mmmmm«, schnurrte Anne. »Ich habe dich noch nie so nah am Abgrund gesehen.«

Michael grinste. »Das hat dir gefallen, nicht wahr? Zu sehen, wie ich ihn schlage.«

Sie wand sich unbehaglich. Vielleicht lag ihr Zappeln aber auch daran, dass er sich dazu entschlossen hatte, ihre Brüste zu streicheln. »Michael!«

Er führte seine Finger zu ihren Brustwarzen, was sie noch mehr zum Zappeln brachte. »Es hat absolut keinen Sinn, mich zu belügen, Anne Astley. Ich kann dein Gesicht lesen. Und selbst wenn ich es nicht könnte, wäre es ziemlich offensichtlich, so wie du gerade an mir wie an einem Baum hochgeklettert bist.«

Jetzt wurde sie definitiv rot. »Vielleicht«, gab sie zu. Michael zog eine Augenbraue hoch. Sie seufzte. »Du warst wie der tapfere Ritter im Märchen, der meine Ehre verteidigt. Ich habe es nicht erwartet, aber ich nehme an, es war ein bisschen, äh, anregend.«

Michaels Hand wanderte nach unten. »Ein *bisschen* anregend? Das soll ich glauben?«

»Ja.« Anne setzte sich plötzlich auf, drückte ihn auf das Bett und kletterte auf ihn. »Und darf ich anmerken, dass ich nicht die Einzige war, deren Aufregung in der Kutsche *anschwoll.* Erklären Sie das, Michael Cranfield!«

Michael grinste und strich mit seinen Händen über ihre Hüften. »Oh, ich war so rattig wie ein Hirsch im Oktober. Jeder weiß, dass Männer einen Ständer kriegen, wenn sie sich prügeln.«

»Das wusste ich nicht«, murmelte Anne.

»Ich nehme nicht an, dass es die Art von Dingen ist, die dir deine Gouvernante erzählen würde. Aber es ist wahr. Wenigstens weißt du jetzt, wie du dich wieder bei mir einschmeicheln kannst, wenn ich das nächste Mal jemandem für dich ins Gesicht schlagen muss.«

»Hoffentlich wird es kein nächstes Mal geben.«

»In der Tat, obwohl das, was dann folgte, sehr angenehm war, auch wenn *jemand* mir Befehle wie ein Fischweib entgegenbrüllte. *Genau hier, Michael. Genau jetzt, Michael. Gegen die Wand, Michael.*«

Anne schnaubte. »Ich kann mich nicht erinnern, dass du dich beschwert hättest.«

»Nein, überhaupt nicht. Ich mochte schon immer deine kommandierende Art.« Er führte seine Hand an die Stelle, an der Annes Beine zusammentrafen, und streichelte sie dort versuchsweise. Und ja, sie war warm und feucht und wieder bereit für ihn. »Genaugenommen«, sagte er und hob sie hoch, um sie direkt über seinem Schwanz zu positionieren, der sich wieder einmal aufgerichtet hatte, »warum kommandierst du mich nicht noch etwas herum? Dein Wunsch ist mir Befehl.«

Es überraschte ihn nicht, dass Anne einige zusätzliche Aufgaben für ihn finden konnte. Und noch weniger überraschend war, dass Michael jede einzelne davon gerne ausführte.

KAPITEL 34

*A*m nächsten Morgen machten sich Anne und Michael wieder auf den Weg zu den Büros in der Bow Street. Samuel sollte vor Gericht erscheinen, aber er hatte Anne eine Nachricht geschickt, in der er bestätigte, dass er gestern Abend in der Pottery Lane nichts von Interesse gefunden hatte.

Die gute Nachricht, so überlegte Anne, war, dass der herablassende Angestellte, Mr. Hewitt, sich nun veranlasst sah, sie sofort zu empfangen.

Die schlechte Nachricht war, dass weder die Fußpatrouille der Bow Street noch Annes Lakaien bei ihren nächtlichen Erkundungen etwas Wertvolles entdeckt hatten.

»Und nun sehen wir«, sagte Mr. Hewitt, »dass die ganze Sache reine Zeitverschwendung war.«

Michael ging wieder zum Aufragen über. »Wie bitte?«

»Das heißt ...« Mr. Hewitt trat zurück und war damit beschäftigt, seine Jacke zu richten.

Anne trat an den Tresen heran. »Wie wollen Sie die Ermittlungen fortsetzen?«

Mr. Hewitt schüttelte den Kopf. »Wir können mit

unseren Ermittlungen nicht weiterkommen, solange Lord Gladstone untergetaucht ist.«

»Das sehe ich genauso«, sagte Michael.

»Wirklich?«, sagte Mr. Hewitt und drehte seinen Kopf zu Michael. »Ich meine, gut. Sobald wir ihn gefunden haben, werden wir ihn verhören.«

Michael lehnte sich vor, wodurch Mr. Hewitt zum Zurückweichen gezwungen wurde. »Ich glaube, was Sie *sagen wollten*, ist, dass Bow Street daher alle Anstrengungen unternehmen wird, um Gladstone ausfindig zu machen. Was haben Sie bis jetzt getan?«

Mr. Hewitt sah beleidigt aus. »Wir haben seine Bediensteten befragt, ebenso wie seinen besonderen Freund Lord Scudamore.«

»Haben Sie mit Mrs. Mariah Brownlee gesprochen, die seine Tante ist? Mit Lord Ryland, seinem Patenonkel? Er ist auch gut befreundet mit Andrew Tomlinson, Matthew Beckett und Percival Thistlethwaite. Wie ich hörte, boxt er bei Gentleman Jackson's, spielt bei Brooks's und trinkt jeden Nachmittag Kaffee im Cocoa Tree. Wenn ich all das mit einer einzigen Nachricht an einen gemeinsamen Freund herausfinden konnte, dann stellen Sie sich vor, was die berühmten Ermittler der Bow Street herausfinden können, wenn sie der Sache die nötige Aufmerksamkeit schenken.«

Mr. Hewitt blickte finster drein, aber er zog ein Blatt Papier hervor und nahm eine Schreibfeder zur Hand. »Würden Sie das alles bitte wiederholen, Mylord?«

Wenige Minuten später, nachdem er Mr. Hewitt das Versprechen abgerungen hatte, einen Läufer zu schicken, um Lord Gladstones Vertraute zu befragen, half Michael Anne in ihren Wagen und stieg hinter ihr ein. »Was für ein Windbeutel«, brummte er.

Anne sackte in die Polster. Sie versuchte, die Hoffnung aufrechtzuerhalten und nicht auf die kleine Stimme in ihrem

Hinterkopf zu hören, die ihr sagte, dass nichts davon von Bedeutung sei, weil Nick wahrscheinlich tot sei. »Ich bin Schlimmeres gewohnt.«

»Ich verstehe nicht, wie du deine Zunge dabei im Zaum halten kannst.«

»Aus der Not heraus, mehr als alles andere. Niemand würde an die Ladies' Society spenden, wenn ich sagen würde, was ich wirklich denke. Ich erinnere mich ständig daran, mein Temperament zu zügeln. Aber ich weiß es zu schätzen, wie du mich unterstützt.«

Michael nahm ihre Hand in seine. »Natürlich. Ich habe die Absicht, dich für den Rest unseres Lebens jeden einzelnen Tag zu unterstützen.«

Anne schluckte. Das klang wunderbar, um ehrlich zu sein. Es war weniger als eine Woche seit seiner Rückkehr vergangen, aber sie hatte sich bereits so sehr daran gewöhnt, Michael wieder in ihrem Leben zu haben. Sie wusste nicht, wie sie ohne ihn überleben sollte.

Denk jetzt nicht daran.

»Danke, Michael. Was hast du für heute geplant? Meine Mutter hat uns für heute Abend zum Essen eingeladen. Ich muss den heutigen Tag damit verbringen, mich um die Angelegenheiten der Ladies' Society zu kümmern. Ich möchte mir gar nicht ausmalen, was für einen Berg an Korrespondenz ich bekommen haben müsste.«

»Du erhältst also viel Post?«

»Das tue ich.«

»Und du kümmerst dich um die ganze Post selbst?«

»Ja. Warum fragst du mich das?«

»Ich versuche immer noch, Lösungen zu finden, wie wir die Dinge regeln können, sobald wir verheiratet sind.«

»*Wenn* wir heiraten sollten«, ergänzte sie.

»*Wenn* wir heiraten werden«, sagte er und zeigte ihr sein

stures Gesicht, »und es gibt ein paar Fragen, die ich dir stellen muss.«

Anne gab ihm eine Geste, fortzufahren.

»Siehst du«, sagte Michael, »ich hatte immer angenommen, ich wüsste, wie du dir deine Zukunft vorstellst. Ich sehe jetzt, dass ich eine Menge verpasst habe. Vielleicht haben sich deine Wünsche im Laufe der Jahre geändert. Es soll also keine weitere Verwirrung zwischen uns entstehen. Als wir jünger waren, sprachen wir immer über all die Abenteuer, die wir erleben wollten, die Orte, die wir besuchen wollten, die Dinge, die wir sehen wollten.« Er lächelte wehmütig. »Als ich durch Niagara fuhr, konnte ich nur daran denken, wie sehr du die Wasserfälle sehen wolltest.«

Anne packte seinen Unterarm. »Hast du die Niagarafälle wirklich gesehen? Wie war es dort, Michael? Ist es so spektakulär, wie alle sagen?«

»Es ist fast unbeschreiblich. Die Wasserfälle werfen so viel Wasser auf, dass man schon beim Anschauen nass wird.« Sein Lächeln war wehmütig. »Ich habe es stundenlang angestarrt, während ich auf die letzte Fähre zu meinem Onkel wartete, und mir so sehr gewünscht, du wärst bei mir.« Er räusperte sich. »Ich nehme an, du willst immer noch die Niagarafälle sehen?«

»Ja.«

»Und die Großen Seen?«

»Ja.«

»Und die Nordlichter?«

»*Ja.*«

»Und doch wirst du nichts von alledem sehen, wenn du so weitermachst, wie bisher.«

Anne seufzte. »So viele Menschen sind von mir abhängig.«

»Ich verstehe das. Aber denken wir mal weiter. Du

wolltest Kinder haben. Ein ganzes Rudel von ihnen, hast du immer gesagt. Ist das immer noch dein Wunsch?«

»Das ist es, was ich mir mehr als alles andere wünsche.«

»Und möchtest du dann auch Zeit mit deinen Kindern verbringen? Oder hast du vor, sie deinem Kindermädchen zu überlassen und sie einmal pro Woche zu kontrollieren?«

Annes Mund blieb offen stehen. »Natürlich möchte ich Zeit mit ihnen verbringen! Sie dem Kindermädchen überlassen ... wie kannst du so etwas überhaupt verlangen?«

Er hielt beide Hände hoch. »Ich frage nur, weil in deinem derzeitigen Leben keine Zeit für etwas anderes zu bleiben scheint.« Er fuhr über ihren stotternden Protest hinweg fort. »Du verbringst derzeit mehr als zwölf Stunden pro Tag mit deiner Wohltätigkeitsarbeit. Was hast du vor, wenn unser erstes Kind da ist?«

Anne rieb sich die Stirn. »Ich ... ich weiß es nicht. Ich nehme an, ich würde wohl etwas kürzer treten müssen. Aber wenn ich die Mittelbeschaffung einschränke, habe ich keine andere Wahl, als die Ladies' Society zu verkleinern. Und das möchte ich nicht einmal in Erwägung ziehen.«

Michael betrachtete ihr Gesicht. »Es würde dich traurig machen.«

»Das würde mich traurig machen«, stimmte Anne zu.

Michael nahm ihre Hand. »Ich kann es nicht ertragen, dass du traurig bist.«

»Ich sehe keinen Weg daran vorbei. Ich muss entweder meinen Traum von der Familiengründung aufgeben oder die Ladies' Society beenden.«

»Ich weigere mich, dich auch nur eines davon tun zu lassen.«

»Aber Michael ...«

»Deshalb solltest du als Erstes einen Sekretär einstellen.« Anne blinzelte überrascht zu ihm auf. Er fuhr fort: »Glaubst du etwa, dass Archibald Nettlethorpe-Ogilvy seine eigene

Post öffnet? Natürlich tut er das nicht. Er bezahlt einen Sekretär dafür. Und du musst das auch tun.«

Anne seufzte. Es war ja nicht so, dass sie noch nie auf diese Idee gekommen wäre. »Sekretäre arbeiten nicht umsonst. Und die Ladies' Society arbeitet mit einem knappen Budget.«

»Nach der Spende meines Vaters wird das Geld weniger knapp sein.«

»Spende?« Anne runzelte die Stirn. »Welche Spende? Dein Vater hat ein Abonnement.«

»Oh, habe ich das vergessen zu erwähnen? Mein Vater plant eine Spende an die Ladies' Society zu Ehren unserer Hochzeit. Über zwanzigtausend Pfund.«

Anne erbleichte. »Zwanzig ... Gast du gerade *zwanzigtausend Pfund* gesagt?«

»Das habe ich.« Michael lachte über ihren verblüfften Gesichtsausdruck. »Wie sehr willst du mich jetzt heiraten?«

Anne verdrehte die Augen. »Auch wenn ich zwanzigtausend Pfund gut gebrauchen könnte, steht das auf der Liste der Gründe, warum ich dich heiraten möchte, ganz unten.«

»Ach, du hast eine Liste? Erlaubst du mir, darüber zu spekulieren, was meine zwanzigtausend Pfund vom ersten Platz verdrängt - vielleicht das, was ich gestern Abend mit dir gemacht habe, mit meiner Zunge?«

Anne schlug ihm auf den Arm. »Angelst du etwa nach Komplimenten, Michael Cranfield? Ich nehme an, du hast dir eines verdient, denn das, was du gestern Abend mit deiner Zunge gemacht hast, war ziemlich spektakulär. Aber es steht nicht ganz oben auf meiner Liste.«

»Was dann?«

Sie schluckte. »Den Rest meines Lebens jeden Tag mit meinem Lieblingsmenschen auf der Welt zu verbringen.«

Michael zog sie auf seinen Schoß und begann sie zu

küssen. Und da fuhren sie um zehn Uhr morgens durch die Straßen von Mayfair, und jeder, der zufällig durch das Kutschenfenster schaute, hätte gesehen, wie sie sich küssten, als ginge die Welt unter.

Sie spürte, wie ihr eine Träne über die Wange lief. Michael zog sich zurück. »Was soll das jetzt?«, fragte er und strich sie mit seinem Daumen weg.

»Ich will dich nicht verlieren. Mir war nicht klar, wie sehr ich dich vermisst habe, bis du zurückkamst. Und jetzt ...« Anne brach ab, unfähig, an dem Kloß, der plötzlich in ihrem Hals aufgetaucht war, vorbei zu sprechen.

Michael lehnte seine Stirn an ihre. »Wir werden für alles eine Lösung finden. Ich weigere mich, eine andere Möglichkeit in Betracht zu ziehen.«

»Ich wüsste nicht, wie das gehen sollte. Wenn du immer noch nach Kanada zurückkehren willst ...«

»Das werde ich.«

»... dann ist es unmöglich.«

Die Kutsche kam zum Stillstand. Als Anne aus dem Fenster schaute, sah sie, dass sie vor Cranfield House angekommen waren. Hastig rutschte sie von Michaels Schoß.

»Es ist nicht unmöglich. Schau nicht so mürrisch. Ich werde mir etwas einfallen lassen. Du wirst schon sehen.« Er drückte ihr einen Kuss auf die Handfläche. »Ich hole dich heute Abend ab, und wir können zusammen zu deinen Eltern fahren.«

Anne zwang sich ein Lächeln auf die Lippen. »Dann bis heute Abend.«

KAPITEL 35

*A*n diesem Abend zuckte Anne zusammen, als ihr niemand anderes als ihre kleine Schwester Caroline die Tür zu Astley House öffnete.

»Caro!«, rief Anne und umarmte sie. »Was machst du denn hier? Ich dachte, du wolltest dir einen Monat oder mehr Zeit für deine Hochzeitsreise nehmen.«

Caro sah beleidigt aus. »Du hast doch nicht ernsthaft geglaubt, dass ich Morsleys Rückkehr verpassen würde? Ich habe Henry die Pferde im gleichen Moment bereit machen lassen, als ich Mamas Brief erhielt.«

»Wie schön«, sagte Anne, »dass du so begierig darauf warst, einen alten Freund zu sehen.«

Caro verdrehte die Augen. »Ich habe meine Hochzeitsreise nicht unterbrochen, um *Morsley* zu sehen. Nichts für ungut, Morsley.«

Michael lächelte liebenswürdig. »Schon gut.«

»Ich wollte dabei sein«, sagte Caro, nahm Annes Arm und führte sie ins Foyer, »um zu sehen wie du endlich zur Vernunft kommst. Ich bedaure nur, dass ich so spät zurückgekommen bin. Ich musste mich bei der Beschreibung des Heiratsantrags auf Harrington und Edward verlassen, und ihr Spielraum für die Romantik ist leider begrenzt.«

Anne erbleichte. »Wie meinst du das denn, eine Beschreibung des Heiratsantrags?« Sie blickte zu Michael auf, und sein Blick bestätigte das Schlimmste. »Sie ... sie haben uns ausspioniert?« Sie hielt inne und überlegte. »Obwohl ... Ich kann nicht wirklich sagen, dass ich überrascht bin.«

Caro hakte sich bei Anne unter und führte sie in die Stube. »Du weißt nicht, wie lange ich auf diesen Tag gewartet habe. Wie lange ist es her, etwa neun Jahre, Morsley?«

Hinter ihnen stieß Michael einen hörbaren Seufzer aus. »Neun Jahre«, bestätigte er.

»Wie kommt es«, fragte Anne, »dass alle außer mir es gewusst zu haben scheinen?«

»Ladila, ich habe keine Ahnung!«, sagte Caro. »Wie es allerdings dir so lange entgehen konnte, ist mir völlig schleierhaft. Er war ja nun wirklich alles andere als subtil. Jedes Mal, wenn du den Raum betreten hast, hat er dich so angeschaut.« Ihre Augen wurden groß und voller Sehnsucht. »Und sein Blick folgte dir, wohin du auch gingst.«

»So schlimm war ich nicht«, brummte Michael.

Caro kam auf ihn zu und zeigte mit dem Finger auf ihn. »Das warst du, ganz sicher! Ich wusste immer, dass dieser Tag kommen würde.« Sie stieß einen verträumten Seufzer aus. »'Anne Cranfield, Lady Morsley.'«

»Nun«, sagte Anne knapp, »ich hoffe, Michael und ich werden heiraten *können*. Aber es gibt noch einige Probleme, die gelöst werden müssen.«

»Wir werden heiraten«, sagte Michael fest.

»Natürlich werdet ihr das. Mach dich nicht *lächerlich*, Anne. Natürlich wirst du ihn heiraten.« Sie machte eine ausladende Geste. »Schau ihn dir doch nur an!«

Michaels Lächeln war voller Selbstgefälligkeit. »Schau mich dir doch nur an, Anne.«

»Ja, siehst du, wie gut Morsley aussieht, jetzt, wo er in seine Hände und Füße hineingewachsen ist?« Caro nahm Annes Hand und legte sie absichtlich auf Michaels Arm, so dass sie gemeinsam posierten. »Und seht, wie *göttlich* ihr beide zusammen ausseht. Sie hat diese lächerliche Vorstellung«, sagte sie zu Michael, »dass sie zu groß ist. Ich habe ihr gesagt und immer wieder *gesagt*, dass ich einen Eimer Blutegel essen würde, um so eine elegante Figur zu haben, aber hört sie auf mich? Nein, natürlich nicht. Und warum sollte sie das tun? Ich bin nur die führende Autorität für Mode im *haute ton*, was weiß ich schon darüber?« Caro schüttelte den Kopf. »Wirklich, Anne, wie du überhaupt in Betracht ziehen kannst, ihn nicht zu heiraten, ist mir unbegreiflich. Wenn du glaubst, dass du in ganz Europa einen anderen Mann finden wirst, der auch nur halb so schneidig aussieht, dann irrst du dich gewaltig.«

Anne spürte, wie Michael sie mit seinem Ellbogen anstieß. »Du solltest auf deine Schwester hören.«

Anne hob ihren Blick zum Himmel. »Denn jeder weiß, dass die Grundlage jeder erfolgreichen Ehe eine gute Figur und der beste Schneider ist.«

»Nun«, erwiderte Caro, »es kann nicht schaden. Also, wo ist mein Mann? Du kennst doch Lord Thetford, nicht wahr, Morsley?«

»Natürlich.«

»Ich nehme an, er wird mit Harrington schon beim Brandy sitzen. Ich schaue am besten in der Bibliothek nach.«

Anne wollte ihrer Schwester nachlaufen, aber Michael hielt sie zurück. »Du erinnerst dich an unser Gespräch heute Morgen. Über die Probleme, die wir lösen müssen?«

»Ja?«

Er grinste. »Ich habe die Lösung gefunden.«

Anne brauchte ein paar Sekunden, um seine Worte zu verarbeiten, dann sagte sie überstürzt: »Wirklich, Michael? Sag es mir!«

»Es ist perfekt. Die Idee kam mir während meinem Ausritt heute Nachmittag. Ich denke immer besser, wenn ich draußen bin, und, na ja, der Punkt ist, dass du nach Kanada gehen *kannst*, Anne. Ich habe mir gedacht, dass ...«

»Morsley.« Caros frischgebackener Ehemann, Henry Greville, der Viscount Thetford, trat aus der Bibliothek. Anne biss sich auf die Lippe, um die scharfe Erwiderung zu unterdrücken, die sie gerade hatte aussprechen wollen. Vielleicht würde Michael ihr die Streitaxt von Cranfield House leihen. Das war vielleicht das einzige Mittel, mit dem sie ihm klarmachen konnte, dass sie *nicht* nach Kanada gehen konnte. Wenn seine Vorstellung von einer Lösung darin bestand, dass sie ihre Wohltätigkeit aufgab, damit er alles bekam, was er wollte ...

Lord Thetford drückte Michaels Hand. »Es ist verdammt schön, dich wiederzusehen.« Er wandte sich an Anne und beugte sich über ihre Hand. »Wie ich höre, sind Glückwünsche angebracht.«

Annes zwei ältere Brüder folgten Lord Thetford in den Flur. Edward trieb alle in den Salon, wo sie eine Versammlung vorfanden, die auch in Harrington Hall in Gloucestershire hätte stattfinden können - Annes Familie, Michaels Vater und Cecilia Chenoweth.

Caro nahm ein Blatt Papier von dem Schreibtisch in der Ecke. »Haben Sie das gesehen, Lord Redditch?«, fragte sie. »Erst letzte Woche hat die *Times* Anne in einer Karikatur abgebildet.«

»Haben Sie es zur Hand?«, fragte Lord Redditch, zog eine Brille aus seiner Tasche und setzte sie sich auf die Nase. »Ich wollte es schon immer mal sehen.«

»Caro!«, sagte Anne. »Musst du das überall herumzeigen?«

Caro lächelte und schüttelte den Kopf. »Bescheidene Anne. Wenn *The Times* jemals eine Karikatur drucken würde, die mich nur halb so hübsch aussehen lässt, würde ich sie in jedem Zimmer aufhängen.«

»Sie nannten mich eine *Virago*«, zischte Anne.

Caro fächelte sich mit großer Geste Luft zu. »Ich weiß - ich wäre fast *vor Eifersucht gestorben*!«

Edward schlenderte herüber. »Weißt du, Anne, im lateinischen Original ist *virago* keine Verunglimpfung. Der Begriff hat eine gemeinsame Wurzel mit dem Wort *virtus*, das sich auf die höchsten Ideale bezieht, die ein Mensch verkörpern kann - Wertschätzung, Heldentum und dergleichen. Durch Hinzufügen von *-ago* wird es weiblich. *Virago* bezeichnet also einfach eine überlegene Frau, die viel Mut und Charakter zeigt.«

»Ich glaube nicht, dass sie es so gemeint haben«, murmelte Anne.

»Ich schon«, sagte Edward leise. »Ich wünschte, du würdest nicht das Gegenteil annehmen.«

Anne schenkte Edward ein halbes Lächeln. Er war wirklich der beste Bruder, den man sich wünschen konnte. Sie wollte ihm das gerade sagen, als Yarwood verkündete, dass das Abendessen serviert wurde.

Anne setzte sich zwischen Harrington und Michael, was sehr schön gewesen wäre, wenn sie nicht gehofft hätte, Michael diskret über seinen angeblich brillanten Plan ausfragen zu können, wie er es denn zu bewerkstelligen gedachte, nach Kanada zu ziehen. So, wie sie Harrington kannte, würde er nicht nur lauschen, sondern auch alles, was sie sagten, dem ganzen Tisch mitteilen.

Anne seufzte. Michael hatte eine Gnadenfrist gewonnen. Für den Moment.

KAPITEL 36

*E*s war ein schöner Abend, an dem alte Freunde und Nachbarn nach viel zu langer Trennung wieder zusammenkamen. Nach dem Abendessen folgten Gesellschaftsspiele, und es war schon nach Mitternacht, als Michael und Anne sich zum Aufbruch bereit machten.

Die Astley-Brüder alberten herum, als sie ihre Gäste hinausbegleiteten, und Harrington sonnte sich in der Freude, seinen älteren Bruder in Scharade besiegt zu haben. »Fühl dich nicht schlecht, Edward, nur weil du die Niederlage deines Teams besiegelt hast, indem du beim letzten Wort versagt hast.«

Edward plusterte sich auf, und seine Schulter zuckte. »Ich hätte gerne gesehen, wie du das Wort *posthum* hättest darstellen wollen. Ich dachte, ich hätte mich gut geschlagen.«

»Ich habe es jedenfalls genossen, dich immer wieder auf dem Teppich sterben zu sehen«, sagte Harrington.

»Du warst wahrscheinlich derjenige, der dieses Wort in die Schüssel gelegt hat«, brummte Edward.

»Nun, natürlich«, sagte Harrington.

Ihre Brüder begleiteten Michael nach draußen. Anne

beugte sich vor, um ihre Mutter auf die Wange zu küssen, zuckte aber leicht zusammen, als ihre Mutter die Geste mit einer Umarmung begleitete.

Das entging ihrer Mutter natürlich nicht. »Was ist los, Anne?«

»Es ist sicher nichts«, sagte Anne und zupfte an ihrem Kleid. Sie senkte ihre Stimme zu einem Flüstern. »Meine Brust ist schon den ganzen Tag über sehr empfindlich. Ich bin wohl kurz davor, meine Tage zu bekommen, obwohl es seltsam ist - ich habe mich noch nie so wund gefühlt.«

Ihre Mutter keuchte und hielt sich beide Hände vor den Mund. Sie sah geradezu begeistert aus, was merkwürdig war, denn die Gräfin von Cheltenham war keine von denen, die man leicht begeistern konnte. »Dieser *wunderbare* Junge!«

»Mama? Wovon sprichst du?«

Ihre Mutter ergriff ihren Arm und zog Annes Ohr an ihren Mund. »Ich spreche davon, dass ich Großmutter werde!«

Anne blinzelte ihre Mutter an, Schock und Entsetzen wirbelten in ihrem Magen. »Aber - aber - das kannst du doch noch gar nicht wissen. Meine Tage sind doch immer pünktlich und ich ...«

Die Gräfin schnaubte. »Also wirklich, Anne! Du zweifelst in dieser Sache an einer Frau, die acht Kinder zur Welt gebracht hat? Dieses Unbehagen, das du beschreibst, ist immer das erste Anzeichen. Merk dir meine Worte, du wirst schon bald zunehmen.«

»Oh, meine *Güte*!« Plötzlich schwankte der Raum, und sie spürte, wie ihre Mutter sie am Arm packte. Sie ließ sich von ihrer Mutter zu einer gepolsterten Bank führen. »Oh, Mama, das ist ja furchtbar!«

Ihre Mutter saß mit gerunzelter Stirn neben ihr. »Wirklich, mein Schatz! Du brauchst dir doch überhaupt keine Sorgen zu machen.« Sie nahm Annes Hand und drückte sie. »Morsley wird genau richtig reagieren. Das haben wir schon immer gewusst. Er würde dich wahrscheinlich auf der Stelle heiraten.«

»Ich weiß, dass er es tun würde. Das ist ... das ist nicht das Problem.« Anne spürte, wie ihr die Tränen über das Gesicht liefen.

»Anne!« Ihre Mutter fischte ein Taschentuch aus ihrer Tasche und drückte es Anne in die Hand. »Liebling, es gibt keinen Grund zu weinen.« Sie betrachtete Anne irritiert. »Wenn es dir peinlich ist, werden wir niemandem erzählen, dass das glückliche Ereignis noch *vor* deiner Hochzeit stattgefunden hat. Solange du in der nächsten Woche oder so heiratest, wird niemand etwas vermuten.«

Anne war nicht in der Lage zu sprechen. Was ein Glück war, denn wie hätte sie ihrer Mutter das eigentliche Problem erklären sollen - dass sie jetzt keine andere Wahl hatte, als Michael zu heiraten. Er hatte sie in die Enge getrieben. Wenn sie ihn nicht heiraten würde, wäre sie ruiniert, und niemand würde für eine Wohltätigkeitsorganisation spenden, die von einer skandalumwitterten Frau gegründet worden war.

Und wenn sie ihn heiraten würde, würde er sie nach Kanada verschleppen.

So oder so würde sie ihre Wohltätigkeitsorganisation verlieren, das, wofür sie so hart gearbeitet hatte, ihren Stolz, ihre Freude, ihr Ziel. Und all diese Frauen und Kinder würden wieder auf der Straße landen.

Michael steckte seinen Kopf zur Tür herein. »Bist du bereit, Anne? Die Kutsche ist ...« Es war nicht schwer, den Moment zu erkennen, in dem er ihre Notlage bemerkte. Er durchquerte den Raum mit drei langen Schritten und sackte dann vor ihr auf die Knie. »Anne? Was in aller Welt ist los, Liebling?«

Sie sah zu Boden, unfähig zu sprechen. Michael wandte

sich mit fragender Miene an die Gräfin, und sie räusperte sich. »Es geht ihr ... nicht gut.«

Sie spürte, wie Michael ihre Hand nahm. »Was kann ich tun?«

»Bring mich einfach nach Hause«, sagte Anne mit brüchiger Stimme.

Michael gehorchte sofort, hob sie in seine Arme und trug sie zur Tür hinaus. Ohne auf die besorgten Fragen ihrer Brüder zu achten, erklärte er: »Es geht ihr nicht gut und sie will nach Hause«, und hob Anne mit Leichtigkeit in den Phaeton.

Sobald sie von Astley House weggefahren waren, fragte Michael: »Was ist los, Anne?«

Sie hatte noch kein Vertrauen in ihre Sprachfähigkeiten. »Ich werde es dir sagen, wenn wir angekommen sind.«

Michael trieb die Pferde schneller an, als es wahrscheinlich ratsam war, denn Mayfair war zu dieser Stunde mit Kutschen überfüllt, und jeder, der in der gehobenen Gesellschaft Rang und Namen hatte, fuhr von einem Vergnügen zum nächsten. Sie erreichten Annes Haus innerhalb weniger Minuten. Anne bestand darauf, dass sie allein gehen konnte, und führte Michael an einem erschrockenen Hugh vorbei in den Salon.

Sie rieb sich die Stirn, als sie sich auf dem Sofa niederließ. Wenigstens hatte ihr Schluchzen nachgelassen. Michael lief zwar nicht gerade im Zimmer auf und ab, aber er strahlte Anspannung aus, da er sichtlich damit beschäftigt war, herauszufinden, was er mit sich anfangen sollte.

Nach einer halben Minute hielt er es nicht mehr aus. »Um Himmels willen, Anne, sag mir, was hier los ist.«

Anne ballte die Fäuste in ihre Röcke. »Nach dem, was mir meine Mutter gerade erzählt hat«, sagte sie mit zitternder Stimme, »bin ich ziemlich sicher, dass ich schwanger bin.«

Für einen Moment erstarrte Michael, seine Augen

weiteten sich. Er eilte durch den Raum, setzte sich neben sie und nahm ihre Hand. »Aber Anne, das sind doch wunderbare Neuigkeiten.« Er studierte ihr Gesicht und legte die Stirn in Falten. »Oder nicht?«

»Das sollten sie sein. Es sollte der glücklichste Moment meines Lebens sein. Nur, dass ...« Ihre Stimme brach. Als sie zu sprechen begann, konnte sie einen Hauch von Bitterkeit nicht verbergen. »Aber jetzt hast du mich genau da, wo du mich haben willst, nicht wahr? Ich habe keine andere Wahl, als dich zu heiraten, und du wirst mich nach K-K-Kanada verschleppen.« Anne tupfte sich mit ihrem Taschentuch die Wangen ab. »Ich könnte genauso gut die Ladies' Society schließen.«

»Anne«, stöhnte Michael. Er ließ sich vor ihr auf die Knie fallen und nahm ihre beiden Hände in die seinen. In seinen grünen Augen lag eine Spur von Verwirrung. »Kennst du mich denn gar nicht?« Sie sagte nichts. »Ist dir nicht aufgefallen, dass niemand sonst Angst zu haben scheint, dass ich dich nach Kanada verschleppen könnte?«

Sie runzelte die Stirn. »Haben sie das nicht?«

Er lachte reumütig. »Ich wünschte, du hättest sehen können, wie deine Brüder und mein eigener Vater mich gestern verspottet haben. Denn sie alle wissen etwas, was du anscheinend noch nicht erkannt hast. Sie wissen alle, dass du mich genau *hier* hast.« Er ließ eine ihrer Hände los, um seine riesige Faust um ihren kleinen Finger zu wickeln. »*Du* bist diejenige, die *mich* genau da hat, wo sie mich haben will. Das war doch schon immer so. Du brauchst nur den Finger zu krümmen, und ich falle über meine eigenen Füße, um deine Wünsche zu erfüllen. Es ist eine Qual für mich, dich weinen zu sehen und zu wissen, dass du meinetwegen weinst!« Er erschauderte. »Es ist unerträglich. Also bitte, lass uns nie mehr davon reden, dass ich dich gegen deinen Willen nach Kanada schleppen werde. Denn jeder Plan, der dazu führen würde, dass du jeden Tag traurig bist, ist das genaue Gegenteil von dem, was ich will.«

»Aber ... Aber du sagtest, du hättest herausgefunden, wie *ich* nach Kanada gehen könnte. Du hast es gerade erst wieder heute Abend gesagt.«

»Das habe ich, aber hör mir zu, Anne. Mein Plan sieht nicht vor, dass wir für weitere zwei Jahre nach Kanada gehen, und er sieht ganz sicher nicht vor, dass du deine Wohltätigkeitsorganisation aufgeben musst. Ganz im Gegenteil. Du wirst sie ausweiten.«

»E-expandieren?«, fragte Anne erschrocken.

»Expandieren«, sagte Michael und setzte sich neben sie auf das Sofa. »Mir ist heute klar geworden, dass sich unsere Ziele nicht gegenseitig ausschließen, wenn man einen Schritt zurücktritt. Dein Ziel ist es nicht wirklich, in London zu leben. Es geht darum, so vielen Menschen wie möglich zu helfen. Und mein Ziel ist es nicht wirklich, in Kanada zu leben, obwohl ich es dort liebe. Es geht darum, etwas Sinnvolles mit meiner Zeit anzufangen. Nun, ich kann hier in London auch sinnvolle Arbeit leisten.« Seine grünen Augen leuchteten, als sie ihren Blick trafen. »Weil du hier sinnvolle Arbeit leistest. Und ich kann dir helfen.«

Anne spürte, wie ihr die Tränen in die Augen stiegen, diesmal aus einem anderen Grund. Michael drückte ihre Hände. »Gibt es in der Ladies' Society Platz für einen Gentleman? Weil ich mich gerne bewerben möchte. Und ich habe eine Idee, von der ich glaube, dass sie für ihre Präsidentin von Interesse sein könnte.«

Anne tupfte sich die Augen ab. »Was wäre das für eine Idee?«

»Es ist an der Zeit, dass die Ladies' Society nach Übersee expandiert. Siehst du ...«

Die Tür sprang auf, und Lord Scudamore stürmte ins

Zimmer, gefolgt von Mr. Hewitt, dem Angestellten des Büros in der Bow Street.

Michael funkelte die beiden an. »Was zum Teufel, Scudamore?«

»Gladstone ist zurück«, sagte er keuchend.

»Ist er das?«, fragte Anne.

»Woher wissen Sie das?«, forderte Michael zu wissen.

»Ich habe veranlasst, dass sein Haus überwacht wird. Ich fühle mich verantwortlich für diese ganze miserable Sache.« Scudamore nickte in Richtung Mr. Hewitt. »Ich habe gerade eine Nachricht erhalten.«

»Er ist nur ein paar Minuten geblieben«, sagte Mr. Hewitt, »dann machte er sich wieder auf den Weg. Er ging nach Westen. Unser Streifenpolizist verfolgte ihn bis nach Notting Hill, bevor er ihm entwischte.«

»Da fiel mir ein«, sagte Scudamore, »dass einer der wenigen Vermögenswerte, die Gladstone noch besitzt, eine Reihe von Mietshäusern in der Pottery Lane ist.«

Anne keuchte. »Pottery Lane! Das muss es sein, Michael. Dort hält er Nick fest.«

»Kommen Sie schon, Morsley«, sagte Scudamore. »Von der Bow Street werden Streifenpolizisten eingesetzt, aber es wird einige Zeit dauern, sie zusammenzutrommeln. Wir werden schneller dort sein. So Gott will, werden wir nicht zu spät kommen.«

Michael erstarrte. Sein Kiefer war verkrampft, und sein Gesichtsausdruck glich dem von jemandem, der gerade einen Löffel Essig geschluckt hatte. Anne beobachtete, wie er tief durchatmete und sich dann ihr zuwandte. »Willst du mitkommen?«, fragte er.

Mr. Hewitt war gerade durch die Tür getreten, als Lord Scudamore, der direkt hinter ihm gestanden hatte, herumwirbelte. »Was ist das für ein Unsinn? Dies ist kein Ort für eine Dame ...«

Michaels Augen wichen nicht von Annes Gesicht. Sie konnte sehen, wie sehr er mit sich rang, wie sehr er sie auch nicht dabei haben wollte. Aber er sagte: »Das muss Lady Anne entscheiden.«

Anne spürte, wie sich ihr die Kehle zuschnürte, obwohl sie lächelte. Denn das war der Beweis, den sie brauchte, um zu wissen, dass Michael sie nicht einfach übergehen würde. Er würde respektieren, was sie wollte, auch wenn es schwierig war.

Sie streckte die Hand aus und nahm seine Finger. »Jemand muss hier bleiben und den Einsatz koordinieren. Du gehst. Ich rufe Verstärkung und schicke sie zu euch.«

Michaels Schultern gaben nach, als er tief ausatmete. »Du bist sicher?«

Sie drückte seine Hand. »Ich bin mir sicher. Aber ich danke dir.« Sie stand auf und ging zur Tür. »Hugh«, rief sie, »versammeln Sie alle Lakaien. Sie werden mit Lord Morsley gehen, um Nick zu retten.«

Hugh verbeugte sich. »Sofort, Mylady.«

Lord Scudamore runzelte die Stirn. »Hewitt und ich kamen in meinem Zweispänner. Für Ihre Lakaien wird kein Platz sein. Zu dritt wird es schon ganz schön eng.«

»Dann werden sie in meiner Kutsche folgen.« Anne durchquerte den Raum zu ihrem Schreibtisch und holte den Koffer mit ihrer Steinschlosspistole heraus. »Du solltest das mitnehmen, Michael.«

»Ist das eine *Waffe*?«, sagte Scudamore und eilte herbei. »Ähm, gute Idee!«

Anne zog ein Blatt Papier hervor und schob es über den Schreibtisch zu Lord Scudamore. »Schreiben Sie die Adresse von Lord Gladstones Gebäuden auf.«

»Sehr gut«, sagte Lord Scudamore und kritzelte eine Adresse auf, während Anne ihre Pistole lud.

Sie eilten zur Tür hinaus. Während Lord Scudamore in

seine Kutsche stieg, hielt Michael inne, um Anne einen kurzen Kuss zu geben.

»Sei vorsichtig«, flüsterte sie.

»Das werde ich sein«, versprach er. Er streichelte ihre Wange. »Und sobald ich zurück bin, müssen wir eine Hochzeit planen.«

»Ja«, sagte Anne und lächelte ihn durch die Tränen hindurch an, die plötzlich aufgestiegen waren. »Ja, das müssen wir.«

Er kletterte in die Kutsche, und Anne stand einen Moment lang da und starrte hinterher, während die Kutsche die Straße hinunterrauschte.

Dann raffte sie ihre Röcke und rannte wieder hinein. Sie hatte Arbeit zu erledigen.

KAPITEL 37

Während der Fahrt sprachen die drei Männer kaum miteinander. Michael konnte hören, wie sich Hewitt auf dem schmalen Sitz hinter ihm bewegte. Michael hatte Scudamore nicht viel zu sagen. Sie hatten einander nie gemocht, um ehrlich zu sein. Michael hatte Scudamore immer für eine Art Schlange gehalten, für einen Kerl, der seine eigene Mutter verkaufen würde, wenn er dafür zwanzig Pfund bekäme.

Er schüttelte den Kopf. Offenbar hatte der Mann ein neues Kapitel aufgeschlagen. Er sollte keinen alten Schulhofgroll gegen ihn hegen.

Scudamore zügelte die Pferde und drehte sich zu seinen Begleitern um. »Wir werden unbemerkt in sie hineinplatzen. Ich gehe zuerst, dann Hewitt, dann Morsley.«

»Warum gehe ich nicht voraus, da ich derjenige bin, der bewaffnet ist?«, fragte Michael.

Scudamore schüttelte den Kopf. »Nein. Ich denke wirklich, dass ich vorausgehen sollte. Ich bin derjenige, der dieses Chaos verursacht hat. Es ist meine Verantwortung.«

Michael zuckte mit den Schultern. »Wie Sie wollen.«

»Hier«, sagte Scudamore, »da ich zuerst gehe, geben Sie einfach mir die Pistole.«

Michael reichte sie ihm, und sie stiegen alle aus dem Zweispänner.

Scudamore führte sie in Richtung des nächstgelegenen Hauses. Irgendetwas an den schlichten grauen Ziegelgebäuden, an der Wäsche, die hoch über der Straße auf der Leine hing und das Mondlicht verdunkelte, kam ihm seltsam vertraut vor.

Michael lenkte seinen Blick wieder auf das Haus vor ihm. Diese Merkmale waren wahrscheinlich in jeder Reihe von Mietshäusern in London zu finden.

Scudamore griff mit einer Hand nach dem Knauf, in der anderen hielt er die Pistole. »Also gut, los geht's!« Er drehte den Knauf und stürmte durch die Tür, Hewitt und Michael direkt hinter ihm.

Im Raum war alles still. Auf der einen Seite standen ein ramponierter Tisch und ein paar Stühle, an der gegenüberliegenden Wand ein schmales Bett. Die schmutzigen Teller auf dem Tisch waren die einzigen Anzeichen von Bewohnern. Der Kaminsims war kahl, und außer ein paar Lumpen, die an einer Wäscheleine über dem Bett hingen, gab es keine Besitztümer.

»Ich sehe oben nach«, sagte Scudamore und schritt auf eine Treppe im hinteren Teil des Raumes zu.

Michael wollte ihm gerade folgen, als er aus einer dunklen Ecke ein dumpfes Stöhnen hörte.

Er eilte hinüber und fand einen etwa acht Jahre alten, schmächtigen Jungen. Er lag auf dem Holzboden, gefesselt und geknebelt.

Michael kniete sich hin und begann, an den Knoten zu zerren. Er entfernte zuerst den Knebel, und der Junge holte ein paar Mal keuchend Luft.

»Wie heißt du?«, fragte Michael und begann, die Fesseln an den Handgelenken des Jungen zu lösen.

»Nick, Sir.«

Michaels Augen wanderten zu seinem Gesicht. »Nick? Bist du derselbe Nick, der aus Lady Annes Wohnheim entführt wurde?«

Nick nickte. »Ja, Sir.«

»*Gott sei Dank*,« sagte Michael, als sich der Knoten löste. »Wir haben befürchtet, dass Gladstone dich bereits getötet haben könnte. Ich bin Lord Morsley. Lady Anne hat mich geschickt, um dich zu retten.«

Nick packte mit seinen nun befreiten Händen das Revers von Michaels Mantel. »Sie sind in großer Gefahr, Mylord.«

»Ja«, sagte Michael und machte sich daran, die Fesseln an Nicks Knöcheln zu lösen. »Wir müssen hier weg, bevor Gladstone eintrifft. Gibt es hier noch andere Jungen?«

»Ja, sechs oder sieben, aber ...« Nick schüttelte den Kopf. »Was meinen Sie, *bevor er kommt*? Der Mann, der mich zuerst entführt hat, der Mann aus dem schwarzen Wagen, ist bereits hier. Er kam hierher zusammen mit ...«

Nick erstarrte, als das metallische Klicken zu hören war, mit dem eine Pistole gespannt wurde. Michael schaute über seine Schulter und sah Scudamore an der Treppe stehen.

Nur dass er jetzt von vier Männern flankiert wurde.

Einer dieser Männer war Mr. Hewitt aus der Bow Street. Ein anderer, so stellte Michael entsetzt fest, war der Mann, dem sie gestern Abend begegnet waren, der große, dürre Trottel, der sich Anne hatte schnappen wollen. Er hatte nun ein beeindruckendes blaues Auge.

Irgendetwas machte Klick. *Das ist nicht Pottery Lane.* Kein Wunder, dass mir die Reihe der Mietshäuser vertraut vorkam.

Vorsichtig richtete Michael seinen Blick wieder auf

Scudamore. Der Viscount lächelte ihn an, aber es war kein freundliches Lächeln.

Und er zielte mit Annes Pistole auf Michaels Herz.

~

ANNE VERSCHWENDETE KEINE ZEIT, ehe sie ihre Nachrichten verschickte - an Samuel, an die Männer, die ihr Wohnheim bewachten, an jeden, der ihr einfiel und der ihr vielleicht helfen könnte. Sie schickte ihnen die Adresse, die Lord Scudamore in Notting Hill angegeben hatte, und bat sie, Michael so schnell wie möglich zu verstärken.

Sie hatte gerade ihren Lakaien mit der letzten Notiz losgeschickt, als sie aufschreckte, weil sich jemand räusperte.

Es stellte sich heraus, dass es *Lord Gladstone* war, der in der Tür stand.

Annes Herz begann zu rasen. Wie ... wie konnte er hier sein? Er sollte drüben bei Pottery Lane sein und ...

Anne schluckte. Die Kutsche mit all ihren Lakaien war soeben losgefahren. Es waren ein paar Dienstmädchen im Haus, aber ...

Aber sie war allein. Ungeschützt.

Und von Angesicht zu Angesicht mit einem Mörder.

»Entschuldigen Sie die späte Stunde«, sagte Lord Gladstone, als er tiefer in den Raum trat. »Ich konnte Sie durch das Fenster an Ihrem Schreibtisch sitzen sehen und wusste daher, dass Sie hier sind.«

»Was ... was machen Sie hier?«, fragte Anne, die sich bemühte, ihre aufsteigende Panik zu unterdrücken.

»Ich habe Ihr Taschentuch nie zurückgegeben.« Als Anne ihn ausdruckslos ansah, erzählte er weiter. »Sie haben es mir geliehen, als mein Handschuh in Punsch getränkt wurde. Ich dachte, wenn ich schon mal in der Gegend bin, kann ich es Ihnen auch gleich zurückgeben.« Er ließ ein frisch gewaschenes weißes Leinentuch auf Annes Schreibtisch fallen und zeigte dann auf die Karaffe. »Darf ich mich selbst bedienen?«

»Nein, überhaupt nicht.« Anne blinzelte Lord Gladstone an und versuchte, sein bizarres Verhalten zu deuten. Er war sicherlich ein guter Schauspieler, der den Anschein erweckte, sich völlig wohl zu fühlen. Sie räusperte sich. »Lord Scudamore erwähnte, dass Sie verreist waren. Wo waren Sie in den letzten Tagen?«

»Moment, wollen Sie damit sagen, Scudy ist in der Stadt?«, sagte er und schenkte sich vier Fingerbreit Brandy ein. »Er sollte mich auf dieser Hausparty in Somerset treffen. Er war so aufgeregt, dass er darauf bestand, dass wir den Sunderland-Ball gleich nach dem Tanz verlassen, um zu packen, und dann lud er mich in aller Herrgottsfrühe in den Postwagen. Er sagte, er würde in ein oder zwei Tagen nachkommen. Eine halbe Stunde außerhalb von London wurden wir von zwei Wegelagerern überfallen. Sie hatten es auf mich abgesehen - meine Kleidung wies mich wohl als Gentleman aus -, aber einer von ihnen schoss vorbei, und die Waffe des anderen ging nicht los. Das war ein ziemliches Abenteuer, kann ich Ihnen sagen!«

Er machte eine Pause und nahm einen Schluck von seinem Brandy. »Und wissen Sie was? Als ich nach Somerset kam, konnte ich die Hausparty nicht einmal finden! Alle sagten mir, sie hätten noch nie von einem Lord Warklesworth gehört, und der Ort, an dem ich sein sollte, Dumbtree Manor, existierte nicht.« Er schüttelte den Kopf. »Ich muss es verwechselt haben. Es sieht Scudy nicht ähnlich, so einen Fehler zu machen. Er ist es doch, der immer so gut organisiert ist.«

Anne starrte den Baron an. Ihr Herz raste immer noch, aber jetzt fühlte sie eine Mischung aus Angst und Verwirrung. Offenbar wollte Scudamore seinen Freund also doch schützen und ihn aus der Stadt bringen, bevor er verhaftet werden konnte. Hatte Gladstone wirklich nicht bemerkt, dass sich das Netz um ihn herum zusammenzog?

Anne kam etwas in den Sinn. »Warten Sie, Sie haben die Postkutsche genommen? Warum nicht Ihren Wagen?«

»Oh ... äh ...«, Lord Gladstone brach ab, seine Ohren röteten sich. »Die Postkutsche ist schneller.«

»Schneller und deutlich weniger komfortabel.« Anne trat einen Schritt vor. »Und heute Abend, haben Sie gesagt, sind Sie vorbeigeritten. Hatten Sie heute Abend eine andere Verwendung für Ihren Wagen?«

»Nein! Äh, das heißt ...«

Anne drängte ihn neben der Karaffe in die Ecke. »Was machen Sie mit Ihrem Wagen? Was? Ich verlange, dass Sie es mir sagen!«

»Ich ... ich musste ihn verpfänden!«, gestand er, seine Augen weit aufgerissen vor Schreck und Verwirrung.

Anne schreckte zurück. »Verpfänden? Was soll das heißen, Sie mussten ihn verpfänden?«

Er zog den Kopf ein. »Es ist nichts, was ein Mann gerne zugibt, aber es ist kein Geheimnis, dass ich nicht gerade gut bei Kasse bin. Ich musste meine Kutsche verpfänden.«

Annes Herzschlag beschleunigte sich noch mehr, aber jetzt aus einem anderen Grund. »An wen haben Sie Ihre Kutsche verpfändet?«

»An Scudamore.« Gladstone lachte. »Es ist das perfekte Arrangement, verstehen Sie? Allein die Kosten für das Einstellen sind hier in London lähmend. Ich musste das Ding loswerden. Und Scudy wird sie mich eines Tages zurückkaufen lassen. Vorausgesetzt, ich kann die Mittel aufbringen.«

»Lord Scudamore ist also im Besitz Ihrer Kutsche.« Anne schnaubte. »Ich nehme nicht an, dass Sie ihm auch Ihren Siegelring verpfändet haben?«

Der Baron zuckte so heftig zurück, dass der Brandy über den Rand seines Glases schwappte. »Woher wussten Sie das?«

»Wollen Sie mir damit sagen, dass es wahr ist?«

Gladstone zupfte an seinem Halstuch. »Das weiß niemand. *Niemand.* Ich meine ...« Er zog seinen Handschuh aus. »... dieser Ring ist seit mehr als zweihundert Jahren im Besitz meiner Familie. Ein solches Familienerbstück verkaufen zu müssen ... mein Großvater hat sich wahrscheinlich im Grab umgedreht.«

Anne starrte auf seine Hand. »Ihre Kutsche ist im Besitz von Lord Scudamore. Aber Sie haben immer noch Ihren Ring.«

»Ja. Scudy hat mir erlaubt, ihn zu behalten. Sollte er aber jemals danach fragen, müsste ich ihm den geben.«

Anne kam etwas in den Sinn. »Und hat er jemals darum gebeten?«

»Nur einmal. Er sagte, er müsse den Ring für Versicherungszwecke zum Gutachter bringen.« Er lachte. »Ich weiß nicht, was für einen Gutachter er benutzte, aber er kam um sieben Uhr abends und verlangte den Ring, und am nächsten Morgen hatte ich ihn zurück. Aber das war das einzige Mal, dass er darum gebeten hat.«

Annes Herz schlug ihr bis zum Hals. »Wann war das?«

»Oh, ich weiß es nicht. Vor vier, vielleicht fünf Jahren.«

Oh Gott. Es passte. Es passte alles perfekt zusammen. Scudamore war im Besitz der Kutsche von Lord Gladstone. Er hatte seinen Siegelring genau zu dem Zeitpunkt verlangt, als er Nick abholen wollte, dem einzigen Zeitpunkt, an dem er wusste, dass er gesehen werden würde!

Eine letzte Frage kam Anne in den Sinn. »Sagen Sie mir noch eines, Mylord. Sie sind der Sekretär der R.M.A.« Sie sah ihn mit durchdringendem Blick an. »Erledigen Sie die Korrespondenz?«

»Das sollte ich zumindest. Es ist nur so, dass ich in solchen Dingen noch nie besonders gut war.« Er schüttelte den Kopf. »Ich habe Scudy gesagt, dass ich nicht in der Lage bin, den Überblick über Briefe zu behalten und so weiter, als er mich drängte, dem Vorstand der R.M.A. beizutreten. Er war jedoch hartnäckig. Er sagte, ich müsse Kontakte knüpfen, wenn ich mein Anwesen restaurieren wolle.« Er schnaubte. »Nun, das ist nicht geschehen. Aber wenigstens kümmert sich Scudy um die Korrespondenz, so wie er es versprochen hat.«

Anne hatte das Gefühl, dass sie sich gleich würde übergeben müssen. Scudamore hatte Gladstone nicht gedeckt.

Er hatte ihn reingelegt.

Scudamore war der wahre Schurke.

Und er hatte Michael gerade in die Nacht entführt.

Michael hatte keine Ahnung, in welcher Gefahr er sich befand. Die ganze Sache war eine Falle. Anne würde alles darauf wetten, dass sie nicht wirklich zur Pottery Lane unterwegs waren.

Das Problem war nur, dass sie keine Ahnung hatte, wo sie *hinwollten*.

Sie ließ sich in den Stuhl hinter ihrem Schreibtisch fallen. »Ich nehme nicht an, dass Lord Scudamore ein Grundstück in der Nähe eines Brennofens besitzt.«

»Meinen Sie so etwas wie die Reihe von Mietshäusern, die ihm gehört, drüben bei der Coade Stone Manufaktur?«

Annes Blick flog zu Lord Gladstones Gesicht. »Ihm gehören einige Häuser in der Nähe der Coade Stone Manufaktur? Wahrhaftig?«

»Ja, nachdem er sie gekauft hatte, begann sich sein Schicksal zu wenden.« Lord Gladstone schüttelte den Kopf. »Ich muss mir auch ein paar von diesen Mietshäusern kaufen. Hey, was machen Sie denn?«

Anne hatte ihre andere Pistole, ihre kleine Queen Anne Pistole, aus ihrer Schreibtischschublade gezogen. Sie begann, den Lauf abzuschrauben.

»Ich muss mir Ihr Pferd ausleihen«, sagte sie, während sie die Waffe lud.

»Mein Pferd ausleihen? Aber ich ...« Lord Gladstone sah jetzt noch verwirrter aus als ohnehin schon. »Ich bin selbst hierher geritten, müssen Sie wissen. Kein Damensattel.«

»Das hätte ich auch nicht gedacht«, sagte Anne, stand von ihrem Schreibtisch auf und verließ den Raum.

Lord Gladstone rannte ihr hinterher, als sie aus der Haustür eilte. »Aber was ist denn los?«

Es gab keinen Aufsitzblock, aber Anne war groß genug, um ihren linken Fuß in den Steigbügel zu bekommen. Sie schaffte es, sich in den Sattel hochzuziehen. Sie musste ihre Röcke fast bis zu den Knien raffen, um rittlings in ihrem Kleid sitzen zu können, aber in Anbetracht dessen, dass Michael im Begriff war zu sterben, hatte sie weitaus größere Sorgen, als dass jemand ihren Knöchel sehen könnte.

Sie lenkte Lord Gladstones braunen Wallach herum. »Es ist ein bisschen kompliziert. Ich erkläre alles, wenn ich zurück bin.«

Lord Gladstone stellte eine weitere Frage, aber Anne konnte sie wegen der donnernden Hufe des Pferdes nicht hören, als es in Richtung Westminster Bridge galoppierte.

KAPITEL 38

Michael richtete sich auf und drehte sich langsam um. Nick rappelte sich neben ihm auf und rieb sich die eben noch gefesselten Handgelenke. Ohne seinen Blick von der Pistole abzuwenden, legte Michael eine Hand auf Nicks Schulter und schob den Jungen hinter sich.

»Um Ihre Frage zu beantworten, Morsley, der Grund, warum ich Nick nicht getötet habe, ist, dass er für mich tot nichts wert ist. Lebendig hingegen kann ich ihn an einen mir bekannten Schiffskapitän verkaufen, der in vier Tagen in See sticht. Ich werde um acht Pfund reicher sein, und er wird weit genug weg sein, um nicht in der Bow Street zu petzen. Wenn man bedenkt, dass mein Freund die Westindien-Route fährt, wird er wahrscheinlich schon bald an einer scheußlichen Tropenkrankheit sterben. Das ist die ideale Lösung.«

Michael sah Scudamore böse an. »Die Westindien-Route - meinen Sie ein Sklavenschiff? Sie widern mich an, dass Sie einen solchen Mann zu Ihren Freunden zählen.«

Scudamore grinste. »Ah, ja, das ist der scheinheilige

Arsch, den ich noch aus der Schule kenne. Immer setzt er sich für irgendwelche wehleidigen Erstsemestler ein und verdirbt mir den Spaß an meinem Sport.«

»Wenn es das ist, woran Sie sich über mich erinnern, dann bin ich froh, dass ich mich nicht verändert habe.«

»Oh, aber das wirst du gleich.« Scudamore grinste. »Ich meine, du bist dabei, dich zu verändern. Dich zu verwandeln, genauer gesagt. In einen Leichnam.«

Michaels Gedanken rasten, und er versuchte, sich eine Strategie auszudenken. »Sie werden mich nicht umbringen«, sagte er, obwohl er sich ziemlich sicher war, dass er sich da gewaltig irrte. Das einzige, was ihm einfiel, war, Scudamore am Reden zu halten.

»Dämlich, wie immer, Morsley. Natürlich werde ich dich töten. Du weißt doch, dass ich derjenige bin, der Smithers töten ließ. Deshalb musst du sterben.« Er winkte seinen Gefolgsleuten zu, die sich im Raum verteilten. »Außerdem muss ich dich aus dem Weg schaffen, damit ich Lady Wynters heiraten kann.«

»Du wirst Anne *niemals* heiraten«, knurrte Michael.

»Sie wird jemanden brauchen, der sie nach dem tragischen Tod ihrer Jugendliebe tröstet. Da ich der Einzige bin, der ihr deine letzten Momente beschreiben kann, werde ich in einer guten Position sein. Dann werde ich mir Zugang zu ihren fünfunddreißigtausend Pfund und ihrer lukrativen Wohltätigkeitsorganisation verschaffen.« Er grinste noch breiter und hatte sichtlich Spaß dabei. »Ganz zu schweigen davon, dass sie sich jeden Abend für mich auf den Rücken legt.«

Michael stürmte vorwärts und hatte nichts anderes im Sinn, als Scudamore den Kopf von seinem wertlosen Körper zu reißen. Nick packte ihn am Arm. »Hören Sie nicht auf ihn, Mylord«, murmelte er.

Michael holte tief Luft. Nick hatte Recht. Die Situation

war schon schlimm genug, ohne dass er es ganz aus dem Ruder laufen ließ.

Er wandte sich an den Mann aus der Bow Street, der sie begleitet hatte. »Hewitt, hören Sie mir zu. Sie arbeiten für Bow Street. Sie haben einen Eid geschworen, das Gesetz aufrechtzuerhalten.« Hewitt schaute weg und verlagerte unruhig sein Gewicht, sagte aber nichts. Michael versuchte es erneut. »Sie sind besser als das. Es ist noch nicht zu spät ...«

»Natürlich ist es zu spät«, sagte Scudamore. »Wer, glaubst du, hat denn die Einstellung der Ermittlungen veranlasst, bevor du dich an Lord Hobart gewandt hast? Er hat seine dreißig Silberstücke genommen, jetzt muss er das durchziehen.«

Der Mann mit dem blauen Auge trat vor. »Können wir noch etwas Spaß mit ihm haben, bevor du ihn erschießt? Ich schulde seiner Lordschaft hier ein Matschauge.«

»Weißt du, das würde ich sehr gerne sehen.« Scudamore wich einen Schritt zurück, senkte aber Annes Pistole nicht. »Viel Spaß!«

Das letzte, was Michael tat, bevor zwei der Schläger seine Arme packten, war, Nick zurück in die Ecke zu schubsen. Er hatte kaum Zeit, sich zu wappnen, bevor der Mann mit dem blauen Auge ihm einen Schlag in den Bauch versetzte.

Es war nicht besonders angenehm, geschlagen zu werden, aber nach vier Jahren an der kanadischen Grenze war er es gewohnt, sich gelegentlich ein bisschen unbehaglich zu fühlen.

Er ignorierte den Schmerz, ging seine Optionen durch und traf eine Entscheidung.

Mit lautem Gebrüll stürmte er vor und versuchte, dem Mann, der ihn geschlagen hatte, einen Kopfstoß zu versetzen.

Es funktionierte zwar nicht, aber das war in Ordnung.

Das hatte er auch nicht einkalkuliert.

Es veranlasste aber die beiden Schläger, die seine Arme festhielten, so stark zu ziehen, wie sie nur konnten, um ihn zurückzuhalten.

Das war es, was Michael gewollt hatte.

Er entspannte abrupt seinen rechten Arm. Dies hatte zur Folge, dass der Mann zu seiner Rechten, der mit seinem Widerstand gerechnet hatte, aus dem Gleichgewicht geriet. Michael drehte daraufhin den Kurs um und zog in die gleiche Richtung wie der Mann zu seiner Linken, wodurch dieser gegen die Wand geschleudert wurde.

Sie verhedderten sich miteinander, was gerade genug Verwirrung verursachte, dass Michael seine Arme losreißen konnte.

Da er nun frei war, rechnete er damit, dass Scudamore versuchen würde, ihn zu erschießen, also sprang Michael auf die Wand zu. Wie erwartet, erfüllte der Schuss einer Pistole den Raum, begleitet vom Geräusch einer zerbrechenden Fensterscheibe.

Durch einen Rauchschleier erhaschte er einen Blick auf Scudamore, der ihn finster ansah, aber er hatte keine Zeit, sich darüber zu freuen, denn vier Männer kamen ihm immer näher.

An der Wand stand ein Stuhl mit Leiterlehne. Michael schnappte sich das Ding und wirbelte zu seinen Gegnern herum.

Er begann, den Stuhl zu schwingen. Das Ding war alt und klapprig, aber es war eine einigermaßen gute Waffe, auch wenn er immer noch Schläge einstecken musste. Das war im Kampf vier gegen einen unvermeidlich.

Es gelang ihm, einen gut platzierten Schlag gegen Hewitts Schläfe zu landen. Der Angestellte aus der Bow Street fiel bewusstlos zu Boden, als Michael gleichzeitig eine Faust in sein linkes Auge bekam, die ihn nach hinten taumeln ließ.

Der Mann, den er gestern Abend geschlagen hatte, griff an, und Michael konnte ihn mit seinem Stiefel direkt in die Brust treffen, wodurch er durch die Luft geschleudert wurde und gegen die Wand prallte. Ein Quietschen ertönte, und zwei kleine Jungen traten aus dem Schatten hervor und stoben aus dem Weg.

Einer von ihnen lief direkt in einen der Angreifer hinein. Der Schläger stürzte sich auf den Jungen und hob die Faust. »Geh mir aus dem Weg, Göre!«

Der Junge erstarrte mit riesigen Augen, als der Mann ausholte, um eine Faust von hinten gegen seinen Kopf zu schlagen. Michael stürzte dazwischen, voller Angst, nicht mehr rechtzeitig anzukommen.

Er schaffte es gerade noch, den Stuhl in den Weg der ausladenden Faust des Schlägers zu schieben. Der Mann stieß einen Schmerzensschrei aus und sank zu Boden, wobei er sich die Hand vor die Brust hielt. »Geh zurück!«, rief Michael, aber der Junge stand wie erstarrt da. Plötzlich tauchte Nick aus einer Ecke auf, schnappte sich den Kleinen und drängte ihn aus dem Weg.

Michael trat hastig einen Schritt zurück und schätzte die Situation neu ein. Scudamore, der seinen einzigen Schuss verbraucht hatte, kauerte an der Treppe wie das wertlose Stück Dreck, das er war. Zwei der vier Raufbolde waren noch auf den Beinen und nahmen den Angriff wieder auf. Erschöpfung begann, sich breitzumachen, und was noch schlimmer war: Als Michael einen Schlag abwehrte, hörte er das unangenehme Geräusch von splitterndem Holz. Eine untere Querlatte war gebrochen, und das bedeutete den Anfang vom Ende für den Stuhl. Michael schlug weiter zu, aber er bekam eine Faust in die Rippen und eine weitere gegen die rechte Wange. Er hob den Stuhl an, um einen Schlag abzuwehren, der auf seine linke Schläfe zielte, und eine weitere Latte gab nach, dann noch eine, bis nur noch ein einziger langer Pfosten übrig war, von dem ein paar gesplitterte Holzstücke herunterhingen.

Seine beiden verbliebenen Angreifer umkreisten ihn und suchten nach einem Zugriff. Gerade als er den Stuhl anheben wollte, schlich sich jemand von hinten an ihn heran und schlang beide Arme um ihn. Es handelte sich um Scudamore.

Michael verlor seinen Halt an den Überresten des Stuhls. Er kämpfte, um einen Arm frei zu bekommen, aber die Erschöpfung machte sich bemerkbar. Scudamore zerrte Michaels Arme auf den Rücken und fixierte sie.

Und dann spürte Michael, wie sich etwas Kaltes und Dünnes an seinen Hals presste.

Ein Messer.

Alle im Raum waren wie erstarrt und warteten darauf, ob Scudamore es tun würde, ob er Michael kaltblütig töten würde.

Michael war fast versucht, sich umzudrehen und ihn mit bloßen Händen zu erdrosseln. Mit dem Messer an seiner Kehle wusste er, dass er dabei sterben würde. Aber er würde so oder so sterben; vielleicht konnte er Scudamore vorher in die Hölle schicken.

Nein. *Nein.* So durfte er nicht denken.

Er musste leben. Er *musste.* Er wollte den Rest seines Lebens mit Anne verbringen. Er brauchte nur eine Idee. Etwas. *Irgendetwas.*

Aber ... er hatte nichts.

Michael spürte, wie sich Scudamore hinter ihm anspannte. Der Viscount holte tief Luft, als wolle er sich für die Tötung stählen. Und dann ...

Und dann schwang die Tür mit einem Krachen auf.

Wer auch immer gerade angekommen war, trat nicht sofort ein, und es war dunkel genug, dass Michael dessen Gesicht nicht erkennen konnte.

Was er erkennen konnte, war die schimmernde Mündung einer Pistole.

Michael hatte nicht lange Zeit, sich zu fragen, wer gekommen war oder auf wessen Seite derjenige stand, denn in diesem Moment sprach der Neuankömmling. Es war eine Stimme, die Michael überall erkennen würde, eine Stimme, die ihm lieber war als jedes andere Geräusch auf dieser Erde.

»Lass. Ihn. *Los.*«

KAPITEL 39

*A*nne hatte sich entschlossen gefühlt, als sie durch die dunklen Straßen von London galoppierte. Doch als sie Lord Gladstones Pferd in die schummrige Gasse hinter der Coade Stone Manufaktur lenkte, hörte sie Geräusche - Krachen, Poltern und Grunzen -, die aus einem der Häuser kamen, und die Realität bahnte sich ihren Weg durch ihre Brust wie eine Ader aus Eis.

Jemand kämpfte um sein Leben, und sie war sich ziemlich sicher, dass dieser Jemand Michael war.

Sie schwang sich vom Pferd und eilte zur Tür. Sie überprüfte hektisch die Fenster an der Vorderseite, konnte aber keinen Spalt in der Verkleidung finden, durch den sie hätte spähen können.

Plötzlich hörte sie inmitten der Aufregung im Haus ein Stöhnen. Es war weder ein lautes noch ein langes Stöhnen, noch klang es besonders gequält.

Aber es war Michaels Stimme. Sie wusste, dass er es war. Michael war da drin, und er war in Gefahr.

Sie schluckte. Es gab keinen anderen Weg: Sie musste

einfach durch die Tür gehen, ohne zu wissen, was sie auf der anderen Seite vorfinden würde, und das Beste hoffen.

Mit zitternden Händen hob sie ihre kleine Pistole und schwang die Tür auf. Der Anblick, der sich ihr bot, war schlimmer als alles, was sie sich hätte vorstellen können. Michael war furchtbar zugerichtet. Sein linkes Auge war rot und fast ganz zugeschwollen, und eine Wunde auf seiner Stirn war blutverschmiert. Aber das Schlimmste war, dass Scudamore ihn mit auf dem Rücken eingeklemmten Armen festhielt und ihm ein silberglänzendes Messer an die Kehle drückte.

Scudamore brauchte nur sein Handgelenk zu drehen, und Michael würde sterben. Sie würde nichts tun können, nichts, außer sein schönes Gesicht in ihre Arme zu schließen, während er auf dem Boden verblutete. Ihre Knie knickten ein, und sie stützte sich mit der Schulter am Türrahmen ab. Sie schaffte es, sich wieder aufzurichten, und hörte nur noch das Dröhnen ihres eigenen Herzschlags in ihren Ohren.

Der Gedanke, dass Michael sterben würde, war quälend. Nein, unerträglich. Das war tausendmal schlimmer, als selbst zu sterben. Sie wollte nicht ohne ihn leben, sie *konnte nicht* ohne ihn leben, sie ...

Oh Gott.

Ein Bild tauchte vor ihrem inneren Auge auf, so klar, als wäre es gestern passiert, von diesem schicksalhaften Picknick vor all den Jahren und von dem fünfzehnjährigen Michael, der sich lächelnd auf sie rollte. In einem Augenblick der Klarheit verstand sie endlich, gestand sich endlich ein, dass sie, als sie die Augen geschlossen hatte, nicht nur *gedacht* hatte, dass er sie küssen würde, sondern *gehofft*, dass er es tun würde.

... mein Lieblingsmensch auf der ganzen Welt ...

... ich kann ohne dich nicht überleben ...

... der allerbeste Mann, den ich kenne ...

Und all die Jahre hatte sie sich eingeredet, er sei ihr *bester Freund.*

Wie hatte sie nur so unerträglich dumm sein können?

Und jetzt war sie die Einzige, die ihn retten konnte. Oh Gott, warum konnte es niemand anderes als sie sein? Das war genau wie eine von Harringtons schrecklichen Schießübungen, bei denen sie immer versagte, nur dass es tausendmal schlimmer war, denn es war echt, und es war Michael. Ihre Hände zitterten vor Angst, und ihre Handflächen waren so glitschig, dass sie fast ihre Pistole fallen ließ, als sie den Hahn zurückzog.

»Lass. Ihn. *Los*«, sagte sie mit so viel Überzeugung, wie sie aufbringen konnte, als sie durch die Tür schritt.

»Sieh an, sieh an, sieh an«, sagte Scudamore. »Lady Wynters. Ist das nicht rührend? Das ist schade, denn ich hatte vor, dich zu heiraten. Und jetzt muss ich dich stattdessen töten.«

»Ich wäre lieber tot, als mit jemandem wie Ihnen verheiratet zu sein«, sagte Anne mit zitternder Stimme.

»Das kann arrangiert werden, sobald ich Morsley hier zu seinem Schöpfer geschickt habe.«

Anne versuchte zu zielen, aber das war schwierig, da Scudamore hinter Michael kauerte und ihn als Schutzschild benutzte. Sie erschrak, als ihr klar wurde, dass das der Grund war, warum er es nicht getan hatte, warum er Michael nicht die Kehle durchgeschnitten hatte. Denn sobald er das getan hätte, hätte sie freie Bahn gehabt.

Er würde Michael nicht töten, solange sie ihre Waffe auf ihn gerichtet hatte. Er *konnte nicht.*

Sie hatte eine Chance.

Alles, was sie tun musste, war, diesen Schuss abzugeben.

Sie starrte Scudamore an, auf der Suche nach einem Ziel.

Michael war so groß, dass er ihn vollständig blockierte. Die einzigen Teile von Scudamores Körper, die frei lagen, waren die Hand, die das Messer hielt, und sein Unterarm, der um Michaels Schulter geschlungen war. Selbst wenn sie dorthin getroffen hätte, hätte die Kugel Scudamores Arm durchschlagen und direkt in Michaels Brust einschlagen können.

Sie könnte seine Hand anvisieren, die knapp über Michaels Schulter schwebte. Aber wenn sie auch nur ein bisschen daneben zielte, könnte sie genausogut Michael in den Hals treffen.

Ihre Schultern sackten herunter. Oh, Gott, das konnte sie nicht tun. Egal, wie sehr sie sich auch bemühte, nie schaffte sie es, wenn es darauf ankam. Sie würde versagen, und der Preis für ihr Versagen würde Michaels Leben sein.

Durch ihre Tränen hindurch betrachtete sie sein schönes Gesicht und wollte es sich einprägen.

Was sie sah, ließ sie zusammenzucken. Denn in Michaels Gesicht stand nichts von dem, was sie erwartet hatte - Bedauern, Abschied und Trauer über das Leben, das sie nun doch nicht zusammen verbringen würden.

Stattdessen sah sie Freude. Erleichterung. Zuversicht.

Er vertraute ihr, dass sie den Schuss machen würde. In seinem Kopf gab es nicht den geringsten Zweifel.

Er glaubte an sie.

Und in diesem Moment beschloss sie, nicht mehr diese Person zu sein, die versagte, die von allen abgewiesen wurde, die immer daneben schoss. Genauer gesagt, wurde ihr klar, dass sie nie eine solche Person gewesen war. Sie war immer die Heldin gewesen, der Michael vertraute, um den Tag zu retten, die Dame, die Archibald Nettlethorpe-Ogilvy respektierte, die Frau, die die Londoner eine Virago nannten, *ihre* Virago, diejenige, die sie in ihren dunkelsten Momenten riefen, weil sie wussten, dass sie immer für sie kämpfen würde. Sie war nicht diejenige, die stolperte sie war diejenige, die wieder aufstand, die es erneut versuchte, die *niemals* aufgeben würde.

Diejenige, die am Ende den Sieg davontrug.

Das war es, was Michael sah, wenn er sie ansah, und sie erkannte, dass er Recht hatte. Das war es, was sie war, was sie die ganze Zeit über wirklich gewesen war.

Eine tiefe innere Ruhe überkam sie. Die Hände, die noch vor wenigen Sekunden gezittert hatten, waren jetzt ruhig. Sie konnte Michael nicht enttäuschen. Sie *würde* Michael nicht im Stich lassen. Sie weigerte sich, ohne ihn zu leben, und wie konnte Scudamore es wagen, ihm das Messer an die Kehle zu halten! Sie konzentrierte sich ganz auf ihr Ziel, drückte den Abzug ...

... und sah zu, wie die Bleikugel flog und Scudamore genau dort traf, wohin sie gezielt hatte, nämlich genau in die Hand, die das Messer hielt.

Er schrie auf, ließ die Klinge fallen und umklammerte seine Hand. Michael war in einer Sekunde über ihm, trat das Messer weg und drückte ihn gegen die Wand.

Aber zwei von Scudamores Schlägern waren noch bei Bewusstsein. Einer von ihnen packte Annes Arm. Während sie versuchte, sich zu befreien, beobachtete sie entsetzt, wie sich der zweite Mann mit erhobenen Fäusten hinter Michael schlich. Anne versuchte zu schreien, aber ihre Kehle war vor Schreck trocken geworden.

In diesem Moment flog die Tür auf, und Samuel und Lord Gladstone stürmten in den Raum. Samuel riss den Mann, der Annes Arm festhielt, von ihr weg und schlug seinen Kopf gegen die Wand.

In der Zwischenzeit griff Lord Gladstone den Mann an, der sich von hinten an Michael heranschlich, und setzte ihn mit einem heftigen Kopfstoß außer Gefecht.

Anne blinzelte sie verwirrt an und bemerkte dann eine

dritte Person, die durch die Tür kam - einen hemdsärmeligen, rußverschmierten Nick.

»Nick!« Sie presste eine Hand an ihre Brust. »Gott sei Dank, du lebst.« Sie zog ihn in eine heftige Umarmung, als sie sich Samuel zuwandte. »Was machen Sie hier?«

»Ich habe Ihre Nachricht erhalten. Nachdem ich fast die ganze letzte Nacht damit verbracht habe, Notting Hill zu durchsuchen, wusste ich zufällig, dass es dort keine ...« Er zog Annes Zettel aus der Tasche und betrachtete ihn. »... Butterfield Lane gibt. Ich bin zu Ihrem Haus gegangen, um um Klärung zu bitten, und wen fand ich auf Ihrer Treppe sitzend vor, außer diesem Kerl, der mehr als nur ein wenig verwirrt aussah?« Er klopfte Lord Gladstone auf die Schulter. »Als Gladstone von Ihrem Gespräch berichtete, konnte ich zwei und zwei zusammenzählen.« Er nickte Nick zu. »Wir versuchten herauszufinden, in welchem Haus Sie sich aufhalten, als dieser unerschrockene junge Mann gerade durch ein Dachrinnenrohr kletterte und um Hilfe rief.«

Anne wandte sich an Nick. »In einer Dachrinne krabbeln? Aber wie bist du da rausgekommen? *Wir* sind gekommen, um *dich* zu retten.«

»Ich bin natürlich durch den Schornstein geklettert«, sagte Nick und holte sein Hemd vom Boden neben dem Kamin. »In der ersten Nacht habe ich es auch gemacht, aber sie haben mich erwischt und zurückgeschleppt. Deshalb haben sie mich gefesselt.«

»Aber warum hast du dein Hemd ausgezogen?«, fragte Anne.

Nick klopfte sich auf den gewölbten Bauch. »Ich werde richtig stämmig, immer zwei Brötchen zum Frühstück. Ich dachte, ich sollte besser weniger Stoff mitschleppen.«

Anne lachte, als Samuel nach vorne trat. »Lord Scudamore, Sie kommen mit mir. Ich bringe Sie direkt zur Bow Street.«

Scudamore machte einen vergeblichen Versuch, sich aus Michaels Griff zu befreien. »Ich bin ein Parlamentarier des Reiches. Sie dürfen nicht Hand an mich legen.«

Lord Gladstone trat vor. »Dann gestatten Sie mir die Ehre.« Er zog seine Krawatte aus und fesselte Scudamore die Handgelenke.

»Hören Sie, Gladstone«, sagte Scudamore, »ich kann erklären ...«

»Sie sind ein schlechter Mensch und ein noch schlechterer Freund«, sagte Lord Gladstone und riss den Knoten fest. Er warf Scudamore einen bösen Blick zu. »Sogar ich bin schlau genug, um das zu erkennen.«

Michael übergab Scudamore an Lord Gladstone, der ihn durch den Raum schob und darauf achtete, seinen ehemaligen Freund auf dem Weg nach draußen gegen den Türrahmen prallen zu lassen.

Annes Augen trafen auf die von Michael, sie flog quer durch den Raum und schlang ihre Arme um seine Taille. Plötzlich weinte sie unkontrolliert.

Nach einigen Augenblicken zog sie sich zurück und legte sanft eine Hand an sein zerschlagenes Gesicht. Er mochte zerschrammt sein und bluten, aber er lebte, und das war für Anne der schönste Anblick der Welt. »Oh, Michael«, sagte sie und vergrub ihr Gesicht an seiner Brust.

»Jetzt sehe ich wirklich aus, als hätte ich mit einem Bären gerungen«, sagte er. Er strich ihr mit dem Daumen über den Scheitel und runzelte die Stirn. »Äh, ich fürchte, ich habe dich angeblutet.«

Anne umarmte ihn noch fester. »Das ist mir völlig egal.«

Ein raschelndes Geräusch lenkte sie ab. Als Anne sich umschaute, sah sie ein halbes Dutzend kleiner Jungen aus dunklen Ecken und unter den Möbeln hervorkommen. Sie lächelte, als Nick sie zusammentrieb.

Anne zerzauste Nicks Haar. »Kommt, und zwar alle. Lasst uns nach Hause gehen.«

KAPITEL 40

$\mathcal{U}$nd so kam es dass sie sich alle in eine Droschke (Scudamores Kutsche wurde beschlagnahmt, um ihren Besitzer ins Gefängnis zu bringen) quetschten und sich auf den Weg zu Annes Wohnheim machten. Anne hasste es, das ganze Haus mitten in der Nacht zu wecken, aber genau das geschah schließlich doch, denn niemand wollte sich die Aufregung entgehen lassen. Mrs. Godfrey überwachte das Baden der Neuankömmlinge (und auch das von Nick, trotz seiner Beteuerungen, er sei nicht *so* rußig).

Die Kinder blickten mit einem Hauch von Heldenverehrung zu Michael auf. Auf die Frage, wie er sich so beeindruckende Verletzungen zugezogen habe, zog er den Kopf ein und winkte ab.

Zu seinem Pech waren die winzigen Zeugen, die aus den dunklen Ecken des Raumes hervorgelugt hatten, weit weniger bescheiden.

»Es waren vier gegen einen, eine königliche Schlacht ...«

»Er hat eine Faust direkt ins Auge bekommen und nicht einmal geblinzelt ...«

»Und dann gab seine Lordschaft ihm einen mitten in den Brotkasten ...«

»Er kann ordentlich zuschlagen, ganz sicher ...«

»Ein Nichtsnutz, das ist der ...«

»Und dann hat Ihre Ladyschaft selbst auf ihn geschossen!«

»Was?«, rief Mrs. Godfrey aus und wandte sich an Anne. »Sie haben auf jemanden *geschossen*, Mylady?«

Anne wollte ebenfalls den Kopf einziehen, aber dann überlegte sie es sich anders. Stattdessen hob sie ihr Kinn an. »Ja, natürlich. Ja, das habe ich.«

»Aye«, sagte Nick mit einem Anflug von Autorität, »Ihre Ladyschaft ist voll auf der Höhe der Zeit. Lassen Sie sich von niemandem etwas anderes einreden.«

Es war vier Uhr morgens, als Anne und Michael die Stufen zu ihrem Stadthaus erklommen.

Sie machten sich auf den Weg zu Annes Zimmer. Ihre Heldentaten hatten sich inzwischen längst im Haus herumgesprochen, und in Annes Zimmer stand eine Kupferwanne vor dem Feuer. Anne wies das Hilfsangebot ihres Dienstmädchens und auch das von Hugh zurück. Sie wollte sich selbst um Michael kümmern.

Aber zuerst musste sie ihm noch etwas sagen.

»Gott, dieses Bad sieht göttlich aus«, sagte Michael, während er seine Jacke aufknöpfte. »Ich habe Muskelkater an Stellen, von denen ich nicht einmal wusste, dass sie existieren.«

»Michael«, sagte Anne.

Er stöhnte, als er sich aus seiner Jacke befreite. »Ich brauche Hilfe beim Ausziehen meiner Stiefel. Ich glaube nicht, dass ich mich bücken kann.«

»Michael«, sagte Anne noch einmal.

Er schreckte auf, als er ein Loch in der Schulter seiner Jacke sah, die ebenfalls mit Blutflecken übersät war. »Schau dir das an - ich glaube, das ist ein Einschussloch. Dieser Bastard hätte mich fast erschossen!« Er ächzte, als er sie zur Seite warf. »Der Kampf gegen vier Schläger ist nichts im Vergleich zum Schneider deines Bruders, wenn er das sieht. Pinkerton wird mich auf jeden Fall umbringen.«

»Michael, es gibt etwas, das ich dir sagen muss.«

»Natürlich, Liebling«, sagte er und zog sich das Hemd über den Kopf. »Lass mich nur erst diese blutbefleckten Kleider ausziehen und in die Wanne steigen.«

Sie zuckte zusammen, als sie die schnell dunkler werdenden blauen Flecken auf Michaels Brust und Armen sah. Sie durchquerte den Raum und nahm seine Hände. »Nein, Michael. Ich muss es dir jetzt sagen.«

Er sah sie an, als er sich zur Wanne drehte, und was er sah, ließ ihn den Kopf zurückreißen. Denn natürlich konnte er in ihrem Gesicht lesen, und sie konnte in seinem lesen, und sie sah genau den Moment, in dem er erkannte, dass das, was sie ihm so dringend sagen musste, war, dass sie ihn liebte. Glühende Freude strahlte aus seinen Augen (oder zumindest aus dem, das nicht zugeschwollen war).

»Michael«, begann sie, »ich ...«

Sie kam nicht dazu, zu Ende zu sprechen, weil seine Lippen sich auf die ihren stürzten.

Sie versuchte es erneut, als er den Kopf hob. »Ich ...«

Er hob sie hoch und begann, sie im Kreis zu drehen.

»Michael!«, protestierte sie. »Lass mich runter. Ich möchte dir in die Augen sehen, wenn ich es dir sage.«

Nach einem Moment kam er ihrer Aufforderung nach, mit einem breiten Grinsen im Gesicht. Sie versuchte es noch einmal, kam aber nur bis zu einem »M...«, bevor er sie wieder küsste.

»Hörst du wohl auf damit?«, sagte sie, als er endlich den Kopf hob. »Ich will es sagen!«

»Und du wirst es sagen. Heute tausendmal, morgen

tausendmal und übermorgen wieder tausendmal. Du wirst es bald nicht mehr hören können.«

»Nein, das werde ich nicht. Ich kann mir nichts Schöneres vorstellen, als dir tausendmal am Tag zu sagen, dass ich dich liebe, Michael Cranfield, und zwar für den Rest unseres Lebens.«

Er saugte ihre Worte in sich auf, sonnte sich in ihnen, wollte sie hinter Glas packen und wegschließen. Als er sprach, war seine Stimme ein wenig unsicher. »Und ich liebe dich, meine liebe Anne.«

Dann küsste er sie wieder, und es spielte keine Rolle, dass er sich eine Wunde wieder aufgerissen hatte und auf den Teppich blutete, oder dass sie nach Pferd roch. Der Moment war einfach perfekt.

Sie lächelten immer noch, als sie ihm half, sich fertig auszuziehen und in die Wanne zu steigen.

»Als ich das Messer an deiner Kehle sah, wusste ich es sofort«, sagte sie, während sie ihm den Rücken einseifte. »Ich wusste es, und ich kam mir wie eine Närrin vor, weil ich es erst gemerkt hatte, als ich dabei war, dich zu verlieren. Nach dem Vorfall beim Picknick habe ich mir eingeredet, dass es egal ist, dass du nichts für mich empfindest außer Freundschaft, denn das war es, was ich auch für dich empfand. Und das habe ich mir so oft gesagt, dass ich mich selbst davon überzeugen konnte, dass es wahr sein musste. Ich sehe jetzt, dass es wirklich eine Selbsttäuschung war. Du warst schon immer in einer anderen Kategorie als alle anderen. Du bist mein bester Freund, mein Lieblingsmensch, derjenige, ohne den ich nicht leben kann, der allerbeste Mann, den ich kenne.«

Sie rieb nun mit dem Waschlappen über seine Brust, und dieser Ausdruck höchster männlicher Zufriedenheit legte sich auf seine Züge. »Bitte, sprich weiter«, sagte er und lehnte sich zurück. »So erschöpft ich auch bin, ich könnte mir deine Worte noch stundenlang anhören. Vorzugsweise, während du mir weiterhin ein Schwammbad gibst.«

»Wenn es auch nur einen Zoll von dir gäbe, der nicht mit blauen Flecken übersät wäre, würde ich dich dorthin schlagen. Aber was ich damit sagen will, ist, dass ich schon so lange so für dich empfinde, dass ich es als *die Art, wie ich für Michael empfinde* ansah. Erst in diesem schrecklichen Moment wurde mir klar, dass *die Art, wie ich für Michael empfinde* nicht nur aus Freundschaft besteht. Es ist Liebe.« Sie lachte. »Ich liebe dich schon seit Jahren, Michael. Sicherlich seit jenem Sommer, als wir fünfzehn waren. Ich habe es mir nur bis heute Abend nicht eingestanden.«

Er stöhnte vor Wohlbehagen auf, als sie begann, sein Haar einzuschäumen. »Dann bin ich froh, dass ich verprügelt und mit einem Messer bedroht wurde. Wenn es das ist, was es brauchte, damit du erkennst, dass du mich liebst, würde ich alles noch einmal tun.«

»Oh, Gott, nie wieder - ich hatte solche Angst, Michael. Ich weiß ehrlich gesagt nicht, wie ich diesen Schuss gemacht habe. Wenn du gesehen hättest, wie sehr meine Hände gezittert haben ...«

»Ich habe nie an dir gezweifelt. Ich wusste, dass du mich retten würdest.«

»Du hast mir das Selbstvertrauen gegeben, den Schuss zu wagen. Ich habe in deinen Augen gesehen, dass du an mich glaubst, und ich wusste irgendwie, dass ich es schaffen kann.«

»Natürlich konntest du das. Das ist etwas, was mir schon mehrfach aufgefallen ist: Dass du nicht zu verstehen scheinst, wie großartig du bist. Aber keine Sorge, ich werde dich für den Rest unseres Lebens jeden Tag daran erinnern. Es gibt jetzt nur noch zwei Dinge, die wir tun müssen, bevor wir ins Bett gehen und die nächsten zwölf Stunden schlafen können.«

»Oh? Und welche wären das?«

»Du brauchst ein Bad, und wir müssen miteinander schlafen. Praktischerweise können wir beides gleichzeitig machen«, sagte er und griff nach den Bändern ihres Kleides.

»Ist das so?«, fragte sie. Sie versuchte, einen strengen Gesichtsausdruck zu machen, konnte aber ihr Lächeln nicht unterdrücken. »Ich glaube nicht, dass wir beide in diese Wanne passen. Du passt ja nicht einmal *allein* in diese Wanne.«

»Deshalb wirst du auf mich klettern müssen«, sagte er mit einem wölfischen Grinsen, »für dein Schwammbad, und für das, was gleich danach kommt.« Er zuckte zusammen und rieb sich reumütig den Rücken. »Ich bewege mich nicht so gut, wie ich es gerne hätte. Ich fürchte, du wirst jetzt fast eine ganze Woche lang oben liegen müssen.«

Sie lächelte, als sie den Rest ihrer Kleidung abstreifte und auf ihn kletterte. »Mein lieber Michael«, sagte sie und strich mit ihren Händen über seine Brust, »ich habe absolut keine Einwände.«

KAPITEL 41

*D*er Tag, an dem Michael endlich Anne heiratete, war außergewöhnlich schön, mit strahlend blauem Himmel und einer leichten Frühlingsbrise. Es war, als ob selbst das englische Wetter es nicht wagte, ihm seinen perfekten Tag zu verderben. Als sie aus der Kutsche ausstiegen, hörte er sogar eine Heidelerche in der Nähe singen (eine Heidelerche in London!).

Anne trug ein weißes Kleid, das, wie Caro ihm mitteilte, mit Honiton-Spitze und Saatperlen verziert war (obwohl sie auch Sackleinen hätte tragen können, und er hätte sie trotzdem für perfekt gehalten). Auf dem Kopf trug sie eine Krone aus rosafarbenen Rosen, die mit viel Grün geschmückt war. Pinkerton schickte Michael in einem mitternachtsblauen Mantel mit taubengrauer Weste und cremefarbenen Hosen zum Altar. Seit dem Zusammenstoß mit Lord Scudamore und seinen Schergen war eine Woche vergangen, und obwohl Michaels Auge immer noch eher lila als blau war, war es wenigstens nicht mehr zugeschwollen.

Und der Moment, als Michael seine Braut küsste und Anne endlich zu seiner Frau machte?

Nun, es gab keine Worte, die hätten beschreiben können, was er in diesem Moment fühlte. Aber Anne konnte in seinem Gesicht lesen, also wusste sie es.

Nach der Zeremonie vermischten sich die Freunde und Familienangehörigen im hinteren Teil der Kirche. Caro gab Anne einen Glückwunschkuss auf die Wange und schaute sich dann um. »Ist das eine Hochzeit oder ein Treffen der Ladies' Society? Ich glaube, der gesamte Vorstand ist anwesend.«

Das stimmte wohl. Die Erweiterung des Vorstands der Ladies' Society war Teil von Michaels Plan gewesen, und jeder, den Anne gebeten hatte, eine neue Aufgabe zu übernehmen, hatte mit Freude zugestimmt.

»Vizepräsidentin für Spendeneintreibung«, überlegte Caro. »Ich kann es kaum erwarten, anzufangen. Ich wage zu behaupten, dass ich in sechs Monaten mehr Geld einnehme, als du jemals in einem Jahr eingenommen hast, Anne. Hast du Lust, die Herausforderung anzunehmen?«

»Das ist gut möglich, Darling«, sagte Lady Cheltenham und schlenderte herüber. »Aber vergiss bitte nicht, dass Anne *zwei* Vizepräsidenten für Spendeneintreibung ernannt hat. Und wenn du glaubst, du könntest mehr Geld auftreiben als ich, wirst du eine sehr unangenehme Überraschung erleben.«

Statt *einer* Vizepräsidentin hatte Annes Gesellschaft nun acht: Caro und Lady Cheltenham als Vizepräsidentinnen für die Mittelbeschaffung, Cecilia Chenoweth als Verantwortliche für besondere Veranstaltungen, Archibald Nettlethorpe-Ogilvy, der für die Beschäftigung zuständig war, Samuel Branton, der sich für die Rechtsangelegenheiten verantwortlich zeichnete, Michael, der den Neubau überwachte, Mrs. Wriothesley als stellvertretende Betriebsleiterin und Lord Graverley als stellvertretender Generaldirektor.

Neben ihm stand Anne und hatte Tränen in den Augen. »Ich kann Ihnen allen wirklich nicht genug dafür danken, dass Sie mir helfen wollen. Vor allem Sie, Mrs. Wriothesley. Ich fürchte, Sie werden es bereuen, wenn Sie sehen, was für eine Verpflichtung das sein wird.«

»Mein liebes Mädchen«, sagte Mrs. Wriothesley, »es ist mir ein Vergnügen. Ich weiß noch gut, wie es ist, wenn man eine Familie gründet. Sie waren in den letzten vier Jahren so selbstlos, aber dafür werden Sie jetzt keine Zeit mehr haben. Schließlich hat vor drei Jahren meine jüngste Tochter geheiratet, was dazu geführt hat, dass ich zu viel Zeit habe und zu wenig zu tun, um sie zu verbringen. Ich bin froh, dass ich mich stärker engagieren kann.«

»Also, mal sehen«, sagte Thetford und nahm den Arm seiner Frau, »es gibt zwei Vizepräsidenten für die Mittelbeschaffung und jeweils einen für die Bereiche Betrieb, Sonderveranstaltungen, Beschäftigung, Rechtsangelegenheiten und Bauwesen. Was bedeutet das für Sie?«, fragte er Graverley.

»Ich bin stellvertretender Generaldirektor«, sagte Graverley.

»Und was machen Sie *genau*?«, drängte Thetford.

»Lady Morsley«, sagte Graverley, »wenn Sie so freundlich wären, mich daran zu erinnern - wie hat es sich auf die Abonnements ausgewirkt, als Sie mich als Ihren neuen Vizepräsidenten angekündigt haben?«

»Sie haben sich über Nacht verdreifacht«, sagt Anne.

Graverleys Lächeln war selbstgefällig. »Ich glaube, meine Arbeit hier ist beendet.«

»Langsam habe ich das Gefühl, dass Edward und ich die einzigen sind, die nicht im Vorstand sitzen«, sagte Harrington.

»Stimmt nicht«, sagte Fauconbridge. »Anne hat mich gebeten, das Amt des Schatzmeisters zu übernehmen.«

Harringtons Kopf drehte sich zu seinem Bruder um. »Wirklich? Das hast du mir nicht gesagt.«

Fauconbridge zuckte mit den Schultern. »Ich bin froh, es zu tun. Mit einem Geschäftsbuch kenne ich mich gut genug aus.«

Harrington warf die Hände hoch. »Oh, ich sehe, wie es ist - ich bin der Einzige, den du nicht um Hilfe gebeten hast.«

»Natürlich hätte ich gerne deine Hilfe, Harrington«, sagte Anne, sichtlich verstört darüber, ihren Bruder beleidigt zu haben. »Sag mir doch einfach, was du gerne tun *möchtest*?«

»Mal sehen«, überlegte Caro, »was kann er gut? Vizepräsident für Sarkasmus?«

»Vizepräsident der Ausschweifungen?«, schlug Thetford vor.

»Oh, das musst *du* gerade sagen«, sagte Harrington und blickte seinen Freund an. »Außerdem ist es ja nicht so, als würdest *du* eine Aufgabe haben.«

»Aber sicher habe ich die. Ich bin der Spezialassistent der Vizepräsidentin für die Spendeneintreibung«, sagte Thetford und lächelte Caro an.

Archibald Nettlethorpe-Ogilvy rückte neben Michael. »Ich habe gehört, dass Sie den Bau einiger neuer Gebäude beaufsichtigen werden. Wir haben einen Architekten angestellt. Sie können ihn gerne in Anspruch nehmen.«

»Das werde ich«, sagte Michael. »Ich danke Ihnen.«

Der Architekt würde eine Menge zu tun bekommen. Die Spenden mochten sich seit Graverleys Ernennung zum Vizepräsidenten verdreifacht haben, aber sie hatten sich nach Scudamores Verhaftung noch einmal verdoppelt. Annes Heldentaten wurden erneut in einer Karikatur festgehalten, die sie auf Lord Gladstones Pferd im Galopp durch die Straßen Londons zeigte, mit der Pistole in der Hand und der Bildunterschrift: »Unsere Virago auf dem Weg, um den Tag zu retten!« Michael verstand nun ihre Verlegenheit, denn

The Times hatte auch ein Bild von *ihm* veröffentlicht, auf dem er heldenhaft eine Schar verängstigter Kinder vor vier Schlägern beschützte, mit der Bildunterschrift: »Der einzige Mann, der sie verdient hat.« So peinlich das auch war, die Spendenbereitschaft war gestiegen, und man wollte nun nicht nur eine, sondern gleich drei neue Unterkünfte bauen, und das war nur der Anfang.

»Und lassen Sie mich wissen, wie viel Eisen Sie brauchen«, fuhr Mr. Nettlethorpe-Ogilvy fort. »Ich werde es als Spende arran...« Er brach ab, als Graverley, der sich hinter ihn geschlichen hatte, begann, ihm in die Schulter zu stupsen. »... arrangieren«, beendete er seinen Satz. Er zog eine Augenbraue hoch und wandte sich an Graverley. »Kann ich Ihnen helfen?«

Graverley starrte wie gebannt auf seinen Mantel. »Ich wollte nur sehen, ob das aus einem echten Kartoffelsack gemacht ist. Bemerkenswerterweise scheint es nicht so zu sein.«

Mr. Nettlethorpe-Ogilvy trat einen Schritt zurück und richtete seine Jacke. »Und das ist relevant, weil?«

»Weil, wenn wir gemeinsam im Vorstand der Ladies' Society sitzen,« sagte Graverley, »dann sind *Sie* ein Spiegelbild von *mir*. Und das ...« Er machte eine verkrampfte Geste zu Mr. Nettlethorpe-Ogilvys Aufmachung. »... ist schlicht und einfach nicht gut genug. Sie müssen zu meinem Schneider, Pinkerton.«

Mr. Nettlethorpe-Ogilvy erschauderte deutlich. Michael lehnte sich vor. »Ich musste auch zu Pinkerton gehen. Es war furchtbar, aber Sie werden es überleben. Sagen Sie ihm einfach, er soll Ihnen das machen, was er für das Beste hält, und rennen Sie zur Tür hinaus, sobald er mit dem Maßnehmen fertig ist.«

»Also«, sagte Caro, »wann brecht ihr beide nach Kanada auf?«

»Frühestens in zwei Jahren.«

Das war der Kern von Michaels Vorschlag - sie würden abwechselnd in England und Kanada leben. In den ersten Jahren würden sie den größten Teil ihrer Zeit in England verbringen und nur alle zwei Jahre für jeweils sechs Monate nach Kanada reisen. Sollte Michael tatsächlich eines Tages zum Generalgouverneur ernannt werden, würden sie fünf Jahre in Kanada verbringen, danach würde er von seinem Amt zurücktreten.

Aber das wirklich Geniale an Michaels Idee war die Zusammenführung ihrer Ziele. In seiner neuen Position sollte Michael den Bau der neuen Unterkünfte der Ladies' Society beaufsichtigen. Das würde ihm jeden Tag etwas Wichtiges zu tun geben und ihm das Gefühl von Sinn und Erfüllung vermitteln, nach dem er sich so sehr sehnte.

Die Frage, was die Ladies' Society von der Vereinbarung haben würde, erklärte Anne inzwischen Mrs. Wriothesley.

»... hier gibt es so viele Kriegswitwen und relativ wenige Männer, da so viele im Krieg sind. In Kanada ist die Situation jedoch umgekehrt. Michael erzählt mir, dass es einen solchen Überschuss an Männern gibt, dass eine unverheiratete Frau innerhalb ihres ersten Monats an der Grenze ein halbes Dutzend Anträge erhalten kann. Und es wird als Segen angesehen, wenn sie bereits *fertige* Kinder hat, wie man dort sagt, denn man kann nie zu viele Hände für die Arbeit auf dem Hof haben. Natürlich würde ich nicht im Traum daran denken, es meinen Mitbürgern zu empfehlen, bevor ich nicht genau gesehen habe, wie die Bedingungen sind. Es ist ein hartes Leben, und sie müssen sich ein genaues Bild davon machen, bevor sie eine so wichtige Entscheidung treffen. Aber ich freue mich, dass ich ihnen die Möglichkeit geben kann, Landbesitzer zu werden, was sie hier nie wären. Und denken Sie nur, wie vielen Familien die Ladies' Society zusätzlich helfen kann!«

»Wie wundervoll«, sagte Mrs. Wriothesley. »Aber warum zwei Jahre warten? Warum nicht gleich hinfahren?«

Michael neigte den Kopf zu seinem Vater, der sich in der Ecke mit Lord Cheltenham unterhielt. »Ich war so lange weg, es ist schön, wieder da zu sein. Ich habe es nicht so eilig, zurückzukehren.« Er neigte den Kopf. »Und mir kam der Gedanke, dass ich vielleicht ein Haus bauen sollte, das für meine Frau etwas geeigneter ist.«

Lady Cheltenham schaute ihn scharf an. »Ich würde gerne wissen, was Sie damit meinen, Michael Cranfield. Du hast doch nicht erwartet, dass eine meiner Töchter in einer Grenzhütte leben wird?«

»Keine Baracke«, beeilte sich Michael zu sagen. »Es ist eine quadratische Blockhütte ...«

»Eine quadratische Blockhütte?« Lady Cheltenham schlug Michael mit ihrem Fächer auf die Schulter. »Du hast von deiner *Gräfin* erwartet, dass sie in einer *viereckigen Blockhütte* leben soll?«

»Ich habe es mir anders überlegt«, brummte er.

Der dreizehnjährige Freddie Astley schlenderte herüber. »Glückwunsch, Morsley. Ich bin froh, dass du es endlich geschafft hast, sie zu heiraten.«

Michael neigte seinen Kopf zur Seite. »Endlich? Was meinst du denn mit *endlich*?«

Freddie winkte mit der Hand. »Du hast mir vor vier Jahren so leid getan, als du so furchtbar in sie verliebt warst und es nicht geschafft hast, ihr einen Antrag zu machen.«

Michael erbleichte. »Ich wusste nicht, dass du es weißt, Freddie. Du hast nichts gesagt.«

Freddie starrte ihn an. »Was gab es zu sagen? Wolltest du denn wirklich darüber sprechen?«

Ein sehr gutes Argument. »Aber woher wusstest du das?«

Freddie verdrehte die Augen. »Ich war neun. Ich war nicht dumm.«

Sie machten sich auf den Weg zum Eingang der Kirche, wo sie von noch mehr Freunden umringt wurden - die Bewohnerinnen des Gästehauses der Ladies' Society waren als Gruppe gekommen.

Mrs. Godfrey trat vor. »Glückwunsch, Lady Morsley.« Sie hielt inne und rang die Hände. »Ich muss Sie vor etwas warnen.«

»Mich warnen? Wovor?«, fragte Anne.

Mrs. Godfrey schluckte. »Als die Nachbarn sahen, wie wir in Scharen zur Kirche gingen, ahnten sie, wohin wir auf dem Weg waren. Und wie ein Lauffeuer verbreitete sich in der Nachbarschaft die Nachricht, dass heute der Tag Ihrer Hochzeit sei. Ich fürchte, draußen hat sich ein kleines Gedränge gebildet.«

Michael lächelte. »Ein bisschen Gedränge wird uns nicht im Geringsten stören, Mrs. Godfrey.« Er drehte sich um und öffnete die Tür für Anne.

Auf dem Hanover Square hatte sich eine brüllende Menschenmenge, so weit das Auge reichte, eingefunden.

Er stellte sich sofort vor Anne. Doch dann entspannte er sich, als er sah, dass die Versammelten jubelten und nicht nach Blut schrien, und dass Kinder den Säulengang der Kirche mit Blumen bestreuten.

»Das tut mir sehr leid, Mylady«, sagte Mrs. Godfrey. »Es ist nur so, Sie sind einfach zum Volkshelden geworden. Sie beide. Und niemand wollte Ihre Hochzeit verpassen.«

Michael warf einen Blick auf Anne, deren Mund offen stand. Er lachte. »Nun, dann haben wir wohl keine Wahl. Komm, Anne, geben wir ihnen, was sie wollen.« Er nahm Annes Hand und führte sie zum vorderen Teil des Portikus von St. George's, genau zwischen die beiden zentralen Säulen.

Und so kam es, dass Michael Cranfield seine frisch angetraute Gemahlin vor mehreren tausend jubelnden

Zeugen küsste. Ein Ereignis, das wieder einmal in Form einer Karikatur in den Zeitungen verewigt wurde.

Diesmal hatte Michael jedoch ganz und gar nichts dagegen einzuwenden.

∼

LIES hier weiter für eine besondere Vorschau auf das nächste Buch der Astley-Chroniken, *Ein Blaustrumpf für den Lord*!

∼

WENN DU PER E-Mail benachrichtigt werden möchtest, wann immer ich eine neue deutsche Übersetzung eines meiner Bücher veröffentliche, kannst du dich hier anmelden: https://courtneymccaskill.com/deutschen-newsletter/ .
Wenn du auch meinen englischsprachigen Newsletter erhalten möchtest, der ein- oder zweimal im Monat erscheint und Bonusszenen, Werbegeschenke und Hinweise auf andere lesenswerte Regency-Romanzen enthält, kannst du dich hier anmelden: https://courtneymccaskill.com/newsletter/ .

WENN DU DIR einen Moment Zeit nehmen möchtest, würde ich mich über eine Rezension freuen!

EIN BLAUSTRUMPF FÜR
DEN LORD

Vorschau: *Ein Blaustrumpf für den Lord (Die Astley-Chroniken- Buch 3)*

Manchmal ist es ein schmaler Grat zwischen gesunder Konkurrenz und übermäßigem Interesse für den Erzfeind ...

Dank einer waghalsigen Wette seines jüngeren Bruders muss Edward Astley einen klassischen Übersetzungswettbewerb der Universität Oxford gewinnen. Und dazu muss er den anonymen Übersetzer besiegen, dessen Neuinterpretation von *Über das Erhabene* Großbritannien im Sturm erobert hat. Eigentlich sollte er genau dafür büffeln, aber er kann an nichts anderes denken als an Elissa St. Cyr, die Tochter seines ehemaligen Hauslehrers, die ebenso klug wie reizend ist.

Elissa hat ihre eigenen Probleme. Da die Gesundheit ihres Vaters nicht mehr das ist, was sie einst gewesen ist, hofft sie auf eine Karriere als Übersetzerin. Um ihre Familie finanziell zu unterstützen, muss sie etwas leisten, was keiner Frau vor ihr gelungen ist: aus dem Oxford-Übersetzungswettbewerb als Siegerin hervorgehen.

Zu allem Überfluss bleibt sie während eines Gewitters mitten in einem Teich stecken, und derjenige, der sie zufällig rettet und Zeuge des demütigendsten Moments ihres bisher ohnehin bemerkenswert demütigend verlaufenen Lebens wird, ist ihr absoluter *beau idéal*, der brillante Edward Astley. Und plötzlich folgt Elissa ihrem Edward, wohin auch immer es ihn verschlägt. Was für gewöhnlich wunderbar wäre, schürt ihre Angst, denn …

… kann die Tochter eines Hauslehrers eine angemessene Partie für einen Viscount werden?

∾

Gloucestershire, England
  März 1803

Edward Astley hatte versagt.

Das war der Gedanke, der ihm im Takt der Hufschläge seines Pferdes durch den Kopf schoss, als er nach Hause galoppierte. Er hatte nicht viel Hoffnung, dass er es schaffen würde, bevor der Sturm, der sich über ihm zusammenbraute, losbrach.

Perfekt. Er wäre nicht nur ein Versager, er wäre ein bis auf die Knochen durchnässter Versager.

Die Aufgabe, die ihn in das Dorf Bourton-on-the-Water geführt hatte, war eine Frage, und der Mensch, von dem er gehofft hatte, dass er sie ihm beantworten könnte, war sein ehemaliger Tutor Julian St. Cyr. Wenn er die Antwort auf diese Frage wüsste, könnte er der Katastrophe, auf die er zusteuerte, zuvorkommen.

Aber Mr. St. Cyr hatte die gewünschten Informationen nicht, und nun wusste Edward nicht, was er tun sollte. Er hatte nur zwei Wochen Zeit, um das herauszufinden, und wenn er es nicht schaffte ...

Wenn er es nicht schaffen würde, müsste sein Bruder Harrington den Preis dafür zahlen und sich dem Zorn des Vaters und der Verachtung der Gesellschaft aussetzen. Und obwohl diese ganze lächerliche Situation in Wahrheit Harringtons Schuld war, würde Edward das niemals zulassen. Es gab nichts, was er nicht für seinen Bruder tun würde. Nichts. Edward würde sich in einen schlammigen Graben legen und für Harrington sterben, ohne eine Sekunde zu zögern.

Der Gedanke klang seltsam verlockend im Vergleich zu dem, was er stattdessen zu tun im Begriff war.

Der Weg schlängelte sich durch einen Hain von Kirschbäumen. Sie standen in voller Blüte, und das mit dem nahenden Gewitter war ein Jammer, denn die zartrosa Blüten wären vor einem wolkenlosen Himmel wunderschön gewesen. Aber der Himmel war holzkohlenfarbig angehaucht, und es war kein einziges blaues Fleckchen zu sehen.

Abgesehen von ... Moment. Edward blinzelte durch die Bäume.

Tief im Hain war definitiv etwas Blaues zu sehen. Blau und ... Kupfer, wenn ihn seine Augen nicht täuschten. Wahrscheinlich war es nichts, und er musste sich beeilen. Doch plötzlich standen ihm die Nackenhaare zu Berge, und er zügelte sein Pferd. Als er sein Reittier durch die Kirschbäume lenkte, kam ein Teich in Sicht.

In diesem Moment sah er sie.

Ein einziger Lichtstrahl durchdrang die aufziehenden

Wolken und beleuchtete das Mädchen im Ruderboot wie ein Motiv von Rembrandt. *Die Najade* wäre der Titel des Gemäldes, denn mit den roten Locken, die ihr über den Rücken fielen, sah sie wirklich wie eine Wassernymphe aus, die ihr Revier überblickte.

Sie blickte zu ihm auf, und der Atem rauschte aus Edwards Körper, denn *lieber Gott*, dies war die schönste Frau, die er je gesehen hatte. Sie hatte nicht nur die Mähne einer Sirene, sondern auch ein herzförmiges Gesicht, korallenrosa Lippen, die gleichzeitig zierlich und voll waren, und die Art von zarten Kurven, die er vor allen anderen bevorzugte.

Moment mal. Es war schwer, zu denken, wenn seine Sinne mit so viel weiblicher Schönheit bombardiert wurden, aber irgendwo tief in den Tiefen seines Geistes tauchte der Gedanke auf, dass er ein bisschen mehr von diesen Kurven sehen konnte, als er sollte. Mit Schrecken stellte er fest, dass ihr Kleid klatschnass war, ihre Schultern zitterten und diese üppigen, vollen Lippen ein wenig ... blau waren.

Er schüttelte sich. Wie schändlich, das arme Mädchen anzuglotzen, während es erfror! Er führte sein Pferd an den Rand des Teiches, um seine Hilfe anzubieten.

Aber die Worte erstarben auf seinen Lippen, als ihm klar wurde, dass es sich nicht um irgendeine schöne Frau handelte.

Er kannte dieses Mädchen. Es war zehn Jahre her, seit er sie das letzte Mal gesehen hatte, zehn Jahre, seit er ihr im Klassenzimmer ihres Vaters gegenüber gesessen hatte, aber er war sich sicher.

»Miss Elissa?«, fragte er schockiert.

Elissa St. Cyr hatte es dieses Mal geschafft.

Unglücke waren ihr nicht fremd, man könnte fast

behaupten, sie waren ihr Metier. Es war auch nicht das erste Mal, dass ihr das Lesen im Freien zum Verhängnis wurde. Es hatte eine Zeit gegeben, als sie zehn Jahre alt gewesen war und geglaubt hatte, sie könnte die letzten Seiten von Xenophons *Anabasis* auf dem kurzen Weg zur Kirche zu Ende lesen. Sie war geradewegs in Mrs. Naesmiths Brombeerbüsche gerannt, und es hatte eine Viertelstunde gedauert, bis sie sich aus dem Gestrüpp wieder hatte befreien können. Sie konnte sich noch gut daran erinnern, wie der Prediger verstummt war und alle sich umdrehten, als sie mit zerrissenem Kleid und zerkratzten Armen in die Kirche schlich.

Es hatte einen weiteren Vorfall gegeben, als sie zwölf Jahre alt war. Es dürfte ein Mittwoch gewesen sein, denn an diesem Tag erhielt der Dorfladen immer eine Kiste mit Büchern aus der großen Leihbücherei in Cheltenham, um die beiden Regale zu ergänzen, die hinter dem Ladentisch zur Ausleihe bereitstanden. Elissa versäumte keinen Mittwoch, und außerdem musste sie das Buch zurückgeben, das sie ausgeliehen hatte, Francis Fawkes' Übersetzung der *Argonautica*. Sie hatte ein letztes Mal eine Lieblingsstelle gelesen, als sie auf dem Weg zum Laden gewesen war.

In diesem Moment stolperte sie über das Schwein (weil natürlich gerade ein Schwein vorbeikam) und fiel mitten auf die Straße.

Sie blieb unverletzt, aber der Vorfall war insofern unglücklich, als William Ricketts, einer der Schüler ihres Vaters, Zeuge war. Genauer gesagt war William Ricketts der schlimmste ihrer vielen Peiniger im Klassenzimmer. Der unglückliche Schweinevorfall hatte ihm jahrelanges Futter geliefert.

Dann war da noch das Bicklebury-Moor-Debakel.

Elissa dachte immer noch nicht gerne an das Bicklebury-Moor-Debakel zurück. Sie hatte warten müssen, bis Farmer

Broadwater sein Pflugpferd holte, um sie herauszuziehen, und in der Zwischenzeit hatte sich eine Menschenmenge versammelt, die auf sie zeigte und lachte.

Damals hatte sie dem Lesen gleichzeitigen und Wandern endgültig abgeschworen, aber sie liebte es immer noch, im Freien zu lesen. Es gab nichts Schöneres als einen malerischen Ort, um die Fantasie anzuregen. Farmer Broadwater, der sie vor all den Jahren gerettet hatte, hatte nichts dagegen, dass sie sich sein Ruderboot auslieh, und wenn sie etwas las, das auf dem Wasser spielte, lag sie gerne darin. Das sanfte Schaukeln gab ihr das Gefühl, an Bord eines Schiffes zu sein, mitten unter den alten Helden.

Sie ließ das Boot immer am Steg. Sie hatte sich nie träumen lassen, dass etwas schief gehen könnte.

Heute war der erste Tag des Jahres, der sich wirklich nach Frühling anfühlte, und sie musste einfach nach draußen gehen. Sie nahm sich Plutarchs *Leben des Theseus* aus der Bibliothek und machte sich nach dem Mittagessen auf den Weg. Wie immer verlor sie sich in der Geschichte und las wohl fast drei Stunden lang.

Sie setzte sich auf, als sie die Wolken heranziehen sah. Sie fuhr sich mit der Hand über den anderen Arm und stellte erschrocken fest, dass sie eine Gänsehaut hatte; sie war so in die Geschichte vertieft gewesen, dass sie erst jetzt bemerkte, dass die Temperatur um zehn Grad gefallen war.

In diesem Moment sah sie, was geschehen war.

Irgendwann hatte sich das Ruderboot vom Steg gelöst und war in die Mitte des Teiches getrieben. Eine schnelle Suche ergab, dass kein Ruder im Boot war, aber das machte nichts - der Teich war klein genug. Sicherlich konnte sie ihre Hand benutzen, um ans Ufer zurückzupaddeln.

Als sie nicht weiterkam, bemerkte sie, dass sich das Seil in einem der Unterwasserbäume verfangen hatte, die bei der Flutung der Höhle stehen geblieben waren. So sehr sie sich auch bemühte, es gelang ihr nicht, das Seil zu lösen. Und obwohl sie daran zerrte, bis ihre Finger bluteten, konnte sie den Knoten nicht lösen.

Zu diesem Zeitpunkt begann das Wetter wirklich umzuschlagen, und sie rief so laut sie konnte nach Farmer Broadwater, dessen Haus sich gleich hinter der Anhöhe befand. Das brachte nichts, und sie begann, sich zu fürchten. Ein Sturm zog auf, ein schlimmer Sturm, und sie war im Begriff, auf dem Wasser festzusitzen, ohne jeglichen Schutz.

Die einzige Möglichkeit, die ihr einfiel, war, ans Ufer zu waten. Obwohl sie nicht schwimmen konnte, war der Teich klein und größtenteils nicht sehr tief. Vielleicht könnte sie den Boden berühren.

Zitternd ließ sie sich ins Wasser fallen und wurde dieser Hoffnung schnell wieder beraubt. Die Außenseite des Bootes war schleimig vom Moos, und sie verlor sofort den Halt. Ihre Brust krampfte sich vor Panik zusammen, als ihr Kopf unterging, aber es gelang ihr, sich mit einem Arm an einem Baumstamm festzuhalten und den Kopf wieder aus dem Wasser zu ziehen. Es war ein Kampf, wieder in das glitschige Boot zu kommen, besonders nachdem sich ihr Haar in den Ästen verheddert hatte, und sie versuchte es so oft und scheiterte, dass sie das Gefühl hatte, sie würde es nie aus dem eiskalten Wasser schaffen. Als sie schließlich auf dem Boden des Bootes zusammenbrach, hatte sich ihr Haar von den Haarnadeln gelöst, und ihr ganzer Körper zitterte vor Müdigkeit und Angst.

Das war vielleicht vor einer Stunde gewesen, einer Stunde, in der die Temperatur weiter gesunken war. Das dünne, blaue Musselin-Kleid, das für einen sonnigen Frühlingsnachmittag wie geschaffen schien, war für die gegenwärtigen Bedingungen völlig ungeeignet. Sie konnte nicht aufhören zu zittern, und ihre Gedanken wurden immer wirrer, so dass sie befürchtete, dass es sich um mehr als nur eine Erkältung handelte.

Sie hatte jedes Gebet gemurmelt, das sie aus ihrem gefrorenen Gehirn herauskitzeln konnte. Elissa war schon immer stolz darauf gewesen, selbstständig zu sein. Sie mochte zwar mit dem Kopf in den Wolken stecken, aber sie war noch nie die Art Mädchen gewesen, die herumsaß und darauf wartete, dass jemand zu ihrer Rettung kommen würde. Das Leben hatte sie gelehrt, dass es so etwas wie einen Prinzen auf einem weißen Pferd nicht gab.

Aber wenn sie jemals jemanden gebraucht hätte, der sich als ihr Held entpuppen würde, dann war es genau jetzt.

Und dann hörte sie es - das Trappeln von Hufschlägen auf dem nahen Weg. Sie versuchte zu rufen, aber ihre gefrorene Kehle konnte nur ein trauriges, kleines Krächzen hervorbringen.

Die Hufschläge wurden langsamer, und sie konnte sehen, wie sich etwas durch die Bäume bewegte.

Es stellte sich heraus, dass es ein Mann war.

Ein Mann auf einem weißen Pferd.

Und - oh, Gott, das konnte doch nicht wahr sein ...

Obwohl Elissa wusste, dass sie Hilfe brauchte, und den größten Teil der letzten zwei Stunden damit verbracht hatte, inständig dafür zu beten, dass jemand, irgendjemand, vorbeikäme, konnte sie ihr Pech nicht fassen.

Denn wenn es irgendjemanden auf der Welt gab, von dem sie nicht wollte, dass er sie in diesem erniedrigendsten Moment ihres bemerkenswert erniedrigenden Lebens beobachtete, dann war es *Edward Astley.*

Ein Blaustrumpf für den Lord ist jetzt erhältlich!